LIV MORRIS

ADAMS

Verlockung

LAGO

Bibliografische Information der Deutschen Nationalbibliothek
Die Deutsche Nationalbibliothek verzeichnet diese Publikation in der Deutschen Nationalbibliografie. Detaillierte bibliografische Daten sind im Internet über http://dnb.d-nb.de abrufbar.

Für Fragen und Anregungen:
info@lago-verlag.de

1. Auflage 2016

Nymphenburger Straße 86
D-80636 München
Tel.: 089 651285-0
Fax: 089 652096

Die amerikanische Originalausgabe erschien 2013 unter dem Titel *Adam's Apple*.

Übersetzung: Karen Rosens und Anne Schwarz
Redaktion: Dunja Reulein
Umschlaggestaltung: Pamela Machleidt
Umschlagabbildung: Shutterstock
Satz: inpunkt[w]o, Haiger
Druck: CPI books GmbH, Leck
Printed in Germany

ISBN Print 978-3-95761-122-2
ISBN E-Book (PDF) 978-3-95762-051-4
ISBN E-Book (EPUB, Mobi) 978-3-95762-052-1

Weitere Informationen zum Verlag finden Sie unter

www.lago-verlag.de

Beachten Sie auch unsere weiteren Verlage unter
www.muenchner-verlagsgruppe.de

Meinem lieben Nomad gewidmet.

Prolog

23. April 2005, Laurel-Hill-Friedhof, Philadelphia, Pennsylvania

Der Himmel strahlt in frischem Azurblau, doch mein Herz ist von einem leblosen Grau, das nach und nach so schwarz wird wie die schmutzige Erde, die ich in meinen Händen halte. Ich balle die Hand so fest zur Faust, dass sie zu zittern beginnt und sich Erdklümpchen in die Handfläche graben.

Die Aufgabe, die ich jetzt zu erfüllen habe, ist althergebracht und gewöhnlich. Die Frau jedoch, um die ich heute trauere, war alles andere als gewöhnlich. Sie strahlte, sie war weise und wundervoll.

Nun ist sie fort … für immer.

Kein Leid verzehrt mehr ihr Herz und ihre Seele. Stattdessen fällt das mir zu.

Ich werfe schwarze Erde in das modrig-dunkle Grab und sinke in die Knie. Das hohle Geräusch, mit dem die Erdbrocken da unten auf das Holz prallen, ist mehr, als ich ertragen kann.

Die Tränen, die ich tagelang unterdrückt habe, laufen mir nun unaufhaltsam übers Gesicht, wie die Flut bei einem Dammbruch. Eine rückhaltlose Traurigkeit strömt aus mir heraus, und der Strudel an Gefühlen, die ich so tief in mir verborgen habe, ist nicht länger unsichtbar. Mein Schmerz wird freigesetzt in der Erkenntnis, dass alles, was ich liebe, nun sechs Fuß unter mir liegt. Genauso gut könnte es eine Million Meilen weit weg sein. Die Entfernung wird von dieser Seite der himmlischen Gefilde aus niemals zu überwinden sein. Denn sie ist jetzt einer von Gottes Engeln.

Als ich zum Leichenwagen zurückkehre, entdecke ich in der Ferne das Gesicht eines Mannes. Wir schauen uns in die Augen, bevor er die getönte Scheibe seiner schwarzen Limousine hochfährt. Sein Fahrzeug rollt davon, verschwindet im Morgennebel. Wut überlagert meine Trauer, denn er hat kein Recht, sich auch nur in der Nähe dieser feierlichen Zeremonie aufzuhalten.

Er ist der Bastard, der still und allmählich die Frau zerstört hat, die ich heute auf diesem kalten, nassen Friedhof zurücklasse. Sie war meine Mutter … selbstlos hat sie mir das Leben geschenkt, und ihr verdanke ich alles.

Kapitel 1

Meine Beine fühlen sich schwer wie Bleirohre an, aber irgendwie schaffen sie es, mich durch die marmorgeflieste Eingangshalle zu tragen, hinaus auf den Bürgersteig vor meinem Bürohochhaus. Ich stehe auf dem schmierigen Betonpflaster; der New Yorker Regen prasselt auf mich herab und hinterlässt Flecken auf meiner gelben Seidenkrawatte. Ich spüre ihn nicht, denn meine Gedanken sind immer noch am Konferenztisch, vierzig Stockwerke über mir – von wo aus mich das letzte Meeting des Tages immer noch verfolgt.

Der Sicherheitsbeauftragte der Firma hat mich davon in Kenntnis gesetzt, dass Simon Edwards, mein verlässlicher Partner und Freund, mich hintergangen hat. Mir dreht sich beinahe der Magen herum, wenn ich an seinen Verrat denke. Ich kenne Simon seit unserem ersten Semester am MIT vor vierzehn Jahren. Der Zufall hatte uns zu Zimmergenossen im Studentenwohnheim gemacht. Wir standen uns zunächst nicht sonderlich nahe, denn unsere Charaktere und Persönlichkeiten waren vollkommen gegensätzlich. Besonders wenn es um den Umgang mit anderen Menschen ging. Grundsätzlich war es so: Ich konnte sie ertragen, Simon nicht. Aber während der Zeit im College und darüber hinaus entstand ein großer gegenseitiger Respekt. Vielleicht lag es an unserer Sehnsucht, es in der Geschäftswelt zu etwas zu bringen. Wir wollten beide unseren verhassten Vätern etwas beweisen. Im Nachhinein denke ich, es war vielleicht das Einzige, was wir überhaupt gemeinsam hatten.

Vier von uns MIT-Absolventen, darunter auch Simon, gingen nach dem Examen nach New York City und gründeten Kings Capital, größtenteils finanziert durch das Erbe, das mir nach dem Tod meiner Mutter zugefallen war. Das Geld bildete das Startkapital für die Firma und machte mich zum Geschäftsführer. Obwohl Simon selten den Weg in die Vorstandsetage fand, war seine Gegenwart stets präsent. Wir verließen uns auf seinen genialen Verstand, mit dem er sämtliche Hindernisse oder Fehler bei unseren Softwareprojekten zu überwinden vermochte. Dank Simon hatten wir bei vielen Geschäften Gewinn gemacht. Im Vorstand gab es das Sprichwort: »Wenn Simon zustimmt, wird gekauft.«

Nie und nimmer hätte ich geglaubt, dass er jemals versuchen würde, mich zu hintergehen. Wenn andere behaupteten, meine Träume seien unmöglich zu verwirklichen, oder wenn mir ein Bremsklotz in den Weg gestellt wurde, war er stets derjenige, an den ich mich wenden konnte. Jetzt war er selbst der Bremsklotz. Simon war auf frischer Tat dabei erwischt worden, wie er versucht hatte, Firmengeheimnisse an ein anderes Unternehmen zu verraten. Meine Firmengeheimnisse. Vertrauliches Wissen, gefärbt von meinem eigenen Blut, meinem Schweiß, meinen Ängsten. Zwar war mir zugesichert worden, dass die vertraulichen Informationen nicht in fremde Hände gefallen waren, aber Simons Verrat hatte meine Welt aus den Angeln gehoben.

Ich wische mir den Regen aus dem Gesicht und sehe Eddie, meinen Fahrer, neben meinem schwarzen Cadillac Escalade stehen. In einer Hand hat er einen aufgespannten Regenschirm, die andere hält die geöffnete Tür zur Rückbank. Ich betrachte seine steife Körperhaltung; nicht ein Muskel bewegt sich in seinem Gesicht, er ist aufmerksam wie ein Soldat, der auf das Eintreffen seines Befehlshabers wartet. Ich beeile mich, ihn zu erreichen, denn ich will endlich aus dem Regen heraus und weg von meinem Bürogebäude. Kings Capital war seit der Gründung mein Lebensmittelpunkt, aber im Moment will ich vor allem davonlaufen, was ich aufgebaut habe.

Als ich mich dem Wagen nähere, höre ich jemanden meinen Namen rufen. Ein rascher Blick über meine Schulter lässt mich meine Assistentin erkennen, Mrs Carter. Sie läuft auf mich zu, ein weißes Blatt Papier schwenkend. Ich vergleiche die beiden Menschen, die für mich arbeiten: der eine stoisch wie ein Roboter, die andere ungebührlich chaotisch.

»Mr Kingsley, Sir, ich habe vollkommen vergessen, Ihnen die Eintrittskarte für die Swanson-Veranstaltung zu geben!« Schwer atmend legt Mrs Carter eine Hand auf ihre Brust. »Heute Abend werden die Sicherheitsmaßnahmen streng sein, weil der äthiopische Botschafter erwartet wird. Ohne dies hier darf niemand hinein.« Ich starre auf die Karte in ihrer Hand; die schwarze Tinte beginnt im Regen zu verwischen.

Mrs Carter drückt die Karte in meine ausgestreckte Hand. Ich beobachte, wie Wassertropfen ihre vollen Wangen hinunterrinnen. Der Regen wäscht Teile ihres Make-ups fort und legt die nackte rötliche Haut darunter frei.

»Danke, Mrs Carter.« Ein Donnerschlag rumpelt über uns, wirft Echos von den Hochhäusern zurück und lässt uns beide zusammenfahren. »Gehen Sie besser wieder rein.«

»Ich wollte nur sagen, wie leid es mir tut, Mr Kingsley. Das mit Mr Edwards. Ich –« Mitgefühl steht ihr ins Gesicht geschrieben, und ich kann Mitgefühl nicht ausstehen.

»Ich danke Ihnen, Mrs Carter. Ich weiß, Sie meinen es gut, aber bitte erwähnen Sie dieses Thema in meiner Gegenwart nicht mehr. Wenn darüber gesprochen werden muss, werde ich es Sie wissen lassen.«

Meine harsche Zurechtweisung hätte ebenso gut ein Schlag in ihr Gesicht sein können. Mrs Carter sieht verletzt aus, ihre Haut hat nun eine eher flammend rote Farbe.

»Gewiss, Sir.« Sie lässt kurz den Kopf hängen und schaut dann zu mir hoch, mit demselben Mitgefühl in den Augen wie zuvor. Vielleicht sogar mit noch mehr. Verdammt noch mal! »Haben Sie einen schönen Abend bei der Benefizveranstaltung.«

»Verzeihen Sie, dass ich so kurz angebunden war, Mrs Carter. Es war einfach ein schrecklicher Tag.« Mein schlechtes Gewissen zerrt an mir. Verflucht, ich habe überreagiert, meinem allzu leicht zu weckenden Jähzorn nachgegeben und sie für eine Tat bestraft, die sie überhaupt nicht begangen hat.

»Bis morgen früh«, sage ich jetzt wieder ruhig, der ärgerliche Tonfall ist verschwunden.

»Ja, Sir. Und ich verstehe.« Ich sehe ein zögerndes Lächeln über ihr Gesicht huschen. Der Regen hat jetzt die letzten Spuren ihres Make-ups abgewaschen, und ihr zurückgebundenes, klatschnasses Haar klebt an der Kopfhaut. Ich sollte mich schuldig fühlen, weil sie nur meinetwegen hier draußen steht und nass wird, aber dieses Gefühl will sich nicht einstellen.

»Und denken Sie daran, Mr Kingsley: Karma ist eine wunderbare Sache.« Und mit dieser kurzen Bemerkung dreht sie sich auf ihren vernünftig niedrigen Absätzen um und läuft zurück ins Haus.

Karma. Ich muss lachen. Ausgerechnet ich. Ich weiß wahrlich genug über Karma und die Legenden darüber. Allerdings habe ich mich entschieden, nach dem alten Sprichwort »Auge um Auge« vorzugehen. Karma erfordert kein Handeln, sondern nur die Hoffnung auf den Zufall. Und ich verlasse mich auf dieser Welt nur auf eins: meine Taten. Ich werde nichts dem Zufall überlassen. Beim Spiel des Lebens habe ich gern die Trümpfe in der Hand.

Ich wende mich dem Auto und der geöffneten Tür zu.

»Guten Abend, Eddie.« Ich begrüße meinen Fahrer mit einem Nicken, entkomme dem Regenguss und sinke in den Autositz.

»Guten Abend, Sir.« Eddie schließt die Tür hinter mir.

Ich lege sofort Rap-Musik auf und drehe die Lautstärke beinahe unerträglich hoch, in der Hoffnung, dass der Lärm die Anstrengungen des Tages zu übertönen hilft. Dann lehne ich mich in den weichen Ledersitz und lasse das Wummern der Bässe durch meinen Körper pulsieren.

Eddie setzt sich ans Steuer und schaltet die Musik aus. Ich schaue ihn verärgert an. »Nach Hause, Mr. Kingsley, oder haben Sie noch eine Verabredung?«

Normalerweise spreche ich meinen Tagesplan mit ihm ab, aber an diesem Nachmittag hat mich die Sache mit Simon aus dem Konzept gebracht, und ich habe es schlichtweg vergessen. »Ich muss zu einer Benefizveranstaltung ins Lincoln Center. Aber nehmen Sie den längeren Weg, damit ich noch meinen Smoking anziehen kann.«

»Ja, Sir.« Eddie drückt wieder auf den Knopf, und die Musik donnert aus den Lautsprechern. Im Rückspiegel sehe ich sein schelmisches Grinsen.

Eddie ist mein Fahrer, seit meine Firma vor zwei Jahren auf der *Fortune 500*-Liste gelandet ist. Kurz bevor ich dreißig wurde. In der Tat ein magisches Jahr, aufregend und berauschend. Meine erste Bekanntschaft mit unverschämtem Reichtum und all seinen Verlockungen.

Seither habe ich mich quer durch die Stadt gevögelt, und der arme Eddie kann alles bezeugen. Ich bin über die Frauen hereingebrochen wie ein wütendes Feuer, das sich durch einen vertrockneten Wald pflügt. Nichts stand mir je im Weg. Mit besessener Leidenschaft habe ich mich allen Ausschweifungen hingegeben. Vielleicht denke ich in ein paar Jahren über ein ruhigeres Leben nach. Vielleicht. Im Augenblick bin ich jedoch damit zufrieden, die erlesenen Freuden zu genießen, die sich mir darbieten. Welcher Junggeselle würde an meiner Stelle nicht dasselbe tun? Die Versuchung ist einfach viel zu verlockend für mich.

Als Eddie von meinem Bürogebäude wegfahren will, sehe ich Simon, der durch die Glastüren hinausgeführt wird. Zwei Sicherheitsleute, einer an jeder Seite, begleiten ihn. Sie haben ihre Hände fest über seine Ellenbogen gelegt. Ich beobachte, wie sie ihn vor der Tür grob von sich stoßen. Simon kommt ins Stolpern, bleibt aber auf den Beinen.

»Warten Sie, Eddie«, schreie ich über die Musik hinweg, bevor der SUV in den Verkehr einschwenken kann. »Halten Sie an, hier!«

Der SUV hält mit einem Ruck, und ich stütze mich an der vorderen Rückenlehne ab. Langsam drehe ich mich auf dem von meinen regendurchtränkten Kleidern nass gewordenen Ledersitz, bis ich Simon durch das Fenster sehen kann. Zu meiner Überraschung kommt er auf das Auto zu. Der Ausdruck auf seinem Gesicht ist mörderisch. Nie zuvor habe ich ihn so viele Gefühle zeigen sehen. Niemals. Nicht einmal, als seine Verlobte ihn vor einigen Wochen verlassen hat. Es bringt mich aus der Fassung.

Langsam nähert sich Simon dem Escalade und starrt durch das getönte Fenster. Seine Augen sind weit aufgerissen, sein Blick ist wirr, die Adern auf seiner Stirn quellen hervor. Er sieht kampfbereit aus. Ein Teil von mir möchte die Tür aufreißen und seinen Arsch in den Bürgersteig rammen. Ihn pulverisieren. Ihn bezahlen lassen. Ich bin fast zehn Zentimeter größer als er und habe zwanzig Kilo mehr Muskeln. Er hätte keine Chance gegen mich. Aber da ist etwas in seinem Gesicht, seinen Augen, das mich zögern lässt. Ich greife fester in die Rückenlehne, bleibe, wo ich bin.

Simon kommt näher heran, seine Nase berührt beinahe das Glas, und er schreit mir etwas zu, aber ich kann ihn nicht verstehen. Seine Worte bleiben unhörbar. Ich sitze hinter der dunklen Glaswand des Wagens inmitten der lauten Musik, die aus den Lautsprechern dröhnt und um mich herum vibriert.

Ich will Eddie gerade sagen, dass er losfahren soll, da macht Simon eine Bewegung, die verrät, was seine Worte bedeuten. Er legt einen Finger an seinen Hals und zieht ihn quer hinüber, von einer Seite zur anderen. Das universelle Symbol für »Du bist tot«. Ein unheimliches Gefühl überkommt mich. Ich überlege, ob ich die Sicherheitsleute rufen soll, damit sie ihn vom Bürgersteig entfernen. Aber da dreht sich Simon schon herum und rennt davon.

Während Simon seine Wut zur Schau stellte, hat Eddie ihn schweigend durch das Fenster beobachtet. Er kennt ihn, seit er für mich arbeitet, daher muss dieser Auftritt auch ihn schockieren. Ich werfe einen Blick auf Eddie und erkenne auf seinem Gesicht einen Ausdruck von Anteilnahme gemischt mit Verwirrung.

»Was für ein beschissener Tag, Eddie.« Ich atme tief ein und löse meine Finger, deren Knöchel mittlerweile weiß geworden sind, von der Rückenlehne. Ein Abdruck bleibt im Leder zurück, eine geisterhafte Kontur meiner Anspannung. »Bringen Sie mich bloß schnell von hier weg.«

Ich bin versucht, die Wohltätigkeitsveranstaltung sausen zu lassen und Eddie zu bitten, mich nach Hause zu fahren, aber ich habe zugesagt, dort aufzutauchen und eine ordentliche Spende beizusteuern. Sehr wahrscheinlich wird man mich namentlich aufrufen, mit der Bitte, mich zu erheben, um die Anerkennung für mein Engagement entgegenzunehmen. Ein leerer Stuhl und meine Abwesenheit wären ein Affront gegenüber der karitativen Organisation. Die mir übrigens ziemlich am Herzen liegt, was in dieser Stadt selten ist.

Also werde ich durchhalten und greife mir den Kleidersack, der an einem Haken hinter meinem Sitz hängt. Darin befinden sich ein schwarzer

Smoking, ein strahlend weißes Hemd und glänzende schwarze Schuhe. Ich beginne, mich auszuziehen, und wie auf Kommando fährt Eddie die Trennwand zwischen den Sitzen hoch. Ich fange an zu lachen. Er hat so ziemlich alles gesehen und gehört, was je auf diesem Rücksitz passiert ist. Ein kurzer Blick auf meine Unterhose wird ihn bestimmt nicht aus der Fassung bringen. Aber wie immer bleibt er ein Gentleman, sogar dann, wenn ich ihm keinerlei Veranlassung gebe zu glauben, dass ich einer bin.

Kaum bin ich angezogen, fährt Eddie am Lincoln Center vor, wo die heutige Benefizveranstaltung stattfindet. Ich fahre mit den Fingern durch mein Haar und versuche, es wieder dahin zu bringen, wo es hingehört. Es hat seinen eigenen Willen. Es sieht meist so aus wie nach aufregendem Sex, hat man mir gesagt.

Von meinem weißen Hemd abgesehen trage ich Schwarz, vom Kopf bis zu den Schuhsohlen. In New York City ist das die Farbe des Erfolgs, und heute Abend wahrscheinlich auch die Farbe der Herzen der meisten Besucher.

An diesem Wochenende stehen noch zwei ähnliche Veranstaltungen in meinem Kalender, jede davon ungefähr so verlockend wie eine Prostatauntersuchung. Seit meine Firma es auf die *Fortune 500*-Liste geschafft hat, wird mein Büro mit Einladungen und Anfragen von Wohltätigkeitsorganisationen aus der ganzen Stadt überschwemmt. Die arme Mrs Carter braucht allein schon deshalb eine Assistentin, um sich da durchzuwühlen. Ich glaube, es ist an der Zeit, meine Anwesenheit bei solchen Anlässen zurückzufahren. Ich habe genug davon.

Die banalen und furchtbar langweiligen Unterhaltungen während dieser Spektakel habe ich in den letzten zwei Jahren genug erlebt. Die Besucher taxieren mich, schockiert über meinen Erfolg und mein Alter. Ein Erfolg wie der meine ist im Alter von zweiunddreißig Jahren nicht die Norm, es sei denn, man errichtet sein Imperium auf dem Wohlstand und Prestige der eigenen Familie. Auf perverse Weise beruht mein Imperium tatsächlich auf der Basis familieneigenen Geldes – auf dem Schweigegeld, das man meiner Mutter gab, als sie vor zweiunddreißig Jahren aus dieser Stadt floh. Der Witz bei Schweigegeld ist allerdings: Es wird selten verschwiegen.

Heute Abend muss ich all die widerliche verbale Schöntuerei ertragen. Ich kann die Leute schon jetzt hören, empört über meine Errungenschaften.

»Hallo, Mr Kingsley. Ich habe so viel von Ihnen gehört.«

»Guten Abend, Mr Kingsley. Großartig, wie Sie die Wall Street im Sturm erobert haben.«

»Oh, Mr Kingsley, was sind Sie für ein beeindruckender Mensch ... bla ... bla ... bla.«

Die Augen in den namenlosen Gesichtern meiner Gesprächspartner haben eins gemeinsam: Angst. Die Angst davor, dass ich sie nicht ausstehen kann, sie vernichten werde, und dass sie selbst niemals ein solches Vermögen und solche Macht haben werden. Es ist erbärmlich, wie jedes Dinner, jede Gala oder Wohltätigkeitsveranstaltung zu einem Tanz der Speichellecker wird. Ein boshafter Tanz, bei dem ich in der Mitte stehe, bewundert und beneidet. Auf einem unsichtbaren Podest zur Schau gestellt, bis der trügerische Sand unter mir ins Rutschen kommt und ein anderer Hoffnungsträger mich ersetzt. Jemand mit mehr Geld, mehr Macht. Der nächste leuchtende Stern. Niemand bleibt für immer an der Spitze, und ich hege keinerlei Illusionen über meine heikle Position inmitten der New Yorker Machtelite.

Eddie öffnet die Tür, ich nicke ihm rasch zu und steige aus. »Stellen Sie sich darauf ein, dass ich heute Nacht Gesellschaft haben werde. Ich brauche ein bisschen Spaß, auf den ich mich freuen kann.«

Er antwortet mit einem schweigenden Kopfnicken, denn er ist mit meinen Routinen und sexuellen Vorlieben gut vertraut. Für ihn heißt das: warten. Er wird eine SMS erhalten und fünf Minuten später am Bordstein vorfahren. In meiner Nachricht wird stehen, ob ich eine Frau dabeihaben werde. Entsprechend wird er meine Ankunft vorbereiten. Da ich ihn heute bereits vorgewarnt habe, wird Champagner bereitstehen, wenn ich in den Wagen steige. Die Trennscheibe wird hochgefahren sein und verführerische Musik im Hintergrund spielen. Später, wenn ich mit dem nächtlichen Vergnügen fertig bin, wird er sie nach Hause in die Upper East Side bringen, in die Eigentumswohnung, die ein Geschenk ihres liebevollen Vaters ist, mit dem ich aller Wahrscheinlichkeit nach eine Geschäftsbeziehung habe.

Auf dem Weg zum Eingang des Lincoln Center ziehe ich die Karte aus der Tasche, die Mrs Carter mir gegeben hat. Als ich die Warteschlange vor dem Gebäude sehe, graut mir bei dem Gedanken, inmitten der anderen draußen anstehen zu müssen. Ich entscheide, die Schlange zu umgehen und einfach durch das breite Portal einzutreten. Da kommt auch schon eine junge Frau mit einer an ihre flache Brust gehefteten, offiziell aussehenden Plakette auf mich zu. Ihr blondes Haar fällt ihr locker auf die Schultern, und sie wirkt aufgeregt. Ich sehe ein wenig Schweiß auf ihrer Stirn glänzen, als sie sich zwingt, mich anzulächeln. Schwitzen ist auch so ein Anzeichen von Schwäche, denke ich, setze ein Lächeln auf und bereite mich auf ihre Komplimente vor, die unausweichlichen Schleimereien, mit denen sie mich bitten wird, meine Geldbörse zu öffnen und ihr den Inhalt zu übergeben.

»Guten Abend.« Ich entscheide mich, als Erster zu sprechen.

»Guten Abend, Mr Kingsley.« Sie streckt mir förmlich ihre Hand entgegen, und in einem Reflex erwidere ich den Gruß. »Mein Name ist Natalie Vincent. Ich bin die Assistentin von Ava Swanson, der Geschäftsführerin der Swanson Foundation. Es ist uns eine Ehre, dass Sie heute an unserer Benefizveranstaltung teilnehmen. Wir haben Ihnen einen besonderen Platz im Festsaal reserviert.« Sie spuckt nicht die üblichen Plattitüden aus. Wie erfrischend.

»Hier entlang.« Sie neigt ihren Kopf in die Richtung, in die ich ihr folgen soll. Sie wirkt, als erfülle sie einen wichtigen Auftrag, und ihre hohen Absätze beginnen in raschem Tempo über den Marmorboden zu klackern. Ich reiße meinen Blick von ihren langen, schlanken Beinen los und bleibe kurz stehen, um ein paar wichtigtuerische Männer zu begrüßen, von denen ich auf legalem Wege Geld gestohlen habe. So läuft es in der Wall Street, dem einzigen Ort der Erde, an dem Diebstahl belohnt und mit Beifall bedacht wird.

Ich schüttle einige feuchte Hände und erdulde ein paar Klapse auf den Rücken, dann beeile ich mich, zu Ms Vincent zurückzukehren. Sie hat ihren Marsch in Richtung Festsaal unterbrochen und wartet auf mich, einige Schritte entfernt. Ihre Geduld scheint zu schwinden; ich bemerke, wie sie mit dem Fuß auf den Boden tippt, bis ich wieder an ihrer Seite bin. Ich muss unwillkürlich lächeln, denn ich habe noch nie erlebt, dass die Managerin einer Wohltätigkeitsveranstaltung mir mit derartiger Missachtung begegnet. Mir, dem wahrscheinlich großzügigsten Spender des heutigen Abends.

»Entschuldigen Sie«, sage ich und setze mein verschmitztestes Grinsen auf. »Ich mag es gar nicht, eine Frau warten zu lassen.« Ich sehe, wie sie heimlich mit den Augen rollt und ärgerlich Luft holt, während sie sich wieder auf den Weg macht. Und ich muss sagen, ich genieße den Anblick ihres Hinterteils, während sie ein paar Schritte vor mir herläuft.

Ms Vincent und ich betreten den für die heutige Veranstaltung bestimmten Speisesaal. Ich sehe, wie sie am Tisch an der Stirnseite stehen bleibt, und merke, wie Anspannung in mir aufsteigt. Ich hasse es, an dieser Stelle zu sitzen, ganz vorn und im Mittelpunkt. Lieber verschwinde ich in der Menge und beobachte die anderen, statt alle Augen auf mich gerichtet zu wissen. Ms Vincent wendet sich mir zu und zeigt mir meinen Platz und die Tischkarte, auf der mit kühnem Schriftzug »Adam Kingsley« geschrieben steht.

»Sie sitzen neben dem heutigen Festredner, Sir Lawrence Scott. Er ist der Organisator des ›Hauses der Hoffnung‹ in Äthiopien. Ein wunderbares Projekt und ein wunderbarer Mensch.«

»Dann ist ja eine anregende Unterhaltung heute Abend garantiert, da bin ich mir sicher.«

Ich versuche, aufrichtig zu klingen, werde aber abgelenkt von der kunstvollen Diamantkette auf ihrer blassen Brust. Der Verschluss ist nach vorne gerutscht, was den wertvollen Eindruck des Schmuckstücks verdirbt. Als ich meinen Blick von ihrer Brust abwende, schaut sie mich fragend an und fährt fort.

»Anregend ist vielleicht ein wenig übertrieben, sogar was Sir Lawrence Scott angeht.« Sie deutet auf eine Wand mit lauter offenen Türen. »Wenn Sie mir folgen wollen, zeige ich Ihnen den Empfangsbereich für die Wohltäter.«

Wieder trotte ich Ms Vincent hinterher und frage mich, was sie wohl unter ihrem engen schwarzen Kleid trägt. Meine Fantasie beschwört spitzenumhüllte weiche Seide herauf. Wenn ich sie attraktiver fände, würde ich vielleicht herauszufinden versuchen, ob ich recht habe.

Nachdem wir den neben dem großen Festsaal gelegenen Empfangsbereich betreten haben, verlässt mich Ms Vincent, nicht ohne mir zu versichern, dass wir später noch miteinander sprechen würden. Ich trete sofort an eine der in dem großen Raum verteilten Bars und bestelle mein übliches Getränk, einen Scotch, Glenlivet. Falls sie meine Lieblingsmarke vorrätig haben, werde ich mehr spenden. Falls nicht, wird meine Wohltätigkeit deutlich geringer ausfallen. Meine Bestellung ist erfolgreich; die Swanson Foundation scheint heute Glück zu haben.

Während ich auf mein Getränk warte, beobachte ich die Menge und entdecke die üblichen Verdächtigen: allmählich kahl werdende Männer mit Schmerbäuchen und ihrer neuesten Trophäe – Ehefrau oder Freundin – am Arm. Einige der Frauen begegnen meinem Blick mit einem wissenden Ausdruck, habe ich doch bereits auf pikante Weise mit gewissen Aspekten ihres Körpers Bekanntschaft schließen dürfen.

Ich entdecke eine frühere Freundin, Sarah Edmonds heißt sie wohl inzwischen. Sie hat wunderschönes rotbraunes Haar, das in Wellen über ihre alabasterfarbene Haut fällt, aber ihr Lachen klingt widerlich wie das einer Hyäne. Ich muss meinen Blick rasch von ihr abwenden, oder sie wird ihn als Interessebekundung werten. Ich fasse die Ware nicht mehr an, sobald sie jemand gekauft hat. Und sie ist mit ziemlicher Sicherheit gekauft worden. Armer Kerl, dieser Mr Edmonds.

Ich nehme einige Schlucke von meinem Scotch und lasse die Erinnerung an ein paar der schöneren Momente aufsteigen, die ich mit einigen der Frauen hier in diesem Raum hatte. Der Scotch und die kurzen sexuellen Fantasien sorgen dafür, dass sich mein Körper zum ersten Mal seit diesem Nachmittag zu entspannen beginnt. Ich winke dem Barmann zu, damit er mir nachschenkt. Ich brauche noch einige Drinks, bis ich für einen Abend an der Seite von Sir Lawrence gewappnet bin. Verflucht, diese Nacht sollte besser schnell vorbeigehen.

In der gegenüberliegenden Ecke steht eine atemberaubende Schönheit mit rabenschwarzem Haar. Ich drehe mich leicht zur Seite, sodass ich sie besser beobachten kann. Sie ist mir bereits bei einigen Veranstaltungen im letzten Monat aufgefallen, und jedes Mal war sie allein erschienen. Niemand scheint zu ihr zu gehören, was ich seltsam finde, denn natürliche Schönheit wie die ihre ist selten in Manhattan. Ich frage mich, wer sie ist und woher sie kommt. Kein Mensch taucht einfach so und ohne Fanfarenstöße in der New Yorker Gesellschaft auf, vor allem keine Frau ihres Alters, die augenscheinlich single ist. Ich wette, hinter ihr steckt das Kapital einer reichen Familie. Vielleicht ist sie auch das zu herrlicher Schönheit herangewachsene Baby eines Treuhandfonds.

Meiner Vermutung nach ist sie älter als ich, aber ich bin ihr noch nie nah genug gekommen, um die Details ihres Gesichts sehen und ihr wahres Alter feststellen zu können. Ihre strahlende Haut verleiht ihr den Glanz der Jugend, daher ist es schwer zu sagen. Es amüsiert mich, wie die Männer um sie herum an ihren rubinroten Lippen hängen und jedes ihrer Worte begierig aufsaugen.

Die Anhängerschar erinnert mich an eine Szene aus *Vom Winde verweht*, wo sich all diese naiven Knaben aus dem Süden um Scarlett O'Hara geschart haben und ihr aus der Hand fressen. Ich kann beinahe hören, wie sich diese Wahnsinnsfrau mit einem hingeworfenen »Dideldidum!« über die Männer lustig macht.

Feierlich löst sie sich aus der Menge der katzbuckelnden Verehrer und kommt an die Bar, wo ich stehe. Mein Herzschlag beschleunigt sich bei dem Gedanken, sie gleich aus der Nähe zu sehen und vielleicht sogar ein, zwei Worte mit ihr zu wechseln.

Während sie auf mich zukommt, verfolge ich das Wiegen ihrer Hüften. Oh verdammt, und wie sie sich wiegen! Ihr eng anliegendes Kleid betont jede ihrer Bewegungen, und ich bin wie hypnotisiert, vollständig in ihren Bann gezogen. Alles, was ich sehe, macht mich dankbar, ein Mann zu sein. Ihre sexy Schuhe mit Stilettoabsätzen sollten nur an einem von genau zwei Plätzen sein: über meinen Schultern oder auf dem Boden neben meinem Bett.

Endlich blickt sie in meine Richtung, und unsere Blicke treffen sich. In diesem Augenblick bin ich vollkommen ruhig. Ich kann die Intensität dieses ersten Kontakts nicht unterbrechen. Ihre blauen Augen kontrastieren mit ihrer cremefarbenen Haut und sind von ihrem langen schwarzen Haar umrahmt. Sie ist ein echtes Meisterwerk. Eine von einem Künstler erschaffene Schönheit.

Das Nächste, was ich auf ihrem lieblichen Gesicht sehe, ist ein wissendes Lächeln. Es wirkt nicht so, als würde sie mich verspotten, zumindest hoffe ich das. Und in diesem Augenblick entscheide ich, dass ich wissen muss, wer diese geheimnisvolle Frau ist und woher sie kommt.

Bei solchen beschissenen Veranstaltungen folge ich normalerweise der unausgesprochenen Regel, mich niemals selbst jemandem vorzustellen, aber diese Frau muss ich einfach kennenlernen. Jetzt. Ich gehe auf sie zu, verstelle ihr den Weg zur Bar, sodass sie mich unmöglich ignorieren kann. Sie stemmt die Hände in die Hüften und blickt mich erwartungsvoll an.

Ein wenig verunsichert ziehe ich mich auf ein rein geschäftsmäßiges Verhalten zurück. Wieso machen mich die Schönheit und die Mimik dieser Frau derartig unsicher? Ich strecke ihr meine rechte Hand entgegen, aber ihre Hände bleiben auf ihren Hüften.

Tja, verflucht, das ist interessant. Ihr Gesicht hat keine einzige Falte, aber die Art, wie sie mich ansieht, ist faszinierend, strahlt sie doch ein Selbstvertrauen aus, das nur durch Zeit und Erfahrung erworben werden kann. Alles an ihr bezaubert mich, und ihr plötzliches Auftauchen im gesellschaftlichen Leben gibt mir ein Rätsel auf. Aber im Moment ist das Allerwichtigste, dass ihr Körper den meinen in absolute Erregung versetzt hat. Frauen, die ich bei Anlässen wie diesem treffe, lösen so gut wie nie eine derartige Kombination aus. Darum beginne ich zu reden.

»Darf ich mich Ihnen vorstellen? Ich bin Adam Kings –«

Sie lacht, bevor ich meinen Namen zu Ende bringen kann.

»Oh, ich weiß, wer Sie sind, Sie hübscher kleiner Milliardär. Jeder hier im Saal kennt Ihren Namen. Wahrscheinlich kennt Sie sogar der Barmann, den ich gerade aufsuchen wollte.« Sie hält ein leeres Weinglas hoch. »Aber ob Sie wohl wissen, wer ich bin?«

»Ich fürchte, ich habe keine Ahnung.« Mit einem Schmunzeln lege ich mir die Hand auf die Brust und tue so, als fühlte ich mich verletzt und zurückgewiesen. »Und dann werde ich auch noch ›hübsch‹ und ›klein‹ genannt. Das tut weh.«

»Ach, jetzt seien Sie doch nicht beleidigt. Das waren Koseworte.«

Sie kommt mir näher, so nah, dass ich die volle Wölbung ihrer Brüste sehen kann, die in der Seide ihres dunkelgrünen Kleides verschwinden. Mein Schwanz reagiert, habe ich doch den perfekten Aussichtspunkt auf ihre weitgehend entblößte Brust, die sich langsam und gleichmäßig bewegt. Diese geheimnisvolle, immer noch namenlose Frau ist ein verlockendes Rätsel, und ich muss sagen, dass ich erstmals an diesem Abend wirklich Spaß habe.

»Darf ich mich vorstellen? In höflicher Gesellschaft nennt man mich Kathryn.« Ich sehe, wie sie blinzelt und mit ihrer kleinen Zunge über ihre Unterlippe leckt. Ich schlucke heftig.

»Wir haben einen Namen. Das ist ein Anfang.« Ich merke, dass ich sie anlächle. Ein breites Grinsen, ganz im Gegensatz zu meinem normalerweise üblichen Verhalten. »Und was machen Sie so, Kathryn?«

»Sie wollen meinen Beruf wissen?« Ihre Augen bleiben unbeirrt auf mich gerichtet, und ich könnte schwören, dass ich sie spitzbübisch blinzeln sehe. »In meinem Fall ist das eine Fangfrage.«

»Fangfrage oder nicht, ich möchte es trotzdem gerne wissen«, sage ich und hoffe, dass sie noch mehr von sich preisgibt. »Ich habe Sie schon bei anderen Empfängen gesehen. Und doch scheint es, als wären Sie plötzlich aus dem Nichts aufgetaucht.«

»Nicht ganz aus dem Nichts, aber es kommt der Sache nahe. Und wissen Sie, was komisch ist: Sie sind mir ebenfalls aufgefallen.«

Sie kommt noch näher, und wir berühren uns beinahe. »Ich habe mich gefragt, ob wir uns wohl jemals begegnen würden. Wissen Sie, man hat mich vor Ihnen gewarnt.«

»Gewarnt?« Meine Frage klingt hohl und wenig überzeugend: Ich weiß, was man ihr aller Wahrscheinlichkeit nach erzählt hat. Adam Kingsley ist ein Spieler. Ein Schürzenjäger. Und ich kann es nicht einmal leugnen.

»Ja, gewarnt, damit ich auf Abstand bleibe.« Ich erkenne in ihren Augen einen Hauch von Amüsement, und jetzt bin ich mir nicht mehr sicher, ob sie mich nicht doch auf den Arm nimmt. »Ich weiß, wir sind uns eben erst begegnet, aber eine Sache macht mich neugierig. Darf ich Ihnen eine persönliche Frage stellen, Mr Kingsley?«

»Natürlich, aber dann müssen Sie mich Adam nennen.« Ehrlich gesagt möchte ich einfach nur hören, wie sie meinen Namen sagt. Sehen, wie ihre vollen Lippen den Klang formen.

»Lassen Sie uns die Form wahren, Mr Kingsley. Meine Frage ist teilweise beruflicher Art.«

»Beruflich?« Ich weiß immer noch nicht ihren Beruf, nicht einmal ihren Nachnamen, und trotzdem will sie mir persönliche Fragen stellen. Wer ist diese verwegene Frau?

»Ja, beruflich. Ich habe in Psychologie promoviert und berate Paare bei intimen Fragen.«

Intime Fragen? Was zum Teufel soll das?

»Tja, Dr. Kathryn, ich weiß nicht, wie ich Ihnen bei diesem Thema behilflich sein kann. Aber okay, schießen Sie los.« Ich habe das Gefühl, dass ich das noch bedauern werde.

»Wenn ich mich in diesem Raum hier umschaue, sehe ich Frauen, die Sie und unser Gespräch beobachten. Einige sehen traurig aus, andere neidisch. Ich würde gerne wissen, mit wie vielen von ihnen Sie geschlafen haben?« Sie blickt mich mit ernster Miene an. Weder schlägt sie die Augen nieder noch schaut sie weg. In diesem Augenblick verstehe ich, dass sie tatsächlich eine Antwort von mir hören möchte. Ich soll eine Zahl sagen. Verdammt. Ich bin mir nicht sicher, wie ich reagieren oder gar die Strichliste zusammenrechnen soll, daher beschließe ich, es mit Humor zu versuchen.

»Irgendwas zwischen einer und allen von ihnen?«

Sie rollt die Augen, ist mit meiner Antwort nicht zufrieden, aber ich bin noch nicht am Ende.

»Um ehrlich zu sein, am liebsten würde ich antworten: Sie, nur Sie.« Meine Stimme ist kaum mehr als ein Flüstern. »Dass Sie die Einzige in diesem Raum sind, mit der ich geschlafen habe.« Kathryn scheint von meiner Antwort ein wenig überrascht zu sein, aber dann lacht sie, und ich stimme ein. Ich glaube, sie merkt, dass ich sie necke. Aber was ich sagte, ist teilweise wahr, denn keine andere Frau hier reizt mich so wie sie.

»Diejenigen, die mich gewarnt haben, hatten recht.« Ihre Stimmung verändert sich. Ihr Lächeln ist verblasst. »Männer wie Sie werden niemals verstehen, was eine Frau wirklich braucht.«

»Tatsächlich? Verfügen Sie jetzt über Expertenwissen zu meiner Person? Sind Sie meine Richterin und mein Geschworenengericht?« Ich verschränke die Arme vor der Brust und merke, wie Ärger in mir aufsteigt.

»Oh weh, da habe ich wohl einen wunden Punkt getroffen«, sagt sie, wirft den Kopf zurück und lacht mich an. Ganz ehrlich, ich bin nicht amüsiert. »Ja, Mr Kingsley, ich bin in der Tat so etwas wie eine Expertin.«

»Möchten Sie mir das vielleicht erklären?« Ich bleibe kurz angebunden, denn ich bin immer noch verärgert.

»Es ist mir ein Vergnügen.« Sie zwinkert mir zu, und ich fühle mich in einer Zwickmühle. Will ich wirklich wissen, worin sie eine Expertin ist? Wem mache ich etwas vor? Natürlich will ich das!

»Ich bin eine Spezialistin, die Jungs wie Sie zu Männern macht. Ich habe dabei noch nie versagt. Nicht ein einziges Mal. Zumindest sagen das ihre Ehefrauen und Freundinnen.«

»Worin genau haben Sie noch nie versagt? Könnten Sie ein wenig spezifischer werden?« Ich hoffe, sie schluckt den Köder und erklärt mir genauer, was sie tut. Diese Frau verwirrt und frustriert mich.

Sie legt ihre freie Hand auf meine Brust und schiebt ihre zarten Finger unter das Revers meines Smoking von Armani. Ich lasse meine Arme sinken und spüre, wie sie meine Jacke packt und meinen Oberkörper zu sich zieht, bis unsere Gesichter Wange an Wange ruhen. Ihre weichen Lippen berühren sanft mein Ohr.

»Ich nehme vorwitzige, reiche Jungs wie Sie und lehre sie, wie man mit Frauen Liebe macht, bis diese kaum noch ein Wort herausbringen. Vollkommene Glückseligkeit. Das ist es, worin sich die Männer von den Jungs unterscheiden, Mr Kingsley. Sex als Kunstform im Gegensatz zum Ficken für einen raschen Kick.«

Ich merke, dass ich nicht in der Lage bin, ihr eine Antwort zu geben; meine Zunge ist wie gelähmt. Das ist etwas, woran ich nicht gewöhnt bin. Ich habe immer eine schlagfertige Antwort parat. Immer. Ich sehe das Feuer in ihren Augen und dass ihre Lippen sich wieder zu bewegen beginnen. Guter Gott, sie ist noch nicht fertig!

»Sehen Sie, Mr Kingsley, als ich Sie einen hübschen kleinen Milliardär nannte, habe ich jedes verdammte Wort ernst gemeint. Sie sind tatsächlich sehr gut aussehend, ganz außerordentlich sogar, aber Sie sind trotzdem noch ein kleiner Junge.«

Kapitel 2

Ich starre Kathryn eindringlich an, und natürlich entgeht mir nicht der Funke in ihren herausfordernden Blicken. Ich finde keine Worte. Mein Verstand versucht, ihre Meinung über mich zu verarbeiten. Es ist eine Kränkung, die mir wehtun und mich verletzen soll, und ich bin mir nicht sicher, weshalb sie es für nötig erachtet, so scharf und schneidend zu sein.

Aber ich schweige und lasse die Stille sich dehnen, in der Hoffnung, so die Kontrolle zu behalten. Eine Sache habe ich im Geschäftsleben gelernt: Wer während einer heftigen Konfrontation zuerst das Wort ergreift, ist normalerweise derjenige, der den Kürzeren zieht, der kapituliert. Und ich möchte das Spiel, das sie mit mir spielt, gerne gewinnen, was auch immer es sein mag. Also spielt mir mein Schweigen in die Hand, als sie es schließlich bricht.

»Haben Sie Ihre Zunge verschluckt?« Die Worte, die sie schnurrend an mich richtet, sind sanft und verführerisch. Ich wirble die schmelzenden Eiswürfel in meinem Glas herum und betrachte die Tropfen des kondensierenden Wassers. Ich versuche zwar, desinteressiert zu wirken, aber noch nie wollte ich einer Frau so sehr näherkommen wie ihr. Oh, was ich alles gerne mit meiner Zunge machen würde! Meine Augen wandern über ihre kaum verhüllten Brüste. Sie sind voll und echt, ganz nach meinem Geschmack.

Kathryn räuspert sich, als sie merkt, wie ich ihre Brüste bewundere, und ich schaue von ihnen hoch. Ich reiße mich zusammen und gebe ihr eine Antwort. »Eigentlich ist es so, dass ich sehr wählerisch bin, was ich mit meiner Zunge anfange.« Ich beobachte ihre Reaktion und bemerke ein freches Glitzern in ihren Augen. Sie glaubt, ich gehe in ihre Falle, gerate in die Reichweite ihrer Krallen. Da irrt sie sich jedoch.

»Die Gerüchte sagen etwas anderes. Ich denke, das verschlissene Leder Ihres Rücksitzes kann dies bestätigen.« Ein selbstzufriedener Ausdruck blitzt in ihrem Gesicht auf. Einem Gesicht, dessen Schönheit bemerkenswert ist. Ich kämpfe den Drang nieder, mit dem Finger ihre Wangenknochen entlangzufahren, ihre Haut zu spüren, sie zu berühren.

»Sie wissen offenbar eine ganze Menge darüber, was sich auf meinem Rücksitz abspielt. Ja, er hat eine ziemliche Laufleistung hinter sich, aber es gab niemals Beschwerden.« Ich hebe den verwässerten Whisky an meine Lippen, beuge den Kopf zurück und stürze den Rest des Drinks hinunter, schlucke meine Medizin. Dann trete ich an die Bar zurück, stelle das leere Glas mit einem hörbaren Geräusch ab, suche die Augen des Barmanns und nicke ihm zu, damit er mir ein neues füllt.

»Keine Beschwerden?« Sie leckt ihre kirschfarbenen Lippen. Die Farbe steht in Kontrast zu ihrer makellosen, blassen Haut. Diese Kombination rührt an etwas tief in mir. Dunkel. Zügellos. Ich stelle mir vor, wie sie vor mir kniet, die Lippen um meinen Schwanz geschlossen, und an ihm saugt, aber meine Gedanken werden unterbrochen.

»Es tut mir leid, Ihnen Ihre Illusionen zu rauben, aber ich bin mit einigen Ihrer Rücksitzwärmerinnen persönlich bekannt. Ihre Ansichten zu Ihren sexuellen Heldentaten sind kaum schmeichelhaft.« Ich frage mich, mit wem zum Teufel sie wohl gesprochen hat, denn mir gegenüber hat sich nie auch nur eine beklagt, ganz im Gegenteil.

»Waren die auf der Suche nach – wie haben Sie es genannt? – ›Ficken als Kunstform‹?« Während ich rede, frage ich mich, ob sie tatsächlich eine meiner Eroberungen kennt oder ob sie nur versucht, mich auf dem falschen Fuß zu erwischen. »Ich besitze Kunstwerke aller Art. Sie stehen zum Anschauen im Regal oder hängen ganz einfach an einer Wand. Illusionen der Schönheit, geschaffen von Künstlern. Ficken ist roh, tierisch und schweißtreibend. Da gibt es keine Schönheit. Nur selbstbezogene Bedürfnisse, die befriedigt werden wollen.«

Meine Worte haben eine überraschende Wirkung auf sie. Anstatt zurückzuschrecken, kommt sie näher und schiebt ihre Hand meinen Arm hinauf. Sie streichelt mich langsam, lässt die Hand eine Weile ruhen, legt sie schließlich auf meine Schulter. Ihre federleichte Berührung strahlt eine eigenartige, aber mächtige Energie aus, und meine Haut beginnt unter der Kleidung zu prickeln. Ich spüre, wie ihre weichen Finger die Haut über meinem Kragen liebkosen, und schaue auf sie hinunter, als sie durch die Haare in meinem Nacken fährt und meinen Kopf zu sich hinunterzieht. Kathryn lässt ihre Lippen über meinen Unterkiefer wandern und zieht mich noch näher zu sich heran.

»Mr Kingsley«, flüstert sie in mein Ohr, »ich frage mich, gelangen die Frauen, mit denen Sie herumtollen, eigentlich zur Befriedigung? Bringen Sie sie so heftig zum Kommen, dass sie ihren eigenen Namen vergessen? Oder geben Sie ihnen gar nichts? Nicht einmal ein Abschiedsgeschenk oder ihre Würde, wenn Sie sie aus Ihrer Limousine auf den Gehsteig schieben.«

Ich weiche zurück und starre ihr in die Augen. Sie hat mich abgestempelt, als wüsste sie über meine sämtlichen Indiskretionen Bescheid, und es ist ihr bewusst.

Kathryn blickt von meinen Augen zu meinen Lippen und neigt sich wieder in Richtung meines Ohrs.

»Die Wahrheit ist, all Ihr Reichtum kann Sie nicht zu einem Mann machen.« Sie streift mein Ohr mit ihren Lippen, zieht sich dann zurück und beobachtet meine Reaktion.

Ich lenke die Konversation von ihren offensichtlich unzutreffenden Beobachtungen ab und sage: »Aber er macht mich unwiderstehlich.« Die einzige Reaktion, die mir einfällt, ist, sie zu necken und ihre scharfen Fragen auf die leichte Schulter zu nehmen. Doch dies nimmt ihren unschmeichelhaften Vorwürfen nicht die Schärfe. »Allerdings nicht so unwiderstehlich, wie Sie es sind. Hier ist nicht ein einziger Mann, der nicht mit Ihnen zusammen sein möchte. Die Junggesellen ebenso wie die Verheirateten. Aber ich bin der Glückliche, der Ihre Aufmerksamkeit genießt.«

»Oh, Sie sind sehr raffiniert, Mr Kingsley.« Kathryn erwähnt meine Kommentare ebenso wenig wie ich die ihren. Wir tanzen im Kreis unserer Worte umeinander herum. Es ist ein Spiel, ein verbales Vorspiel.

»Ich kann mir vorstellen, vielen Frauen hier ist es unmöglich, Ihnen zu widerstehen. Sie geraten wahrscheinlich in Ihren Gravitationskreis, ohne es überhaupt zu bemerken. Und unterwerfen sich völlig Ihrem Charme. Nur wurde ich nicht ohne Grund vor Ihnen gewarnt. Ich wünsche Ihnen trotzdem viel Glück für den heutigen Abend. Bestimmt findet sich ein hübsches junges Ding, das Ihnen willig zu Diensten sein wird.« Sie zieht ihre Hand zurück, und überraschenderweise fehlt mir ihre Berührung.

Ich fasse mir ans Kinn, frage mich, wer sie wohl vor mir gewarnt hat, und schaue sie von oben bis unten an. Auf keinen Fall werde ich es sie merken lassen, wie sehr mich ihre Bemerkungen getroffen haben und dass sie diesen miesen Tag nur noch schlimmer gemacht haben. Es ist anstrengend, und ich fühle mich wie ein Boxer, der sich in seine Ecke des Rings zurückziehen und sich um seine Verletzungen kümmern möchte. Daher beschließe ich, ihre Ansichten über meine Oberflächlichkeit noch zu bestätigen. Ich lasse meine Blicke suchend durch den Raum wandern und entdecke eine attraktive Brünette, die in meine Richtung schaut. Ich erwidere ihren Blick, lächle und nicke. Kathryn beobachtet die Szene, und ich höre sie lachen.

»Viel Glück, mein Junge.« Ihre Bemerkung trieft vor Verachtung, und sie dreht sich zur Bar, legt die flachen Hände auf das polierte Holz. Dann winkt sie dem Barmann und bestellt ein Glas Weißwein. Mit dem Weinglas in der Hand geht sie fort, ohne mich auch nur von der Seite anzusehen. Auf irgendeine Weise tut mir diese Ablehnung mehr weh als die scharfen Vorwürfe über mein perverses Verhalten.

»Einen Moment, Kathryn. Ich habe es über mich ergehen lassen, dass Sie mich mit einem ziemlich intimen Thema in die Zange genommen haben. Sie könnten mir wenigstens Ihren Nachnamen verraten.«

Ich versuche, abgeklärt zu klingen, obwohl ich spüre, wie verzweifelt ich mehr über sie wissen möchte. Diese Tatsache macht mich alles andere als glücklich. Meine Frage wird nicht völlig ignoriert, denn sie bleibt stehen und sieht mich über die Schulter an.

»Mein Nachname ist Delcour.« Sie antwortet in einem sehr ablehnenden und kalten Ton, der mir überhaupt nicht gefällt, aber ich kann sie einfach nicht fortgehen lassen.

»Sie sind also Französin?«, frage ich und versuche, die Konversation in Gang zu halten.

»Mein verstorbener Ehemann war Franzose. Guten Abend, Mr Kingsley.«

Sie wendet sich ab, und ich bin von ihrem Kommentar überrascht. Wieder hat sie mich sprachlos gemacht. Ihr verstorbener Ehemann? Es ist nur ein winziger Einblick in das, was sie ist, ihre mögliche Herkunft, aber am Ende erklärt es so wenig von ihr. Und ich will mehr wissen. Ich muss mehr wissen.

Ich bin versucht, sie zurück zu mir an die Bar zu ziehen und unser Geplänkel fortzuführen, aber ich halte mich zurück. Stattdessen beobachte ich jede ihrer Bewegungen. Sie schlendert über den teppichbelegten Boden, und jeder Mann, an dem sie vorbeigeht, folgt ihr mit aufgerissenen Augen. Sie sind genau wie ich von ihrer Schönheit überwältigt. Sie schreitet wie auf einer Promenade. Die Männer halten den Atem an, wenn sie an ihnen vorüberschwebt; vielleicht hoffen sie, dass sie stehen bleibt und mit ihnen spricht. Enttäuschung spiegelt sich auf ihren Gesichtern, wenn sie weitergeht. Dann geben sie sich damit zufrieden, die Bewegung ihres süßen, runden Hinterns zu verfolgen. Er ist ein Blickfang, verführerisch in ihr kleines grünes Kleid gepackt, das am Rücken leicht gerafft ist, um die Vollkommenheit ihrer Kurven zur Schau zu stellen.

Am Ende des Raums nähert sich Kathryn einem jungen Mann. Vielleicht ist er das nächste Opfer, mit dem sie spielt oder das sie rücksichtslos foltert. Er ist ungefähr so groß wie ich, also eins siebenundachtzig. Als sie auf ihn zukommt, leuchtet ein einladendes Lächeln auf seinem kindlichen Gesicht auf. Sie haken sich ein. Während sie in sein Ohr flüstert, dreht sie ihn leicht zur Seite, damit sie beide mich sehen können. Ich lehne an der Bar und suche Augenkontakt mit ihnen.

Dann hebe ich mein frisch eingeschenktes Glas Scotch in ihre Richtung. Ein anerkennender Gruß. »Auf das Mannsein«, murmle ich leise und lache über den Irrwitz ihrer Worte. Aber zwei Sachen kann ich nicht leugnen: die Sinnlichkeit ihres Körpers und die nachhaltige Enttäuschung darüber, dass sie sich einem anderen Mann zugewandt hat.

Als Kathryn und ihr neues Spielzeug sich in Richtung des Festsaals aufmachen, bemerke ich, dass die anderen Anwesenden, die sich bis jetzt locker verteilt im Raum aufgehalten haben, ihrem Beispiel folgen. Die

Hauptveranstaltung wird bald beginnen, also muss ich meine After-Party planen. Der heutige Tag erfordert einfach, dass ich mich über eine Frau hermache, und mein Intermezzo mit Kathryn Delcour hat dafür gesorgt, dass mein Schwanz ausgehungert ist. Außerdem wird der Umstand, mich auf etwas freuen zu können, den vor mir liegenden Abend erträglicher machen. Schade, dass Dr. Kathryn bereits beschäftigt ist. Vielleicht ein andermal.

Ich muss mehr über sie herausfinden, verstehen lernen, wer sie ist und wie sie tickt. Aber am dringendsten muss ich wissen, was sie damit meint, Sex als Kunstform zu lehren. Die Bilder in meinem Kopf lassen viele Fragen offen. Ist sie eine Domina? Das ist eine sexuelle Vorliebe, der ich mich bis jetzt nicht unterworfen habe, was in diesem Fall durchaus wörtlich gemeint ist. Aber ihre Berührung hat sich anders angefühlt. Wie ein Phantom kann ich sie immer noch spüren, vom Arm bis zur Rückseite meines Nackens.

Ich finde die hübsche Braunhaarige, die mich vorhin angeschaut hat. Sie ist mir näher gekommen, steht beinahe in Hörweite. Ich winke sie heran und genieße, wie sie sich langsam durch die Menge schiebt. Ich konzentriere mich auf ihren Mund, wird er doch der Gastgeber der heutigen After-Party sein. Er wirkt breit, rot und, was am wichtigsten ist, willig.

Der Geruch ihres Parfüms erreicht mich noch vor ihren Worten. »Mr Kingsley, ich wollte Sie schon lange kennenlernen. Mein Name ist Lizzie. Lizzie Woodward. Die Woodwards vom Navistar Fonds.«

Es könnte mir kaum gleichgültiger sein, wer sie ist. »Bitte lassen Sie die Förmlichkeiten beiseite und nennen Sie mich Adam.« Ich trete so nah zu ihr, dass wir uns beinahe berühren, und schaue in ihre haselnussfarbenen Augen hinunter.

Ich bin viel größer als sie. Und ich komme rasch auf den Punkt. »Ich würde Sie gerne nach dieser Veranstaltung zu einer privaten Party nur für uns zwei treffen. Würde das in Ihre Planungen passen, Ms Woods?«

»Woodward«, korrigiert sie meinen Fehler.

»Oh ja, Ms Woodward. Bitte entschuldigen Sie. Was halten Sie von meiner Idee?« Ich schenke ihr ein aufreizendes Lächeln, im Bewusstsein, dass es die Macht hat, mir die Antwort zu verschaffen, die ich hören will.

»Ich weiß nicht, ob ich mich traue, mit Ihnen allein zu sein«, antwortet sie unschuldig und zwinkert mir zu.

»Sie haben wohl richtig Temperament, oder?«

Ihr Lächeln drückt mehr aus als ihre Worte, und ihre Augen lassen mich erkennen, dass sie meiner Bitte zustimmen wird. »Man sagt mir häufig, dass ich lebhaft bin.«

»Nun dann, lebhafte Lizzie, warten Sie auf mich an der Garderobe, nachdem die Reichen ihre Geldbeutel geöffnet und ihre Schuldgefühle beschwichtigt haben.« Sie sieht plötzlich verwirrt aus; ich vermute, dass ihr Verstand nicht allzu lebhaft ist. »Ich meine, wenn der Abend vorbei ist, Süße.«

»Oh, an der Garderobe, richtig? Ich werde da sein.«

»Bis dann.« Ich vollende meine Einladung mit einem raschen Abgang.

Nachdem ich sie zurückgelassen habe, bewege ich mich mit Leichtigkeit durch die Menge. Die See teilt sich vor mir. Hinter mir wird geflüstert. Einige klägliche Gratulanten versuchen, meine Aufmerksamkeit zu erregen, ich jedoch ignoriere ihre Versuche und genieße ihren Unmut über meine offensichtliche Ablehnung.

Während die Herde die leeren Tische zu füllen beginnt, trete ich zur Seite und rufe kurz den einzigen Menschen an, dem ich vertraue. In New York City ist Vertrauen ein teurer Luxus, und Peters' Ermittlungsdienst ist ein kostspieliges Vergnügen. Peters ist für mich das Ohr am Puls der Dinge. Seine Fähigkeiten bewegen sich häufig hart am Rande des juristisch Zulässigen – was mich nicht stört.

»Peters, ich brauche Hintergrundinformationen.«

»Was immer Sie wollen, Sir. Wie lautet der Name?«

»Nachname Delcour, Vorname Kathryn. Weiß. Alter wahrscheinlich Anfang dreißig. Verwitwet. Sie besucht das heutige Dinner der Swanson Foundation. Ich brauche die wesentlichen Informationen heute Nacht. Die ausführlichen Details morgen früh.«

»Verstanden. Ich melde mich bei Ihnen.«

Ich lege grußlos auf und gehe zum Tisch an der Stirnseite, wo mich Kathryns große blaue Augen begrüßen. Ihre rubinroten Lippen verziehen sich zu einer missbilligenden Grimasse. Ihre Augenbrauen ziehen sich zusammen, als ich mich nähere.

Es verwirrt mich, sie an diesem Tisch zu finden, direkt neben Ava Swanson. Mrs Swanson ist die Geschäftsführerin der Swanson-Stiftung. Ihr Name ist das Gütesiegel für alles, was mit der Organisation zu tun hat. Ein rascher Blick zu Kathryns rechter Seite lässt mich den jungen Mann erkennen, der sie aus dem Empfangsraum hinausbegleitet hat.

Kathryn dreht mir den Kopf zu, als ich neben ihrem Stuhl stehe. Ich habe Glück, denn ihr süßer Lustknabe erhebt sich und geht an den Nebentisch, um dort einen Gast zu begrüßen. Kathryn schaut mit großen, fesselnden Rehaugen zu mir hoch. Ich lächle zu ihr hinunter und sage: »So treffen wir uns wieder, Mrs Delcour.«

»Die Welt ist klein. Oder sind Sie mir gefolgt?« Ihr Gesicht entspannt sich zu einem Lächeln. Was mich überraschenderweise ebenfalls ungezwungen macht.

»Vielleicht ein wenig von beidem.« Ich fahre mit den Fingern über die Lehne ihres satinbezogenen Stuhls und dann ganz leicht über ihre nackte Schulter. Sie erzittert unter meiner Berührung ihrer Haut. Ich stelle mir vor, dass ihre Brustwarzen hart sind und nur darauf warten, dass ich sie berühre. Sie schaut immer noch über ihre Schulter, unsere Augen treffen sich, und ich sehe einen nicht zu verleugnenden Ausdruck von … Begierde. Eine so leichte Berührung kann dieses Prachtweib erregen? Ich hoffe, diese Theorie noch konkreter in die Praxis umsetzen und prüfen zu können, ob ich recht habe.

Ich beuge mich hinunter, flüstere sanft in ihr Ohr, meine Lippen zärtlich an ihr Ohrläppchen gedrückt.

»Eine süße, selbstbezogene Befriedigung tut Ihnen vielleicht auch mal ganz gut, Kathryn. Überlassen Sie die ›Kunstform‹ des Fickens den Idealisten.«

Ich beobachte ihre Reaktion. Sie ergreift die Tischkante und krallt die Finger wie ein Kätzchen in das weiße Tischtuch. Sie erstarrt, wendet sich von mir ab und blickt nach vorne. Ich liebkose immer noch ihre glänzend schwarzen Locken, meine Nase verliert sich in ihnen. Ihre leichte Bewegung setzt den Duft ihres Parfüms frei; ich erkenne einen Hauch von Gewürzen, schwer und exotisch, wie Shalimar. Ich atme lang und tief ein und erinnere mich daran, wo ich diesen Duft das letzte Mal gerochen habe. Eine lang vergessene Kindheitserinnerung.

Ich nehme ihren Duft in mich auf, und sie sitzt still und lässt es geschehen. Diesmal ist sie es, die schweigt. Unbeugsam. Sie blickt geradeaus, während sich der Speisesaal immer mehr mit reichen, oberflächlichen Gesichtern füllt.

»Mir scheint, diesmal hat es Ihnen die Sprache verschlagen.« Mit einem leisen Lachen ziehe ich mich zurück und erwarte, dass sie jetzt ihre Klauen ausfährt, von denen ich weiß, dass sie sie nur verborgen hat. Stattdessen sehe ich sie tief atmen, ihre Brust sich heben und senken, während sie sich mit aller Kraft bemüht, ihren kultivierten und eleganten Umgangsformen gerecht zu werden. Ein gezwungenes und dennoch wunderschönes Lächeln ziert ihre Lippen.

»Sie sind vollkommen unverbesserlich, Mr Kingsley. Schamlos.« Ihre Schelte klingt wie etwas, das Scarlett zu Rhett gesagt haben könnte, während sie die Röcke hob und sich beleidigt abwendete.

Jemand klopft auf meinen Ellbogen und lässt die unsichtbare Blase um uns herum zerplatzen. Absolut unpassend, denn dieser Augenblick, in dem ich Kathryn neckte, hat mir Freude gemacht. Ich richte mich auf und entdecke Ms Vincent neben mir.

»Mr Kingsley, kann ich Sie kurz sprechen, bevor wir mit dem heutigen Programm beginnen?« Ich halte einen Finger hoch und bedeute ihr, dass ich gleich bei ihr sein werde. Ms Vincent nickt zustimmend und geht fort.

»Genießen Sie den Abend, Kathryn«, sage ich, als ich mich umdrehe, um sie zu verlassen. Ich sehe, dass die neben Kathryn sitzende Geschäftsführerin der Stiftung, Ava Swanson, ihr Gespräch mit einem der Mitarbeiter beendet hat und mich überrascht anblickt.

»Guten Abend, Mrs Swanson.« Ich neige grüßend meinen Kopf.

Mrs Swanson dreht sich auf ihrem Stuhl herum, ein breites Lächeln auf dem Gesicht. Sie ist geschmackvoll gekleidet; in ihrem dunkelblauen Kleid mit dazu passender Jacke macht sie einen etwas matronenhaften Eindruck.

Sie reicht mir die Hand und macht Anstalten aufzustehen. »Guten Abend, Mr Kingsley. Was für eine Freude, Sie zu sehen. Danke, dass Sie heute Abend bei uns sind.«

»Das ist doch selbstverständlich, Mrs Swanson, und bitte bleiben Sie sitzen. Sie sehen heute Abend wundervoll aus.« Sie lächelt erfreut und lässt sich wieder in den Stuhl sinken, wobei sie ein paar nicht vorhandene Falten aus ihrem Kleid streicht. Ihre mit Diamantringen bestückte Hand glänzt und zieht einen Augenblick lang meine Aufmerksamkeit auf sich. »Ihre Stiftung ist eine Seltenheit unter den Wohltätigkeitseinrichtungen. Sie ist integer. Und denken Sie daran, ich habe Sie gebeten, mich Adam zu nennen.«

»Danke, Adam. Sie sind wie immer ein Charmeur.«

Ich blinzle der älteren Dame zu, die leicht errötet. Ohne Zweifel war sie in ihrer Jugend eine hinreißende Schönheit. Sie fährt fort. »Seit wir vor zwanzig Jahren begonnen haben, war dies mein Ziel. Ich werde während des heutigen Programms Ihre Unterstützung lobend erwähnen. Ich hoffe, es macht Ihnen nichts aus, im Rampenlicht zu stehen?«

»Ich würde es vorziehen, wenn Sie es schön kurz machen.« Ich bemerke einen fragenden Ausdruck auf Kathryns Gesicht und ein verborgenes Feuer in ihren Augen. Ein Teufelsweib.

Mrs Swanson wirft einen Blick auf Kathryn und schaut wieder zu mir hoch. »Hatten Sie bereits die Gelegenheit, meine Kathryn kennenzulernen?«

»Ihre Kathryn?« Wie jetzt, Kathryn ist die Tochter von Mrs Swanson? Wie interessant. Das erklärt einiges, vor allem, weshalb sie an diesem Tisch sitzt.

»Ja, meine reizende Tochter. Sie ist endlich wieder nach New York gekommen. Jahrelang hat sie in Paris gelebt.« Mrs Swanson legt ihre Hand liebevoll auf Kathryns Arm. Doch diese schürzt ihre Lippen. Sie schäumt vor Wut, weil ihre Mutter sich detailliert über ihr Privatleben auslässt, und ich kann mein Amüsement über ihre Reaktion kaum verbergen.

»Reizend, in der Tat.« Ich schmunzle und nicke als Antwort auf Mrs Swansons Kommentare über Kathryn. »Übrigens haben Kathryn und ich uns bereits in der Empfangshalle getroffen. Ich habe unsere Unterhaltung sehr genossen.«

»Ja, Adam hat mir von seiner liebsten außerberuflichen Aktivität berichtet. Er ist da ziemlich beschäftigt.«

Ich grinse über ihren Witz. Eins zu null für die Miezekatze.

»Ich freue mich sehr, dass Sie sich begegnet sind. Ich habe Kathryn alles über Sie erzählt, auch, wie sehr Sie die Stiftung unterstützen.« Es überrascht mich, dass die Mutter mich billigt, aber ich frage mich, womit ich die Zuneigung der Tochter gewinnen könnte. Kathryn verdreht angesichts der Bemerkungen ihrer Mutter die Augen, und ich merke, dass ich wohl einiges an Überzeugungskraft werde aufbringen müssen. Eine Herausforderung, der ich mich stellen will.

»Wie ich schon sagte, Ihre Stiftung führt jeden gespendeten Dollar einer guten Verwendung zu. Es war mir eine Freude, Ihre Projekte in Afrika zu unterstützen.« Mrs Swanson strahlt mich an, während ihre Tochter ein finsteres Gesicht macht. Der Kontrast zwischen den beiden Frauen lässt mich schmunzeln.

»Siehst du, Kathryn, ich habe dir ja gesagt, dass er ein wundervoller Mensch ist«, sagt Mrs Swanson zu ihrer Tochter und wendet sich dann wieder mir zu. »Sie sollten meine Tochter mal zum Abendessen ausführen, Adam. Sie scheinen ihr Typ zu sein. Außerdem muss sie mal aus ihrer Wohnung rauskommen.«

Liest Mrs Swanson die Klatschkolumnen der New Yorker Zeitungen? Mit Sicherheit nicht, denn dort werde ich nicht im besten Licht dargestellt. Ich bin kein Heiliger und ganz bestimmt nicht der Traum einer Mutter für ihre Tochter.

»Und was ist ihr Typ? Ich muss es mir aufschreiben.« Ich lächle den beiden schönen Gesichtern vor mir zu.

»Nanu, Sie haben ja was von einem bösen Jungen?« Mrs Swanson kichert und zwinkert mir zu. »Aber einer mit einem guten Herzen. Ziemlich genau wie ihr verstorbener Mann.«

Ein Anflug von Traurigkeit überschattet Kathryns Gesicht, als ihr verstorbener Ehemann erwähnt wird. Ich frage mich, ob sie erst kürzlich verwitwet und die Wunde des Verlustes noch frisch ist.

»Bitte, Mutter«, fleht Kathryn, gegen die Freimütigkeit ihrer Mutter protestierend.

»Nun, ich glaube, Sie sind ein größerer Fan von mir als Ihre wunderschöne Tochter. Vielleicht könnten Sie sie ja überzeugen, mir beim Abendessen Gesellschaft zu leisten.«

Kathryn schnauft verärgert und schaut mich mit Augen an, in denen Dolche blitzen. Wahrscheinlich plant sie meine Ermordung.

»Nun, wäre ich jünger, müsste ich nicht überzeugt werden«, erwidert Mrs Swanson lachend, aber Kathryns Ärger ist jetzt gut sichtbar, denn ihr Gesicht wird puterrot. Ich glaube, Kathryn hat die Nase voll von dieser Unterhaltung, und Ms Vincent ist kein Ausbund von Geduld, also beschließe ich, den Spaß zu beenden … Vorläufig jedenfalls.

»Bitte entschuldigen Sie mich, meine Damen, aber ich lasse Ms Vincent nur ungern warten.« Ich weiß, wie die Unterhaltung mit Ms Vincent ablaufen wird. Die Höhe meiner heutigen Spende ist noch offen. Manchmal mache ich ein paar Andeutungen darüber, wie viel ich beizusteuern gewillt bin, aber ich gebe die Summe nicht wirklich bekannt. So stellen die Leute Vermutungen an und küssen meinen Hintern, neben anderen Dingen.

Ms Vincent steuert auf meinen Stuhl neben Sir Lawrence Scott zu. Während wir die wenigen Schritte zurücklegen, bringt sie das unausweichliche Thema auf den Tisch. Wie groß wird mein Scheck ausfallen? Meine Pläne haben sich seit meiner Ankunft verändert. Ursprünglich wollte ich fünfhunderttausend Dollar spenden, ein recht beachtlicher Beitrag für eine Privatperson. Aber jetzt sitzt Kathryn neben Mrs Swanson, und offensichtlich ist sie eine enge Vertraute, sodass ich erwäge, den Betrag zu erhöhen, allein um sie zu beeindrucken. Ich möchte gerne ihre Reaktion sehen, wenn die geradezu obszöne Höhe meiner Spende bekannt gegeben wird. Ich frage mich, ob sie wohl in die Oohs und Aahs der anderen Gäste einstimmen wird? Irgendetwas sagt mir, dass sie keinesfalls beeindruckt sein wird, wenn ich noch eine Null hinten an den Betrag anhänge, oder sie es sich zumindest mir gegenüber nicht anmerken lassen wird. Jetzt muss ich nur noch die Bombe für die arme Ms Vincent platzen lassen.

Kapitel 3

»Lassen Sie uns mit dem Katz-und-Maus-Spiel aufhören, Ms Vincent. Ich werde meine Unterstützung in diesem Jahr deutlich erhöhen.« Ich halte inne, als sie mich fragend ansieht. »Ich möchte heute Abend fünf Millionen Dollar spenden. Ich wünsche mir, dass das Geld für den Bau eines modernen Krankenhauses für die Armen in Afrika verwendet wird. Von Anfang bis Ende. Es soll an nichts fehlen. Meine Assistentin, Mrs Carter, wird Ihnen das Geld morgen überweisen.«

Ms Vincent starrt mich mit offenem Mund an. Fast muss ich vor Lachen prusten, als ich ihren Gesichtsausdruck sehe. In ihrer Verwirrung hat sie scheinbar die Sprache ebenso verloren wie die Fähigkeit, einen zusammenhängenden Gedanken zu fassen.

»Sind Sie in Ordnung?«

Die Farbe ist aus ihrem Gesicht gewichen. Sie ist so bleich wie ein Gespenst. Ich lache leise, während ich darauf warte, dass sie wieder zu sich kommt.

»Habe ich Sie richtig verstanden? Fünf Millionen Dollar?« Ms Vincents Worte sind kaum mehr als ein Flüstern, als ob ihre Lungen alle Kraft verloren hätten.

»Es ist mein absoluter Ernst. Ich habe mich heute Abend für diese Summe entschieden, und wenn ich Ihren Gesichtsausdruck so sehe, scheint mir, Sie wären gerne vorgewarnt worden.«

»Mr Kingsley, das ist, äh, unerwartet, aber wundervoll. Ist Ihnen klar, was wir dank einer solchen Unterstützung alles bewirken können? Worte können gar nicht ausdrücken, wie dankbar ich bin. Weiß es Mrs Swanson schon?«

»Nein, sie hat keine Ahnung. Ich glaube, ich setze mich jetzt hin, und Sie gehen zu ihr und erzählen es ihr.«

Ich ziehe meinen Stuhl vor und setze mich neben Sir Lawrence Scott. Meine Nase umfängt ein intensiver, unangenehmer Geruch nach Mottenkugeln, gemischt mit billigem Aftershave. Ich wende mich der Ursache des widerlichen Gestanks zu. Sir Lawrence Scott ist ein großer, braunhaariger Engländer, der dringend ein Schneidegerät für seine Nasen- und Ohrenhaare bräuchte.

Er streckt mir seinen in Tweed gekleideten Arm entgegen und schüttelt meine Hand. Interessanterweise hat er sich der Kleiderordnung für den heutigen Abend, die einen schwarzen Anzug empfahl, nicht unterworfen.

»Mr Kingsley, es ist so schön, Sie endlich persönlich kennenzulernen.«

»Ganz meinerseits, Sir Lawrence Scott.« Ich atme nur leicht und flach, um zu vermeiden, dass zu viel Luft in meine Lunge kommt. Eine Überdosis dieses muffigen Geruchs würde nur zu Kopfschmerzen führen. Und ich möchte mein geplantes Vergnügen mit der attraktiven Miss Lebhaft nicht verzögern.

»Dank Ihrer Spende im vergangenen Jahr konnten wir ein großartiges Programm finanzieren, das alleinerziehenden Müttern hilft, ihr eigenes kleines Geschäft zu gründen. Es ist wirklich bemerkenswert, wie viel mit ein wenig Unterstützung erreicht werden kann. Hoffentlich haben Sie unseren vierteljährlichen Rundbrief erhalten, in dem wir über unsere Arbeit in Addis Abeba berichten.«

»Aber natürlich«, lüge ich, aber es ist nur eine Notlüge, um seinen Stolz zu bewahren und meine Ahnungslosigkeit zu vertuschen.

Ich bin mir so gut wie sicher, dass seine Rundbriefe auf Mrs Carters Schreibtisch landen und ich sie nie zu Gesicht bekomme. Scott hat offensichtlich keine Ahnung, was es bedeutet, ein Milliardenunternehmen zu führen. An mir zerren Kräfte, die es mir unmöglich machen, mich mit banalen Dingen wie seinem kleinen Rundbrief zu beschäftigen. Ich lese die *New York Times* und einige ausgewählte Finanzjournale. Im Fernsehen sehe ich nur einen Sender, CNBC. Alles andere ist oberflächlicher, den Geist betäubender Müll. Einzige Ausnahme ist meine regelmäßige Spielerei mit Pornos.

Wunderbarerweise wird unsere Unterhaltung dadurch beendet, dass der Moderator des heutigen Abends sich auf dem Podium ans Mikrofon begibt und alle Anwesenden willkommen heißt. Ein afroamerikanischer Mann wird vorgestellt und trägt ein Segensgebet vor. Der letzte Satz erweckt meine Aufmerksamkeit.

»Lieber Gott, erlöse uns von unserer Blindheit gegenüber dem Bösen und von den irdischen Sünden, die unsere Seelen berauschen. Amen.«

Irdische Sünden, die berauschen. Hmm, interessant. Als ein irdischer Zuschauer könnte man diesen Satz als eine perfekte Definition unserer Welt verwenden. Berauscht von den Sünden der Lust und der Gier, um nur einige zu nennen. Dantes Höllenvision, die überall Wirklichkeit geworden ist. Aber tatsächlich ist dieses schlichte Gebet ebenso wie Dantes Inferno nichts anderes als eine Interpretation, geschrieben von einem Menschen, der damit über einen anderen oder auch über sich selbst ein Urteil fällt.

Die erbärmliche Wahrheit über die Art und Weise, wie Sir Lawrence Scotts »Haus der Hoffnung« finanziert wird, bleibt im Verborgenen. Doch ich weiß, woher diese rechtschaffenen Menschen das Geld für ihre guten Taten bekommen. Ich lasse meine Blicke über all die Menschen schweifen, die da vor mir sitzen. Sie sind es, die dem »Haus der Hoffnung« die Kasse füllen. Und diese Männer und Frauen ergreifen jede sich bietende Gelegenheit, um noch mehr Geld und noch mehr Sex zu ergattern. Sie verteilen Anteile ihres Gewinns, um damit ihre Furcht zu beruhigen, dass etwas, das größer ist als sie selbst, sie eines Tages zur Rechenschaft ziehen könnte.

Ich jedoch bin niemandem Rechenschaft schuldig, außer den Anteilseignern meines internationalen Unternehmens.

Die Speisekarte des heutigen Abends enthält ein paar Fremdwörter: Ossobuco – in Madeira geschmorte Kalbshaxe – und »betrunkene Birne« en croûte. Hintereinander werden die Gänge serviert. Gabeln klappern und Stimmen schnattern. Gläser werden geleert und wieder gefüllt. Bei solchen Empfängen schaltet mein Verstand auf Autopilot. Ob bei einem formalen Essen bei Tisch, bei einem Stehempfang oder einer großen Gala, ich verlasse mich auf mein Telefon, das ich immer bei mir habe. Diskret beobachte ich die ganze Zeit meine geschäftlichen Angelegenheiten und kommuniziere mit den Filialen meiner Firma auf der ganzen Welt.

Während des Essens beantworte ich E-Mails. Ich setze mich wegen Simon mit Walter Cox, dem Sicherheitschef meines Unternehmens, in Verbindung. Simon hat nichts mitgenommen, als er aus dem Gebäude geführt wurde. Während Sir Lawrence Scott vorgestellt wird und zu den Gästen zu sprechen beginnt, überprüfe ich meinen Kalender. Die Rede geht gerade zu Ende, als ich vom Telefon aufblicke.

Ich werfe einen Blick auf das Programm und sehe, dass gleich Mrs Swanson sprechen wird. Neben ihr sitzt die reizende Mrs Delcour. Sie wirkt gelassen und sieht absolut wundervoll aus. Sie strahlt noble Eleganz aus. Ich lecke mir die Lippen und wünschte, sie schmeckten nach ihr. Der Gedanke reißt meinen Schwanz aus dem Schlaf, aber heute Nacht wird er sich mit den Lippen von Miss Lebhaft zufriedengeben müssen. Ich kann beinahe fühlen, wie er sich stattdessen nach Kathryns Lippen verzehrt.

Mrs Swanson steht am Mikrofon und dankt Sir Lawrence Scott für seine Präsentation. Höflicher Applaus setzt ein. Sie schaut mich an und zwinkert mir zu, während sie von einem Ohr zum anderen lächelt. Ganz offensichtlich ist sie zufrieden mit meiner Spende.

»Die Swanson-Stiftung feiert in diesem Jahr ihren vierzehnten Geburtstag. Ich habe sie nach dem allzu frühen Tod meines Ehemanns Richard gegründet. In meiner Amtszeit als Geschäftsführerin hatte ich viele Gelegenheiten, das Gute in anderen Menschen zu sehen. Aber heute Abend stehe ich vor Ihnen und bin überrascht: von der Wohltätigkeit eines genialen jungen Mannes, der hier unter uns weilt.« Mrs Swanson streckt ihren Arm mit nach oben gedrehter Handfläche in meine Richtung. »Adam Kingsley, würden Sie bitte zu mir kommen?«

Ich erhebe mich aus meinem Stuhl, stehe nach ein paar Schritten an Mrs Swansons Seite und bemerke ein wissendes Grinsen auf Kathryns Gesicht. Es ist, als könnte sie direkt durch mich hindurchblicken. Genau wie ich vermutet habe, ist sie absolut nicht beeindruckt. Nichtsdestotrotz bereite ich mich auf die bevorstehende Zirkusshow vor, setze ein Lächeln auf und wende mich der Menge zu.

»Ich bearbeite Kathryn. Denken Sie an das, was ich gesagt habe«, flüstert mir Mrs. Swanson leise zu, als ich neben ihr stehe. Sie will also tatsächlich, dass Kathryn und ich zusammenkommen. Vielleicht kann sie sie ja tatsächlich überzeugen.

»Mr Kingsley spendet der Swanson-Stiftung fünf Millionen Dollar. Worte können meine Dankbarkeit nicht ausdrücken. Dank seiner Wohltätigkeit wird es Sir Lawrence' ›Haus der Hoffnung‹ ermöglicht, im Herzen Äthiopiens ein modernes Krankenhaus zu bauen. Dieser Beitrag ist die größte Einzelspende, die unsere Stiftung jemals erhalten hat. Mr Kingsley, im Namen des ›Hauses der Hoffnung‹ und aller, denen Ihre Hilfe zuteilwerden wird, danke ich Ihnen aus tiefstem Herzen.«

Diesmal ist der Beifall donnernd. Diese Art der Aufmerksamkeit ist etwas, das ich normalerweise zu vermeiden versuche. Ich sehe, dass Kathryn zwar applaudiert, aber währenddessen ihrem Lustknaben etwas ins Ohr flüstert. Das ganze Spektakel interessiert sie überhaupt nicht.

Mrs Swanson murmelt nochmals leise Dankesworte und fragt mich, ob ich etwas sagen möchte. Ich versichere ihr, dass ich mich kurz fassen werde.

Als ich ans Mikrofon trete, sehe ich, wie Miss Lebhaft ein paar Tische entfernt wie wild klatscht. Ihr Enthusiasmus dämpft meine Enttäuschung über Kathryns Desinteresse ein wenig, beunruhigt mich aber gleichzeitig. Er scheint mir übertrieben zu sein, fast schon fanatisch. Ich hoffe, ich werde diesen Abend mit ihr nicht bereuen.

»Mrs Swanson, haben Sie Dank für Ihre freundlichen Worte. Anstatt über mich zu sprechen, möchte ich lieber alle hier Anwesenden ermuntern, großzügig zu spenden. Bitte greifen Sie tief in Ihr Portemonnaie und unterstützen Sie eine der besten Wohltätigkeitsorganisationen hier in Manhattan. Sowohl die Zuverlässigkeit als auch die Vertrauenswürdigkeit der Swanson-Stiftung sind einzigartig. Ich danke Ihnen.«

Das Podium wird dem Moderator überlassen, einem Prominenten der D-Liste. Er plappert irgendetwas, versucht sich an einer ziemlich unterdurchschnittlichen komödiantischen Einlage und stolpert dann durch eine peinliche Abschiedsrede. Als er die Bühne verlässt, sehe ich, dass seine Stirn schweißnass ist. Seltsam, bei einem sogenannten Profi.

In der Hoffnung, vor dem Ende der Veranstaltung nochmals mit Kathryn sprechen zu können, begebe ich mich in Richtung ihres Sitzplatzes und sehe, wie der junge Mann sie hinausführt. Wenigstens haben sie dasselbe Ziel wie ich: den Ausgang.

Ich schüttle einige Hände, ertrage, dass mich einige Leute begrüßen, und wehre jeden Versuch eines Gesprächs auf unhöfliche Art ab. An Eddie schicke ich eine kurze SMS mit dem Inhalt »fünf Minuten« und »in Begleitung«. Dann eile ich dorthin, wo ich Kathryn das letzte Mal gesehen habe, und versuche, ihrer Spur zu folgen. Ich will mit ihr sprechen, bevor Miss Lebhaft mich findet.

In einem der goldverzierten Korridore entdecke ich Kathryn und gehe direkt auf sie zu. Sie bemerkt mich und stemmt die Hand in die Hüfte. Als ich vor ihr stehe, begrüßt sie mich mit einem Lächeln.

»Bravo, Mr Kingsley.« Ihr Blick ist durchdringend, verbrennt mich. Eine gefährliche Wärme, die mich in Flammen zu setzen verspricht. Ich merke, wie ich willig mitmache, obwohl ich ahne, dass sie mich auf den Arm nimmt.

»Sie wissen, warum ich diesen ungeheuren Betrag gespendet habe, oder?« Ich blicke forschend in ihr Gesicht und sehe ein Glänzen in ihren Augen, als sie den Kopf zurückwirft. Ihr zarter Hals lockt mich, und ich würde ihn am liebsten berühren und mit den Lippen in Besitz nehmen. Ich trete näher heran, bis sich unsere Körper fast berühren. Sie spürt meine Annäherung, senkt den Kopf und schaut mich an. Ihr Ausdruck wird ernst, das Lächeln und die Leichtigkeit sind verschwunden.

»Natürlich. Sie sind für mich nicht schwer zu durchschauen.« Ich bemerke, dass der junge Mann sich nähert, gehorsam trägt er ihren Pelzmantel im Arm. Wir haben nur Sekunden, bis er neben uns steht.

Kathryn fährt fort: »Nur damit Sie es wissen: Ich bin dankbar für Ihre Gabe, aber nicht sonderlich beeindruckt. Im Leben geht es um mehr als um Geld. Glauben Sie mir, ich weiß das.«

Sie wendet sich dem jugendlichen Störenfried zu, der sich uns nähert. »Kathryn, hier ist dein Mantel.« Der junge Mann taxiert mich fragend. »Danke, John.« Er hilft ihr in den Mantel. »Darf ich dir Adam Kingsley vorstellen? Mr Kingsley, das ist mein Bruder, John Swanson.« Sie beendet die Vorstellung mit einem zierlichen Lächeln.

»Verzeihung, sagten Sie ›mein Bruder‹?« Moment mal. Er ist ihr Bruder? Scheiße.

»Ja, ich bin ihr Bruder. Unsere Mutter ist Ava Swanson.« Er streckt mir die Hand entgegen, erwartet, dass ich sie schüttle, und brav gehorche ich. »Es ist mir eine Freude. Darf ich sagen, dass Sie meine Mutter heute Abend sehr glücklich gemacht haben? Herzlichen Dank für Ihre Spende. Ihre Großzügigkeit kam unerwartet, eine angenehme Überraschung, gelinde gesagt.«

Eine kleine Hand fasst mich am Arm. Ich weiß, wer es ist, bevor ich ihre Begrüßung höre. Lizzie Lebhaft ist eingetroffen.

»Endlich. Ich habe Sie überall gesucht«, gurrt sie und schiebt geschmeidig ihren Arm durch meinen, verbindet uns und besiegelt so mein Schicksal für den Rest dieses verfluchten Abends.

»Ich bin genau da, wo ich Ihnen gesagt habe.« Ich treffe eine Entscheidung. Die Zeit, die ich heute mit Miss Lebhaft verbringen werde, wird kurz sein. Wahrscheinlich nur die Fahrt zu ihrer Wohnung.

Zu meiner Überraschung höre ich Kathryn sagen: »Hallo, Lizzie. Du siehst heute reizend aus.« Scheiße. Ich lege keinen gesteigerten Wert darauf, dass Kathryn die Frau, die ich zum Nachtisch vernasche, namentlich kennt. Ich werfe Kathryn einen verstohlenen Blick zu, und mir scheint, dass sie mein Unbehagen überaus genießt.

»Fährt Mr Kingsley dich nach Hause?« Ich weiß, was ihr Hintergedanke bei dieser Frage ist. Sie will wissen, ob ich Lizzie heute Abend vögeln werde.

Ich schalte mich ein und beschließe, diese unangenehme Konversation zu beenden. »Ja, ich fahre sie heute Abend nach Hause.« Ich lege meine Hand auf Lizzies Arm und wende mich ihr zu. »Mein Fahrer wartet draußen.«

»Wir wollen natürlich niemanden warten lassen, Mr Kingsley.« Kathryn blickt mich ungerührt an. Ihr Gesichtsausdruck verrät nichts.

»Es war nett, Sie kennenzulernen, John. Guten Abend, Kathryn.«

Ich muss hier weg, sofort. Ihre Hand fest in meiner, ziehe ich die erstaunte Lizzie hinter mir her in Richtung Ausgang. Etwas kitzelt an meiner Schläfe. Ich wische mir über die Stirn und erschauere.

Gottverdammt. Schweiß!

Ich schwitze nur zu zwei Anlässen: beim Höhepunkt eines anständigen Ficks oder wenn ich beim Training meinen Körper bis an seine Grenzen bringe. Was ich jetzt auf meiner Haut finde, ist vollkommen inakzeptabel. Angstschweiß. Scheiße, es ist diese Frau, Kathryn Delcour, die mich so aus der Fassung gebracht hat!

Sobald ich Lizzie draußen vor der Tür habe, fällt es ihr in ihren hochhackigen Schuhen schwer, Schritt zu halten. Ich entdecke die schwarze Limousine und Eddie, der auf meine Ankunft wartet. Er sieht mich, nickt grüßend und öffnet die Tür. Ich halte inne und lasse Lizzie zuerst einsteigen. Ich höre, wie sie nach Luft schnappt und mehrmals hintereinander »Wow« und »Oh mein Gott« sagt. Das Innere der Limousine scheint sie sichtlich zu beeindrucken. Bevor ich einsteige, brauche ich von Miss Lebhaft noch ein paar wichtige Informationen. »Wo wohnen Sie?«, frage ich schroff.

»Zwischen der 77. Straße und der Lexington Avenue. Wir können den langen Weg um den Central Park herum nehmen«, antwortet sie mit neckischem Ausdruck. Ihr Vorschlag ist leicht zu deuten: Sie will mit mir schlafen.

Ich grinse sie süffisant an, denn wir nehmen heute bestimmt keinen langen Weg irgendwohin. So viel ist sicher.

Ich nenne Eddie Miss Lebhafts Namen und bitte ihn, zu der Anschrift zu fahren, die sie mir gerade gegeben hat. Er soll den Wagen in ungefähr fünfzehn Minuten vor ihrer Haustür stehen haben. Der Cadillac Escalade ist speziell für mich umgebaut worden, damit er sich wie eine Limousine anfühlt. Der mittlere Sitz ist wie ein drehbarer Kapitänsstuhl. Dort sitze ich normalerweise, es sei denn, ich habe eine Frau dabei. Der Rücksitz ist der ideale Platz zum Ausruhen und lässt sich bei Bedarf sogar flach umklappen.

Als ich dort Platz nehme, bemerke ich, dass Eddie alles für unser Zusammensein vorbereitet hat. Das Licht ist gedämpft, die Musik rhythmisch und verführerisch. Perfekt, um die richtige Stimmung zu erzeugen. Ich schenke zwei Gläser mit gekühltem Champagner voll und winke Lizzie zu mir.

Sie lehnt den Champagner ab. »Ich habe anderes zu tun«, murmelt sie. Ich stelle das Glas beiseite und lehne mich in die butterweichen Lederkissen. Meine Augen fallen zu, während sie mir von ihren Plänen erzählt. Ich spüre, wie Eddie den SUV sanft in Bewegung setzt und unsere Fahrt beginnt.

Lizzie flüstert mir ins Ohr, dass ein so großzügiger Mann wie ich einen angemessenen Dank für seine selbstlose Spende erhalten muss. Mein Kopf ist zurückgelehnt, und meine Augen bleiben geschlossen, als ihre Finger meine Gürtelschnalle lösen, die Hose aufknöpfen und den Reißverschluss öffnen.

Sie zieht meine Anzughose und die Boxershorts herunter, und ich hebe leicht die Hüften an. Ihre Fingernägel fahren die Rückseite meiner Beine hinauf und senden wohlige Schauder durch meinen Leib. Ein leises Stöhnen entfährt meinen Lippen.

Meine Hüften werden mit Küssen bedeckt, als sie sich meinem immer härter werdenden Schwanz nähert. Sie umkreist ihn mit dem Mund und saugt ihn ein. Ein Name und ein Gesicht blitzen vor meinen geschlossenen Augen auf, und ich beiße mir auf die Lippen, um diesen Namen nicht laut zu rufen.

Kathryn.

Miss Lebhafts Hand schließt sich um meinen Schwanz und bewegt sich im Einklang mit ihren Lippen. Ich wiege das Becken und stoße tiefer in ihren willigen Mund. Sie saugt immer heftiger an mir. Ein rascher Rhythmus beginnt und kommt schließlich zu einem eindrucksvollen Ende. Ich habe mich völlig verausgabt. Als ich die Augen öffne, sehe ich, wie Lizzie prahlerisch lächelt und sich mit der Hand den Mund abwischt.

Nachdem ich meine Hose wieder geschlossen habe, setzt sie sich auf meinen Schoß und küsst mich.

»Was für ein beeindruckendes Dankeschön«, antworte ich.

»Gern geschehen. Ich wollte Sie schon lange kennenlernen. Und als Sie mich heute angesprochen haben, hatte ich gehofft, dass dies hier passieren würde. Wir, zusammen, allein.«

Ich merke, wie die Limousine langsam zum Stehen kommt und der Motor ausgeht. Ohne hinauszuschauen, weiß ich, dass wir vor Lizzies Wohnung stehen.

»Wir sind da.«

Sie schaut mich erstaunt an und späht durch die getönte Scheibe. Ihr Mund formt ein kleines »Oh«, als sie erkennt, dass der Teil des Abends, der »Wir, zusammen, allein« bedeutet, bereits zu Ende ist.

»Okay, ich glaube, das ist meine Haltestelle.« Ihr Tonfall spiegelt die Enttäuschung wider, die ich in ihren Augen sehe.

»Danke für das Dankeschön, Miss Lebhaft.« Ich führe ihre Hand an meine Lippen und küsse sie, während ich ihr gleichzeitig in die Augen schaue. Ich spüre, dass ich wenigstens etwas tun muss, um ihr ein wenig Wertschätzung zu zeigen, immerhin hat sie mir ein sehr persönliches Geschenk gemacht. Irgendwo in mir höre ich, was Kathryn vorhin sagte: Ich würde schon ein hübsches, junges, williges Ding finden. Ich vertreibe den Gedanken aus meinem Kopf.

Lizzie ergreift ihren Mantel und ihre Handtasche und wendet sich zur Tür, die Eddie gerade geöffnet hat, pünktlich und präzise wie immer.

»Lizzie, nur noch eine kurze Frage, bevor Sie gehen.« Sie hält vor der offenen Wagentür inne und wendet sich mir zu. Ich lehne immer noch im Sitz. »Haben Sie irgendetwas zu beanstanden? An der Zeit, die wir gerade miteinander verbracht haben?«

»Nun.« Sie zögert, sieht mich an und lässt den Blick über die exzessive Ausstattung meiner Umgebung schweifen. »Nein, keine Beanstandungen.«

Ich lächle und antworte: »Dachte ich mir.«

Die Wagentür schließt sich, und ich weide mich an Miss Lebhafts Kommentar. Kathryn lag falsch mit ihrem Urteil über mich. Keine Beanstandungen. Aber ich habe das Gefühl, dass sie mich nur spöttisch und amüsiert auslachen würde. Und ich spüre auch, dass ich Kathryn mit meiner an Miss Lebhaft gerichteten Frage einen Zugang unter meine harte äußere Schale gewährt habe. Vielleicht ist das alles aber nur die Folge von Simons schockierendem Verrat. Ich verspüre eine ungewöhnliche Besorgnis in mir.

Kapitel 4

Mein Mobiltelefon vibriert in meiner Tasche. Peters ruft an, hoffentlich mit Informationen über die geheimnisvolle Kathryn Delcour. Ich weiß nicht viel über sie. Und was ich weiß, lässt mich mit mehr Fragen als Antworten zurück. Sie ist Mrs Swansons Tochter und wahrscheinlich auch die Tochter von deren verstorbenem Ehemann Richard.

Ich nehme den Anruf entgegen und hoffe, dass ich bald schlauer bin. »Peters. Was haben Sie?«

»Sie ist kürzlich vierunddreißig geworden.« Zwei Jahre Altersunterschied. Meiner Meinung nach kein Hindernis.

»Tochter des verstorbenen Richard Swanson und Ava Swansons.« Nichts, was ich nicht bereits vermutet hätte.

»Kathryn hat einen Bruder, John. Siebenundzwanzig Jahre alt.« Er ist also ein wenig jünger als ich.

»Ich muss noch tiefer graben, aber ich habe etwas sehr Interessantes gefunden. Kathryn Delcours Familie hat eine direkte Verbindung zu den Vanderbilts.«

Moment mal! Ich erinnere mich, wie sie sagte, dass man mit Geld nicht alles kaufen kann, und gleich danach: *»Glauben Sie mir, ich weiß das.«*

»Peters, meinen Sie die Vanderbilts aus New York?«

Er antwortet sofort. »Jawohl. Alte Familie mit viel Geld.«

»Also eine Vanderbilt«, sage ich zu Peters, während ich die Tatsache verarbeite, dass Kathryn eine amerikanische Aristokratin ist und einer Finanzdynastie entstammt.

Um ehrlich zu sein, überrascht mich dies nicht im Geringsten. Vielmehr erklärt es einiges über diese geheimnisvolle Frau. Ihr Erscheinungsbild spiegelt den Schliff einer guten Herkunft und Erziehung und eine gewisse Haltung von Überlegenheit, als wüsste sie über einige der verborgenen Geheimnisse des Lebens Bescheid. Oder vielleicht nur über die meinen. Eine Eigenschaft, die mich nervös macht.

»Ich frage mich, ob sie zusammen mit Anderson Cooper Thanksgiving feiert«, scherze ich. Mein Lachen wird Peters bestimmt erstaunen. Unsere Beziehung ist rein geschäftlich, und ich zeige niemals irgendwelche Gefühle, außer Ärger oder Frust, wenn seine Ergebnisse meinen Informationsbedarf nicht befriedigen.

»Nun, Sir, ich werde noch mehr über sie herausfinden. Ausbildung, Arbeitsverhältnis und soziale Kontakte, sofern Sie wollen?«

»Alles. Ich will alles, bis zum letztmöglichen Detail.« Ich beende das Gespräch. Er weiß, was ich will, und wird es liefern. Wir haben das schon oft gemacht. Normalerweise sind es allerdings Geschäftspartner oder die gegnerische Partei bei Finanzgeschäften, über die er Informationen ausgräbt. Ich bin mir noch nicht sicher, wo Kathryn steht. Nur eines weiß ich gewiss … sie ist wunderschön und verführerisch. Sie erscheint geistreich und unerschütterlich, aber ich zweifle nicht daran, dass sie sich mit der Zeit meinem Charme ergeben wird.

Kathryn hat mit der typischen Frau aus Manhattan nur wenig gemein. Ich muss an sie also anders herangehen als üblicherweise. Die Frauen, mit denen ich mich sonst abgebe, sind im Herzen masochistisch eingestellt; sie wollen Liebe, aber andererseits um jeden Preis mit mir zusammen sein, weil sie glauben, ich sei ein Mann, den sie umgarnen und vielleicht sogar zähmen können.

Bis jetzt blieb das Tier in mir wild und ungezähmt. Doch kann ich mich auch nicht erinnern, dass jemals eine Frau solch ungezügelte Sehnsucht in mir geweckt hätte wie Kathryn Delcour. Und dies bei einer einzigen Begegnung. Ganz schöne Leistung.

Was heute mit Lizzie passiert ist – ein schneller, nicht sonderlich einprägsamer Blowjob –, ist nichts, was eine Frau wie Kathryn tun würde.

Verzweifelte Manöver hat sie nicht nötig. Ihr Auftritt am heutigen Abend hat dies mehr als deutlich gezeigt.

Die Männer, die ich um sie herum sah, versuchten verzweifelt, ihre Aufmerksamkeit zu erregen, doch sie ließ sie ohne Hoffnung auf mehr zurück. Sie ist ein Rätsel. Ein Grund mehr, dass Peters einen gründlichen, ausführlichen Bericht über sie erstellt. Unwahrscheinlich, dass ich ohne fremde Hilfe einen Blick hinter ihre klug errichtete Fassade erhaschen würde. Sie ist vorsichtig. Und sie wurde bereits vor mir und meinem Verhalten gewarnt.

Ich starre aus dem Fenster meines Wagens und sehe die Gehsteige vorüberziehen. Ich versuche, meinen Geist zu betäuben und den vergangenen Tag hinter mir zu lassen. Eddie manövriert das Fahrzeug durch die vertrauten Straßen mit ihren Läden für die Reichen. Hochhaus, Kaffeebar, Restaurant, Boutique. Das Muster wiederholt sich, Block für Block.

Wir nähern uns meinem Wohnhaus in der Fifth Avenue. Mein Penthaus ist in einem der obersten Stockwerke des Hotel Pierre, ein geräumiges, perfektes Heim mit unvergleichlichen Ausblicken auf die Skyline von Manhattan und den Central Park. Die Tür des SUV öffnet sich, nachdem der Wagen vor dem Gebäude zum Stehen kam. Ich steige aus und gebe Eddie die Anweisungen für morgen früh. Dann wünsche ich ihm einen guten Abend und danke ihm für seine Diskretion. Das habe ich noch nie getan. Ich denke nicht darüber nach, warum.

Eine weitere Tür öffnet sich, als ich mich dem Hauseingang nähere. Ich habe gelernt, dass die Reichen hier in New York City selten ihre Türen selbst öffnen. Wir bezahlen andere, das für uns zu übernehmen. Eine etwas seltsame Angewohnheit, an die ich mich aber mittlerweile gewöhnt habe.

Der Türsteher steht in majestätischer Haltung am Eingang und grüßt mich, indem er seine hohe Kopfbedeckung lüftet. Ich hebe das Kinn, nicke in seine Richtung und drehe mich weg. In der Eingangshalle eile ich am Pförtner vorbei, dessen Kopf über ein Buch gebeugt ist, und begebe mich zum Aufzug des Penthauses, der etwas versteckt vor den Augen der Öffentlichkeit am hinteren Ende liegt. Ich gebe den Zugangscode ein: 1958, das Geburtsjahr meiner Mutter.

Ich selbst bin dreiundzwanzig Jahre später geboren worden, in einem verschlafenen Städtchen außerhalb von Philadelphia. Eine ländliche Gemeinde, in der meine Mutter Flora mir das Leben geschenkt, ihr eigenes jedoch niemals wirklich gelebt hat. Verdammt, wie ich sie vermisse.

Aus irgendeinem Grund erinnere ich mich an Kathryns Duft von heute Nacht. Wenn ich die Augen schließe und einatme, kann ich den Augenblick, in dem ich den süßen Duft ihres Parfüms erhaschte, beinahe noch einmal erleben. Ich bin mir sicher, es war Shalimar. Das Parfüm, das auch meine Mutter getragen hat. Ein Therapeut hätte seine Freude an dieser Entdeckung. Die Frau, die ich unbedingt vögeln möchte, verwendet ein Parfüm, das mich an meine Mutter erinnert. Die Tatsache, dass mich das nicht abtörnt, sollte mich in Unruhe versetzen, doch ganz offensichtlich liegt das, was hier in Bewegung gesetzt wurde, völlig außerhalb meiner Kontrolle. Eine seltsame Situation, in der ich mich gerade wiederfinde.

Ich starre mein Spiegelbild in der silbernen Fahrstuhltür an, das seltsam lächelt. Ich lausche dem Ticken der Stockwerksanzeige und frage mich, wie ich Kathryn wiedersehen kann. Ich will nicht auf eine weitere dieser langweiligen Veranstaltungen warten. Meine Finger sehnen sich danach, ihre Haut zu berühren. Mein Körper erwacht beim Gedanken an die Sanftheit ihrer Finger, die leicht wie ein Flüstern meinen Arm hinaufwanderten. Ich schließe die Augen bei der Erinnerung.

Endlich kommt der Aufzug im obersten Stockwerk an. Nur wenige Menschen haben bisher das Privileg genossen zu sehen, was hinter dieser Mahagonitür liegt. Es ist mein Heiligtum, meine Zuflucht fern der Welt. Frauen haben hier keinen Zutritt. Die einzige Ausnahme ist Rosa, meine Haushälterin.

Nachdem ich die Wohnung betreten habe, gehe ich sofort in mein Schlafzimmer. Ich durchquere den Flur, eine Art Galerie. An den Wänden hängen Meisterwerke der modernen Kunst, meist in abstrakten Formen, mit hellen Farben, die beinahe aus der Leinwand herausspringen. Es sind ausgezeichnete Geldanlagen. In meinem Schlafzimmer betrete ich meinen begehbaren Kleiderschrank und lasse die lebhaften Farben hinter mir. Die Raumgestaltung ist beruhigend und gedämpft, den Farben ähnlich, die ich trage. Meine Garderobe ist typisch für Manhattan: Schwarz, Dunkelgrau und zur Abwechslung ein Hauch von Hellgrau. Eine helle Krawatte als Farbakzent. Ich lege meinen Smoking ab und stecke ihn in den leeren Wäschekorb. Rosa wird sich morgen um die Reinigung kümmern und ihn in die Limousine zurückbringen, wo er dann darauf wartet, wieder angezogen zu werden.

Normalerweise beobachte ich am Abend die Eröffnung der ausländischen Märkte; heute lasse ich diese Routine ausfallen. Ich gehe zum Bett und mustere die Leinenbezüge. Ein einladendes Lager, aber ich laufe weiter zum Schlafzimmerfenster, einer Wand aus Glas. Ich weiß, dass ich heute wahrscheinlich keinen Schlaf finden werde. Mein Geist ist zu beschäftigt zum Ausruhen.

Was für ein Tag! Er hat mit der schlimmsten aller Katastrophen begonnen, mit der Nachricht von Simons Betrug. Sein Verrat hat mich im tiefsten Inneren getroffen. Ich kann mir immer noch nicht vorstellen, aus welchem Grund er versucht haben mag, meine Firma in den Ruin zu treiben, jenes Unternehmen, das er selbst mit aufgebaut hat. Vor Kurzem, nach der Trennung von seiner Verlobten, war er am Boden zerstört. Ich habe sie nie kennengelernt, obwohl Simon mehrmals versuchte, mich zu einem gemeinsamen Abendessen zu bewegen. Außerhalb der Arbeit habe ich mit Simon nie etwas unternommen.

Allem Anschein nach war er bis über beide Ohren verliebt. Ich hatte mich für ihn gefreut, weil ich dachte, er hätte endlich eine Frau gefunden, die ihn liebte. Die ihn verstand, die ihm einen Platz in ihrem Leben einräumen würde. Nach der Trennung hatte sich Simon einige Tage freigenommen. Tage für sich nannte er das. So etwas hatte er noch nie getan, daher hätte ich wissen müssen, dass es Ärger geben würde. Aber ich glaubte, die Zeit würde ihm helfen, über alles hinwegzukommen, und er war nie jemand, der andere Menschen um Hilfe gebeten hätte. Also ließ ich ihm einfach Zeit. Und genau das taten auch die anderen Geschäftspartner. Scheint so, also hätten wir da alle einen fatalen Fehler begangen.

Als ich ihn heute im Regen neben meinem SUV stehen sah und er mit dem Finger über seinen Hals fuhr, war nichts als Hass in seinen Augen, ein mörderisches Glühen. Allein die Erinnerung jagt mir einen Schauer über den Rücken. Morgen steht eine Sitzung mit Tom und Patrick im Kalender, meinen beiden anderen Partnern bei Kings Capital. Wir werden versuchen, uns durch alles durchzuarbeiten. Vielleicht können sie mir helfen, einen Überblick zu bekommen und zu verstehen, was Simon dazu brachte, mir oder besser gesagt uns in den Rücken zu fallen. Simons Verhalten mir gegenüber war so absonderlich, dass ich mich langsam frage, ob ich das Ziel der ganzen Sache war. Der Ausdruck in seinen Augen: Das war Rache. Für irgendetwas wollte er mich bezahlen lassen.

Der Abend hat den Tag zumindest für einige Stunden verblassen lassen. Aber seine Ereignisse wirbeln alle noch einmal in meinem Kopf herum. Der Strudel endet mit der Erinnerung, wie Kathryn zu mir an die Bar kommt. Noch einmal erlebe ich den Moment, als sich unsere Blicke trafen und sich ein Lächeln auf ihren Lippen bildete. Meine Gedanken lassen etwas Seltenes aufsteigen: Dankbarkeit. Ich bin tatsächlich dankbar, dass ich bei dieser langweiligen Wohltätigkeitsveranstaltung aufgetaucht bin.

Ich stehe an der Fensterfront und lasse meine Blicke über die neonbeleuchtete Skyline von New York City schweifen. Irgendwo, versteckt und verborgen in der Nacht, sind zwei Kräfte, mit denen mein Geist verwoben ist – Kathryn Delcour und Simon Edwards.

Die eine ist eine leidenschaftliche, wundervolle Frau, voller Geheimnisse und Rätsel. Der andere ein Verräter, ein abgrundtief betrügerischer Freund.

Für den Augenblick lasse ich die Grübelei sein und trete von dem nächtlichen Ausblick zurück. Ich schlüpfe zwischen die kalten Bettlaken, allein, wie immer. Etwas, womit ich bis zur heutigen Nacht nie ein Problem hatte. Bis ich Kathryn begegnete.

***

Ich erhebe mich beizeiten, bevor die Sonne hell am Himmel aufsteigt. Ich habe überraschend gut geschlafen. Eine erfrischende Seltenheit für mich. Ich fühle mich ausgeruht. Ein schönes Geschenk und ein guter Start in den Tag.

Normalerweise neige ich zu Albträumen, die mich kaum mehr als ein paar Stunden pro Nacht schlafen lassen. Mein Arzt hat mir geraten, es mit Schlaftabletten zu versuchen. Nur gefiel mir nicht, was sie mit mir machten. Der nächste Tag fühlte sich dann irgendwie daneben an, als wäre mein Geist anderweitig beschäftigt. Die Pillen habe ich nach einigen Versuchen weggeworfen, kein Wunder. Ich kämpfe lieber mit dem Schlaf, als dass ich mich wie unter Drogen fühle.

In der vergangenen Nacht blieb mein Schlaf frei von den gewohnten Schreckensbildern, und es gab kein Erwachen mit klopfendem Herzen. Stattdessen war ich hart und erregt und mit einer heißen Erinnerung an meinen Traum: Kathryns volle rote Lippen und ihre langen bestrumpften Beine, die sich eng um meine Hüften schmiegten, während ihr süßer Hintern in meinen Händen ruhte. Ich presste ihren Körper gegen mein Schlafzimmerfenster, während ich sie heftig fickte. Herrlich ausgiebiges, stürmisches Stoßen. Hinter uns erhob sich die unendliche Skyline. Und ich sah nichts als ihre lusterfüllten Augen.

Die erotische Erinnerung lässt mich mit einem Lächeln erwachen, zum ersten Mal seit Jahren. Ich überlege, ob ich weiterschlafen soll, denn ich würde gerne wissen, ob ich wieder von ihr träume. Stattdessen kümmere ich mich unter der Dusche um meine Erektion und beginne meinen Tag.

Eine Frühstückskonferenz in der Stadt, bei der es um ein geplantes Softwareprojekt geht, sorgt dafür, dass ich später als erwartet ins Büro komme. Als ich eintreffe, ist Mrs Carter über ihren Schreibtisch gebeugt und sortiert einen Stapel Papiere. Wahrscheinlich ordnet sie gerade die letzten Berichte über meine privaten Anlagebeteiligungen. Ihre Augenbrauen sind sorgenvoll zusammengezogen. Sicher fragt sie sich, ob die heute Morgen vorliegenden Zahlen korrekt sind, und überprüft die Fakten, bevor sie mir die Gesamtsumme präsentieren wird.

Sie weiß noch nicht, dass einige meiner Transaktionen schiefgegangen sind, genauer gesagt: völlig den Bach runter. Ein solcher Verlust ist etwas Neues, einigermaßen frustrierend, aber seltsamerweise amüsiert es mich. Ich sollte den Vorstand des Investitionsgeschäfts einbestellen und mit ihm die Zahlen durchgehen, aber es ist mir nicht wirklich wichtig. Der Verlust von ein paar Millionen Dollar spielt keine Rolle im Vergleich zur Begegnung mit Kathryn Delcour.

»Guten Morgen, Mrs Carter.« Ich gehe raschen Schrittes an ihrem Schreibtisch vorbei und halte inne, als sie aufsteht. Wahrscheinlich will sie mir meinen Kaffee holen.

»Guten Morgen, Sir.« Sie legt die Papiere ab und begrüßt mich mit einem schwachen Lächeln. Möglicherweise fragt sie sich, ob sie mit mir über die Zahlen sprechen soll. Es hat keinen Sinn, dass wir uns jetzt mit diesem Thema befassen.

»Heute früh brauche ich keinen Kaffee mehr. Hatte beim Frühstück mehr als genug«, sage ich im Vorübergehen. »In ein paar Minuten rufe ich Sie rein, damit wir den Tagesplan durchsprechen können. Ich mache noch ein paar Änderungen.« Ich schließe meine Tür, bevor sie antworten kann.

Um zehn Uhr ist das Treffen mit Tom und Patrick geplant, das ich gestern Abend während Sir Lawrence Scotts Rede einberufen habe. Wir müssen über Simon sprechen und über die Konsequenzen seines Fortgangs von Kings Capital. Der Verlust wird schmerzhaft spürbar sein.

Ich setze mich an den Schreibtisch, beantworte ein paar E-Mails und lese einige Berichte. Dann drücke ich den Schalter der Sprechanlage und rufe Mrs Carter.

»Kommen Sie bitte in mein Büro.«

Sie kommt mit lockeren Schritten herein und setzt sich auf den Stuhl vor meinen Schreibtisch, um Ungezwungenheit bemüht, aber ich sehe die Besorgnis in ihren Augen. »Hier bin ich, Mr Kingsley.«

»Ich vermute, Sie haben heute Morgen die Zahlen bekommen.« Meine Worte sind eher eine Feststellung als eine Frage.

»Ich habe gerade die Transaktionsergebnisse durchgesehen. Sie kennen die Ergebnisse?« Sie ringt die Hände und weiß nicht recht, was sie sagen soll, ohne über die Verluste zu sprechen.

»Natürlich. Ich habe diese erbärmlichen Fehlkäufe ja selbst getätigt. Ein seltener Verlust für Kings Capital wie für mich selbst, aber wir werden uns davon erholen. Nach meinem Treffen mit Tom und Patrick um zehn Uhr habe ich einige Telefonkonferenzen. Bitte lassen Sie mir ungefähr um zwölf Uhr dreißig ein Mittagessen bringen; suchen Sie irgendetwas von meiner üblichen Liste aus. Am Nachmittag werde ich die meiste Zeit mit Telefonaten mit Investoren beschäftigt sein. Wir untersuchen eine mögliche Akquisition. Ein neues Social-Media-Start-up.«

»Ja, Sir.« Mrs Carter hämmert meine Instruktionen in die Tasten ihres Laptops.

»Bitte erinnern Sie mich, was für heute Abend im Kalender steht. Ich habe es vergessen.«

Sie schaut mich schockiert an. Ich habe sie noch nie gebeten, meinem Gedächtnis auf die Sprünge zu helfen. Normalerweise ist es mein Gedächtnis, worauf sich andere verlassen.

»Heute ist eine Wohltätigkeitsveranstaltung für die öffentliche Bibliothek von New York. Eine Gala, Abendgarderobe wird erwartet. Ich glaube, es beginnt um sieben Uhr.«

»Okay, bitte informieren Sie Eddie, dass ich Punkt sechs Uhr dreißig hier wegfahre. Das ist alles, Mrs Carter.« Ich entlasse sie, indem ich meinen Sessel zum Fenster hinter mir drehe. Ich höre, dass sie so leise hinausgeht, wie sie gekommen ist.

Ich erhalte einen Anruf von meinem Geschäftsführer, Tom Duffy. Er ist einer der drei Freunde, die vor vielen Jahren zusammen mit mir nach New York gekommen sind. Bereits fünf Anrufe habe ich heute Morgen von ihm ignoriert, denn ich wusste, dass er Zeit brauchen würde, um sich zu beruhigen, bevor wir miteinander reden können. Dieses Mal nehme ich das Gespräch an.

»Ja«, begrüße ich ihn mit fester Stimme.

»Was zum Teufel ist heute Morgen passiert? Hast du den verfluchten falschen Knopf gedrückt?« Er schreit ins Telefon. Ich überlege, ob ich das Gespräch beenden soll, tue es dann doch nicht.

»Okay, ich habe mich bei einer Transaktion verkalkuliert. Das beweist, dass ich auch nur ein Mensch bin.« So versuche ich von der Tatsache abzulenken, dass ich die ganze Sache mächtig verkackt habe.

»Okay, Adam. Du weißt, dass ich dich seit unserem Anfang am MIT kenne. Du hast noch nie etwas derartig in den Sand gesetzt wie diese Transaktionen gestern.« Ich höre, wie er ins Telefon seufzt. Endlich beginnt er, sich zu beruhigen. »Also, schieß los: Was zum Teufel geht hier ab?«

»Ich bin mir nicht sicher. Heute früh bin ich aufgewacht, und da war nichts. Weißt du, was ich meine?«

»Verdammt, wir haben drei Jahre ein Zimmer geteilt. Wie könnte ich deine Scheißträume vergessen? Und heute hattest du keinen?«

»Nein. Na ja, ich habe geträumt, aber das war alles andere als ein Albtraum.« Ich lache.

»Okay, ich komme zu dir. Geh nicht weg.« Das Gespräch ist vorbei, bevor ich etwas erwidern kann, und ich rufe meine Assistentin an.

»Mrs Carter, Mr Duffy ist auf dem Weg.« Es ist nur fair, sie vorzuwarnen. Ich habe das Gefühl, sein Auftauchen wird so etwas wie einen Wirbelwind verursachen oder, wenn man seine Größe bedenkt, wohl eher einen kleinen Orkan.

Während ich auf Toms Ankunft warte, lehne ich mich im Stuhl zurück und klopfe mit den Fingern auf die Tischkante. Ich frage mich, wie viel ich ihm erzählen soll. Er ist der einzige Mensch, mit dem ich so etwas Ähnliches wie befreundet bin. Zwar ist er mit meinen sexuellen Ausschweifungen nicht einverstanden und zieht es vor, unsere Beziehung auf die Firma zu beschränken, dennoch verbindet uns eine lange Zeit. Im tiefsten Inneren weiß ich, dass er immer auf meiner Seite stehen wird, ganz gleich, wie sehr seine Frau Lois darüber spotten mag.

Unser alter College-Sprechchor »Kumpel über alles« geht mir im Kopf herum, als Tom durch die offene Tür poltert.

»Wow. Das hat gedauert! Hast du den Fahrstuhl genommen?«

Er zieht sein Jackett aus und wirft es über den Stuhl vor meinem Schreibtisch. Das bedeutet nur eins: Er hat vor, eine Weile zu bleiben.

»Von wegen. Aufzüge sind für Weicheier«, wirft er mir über die Schulter zu, während er zur Einbauküche der Bürosuite geht. Er öffnet den Kühlschrank, nimmt zwei Wasserflaschen raus und wirft mir eine davon zu.

»Wenigstens funktioniert dein Wurfarm noch bestens.« Ich fange die Flasche auf, öffne sie und trinke das kalte Zeug. Tom war Quarterback der Football-Mannschaft des MIT. Die meisten Leute wissen gar nicht, dass es dort überhaupt ein Football-Team gibt. Sie glauben, wir haben nur Hirn statt Muskeln.

»Weißt du eigentlich, dass ich am MIT immer noch den Rekord der Wurfweite halte?« Tom mimt einen Wurf und tut so, als würde die Zuschauermenge jubeln.

»Manchmal vergesse ich, dass sich in diesem übergroßen Kopf ein Gehirn befindet.« Ich verdrehe die Augen, und er setzt sich mir gegenüber.

»Ach ja, Hirn, du warst offenbar im Tiefschlaf, als du diese Transaktionen veranlasst hast.« Er hält inne und nimmt einen tiefen Schluck aus seiner Flasche. »Aber ich bin neugierig. Keine Albträume?«

»Keine Albträume.«

»Wie kommt's?«

»Gestern war ich bei einer Benefizgala. Die übliche langweilige Scheiße. Ich habe jedoch eine Frau kennengelernt, Kathryn Delcour. Sie ist die Tochter von Ava Swanson. Erinnerst du dich, die Chefin der Swanson-Stiftung? Die Organisation ist nach ihrem verstorbenen Mann Richard Swanson benannt.« Ich lächle spitzbübisch, als ich Toms neugierigen Gesichtsausdruck sehe.

»Ich vermute, du hast sie auf die legendäre Adam-Kingsley-Tour in deiner Limousine mitgenommen.« Tom wackelt mit seinen verdammten Augenbrauen. Kaum zu glauben, dass er einen IQ von hundertsechzig hat.

»Nein, die Limousinenbesatzung war Lizzie Woodward. Diese andere Frau ist älter, nur ein paar Jahre älter als ich, aber Scheiße, sie ist was Besonderes. Und angriffslustig. Sie hat mir erzählt, sie könne Männern beibringen, wie sie Frauen um den Verstand vögeln können. Irgendwas mit Ficken als ›Kunstform‹.« Mit meinen Fingern mache ich Anführungszeichen, als ich Kathryns Worte zitiere.

»Ich frage mich, warum ich nie von ihr gehört habe. Mal abgesehen von der Tatsache, dass ich der verheiratetste zweiunddreißigjährige Mann in ganz Manhattan bin und seit Jahren mit der Singleszene nichts mehr zu schaffen habe.« Tom seufzt.

»Das frage ich mich auch. In letzter Zeit habe ich sie zwar auf ein paar Wohltätigkeitsveranstaltungen gesehen, trotzdem scheint es, als wäre sie aus dem Nichts aufgetaucht. Peters sammelt gerade ein paar Informationen über sie. Heute Mittag sollte ich mehr wissen.«

»Ich muss schon sagen, Adam, sie muss mächtig Eindruck auf dich gemacht haben. Kein Blowjob, kein Fick, und trotzdem willst du was über sie wissen?« Er lacht. »Und du glaubst, die Begegnung mit ihr hat was damit zu tun, dass du keinen Albtraum hattest?«

»Ich weiß es nicht. Aber ich erinnere mich nur an einen Traum von heute Nacht, und darin kam sie vor.« Ich schaue aus dem Fenster und überlege. »Ich hatte sie gegen die Glaswand in meinem Schlafzimmer gedrückt, und ihre Beine waren um mich geschlungen. Sie trug nichts als ein schwarzes Paar Strümpfe …« Meine Stimme verliert sich.

»Scheiße. Sprich weiter, Mann.« Tom wedelt ungeduldig mit den Händen durch die Luft, damit ich fortfahre. Ich halte einen Augenblick inne, um zu Atem zu kommen, denn solche unzüchtigen Gefühle, wie sie die Erinnerung an meinen Traum in mir hervorruft, versuche ich am Arbeitsplatz normalerweise zu vermeiden. Trete ich über die Schwelle meines Bürogebäudes, bleibt mein Intimleben draußen. Ich lasse es wortwörtlich im SUV zurück.

»Du willst die ganzen Details?« Ich bin überrascht, dass Tom etwas über meinen Traum hören will, denn gewöhnlich erzähle ich ihm nichts von meinem Sexleben. Vielleicht ist ein Traum etwas anderes.

»Hey, ich habe doch gesagt, sprich weiter.« Er schaut mich verzweifelt an, wie ein Junkie, der um einen Schuss bettelt.

»In Ordnung.« Ich beschließe, mit der expliziten Fassung weiterzumachen. »Ich habe sie heftig gefickt. Sie hat gestöhnt und sich in meinen Rücken gekrallt. Ich habe ihren Hintern festgehalten und ihre Möse gefickt. Es war heiß. Urtümlich.«

Schweigen breitet sich aus. Eine Seltenheit für Tom, Normalität für mich.

»Wow. Mit der hat es dich wirklich erwischt, Adam. Ich kenne dich seit vierzehn Jahren, aber so habe ich dich noch nie reden hören. Triffst du dich wieder mit ihr?«

»Kathryn sah mich gestern mit einer anderen Frau abziehen. Ich bin mir sicher, sie hat das Mädchen gekannt. Außerdem, wer weiß, wann oder ob ich sie wiedersehen werde?« Ich denke über das »ob« nach. Es verstört mich, und ich weiß, ich werde dafür sorgen, dass sich unsere Wege wieder kreuzen. Es muss einfach passieren. Und es ist nicht nur mein Schwanz, der ihr begegnen oder genauer gesagt in ihr drin sein möchte, sondern da ist noch mehr.

»Mein Gott, wer kann dir oder deiner Kohle schon widerstehen? Obwohl ich mir nicht mal sicher bin, warum. Denn du bist ja der typische Kerl, der eine Frau fickt und fallen lässt«, spottet Tom.

»Stimmt. Mein Leben kommt dir vielleicht abgefuckt vor, aber bis jetzt hat es funktioniert. Schau dich nur mal um, wo wir sitzen.«

Tom fängt an zu lachen. »Wo du recht hast, hast du recht. Wir sitzen im obersten Stock deines Bürogebäudes, sprechen darüber, dass du letzte Nacht seit dem Collegeabschluss das erste Mal gut geschlafen hast und eine Transaktion versaut hast, die diese Firma ein paar Millionen Dollar kosten wird. Liebe Güte, die Medien haben den ganzen Morgen schon über deine Strategie diskutiert. Mir scheint, dein Leben ist prima«, erwidert er sarkastisch und schüttelt den Kopf.

»Was diesen Verlust angeht ...« Mein Computermonitor flackert auf, als eine vorprogrammierte Transaktion durchgeführt wird. Genau gesagt habe ich eine Wette auf die Reaktion des Marktes auf die Verluste unserer Firma gemacht. Eine legale Form des Insiderhandels, bei der ich mein eigenes Opfer bin. Eine Außenseiterstrategie, die mir soeben eine hübsche Dividende beschert hat.

»Was ist los?« Tom stellt sich hinter mich und schaut über meine Schulter auf den Bildschirm.

»Bei uns ist wieder alles in Ordnung. Der Verlust ist mehr als ausgeglichen«, verkünde ich selbstgefällig, ein stolzes Grinsen auf dem Gesicht.

»Gottverdammt, Adam. Du bist ein Glückspilz, du Mistkerl.« Tom klatscht mir seine Hand auf die Schulter.

»Glück hat damit gar nichts zu tun. Ich habe es einfach gewusst. Das gestern war vielleicht ein Fehler, aber der Verlust hat zu Spekulationen auf dem Markt für Computerchips geführt. Die Auswirkungen habe ich mir zunutze gemacht. Was hochgeht, muss auch wieder runterkommen, und umgekehrt, zumindest wenn ich etwas damit zu tun habe.«

»Trotzdem bist du ein Glückspilz und ein Mistkerl.« Tom lacht und boxt mir auf den Oberarm.

»Oh, übrigens bin ich für unsere Konferenz um zehn ein wenig zeitig dran. Du hast in deiner E-Mail geschrieben, es habe mit Simon zu tun. Heute Morgen habe ich seltsame Gerüchte aufgeschnappt. Nur kann sie niemand bestätigen. Und Simon ist auch nicht in seinem Büro. Ich weiß, er hat eine schwierige Zeit hinter sich, aber ich dachte, er ist wieder bei der Arbeit. Gott weiß, die Firma braucht ihn.«

»Ich möchte lieber warten, bis Patrick hier ist. Ich habe keine Lust, alles noch mal zu wiederholen und dieselben Fragen doppelt zu beantworten.«

»Okay, jetzt krieg ich Panik. Vorher hab ich mir nur Sorgen gemacht.« Tom will jetzt gleich Bescheid wissen, das verstehe ich. Er ist niemand, der bis Weihnachten wartet, um zu wissen, was für ihn unter dem Christbaum liegt. Ich gehe davon aus, dass er mir keine Ruhe lässt, bis ich nachgebe.

»Also schauen wir zu, dass Patrick hier raufkommt.« Ich rufe Mrs Carter an. »Bitten Sie Patrick, dass er jetzt schon zu unserer 10-Uhr-Konferenz erscheint. Sagen Sie ihm, es ist dringend.«

»Ja, Sir«, antwortet Mrs Carter, pflichtbewusst wie immer.

Tom steht auf und geht langsam zum Fenster. Sein Blick wandert ins Nichts, sein Gesicht ist ausdruckslos. Er ist tief in Gedanken versunken und hat eindeutig etwas Wichtiges im Sinn. Schweigend warte ich, denn ich will ihn weder stören noch drängen. Endlich sagt er: »Lois ist schwanger.«

»Herzlichen Glückwunsch!« Vorsichtig warte ich auf eine Antwort.

»Ja, klar.« Toms Antwort ist ausdruckslos und dennoch bedeutungsschwer.

Tom und Lois sind in den letzten Jahren bei ihren Bemühungen, endlich ein Kind zu zeugen, buchstäblich durch die Hölle gegangen. Ich habe Tom noch nie so bedrückt gesehen wie letztes Jahr, als seine Frau eine Fehlgeburt hatte. Der Verlust war eine Belastung für ihre Ehe. Hoffentlich verläuft diese Schwangerschaft gut, denn ich kenne kein Paar, das sich so sehr ein Kind wünscht.

»Ich wünsche dir und Lois das Allerbeste, Tom. Wie geht es ihr?« Ich versuche, Toms besorgte Stimmung aufzuhellen.

»Augenblicklich fühlt sie sich gut. Die Morgenübelkeit war grässlich, aber jetzt hat sie die überwunden. Wir haben niemandem etwas erzählt, bis die ersten drei Monate rum waren. Sie ist jetzt in der fünfzehnten Woche.«

Ich stehe auf, gehe zu ihm und lege ihm eine Hand auf die Schulter. Wir sind so lange befreundet, dass ich unmöglich hier sitzen bleiben kann, ohne mich ihm zuzuwenden. Auf eigenartige Weise teile ich seine Besorgnis. Auf dieser Welt ist er der Einzige, der für mich so etwas wie ein Bruder ist.

»Männerabend, diese Woche. Es gibt eine neue Bar in Midtown. Lass uns die mal austesten.«

Er dreht sich zu mir und lächelt. »Danke, Adam, aber ich weiß nicht, ob das eine gute Idee ist. Als wir das letzte Mal zusammen einen trinken waren, hast du mich an der Bar sitzen lassen. Wenn ich mich recht erinnere, bist du mit zwei Frauen weggegangen. Hast es mir treuem Ehemann so richtig reingerieben. Und heiß waren die! Weißt du noch?«

»So ungefähr.« Ich lege eine Pause ein und lasse meine Gedanken zu dieser Nacht zurückwandern. Das Hotelzimmer. Die glänzende Oberfläche der Handschellen. Die Fesseln um die Bettpfosten und um die langen, schlanken Beine. »Die beiden waren gerade mit dem College fertig. Sie waren in derselben Studentenverbindung. Ich wette, ihr Hauptfach war Sadomaso-Sex. Sie waren ziemlich professionell. Wer trägt schon Fesseln und solchen Kram in der Handtasche herum?«

»Mann, was führst du nur für ein Leben, Adam! Manchmal beneide ich dich, und manchmal denke ich, dass du ein durchgeknallter Wichser bist. Eines Tages wirst du dich so richtig verlieben, und dann wird es schwierig. Vielleicht sogar in die Frau von gestern Abend. Wie hieß sie noch mal?«

»Kathryn Delcour.« Ihr Name rollt von meiner Zunge. Allein schon der Gedanke an sie bringt mich zum Lächeln und lässt alle Erinnerungen an die wilde Nacht mit den beiden Mädchen verblassen.

»Wow, schau dir dieses Lächeln an! Diese Frau will ich kennenlernen!«

»Verlass dich nicht drauf. Ich muss erst mal mehr über sie herausfinden. Wir haben uns ja eben erst kennengelernt.«

»Sie geht dir nicht aus dem Kopf, was? Scheint dir unter die Haut gegangen zu sein. Willst du sie nur ficken oder richtig kennenlernen?« Volle Punktzahl an Tom für diese Frage. Er starrt mich an, bis ich antworte.

»Beides«, sage ich ehrlich. Tom erkennt meine Lügen. Er grinst wissend und schüttelt den Kopf. »Wo zum Teufel bleibt Patrick?«

»Netter Themenwechsel«, spottet Tom.

»Das hat dir gefallen, oder?«, gebe ich lachend zurück, und er fällt ein. Ich rufe noch einmal Mrs Carter an.

»Haben Sie was von Patrick gehört?«, frage ich meine Assistentin.

»Ja, Mr Kingsley. Er kommt gerade aus dem Fahrstuhl. Ich schicke ihn gleich rein.«

Als Patrick die Tür meines Büros öffnet, sitzen Tom und ich wieder auf unseren Sesseln.

»Hallo, ihr beiden.« Patrick kommt ins Zimmer und tritt mit einem besorgten Gesichtsausdruck an meinen Tisch. Er ist kaum größer als eins siebzig, aber seine Präsenz ist eindrucksvoll. Er ist ein knallharter Bursche, und ich werde mich jetzt, wo Simon weg ist, wahrscheinlich auf ihn stützen. »Ich habe heute früh ziemlich verrückten Scheiß über Simon gehört. Ich hoffe, du kannst das erklären, Adam.«

»Setz dich, Patrick. Es kann dauern.«

»Sag bloß nicht, dass es wahr ist?« Zorn steigt in Patricks Gesicht auf, als er meine schweigende Bestätigung versteht. »Warum zum Teufel hast du ihn gefeuert? Ohne ein Wort zu Tom und mir?«

Ich stütze meine Ellbogen auf den Tisch, lege die Hände an die Stirn und beuge leicht den Kopf. Das Gespräch lässt sich nicht vermeiden, also hebe ich den Kopf und erzähle von Anfang an.

»Carl Young, unser Sicherheitschef, hat gestern eine E-Mail von Talcott Innovations abgefangen. Carl hat ein geheimes Sicherheitssystem installiert, das die Daten in unserem Netzwerk auf Schlüsselwörter untersucht. Es identifiziert sogar Mails von Internetplattformen wie Google Mail, wenn sich jemand über unser System dort einloggt. Alle Namen unserer Mitbewerber lösen einen Alarm aus. Das System war so geheim, dass nicht einmal Simon davon wusste. Und ihr wisst ja, dass er sonst alles mitbekommt.« Patrick schüttelt ungläubig seinen Kopf, Tom sieht verwirrt aus.

»Die Mail, die Carl gefunden hat, bestätigt eindeutig, dass Simon etwas sehr Wertvolles an Talcott liefern wollte. Er wollte Kings für eine Spitzenposition bei denen verlassen. Sein Plan war, unsere Fireproof-Software weiterzugeben, und zum Dank hätte er einen fetten Gehaltsscheck bekommen. Die Daten von Millionen von Bankkunden wären nicht mehr sicher gewesen, wenn diese Software tatsächlich den Besitzer gewechselt hätte. Das Ganze hätte unsere Firma zum Zusammenbruch führen können.«

»Scheiße, warum sollte Simon so etwas tun?« Tom sitzt auf der vorderen Kante seines Stuhls.

Ungläubiges Staunen spiegelt sich auf den Gesichtern der beiden. Es fällt ihnen ebenso schwer wie mir, zu glauben, dass Simon uns und die Firma verraten würde.

»Er hat sich merkwürdig verhalten, seit sich seine Verlobte von ihm getrennt hat. Ich habe versucht, mit ihm darüber zu reden. Aber ihr kennt ja Simon, er macht alles mit sich selbst aus. Keiner von uns hat sie jemals getroffen. Manchmal habe ich mich gefragt, ob sie überhaupt existiert«, erzählt Patrick in dem Versuch, Simons Verhalten zu begreifen.

»Da gebe ich dir recht, Patrick. Ich bin wütend auf Simon, aber irgendwas stimmt hier nicht«, teile ich ihre Verständnislosigkeit. »Simon stand uns nicht nah, nicht wie wir untereinander. Aber er stand niemandem nah. Wahrscheinlich sind wir seine einzigen Freunde.«

»Ich verstehe das auch nicht«, wirft Tom ein. »Es ist doch nicht Simons Art, wegen einer Frau derartig zu verzweifeln, dass er seine Freunde verrät. Nun gut, vielleicht hatte er auch keine typische Art, aber so einen Verrat hätte ich nie und nimmer von ihm erwartet. Niemals.«

»Carl hat mir letzte Nacht gemailt, wie Simons Weggang von Kings gelaufen ist.« Ich fahre mit meinen Erklärungen der Lage fort. »Carl hat Simon gestern Nachmittag mitgeteilt, dass er im Parterre gebraucht wird. Simon ist ihm gefolgt. Als sie zum Haupteingang kamen, stieß einer der Wachleute aus der Eingangshalle dazu. Simon wurde aufgefordert, Firmenausweis, Firmenkreditkarten und sein BlackBerry-Telefon auszuhändigen. Er hat kurz protestiert, aber Carl hat ihm eine Kopie der Mail von Talcott gezeigt. Von da an hat Simon keinen Widerstand mehr geleistet.

Ich habe vom Auto aus mitbekommen, wie er das Gebäude verlassen hat. Die beiden haben ihn hinausbegleitet.«

Ich verschweige, wie Simon zu meinen Wagen gelaufen ist, die Augen voller Wut und Hass, und sich dann auch noch mit dem Finger über den Hals fuhr. Als ich die gestrige Szene nochmals in mir abspiele, ist es, als würde ich einen Film anschauen, statt mir ein Ereignis aus meinem Leben in Erinnerung zu rufen. Toms Stimme reißt mich aus dem Albtraum.

»Wie machen wir jetzt weiter? Was hast du geplant, wenn öffentlich bekannt wird, dass er weg ist? Unsere Investoren werden sich in die Hosen machen. Die Wall Street auch.« Tom benennt genau die Punkte, die wir jetzt diskutieren müssen. Nichts an diesem Debakel wird einfach werden.

Nach einer beinahe zweistündigen Debatte über die Lücke, die Simon in unserer Firma hinterlassen hat, entscheiden wir uns für die beste Strategie im Umgang mit den Medien und den Anwälten. Wir sind uns einig, dass Patrick vorläufig Simons Aufgaben übernehmen wird. Patricks Stellvertreter wird ihn als Finanzvorstand ablösen.

Als die Konferenz endlich vorbei ist, bin ich erschöpft. Tom und Patrick verlassen mein Büro. Ihre Schultern hängen herab, und ihre Schritte sind schwer. Simons Verrat wird uns noch lange beschäftigen. Unwahrscheinlich, dass er in absehbarer Zeit vergeben und vergessen sein wird. Außerdem wollen wir alle wissen, was Simon überhaupt dazu gebracht hat, uns so in den Rücken zu fallen.

Die Tür schließt sich hinter den beiden, und ich bin allein. Einsamkeit umfängt mich.

Kapitel 5

Mrs Carter benachrichtigt mich, als Peters eintrifft. Um ihm meine ungeteilte Aufmerksamkeit schenken zu können, schließe ich meinen Laptop. Es ist ein Termin, wie er tagtäglich vorkommt, hier im Büro oder am Telefon. Ich muss Dinge kontrollieren und Leute überprüfen. Aber heute richtet sich meine Aufmerksamkeit auf Kathryn Delcour.

Mich interessiert brennend, was Peters herausgefunden hat. Ich brauche Einzelheiten. Meine schweißnassen Hände wische ich an meiner Hose ab und halte inne, als ich merke, dass mich zum zweiten Mal innerhalb von vierundzwanzig Stunden allein der Gedanke an Kathryn Delcour in Schweiß ausbrechen lässt.

»Verdammt«, brumme ich ärgerlich. Peters kommt herein und setzt sich auf seinen üblichen Stuhl.

»Haben Sie etwas gesagt, Sir?« Peters hebt eine Augenbraue und schaut mich fragend an.

»Nein, nein, alles in Ordnung.« Ich lenke rasch von seiner Frage ab. »Was haben Sie?«

»Was wollen Sie zuerst, Kathryn Delcour oder den täglichen X-Bericht?« Peters wedelt mit den beiden Aktenmappen in seiner Hand.

»Gibt es Neues an der X-Front?«

»Alles beim Alten. Wie man so schön sagt: Die Mühlen mahlen langsam, aber gründlich«, sagt er mit einem angedeuteten Lächeln.

»Lassen Sie uns das für heute überspringen. Geben Sie mir einfach die Mappe, und ich schaue mir später alles an. Mich interessiert, was Sie über Kathryn Delcour herausgefunden haben.«

Peters öffnet die Mappe mit der Aufschrift »Delcour, K.«. »Ich habe zwei Kopien gemacht.« Er reicht mir einige Papiere. Informationen über Kathryn, wie ich vermute.

»Ich habe eine intensive und in allen Belangen sorgfältige Untersuchung durchgeführt und außerdem unsere Freunde bei Sprint kontaktiert, die mir noch einen Gefallen schuldeten.« Ich lächle über Peters Begabung, das rechtlich Zulässige ein wenig freizügiger zu interpretieren.

Ich überfliege den Bericht.

PERSON: Kathryn Marie Delcour

GEBURTSDATUM: 15. Februar 1979

ALTER: 34

EHEMANN: Jean-Paul Delcour, 21. Juni 2009 Silbermedaillengewinner bei den Olympischen Spielen. Verstorben am 14. Februar 2011. Todesursache: Unfall. Folge eines Skiunglücks in den französischen Alpen.

AUSBILDUNG: Dalton School, 1998

Barnard College, 1998–1999

Sorbonne, Paris, Frankreich, 1999–2002

Université Paris Diderot, Doktor der Psychologie, 2008

ADRESSE: 997 Fifth Avenue #20A (Upper East Side) New York, NY 10001

Immobilie erworben für $ 6.499.000 am 13.10.2012

Keine Hypothek

Jährliche Nebenkosten: $ 19.229

3 Schlafzimmer, 2 ½ Badezimmer

VORHERIGER WOHNORT: *732 Rue du Bastille, Paris,

Frankreich (17. Arrondissement)

UNTERNEHMEN: The Spiritual Touch LLC, New York, NY

WEBSITE: TheSpiritualTouch.com

Unfassbar, dass Kathryn eine junge Witwe sein soll. Ihre Ehe mit einem Olympiasieger war kurz, dauerte nur ein paar Jahre – bis er starb. Ich stelle mir einen hochgewachsenen, gut aussehenden Mann vor, der sie am Arm hält, während beide lächeln. Meine Finger möchten seinen Namen in den Computer tippen und die Suchfunktion drücken. Ist das Eifersucht?

Oder bin ich einfach nur neugierig und will mehr über den Mann wissen, dem einst ihr Herz gehörte?

Ihre New Yorker Adresse verrät mir, dass wir nur wenige Blocks voneinander entfernt an der Fifth Avenue wohnen. Bestimmt hat sie ihre Wohnung mit dem Geld ihrer Familie gekauft. Wie könnte sie sich sonst einen solchen Luxus leisten?

Aber als ich zum Namen ihrer Firma komme, halte ich beim Lesen inne. Ich frage mich, was zum Teufel das für ein Geschäft ist, das diese Frau führt.

»Ich brauche mehr Details zu ihrer Firma.« Ich schaue Peters direkt an. »Klingt für mich wie der Name eines zwielichtigen Massagesalons.«

»Mir ging es ebenso. Da ich mir schon gedacht habe, dass Sie danach fragen werden, habe ich ein wenig weitergeforscht. Es steht alles in dem Bericht. Mrs Delcour ist eine zertifizierte Tantra-Lehrerin. Laut den Informationen auf ihrer Firmenwebsite hat sie eine erfolgreiche psychologische Praxis in Paris verlassen, nachdem sie …«, Peters hält inne, um von den Papieren in seiner Hand abzulesen, »… ›die Freiheit, Sinnlichkeit und heilende Kraft des Tantra‹ erlebt hat, was auch immer das sein soll, Sir. Es scheint, als hätte sie damit nach dem Tod ihres Mannes begonnen. Er hat seine Silbermedaille übrigens im Riesenslalom gewonnen. Sie ist erst kürzlich wieder nach New York City gezogen, hat diese Firma eröffnet und macht jetzt, was Tantra-Lehrer halt so machen.«

»Das meinte sie also, als sie sagte, sie würde Männern beibringen, ›Frauen um den Verstand zu vögeln‹. Ich glaube, Tantra ist eine Sexualpraktik aus dem Fernen Osten, so eine Lehre mit New-Age-Techniken. Aber das ist es auch. Mehr weiß ich nicht«, sage ich und murmle dann: »Aber ich muss mehr herausfinden.« Dann grinse ich. »Und ich dachte tatsächlich, sie spricht über ihre eigenen Liebhaber.« Kathryns Kommentar über ihre Semiprofessionalität ergibt nun mehr Sinn. Ich muss mehr über Tantra herausfinden, denn ich bin völlig fasziniert.

»Peters, Sie erwähnten, Sie hätten unsere Mobiltelefonfirma um einen Gefallen gebeten. Ich hoffe, es geht hierbei um GPS-Signale.« Ich bemerke, dass ich an den Rand meines Sessels gerutscht bin und gespannt auf Peters' Antwort warte.

»Genau. Wir haben Zugriff auf die GPS-Ortung ihres Telefons. Ich habe Ihnen eine App dafür gemailt. Klicken Sie auf den Link und laden Sie sie herunter, dann kann es losgehen.« Er zeigt auf mein Mobiltelefon, das auf dem Schreibtisch liegt.

»Woher wussten Sie, dass ich Einblick in ihr Privatleben nehmen will?« Ich starre Peters an.

»Nennen Sie es Vorahnung. Abgesehen von Ihrem leiblichen Vater haben Sie noch nie um Informationen über eine Person gebeten, mit der Sie keine Geschäftsbeziehung pflegen. Und diese Anfrage schien mir persönlich zu sein. Stimmt's?«

»Voll und ganz, wie immer, aber dafür bezahle ich Sie ja auch – dass Sie es richtig machen.«

Peters lächelt zufrieden.

»Fürs Erste hab ich, was ich brauche«, sage ich abschließend, während ich die Dokumente durchblättere, die Peters mir gegeben hat. »Aber suchen Sie weiter. Ich möchte gerne wissen, warum sie zum Studium nach Paris gegangen ist. Weshalb hat sie New York verlassen? Mailen Sie mir alle Ergänzungen zu diesem Bericht, die Sie finden können. Das ist alles für heute.«

Auf dieses Stichwort hin verlässt mich Peters, und ich gehe die Papiere von Kathryns Bericht durch. Sie ist kein ganz so großes Geheimnis mehr, bleibt für mich aber trotzdem ein Rätsel. Ich hoffe, dass ich noch mehr erfahre.

Ihre Bildung ist ein Spiegel ihrer Herkunft: Es sind alles Eliteschulen. Es ist ungewöhnlich, dass sie für ein Jahr in Barnard war und ihr Studium dann in Paris abgeschlossen hat. Hoffentlich kann Peters mehr über diesen Wechsel herausfinden. Ich habe Paris mehrere Male besucht, und es fällt mir nicht schwer, sie mir dort vorzustellen. Eine schöne junge Frau, vergraben in ihren Büchern, die ganz nebenbei die Männer um den Verstand bringt.

Ich ziehe die erste Seite des Berichts wieder aus dem Papierstapel, lege sie obenauf und finde die Internetadresse ihrer Firma. Ich öffne meinen Laptop und tippe sie ein. Meine Finger fliegen über die Tastatur. Ihre Homepage öffnet sich auf meinem Bildschirm, mit ihrem Bild rechts auf der Seite.

Scheiße, was für ein kokettes Lächeln, mit einer Spur von Verführung in ihren Augen. Wunderschön. Sie raubt mir den Atem. Mein Blick kann sich nicht einmal von ihrem Gesicht losreißen, damit ich lesen kann, was auf der Seite steht. Es ist mir im Moment egal.

Ich bin nie impulsiv, außer jetzt; in meinem Kopf entsteht ein Plan, und dann geht es los. Ich nehme die Verfolgung auf. Jetzt sofort. Es ist Zeit, Mrs Swansons mütterlichem Rat zu folgen und die schöne Kathryn zu überzeugen, mit mir zu Abend zu essen.

»Mrs Carter, sagen Sie bitte alle Konferenzen für heute ab. Vereinbaren Sie für morgen eine Telefonkonferenz mit den Investoren. Sagen Sie ihnen, ich …« Mir fällt keine gute Entschuldigung ein, weil ich derartige Termine sonst niemals absage. »Ach Scheiße, erfinden Sie einfach irgendeinen Grund. Und informieren Sie Tom Duffy, dass er und Lois mich heute bei der Benefizgala für die öffentliche Bibliothek von New York vertreten sollen.« Lois liebt es, Veranstaltungen zu besuchen, wo sich Prominente mit der New Yorker Elite mischen. Möglicherweise tut es ihr sogar gut, heute auszugehen, und Tom auch.

»Ja, Sir. Noch etwas?«

»Stellen Sie heute keine Anrufe durch. Ich will nicht gestört werden. Benachrichtigen Sie mich nur, wenn es etwas wirklich Dringendes mit Alarmstufe Rot ist.« Ich höre, wie sie dies bestätigt, und schicke Eddie eine SMS, damit er mich in zwanzig Minuten abholt.

Dann greife ich nach meinem BlackBerry und öffne Peters' E-Mail mit der App für die GPS-Ortung von Kathryns Telefon. Der Download funktioniert reibungslos. Ich warte darauf, dass der blaue Punkt auf dem Display erscheint, und grinse durchtrieben, als er sichtbar wird. Gleich werde ich auf der Lauer liegen, bei einer Adresse in der Fifth Avenue.

***

Das Wetter an diesem Nachmittag ist sonnig und angenehm, ein leichter Wind fährt durch mein Haar. Ich bin dankbar, dass es nicht regnet, so wie gestern. Ich lehne an meinem glänzenden schwarzen Cadillac Escalade, der unerlaubterweise vor der Hausnummer 997 in der Fifth Avenue parkt. Ich habe meine Krawatte abgelegt und den Kragen geöffnet, behalte aber das Sakko an. Ich stecke die Hände in die Taschen, nachdem ich noch einmal die Uhrzeit und Kathryns blauen Punkt überprüft habe.

Seit ein paar Stunden warte ich hier schon auf Mrs Delcour. Währenddessen habe ich im Internet gesurft und die Welt des Tantra erkundet. Was für ein heißer Scheiß! Je mehr ich darüber lese, desto verwirrter bin ich. Ich schalte wieder Kathryns GPS-App ein und bemerke, dass der blaue Punkt sich ein wenig bewegt hat, aber nicht außerhalb des Hauses ist, vor dem ich Wache halte. Hoffentlich bedeutet dies, dass sie endlich ihre Wohnung verlassen wird. Ich bin mir nicht sicher, wie lange Eddie hier noch parken kann. Der Verkehr wird dichter, je näher die Rushhour rückt.

Ich richte meine Aufmerksamkeit auf den Türsteher. Seine Bewegungen signalisieren, ob ein Bewohner kurz davor ist, das Gebäude zu verlassen. Der Mann sieht entspannt und selbstbewusst aus, während er sich mit den Hausbewohnern unterhält, die kommen und gehen.

Der Türsteher setzt sein breitestes Lächeln auf und greift nach dem Türgriff, um jemanden hinauszulassen. Ich halte den Atem an. Mein Herz beginnt zu rasen, weiß ich doch ohne jeden Zweifel, wer es ist, sobald sie in mein Blickfeld tritt. Es ist Kathryn, das Gesicht dem Türsteher zugewendet. Sie wirft anmutig den Kopf zurück und lacht. Von da, wo ich stehe, kann ich sie kaum hören.

Dann schwingt sie ihre Tasche über die Schulter, dreht sich um und beginnt, in meine Richtung zu gehen. Ich genieße ihren Anblick, beobachte sie, die mich noch nicht bemerkt hat. Zerzaustes, welliges Haar. Hautenge Jeans, die in hohen schwarzen Lederstiefeln stecken. Ihre Hüften haben den erregenden Schwung, der mir bereits gestern Nacht aufgefallen ist. Mitten im Gehen schaut sie auf und bleibt stehen, als sie mich sieht.

Unsere Blicke treffen sich, und sie wirkt verwundert, vielleicht auch verwirrt. Zu Recht, denn so etwas habe ich noch für keine andere Frau getan. Wenn ich ihre weit aufgerissenen blauen Augen richtig deute, weiß sie das auch. Mein Auftauchen kommt unerwartet, aber nach einem kurzen Augenblick wirkt sie eher amüsiert über die Tatsache, dass ich ihretwegen hier bin. Sie senkt kurz den Kopf, hebt ihn dann wieder. Vielleicht mussste sie kurz wegschauen, um sich zu vergewissern, dass sie mich wirklich gesehen hat.

Ich merke, wie sich mein Lächeln zu einem aufreizenden Grinsen verzieht, mein typischer Ausdruck, wenn mich eine Frau interessiert und ich auf der Jagd bin. Ich stecke mein Telefon in die Tasche, denn ich muss Kathryn nicht mehr orten. Stattdessen beobachte ich, wie sie näher kommt und allmählich kapiert, dass ich wirklich da bin.

Verdammt, sie ist ein herrlicher Anblick! Zu sehen, wie sie mir entgegenkommt, war das lange Warten wert. Mein Herz rast immer noch erwartungsvoll.

Kathryn bleibt vor mir stehen. Ihre strahlenden Augen leuchten, und ich kann diese Göttin vor mir nur mit einem Wort beschreiben: atemberaubend. Sie beginnt zu sprechen, aber ich bringe ihre rubinroten Lippen zum Schweigen, indem ich meinen Zeigefinger darüberlege. »Pst«, flüstere ich und nehme den Finger weg, und ihre Lippen bleiben stumm.

»Guten Tag, Mrs Delcour. Ist es nicht ein schöner Tag? Ich bin froh, dass Sie die Enge Ihrer Wohnung verlassen haben. Ich frage mich, ob Sie schon Pläne für das Abendessen haben. Könnte ich Sie für eine gemeinsame Mahlzeit begeistern?« Ich mache eine Pause und sehe, wie sich der Ausdruck ihres schönen Gesichts von Überraschung zu Amüsiertheit wandelt. »Ich folge nur dem Vorschlag Ihrer Mutter.«

»Lassen Sie den Unsinn mit ›Guten Tag‹ und so. Sie sind unverschämt, Mr Kingsley! Stehen hier und warten auf mich, als hätten Sie sonst nichts zu tun.« Sie stößt ein Lachen aus. »Ich würde Sie ja gerne fragen, wie Sie mich gefunden haben, aber ich bekomme gerade das Gefühl, dass Sie sowieso schon alles über mich wissen. Wahrscheinlich sogar meine BH-Größe und mein Lieblingsparfüm.« Grinsend kommt sie näher, bis sie mich beinahe berührt. Eine Position, die mir gut gefällt.

»Das ist einfach. Körbchengröße D, Shalimar, und Sie sind Tantra-Lehrerin.« Die BH-Größe und das Parfüm lassen sie unbeeindruckt, aber sie kommt mir überrascht oder möglicherweise ein wenig verunsichert vor, als ich Tantra erwähne.

»Meine Güte, Sie wissen ja echt alles!« Sie zieht die Brauen zusammen und schüttelt ungläubig den Kopf.

»Ich gebe zu, dass ich ein wenig über Sie herausgefunden habe, nicht jedoch die Antwort auf meine Frage: Abendessen?« Ich hebe eine Augenbraue und lächle sie ermutigend an. Normalerweise verschafft mir diese Kombination immer die gewünschte Reaktion, aber bei ihr ist alles offen.

»Nun, Mr Kingsley, Sie sind ziemlich von sich überzeugt, oder?« Sie lacht, und ich nicke zustimmend, denn ich weiß, dass dies eine meiner Grundeigenschaften ist. Unsicherheit kenne ich nicht, und ihre Abwesenheit war immer nützlich. »Aber glauben Sie nicht, dass es zum Abendessen noch ein wenig zu früh ist? Wir sind hier in New York. Niemand isst vor sieben Uhr zu Abend.«

Sie versucht, mich abzulenken, indem sie ihre Finger über das Revers meines Sakkos wandern lässt. Offenbar hat diese Frau eine Vorliebe für Anzugjacken. Ich beschließe, mir dieses kleine Detail zu merken. Als sie die Hand wegzieht, bemerke ich eine goldene Uhr von Cartier an ihrem schlanken Handgelenk.

»Wenn ich schon Ihre BH-Größe kenne, können Sie mich bestimmt auch beim Vornamen nennen.«

»Über diese Bitte muss ich nachdenken, Mr Kingsley. Eins ist aber sicher: In diesem Auto fahre ich mit Ihnen nirgendwohin.« Sie zeigt auf die schwarze Karosserie, an der ich lehne, und die Enttäuschung trifft mich mit voller Wucht. Ablehnung ist etwas, das ich von den Frauen, hinter denen ich her bin, nicht gewohnt bin. Aber eigentlich kann ich mich gar nicht an das letzte Mal erinnern, als ich hinter einer Frau her war. Normalerweise werden sie von mir magnetisch angezogen.

»Und warum wollen Sie nicht mit mir in meine Limousine steigen? Ich setze mich auch auf meine Hände.« Ich würde am liebsten anfügen »bis wir ein paar Blocks weit gefahren sind«, überlege es mir aber anders.

»Ich zweifle an Ihrer Fähigkeit, Ihre Hände von irgendetwas abzuhalten.« Ihre Zweifel sind wahrscheinlich berechtigt. Sie verdreht die Augen, als mein diabolisches Lächeln sie bestätigt. »Die Frage kommt jetzt etwas spät. Aber was machen Sie eigentlich hier? Abgesehen davon, dass Sie mir hinterherspionieren.«

»Ich habe mir den Nachmittag freigenommen. Übrigens auch den Abend. Alles abgesagt. Ich wollte wissen, ob Sie mich zum Essen begleiten. Ich glaube, diese Frage hatte ich bereits gestellt.«

»Lassen Sie mich das klarstellen, Mr Kingsley, Sie haben vor meinem Wohnhaus gestanden, in der Hoffnung, dass ich herauskomme, bevor Sie hier verhungern?« Ihre Frage ist neckend. »Ich will überhaupt nicht wissen, wie Sie herausgefunden haben, dass ich zu Hause war. Sie wissen schon, dass das ziemlich gruselig ist, oder?«

Wenn ich ihr beichte, dass ich ihr Mobiltelefon mithilfe von GPS-Technologie orten kann, werde ich aller Wahrscheinlich nach einen langweiligen, einsamen Abend verbringen. Allein und mit dem Wunsch, dass ich den Mund gehalten hätte.

Also ist meine beste Strategie, zu lügen oder zumindest die Wahrheit ein bisschen zu dehnen. »Wie Sie schon sagten, wir sind in New York. Wer isst schon daheim zu Abend? Ich war mir sicher, dass Sie sich irgendwann sehen lassen. Scheint, als hatte ich recht.« Ich blinzle und tippe mir mit dem Zeigefinger an die Schläfe; ein Versuch, sie von meiner hellseherischen Fähigkeit zu überzeugen. Ich lächle, als meine Bemerkung ihr endlich ein süßes, kleines Kichern entlockt. Ablenkung ist meine Verbündete. Mutig umschließe ich ihre schmale Hand mit meiner und ziehe sie enger an mich heran. So eng, dass ich jetzt genau in ihre Augen schauen und erkennen kann, wie kleine violette Flecken einen Kontrast zu dem hellen Blau bilden. Eine neue Entdeckung an dieser wundervollen Frau. Die kleinen violetten Punkte leuchten und reflektieren die Nachmittagssonne wie die Facetten eines Edelsteins.

Ich beschließe, eine Antwort von ihr zu erzwingen. Ich will sie bei mir haben. Keine Verzögerungen mehr.

»Lassen Sie mich Sie irgendwohin bringen. Wohin Sie wollen. Sie dürfen es sich aussuchen. Sagen Sie Ja?« Meine Bitte ist eher ein sanftes Flehen, denn ich hoffe, sie zu überzeugen und zu verzaubern.

»Sie beherrschen das Spiel der Verführung wirklich perfekt.« Sie schaut mich kritisch an und zieht sich zurück. Ich bereite mich auf eine Niederlage vor, obwohl ich noch keinerlei Hinweis dafür habe. »Ich werde es wahrscheinlich bereuen, aber ich komme mit. Allerdings unter einer Bedingung.«

»Okay. Welche Bedingung?« Ich kann es kaum glauben, dass ich mir ihre Forderungen anhöre. Das ist neu für mich. Wenn ich mit einer Frau zusammen bin, gebe ich niemals die Kontrolle aus den Händen. Aber seltsamerweise macht es mich jetzt total an. Ich spüre, wie mein Schwanz gegen den Stoff meiner Hose drückt, und das Bedürfnis, tief in ihr zu stecken, überflutet mich.

»Sie folgen mir in mein Revier, und da bleiben wir auch. Capisce?«

Ich lächle und nicke, gebe ihrer strengen Forderung nach. Sie hat mich am Haken. Ich frage mich, welcher Strategie ich wohl gefolgt wäre, wenn sie Nein gesagt hätte. Glücklicherweise werde ich es nie erfahren. Meine Würde bleibt zumindest teilweise intakt.

»Ich war auf dem Weg zu einem guten Freund, den ich in einem Café um die Ecke treffe, und ich bin bereits spät dran.« Sie klingt beunruhigt und vielleicht ein wenig betrübt, weil ich sie noch länger aufhalte. »Wenn Sie mögen, folgen Sie mir einfach.«

Sie eilt an mir vorbei und lacht, während sie mich über die Schulter anschaut. »Kommen Sie?«

Ich öffne die Tür des Escalade und bitte Eddie zu warten. Ich weiß, dass er und ich der Gnade dieser großartigen Frau ausgeliefert sind. Rasch laufe ich ihr hinterher und vernehme ein unüberhörbares spöttisches Lachen. »Das habe ich mir gedacht.«

»Ich glaube, ich werde Ihnen einfach ein bisschen hinterherlaufen. Die Aussicht ist, äh, also, sie ist …« Mir gehen die Worte aus, als sie stehen bleibt, sich umdreht und mir wieder entgegengeht. »Sie sind vielleicht eine Nummer, Mr Kingsley.« Sie wirft ihr Haar zur Seite, und mich berührt ein leichter Hauch von Shalimar. »Ich bin mir nicht sicher, ob ich will, dass Sie hinter mir gehen. Es macht mich nervös. Ihr Platz ist an meiner Seite. Ich muss sehen, was Sie machen. Kein Versteckspiel. Verstanden?«

»Aha, noch eine Bedingung.« Ich gluckse und genieße die spielerische Stimmung zwischen uns. Ich kann mich nicht entsinnen, wann ich schon einmal eine solche Leichtigkeit mit einer Frau erlebt habe, oder überhaupt mit irgendeinem Menschen. Ich vermute, Toms Verrücktheit kommt dem am nächsten, aber mit ihm ist es einseitig, sein Humor und seine Witze gehen gewöhnlich auf meine Kosten. Und, vielleicht das Wichtigste überhaupt, er hat nicht die verlockenden Kurven dieser Frau. Ich merke, dass ich lächle. Ich genieße das Ganze.

»Vor dem Hintergrund Ihrer Geschichte sind meine Regeln etwas, an das Sie sich gewöhnen müssen. Sie sind an der kurzen Leine, Mister.« Bestimmt macht sie nur Spaß, aber ich muss wohl Benehmen zeigen. Im Wissen, dass ich wahrscheinlich wieder mit ihr aneinandergeraten werde.

Wir werden beobachtet, und Fremde drehen sich um, als wir vorbeigehen. Die Männer schauen Kathryn an, voller Begierde, und dann sehen sie mich an ihrer Seite gehen. Ihre neidischen Blicke erinnern mich an die gestrige Gala, und ich frage mich, was mit jener Kathryn passiert ist, die ›Männern beibringt, Frauen um den Verstand zu vögeln‹. Die Schönheit ist da, aber ihr Biss scheint gemildert. Vielleicht war es gestern der Wein oder die Aussicht, dass wir einander nie wiedersehen würden. Eines ist sicher, wir werden beim Essen etwas trinken. Ist es zu früh für harte Getränke? Ich bete im Geheimen, dass es nicht so ist.

Folgsam laufe ich mit ihr die 81. Straße bis zur Madison Avenue hinunter, vorbei an Kunstgalerien, die vom einen Block entfernt liegenden Metropolitan Museum gesponsert werden. Gelegentlich werfe ich ihr einen verstohlenen Blick zu; jedes Mal lächelt sie mich an. Die Energie zwischen uns lässt sich nicht verleugnen. Sie ist elektrisch, und ich schwöre, sobald wir uns berührten … flögen die Funken.

Als wir um die Ecke in die Madison Avenue biegen, erfasst uns von hinten ein Windstoß und weht ihr Haar nach vorne. Bevor ich überhaupt nachdenken kann, streiche ich ihr die widerspenstigen Strähnen aus dem Gesicht. Meine Finger fahren über ihre Wange, und unter meiner Berührung hält sie kurz den Atem an.

Ich kämme die windzerzausten Strähnen zurück, ziehe die Finger durch ihr weiches Seidenhaar.

»Ihr Haar ist wundervoll.« Meine Stimme ist leise, aber sie hört mich und lächelt. Ein Anflug von Röte breitet sich über ihren Wangen aus. Es ist offensichtlich, dass auch ich eine körperliche Reaktion in ihr auslöse.

Das Gefühl berauscht mich. Und mich beherrscht nur noch ein einziger Gedanke: Wie gerne ich sie um den Verstand vögeln würde.

»Danke«, sagt sie. »Ihres ist, äh … sexy. Es ist das Erste, was mir an Ihnen aufgefallen ist.«

»Tatsächlich?«, necke ich sie.

»Ja, abgesehen von der Tatsache, dass Sie der bestaussehende Mann im Saal waren.« Sie bleibt plötzlich stehen. »Wir sind da.«

Ich würde gerne auf ihre letzte Bemerkung zurückkommen, aber der Augenblick ist vorüber. Wir sind am Ziel. Wir stehen auf dem Gehsteig vor einem Lokal namens Nectar Coffee Shop. Die Fassade des Cafés besteht aus Glastüren, die alle offen stehen und zur Seite geklappt sind, damit die Gäste wie im Freien sitzen können. Ich führe Kathryn unter die Markise, meine Hand schleicht sich mit leisem Druck an ihren unteren Rücken.

Hoffentlich können wir später noch mal darauf zurückkommen, was sie über mich denkt. Meine Aufmerksamkeit konzentriert sich auf die Worte »… Sie waren der bestaussehende Mann im Saal«. Ein stolzes Lächeln ziert meine Lippen, aber es verblasst schnell, als wir uns einem großen dunkelhaarigen Mann nähern, den manche Leute definitiv als gut aussehend bezeichnen würden. Scheiße, das muss der Freund sein, den sie treffen will. Diese Entdeckung beunruhigt mich zutiefst.

Er lächelt sie strahlend an, und sie erwidert das Lächeln. Es ist ein vollkommen anderer Gruß als der, den sie mir vor ihrem Wohnhaus schenkte. Die Blicke der beiden verraten, dass zwischen ihnen ein intimes Verhältnis herrscht, eine vertraute Zweisamkeit.

Ich trete einen Schritt zurück, auf das hier bin ich nicht vorbereitet. Peters hat in seinem Hintergrundbericht nicht erwähnt, dass sie einen Freund hat. Ich bin aus der Bahn geworfen, weiß nicht, worauf ich mich einlasse. Der Mann lächelt mit einem Mund voller leuchtend weißer Zähne, gibt ihr diesen üblichen Scheinkuss auf beide Wangen und umarmt sie, eng. Dabei schmiegt sich ihr zarter Leib an ihn und geht unter seinem starken Oberarm beinahe verloren.

»Chérie.« Sein Akzent ist französisch. »Wunderschön, wie immer.« Einen britischen Akzent kann ich ertragen, aber diesen nicht, seinen nicht.

Er zieht sie fort zu einem kleinen Tisch am Rand des Cafés, fast schon draußen. Kathryn ignoriert mich, und fast scheint es, als bemerke der Franzose nicht einmal, dass ich hier stehe. Mir ist nicht klar, ob das Absicht ist, aber ich folge den beiden, um es herauszufinden.

»Danke, Jacques«, haucht sie und entzieht sich seinen Armen. »Du bist gut gelaunt. Deinen Nachmittagskaffee hattest du schon, oder?«

Während Kathryn mit ihm spricht, scheint es, als ob ich nicht da wäre. Sie schenkt mir keine Aufmerksamkeit mehr und geht mit dem Franzosen davon, ohne auch nur zurückzuschauen. So vollkommen ignoriert zu werden kratzt an meiner Würde, also schreite ich ein. Ich habe heute diesen verdammten Tanz mit ihr begonnen, also werde ich ihn auch weiterführen. Nur, wenn ich ehrlich bin, habe ich versucht, mit ihr gleichzuziehen, seit wir uns begegnet sind. Das Beste, was ich tun kann, ist, hier ein wenig Boden zu gewinnen, statt ihn an einen anderen Mann zu verlieren. Ich trete vor und setze mich auf einen Platz an ihrer Seite.

»Kathryn, ich nehme an, dies ist Ihr Freund.« Ich sehe ihn sich zu mir umdrehen. Endlich nimmt er meine Gegenwart wahr. Das Spiel hat begonnen, und ich reiche ihm die Hand zum üblichen Gruß unter Gentlemen. »Adam Kingsley.« Das Revier ist markiert.

Jacques, wie Kathryn ihn genannt hat, ergreift meine Hand so fest, dass es fast schmerzt. »Dr. Jacques LeBaron. Moment mal, sind Sie nicht dieser Wall-Street-Mogul?« Ich nicke und kann es verflixt noch mal kaum fassen, als er mit seinem blöden französischen Akzent zu lachen beginnt. Aber ich finde an unserer Begegnung nichts lustig. Was für ein verfluchter Bastard. Mich durchfährt eine heiße Wut, als weiter kichert.

»Wie wäre es, wenn Kathryn und ich mitlachen dürften?« Ich verberge den Ärger in meiner Stimme nicht. Ich versuche es nicht einmal.

»Es tut mir leid.« Der Franzose bedeckt seinen Mund mit der Hand und versucht, sein verdammtes Lachen zu unterdrücken. »Ich entschuldige mich. Sind Sie mit Kathryn hier?«

»Ja, Mr Kingsley ist mit mir hier. Was ist so komisch, Jacques?« Kathryn wirkt ebenso verwirrt wie ich.

Als der Franzose erfährt, dass ich mit Kathryn hier bin, sieht er ein wenig verunsichert aus und duckt sich unter meinem Blick. Meine Selbstsicherheit in diesem unangenehmen Augenblick übertrumpft ihn, und ich fühle mich wie ein Sieger. Aber dann bemerke ich, wie er zur Seite schaut. Auf dem Tisch, den er offensichtlich für Kathryn reserviert hat, liegt eine Mappe. Jetzt ist es sonnenklar. Mit großen Buchstaben steht ein Name darauf. Woodward, L.

Die Akte von Fräulein Lebhaft? Scheiße. Warum hat der Franzose überhaupt eine Akte, die etwas mit dem Blowjob der letzten Nacht zu tun hat? Er sieht mich an, greift rasch hinüber, um den Namen auf der Mappe zu verdecken, und beginnt dann, auf Französisch zu murmeln, zu leise und undeutlich, als dass ich es verstehen könnte.

»Kathryn, kann ich mit dir sprechen … allein?« Der Franzose zieht die Brauen zusammen, und seine Blicke fliegen zwischen Kathryn und mir hin und her.

»Natürlich, Jacques. Nur eine Sekunde.« Kathryn schaut mich an, legt den Kopf schräg als Zeichen, dass wir uns bewegen sollen, also stehe ich auf, und wir gehen einige Schritte zur Seite.

»Es geht hier um meinen Tantra-Unterricht. Ich muss kurz mit ihm allein reden.« Sie blickt zu mir hoch, und ein leises Lächeln tanzt auf ihren vollen Lippen.

»Okay.« Meine Stimme ist verhalten, denn ich bin mit der ganzen Situation überhaupt nicht einverstanden. Ich möchte gerne wissen, was der Franzose mit ihrem Unterricht zu tun hat.

»Hören Sie auf mit dem Getue.« Sie verdreht ihre Augen. »Jacques ist Psychologe am Mount Sinai Hospital. Er hatte eine Praxis in Paris, und wir haben häufig zusammengearbeitet. Gelegentlich hat er einen Klienten, der in meinem Fachgebiet Hilfe benötigt. Er ist der klinische Psychologe, ich bin mehr die Praktikerin.«

»Ja, dieses ›Frauen-um-den-Verstand-Vögeln‹, das Sie unterrichten.« Meine Worte sind spöttisch.

»Daran erinnern Sie sich?«

Wie, verdammt noch mal, hätte ich diesen Kommentar je vergessen können? Und jetzt ist es nicht der Franzose, sondern sie, die mich auslacht. Ich erkenne den Vamp wieder, dem ich letzte Nacht begegnet bin. »Jacques will mir die Akte einer Klientin geben, mit der er heute früh gearbeitet hat. Anscheinend kennt sie mich und braucht etwas Hilfe und Anleitung bezüglich ihres Liebeslebens. Sie hat explizit darum gebeten, dass ich das mache. Er hat mir vorhin schon einige Details erzählt, aber ich habe versprochen, mir die Akte anzuschauen. Können Sie uns dafür ein paar Minuten Zeit geben? Patientenrechte und so weiter.«

»Ich warte draußen. Ich muss sowieso einen Anruf erledigen.« Ich hole mein Telefon aus der Innentasche meines Sakkos und gehe an den Zeitungsstand vor dem Café.

Als ich die Bedeutung und Folgen ihrer Worte zu verarbeiten suche, steigt in mir tiefe Panik auf; etwas, das ich selten empfinde. Lizzie Woodward, meine Begleitung der letzten Nacht für die Fahrt in der Limousine, ist ausgerechnet jene Patientin, die dieser Psychologe heute früh behandelte. Und möglicherweise wird sie Kathryns neue Schülerin. Der Franzose hat ihren Namen nervös vor mir verborgen, also liegt die Schlussfolgerung nahe.

Das liebe Fräulein Lebhaft hat sicherlich meinen Namen erwähnt, und wahrscheinlich steht er auch irgendwo in ihrer Akte und wartet nur darauf, dass Kathryn ihn liest. Und ich ahne, dass das, was der Franzose aufgeschrieben hat, alles andere als schmeichelhaft ist. Ich stecke knietief in der Scheiße. Meine Hoffnungen, Kathryn kennenzulernen, sind schon ruiniert, bevor ich überhaupt anfangen konnte.

Kathryn hat letzte Nacht erwähnt, dass sie etwas über einige der Frauen weiß, mit denen ich zusammen gewesen bin. Sie deutete an, dass diese mit mir alles andere als zufrieden waren. Einige waren sogar so weit gegangen, sie vor mir zu warnen. Ich erinnere mich, wie Kathryn Lizzie in der Eingangshalle vor der Garderobe begrüßt hat. Sie kannten einander vor der letzten Nacht, und ich befürchte, jetzt werden sie sich wieder treffen.

Ich hatte fälschlicherweise angenommen, dass sie sich von irgendeiner Gesellschaft her kannten, aber stattdessen scheint ihre Beziehung beruflicher Art, die einer Patientin zu ihrer Therapeutin oder ihrer verdammten Tantra-Lehrerin.

Ich blicke in das Café. Der Franzose spricht lebhaft, während Kathryn mich aufmerksam beobachtet. Ich mache mir rasch bewusst, was das alles bedeutet, und muss lachen, denn ich habe es tatsächlich geschafft, meinen ersten Versuch, eine Frau aufzureißen, für die ich ein echtes emotionales Interesse und nicht nur schwanzgesteuerte Lust empfinde, total zu versauen. Es ist ironisch, wie teuflisch sich das Schicksal gegen mich verschworen hat. Würde ich an Karma glauben, hätte ich jetzt etwas zum Nachdenken.

Vielleicht sollte ich Eddie anrufen. Mich geschlagen geben und ihm sagen, dass er mich abholen soll. Er wartet um die Ecke, und noch würde ich pünktlich zu dieser Wohltätigkeitsgala kommen. Ich könnte Mrs. Carter bitten, Tom anzurufen und ihm zu sagen, dass ich doch selbst hingehe. Ich muss nur die Erklärung dafür weglassen … oder vielleicht doch nicht? Es ist eigentlich einfach: Ich habe meine Chancen bei Kathryn verspielt.

Ich konzentriere mich wieder auf den Bildschirm meines Telefons, schütze ihn vor dem direkten Sonnenlicht. Auf dem Display wird ein verpasster Anruf von Peters angezeigt. Ich kann es kaum erwarten, seinen Arsch an die nächste Mauer zu nageln, weil er Kathryns Hintergrund nicht ordentlich recherchiert hat. Was heute passiert ist, werde ich nicht tolerieren. Es ist völlig inakzeptabel. Ich bin in eine Situation geraten, in der ich wie ein Idiot dastehe.

Als ich vom Telefon hochschaue, sehe ich, wie Kathryn über etwas lacht, das der Franzose gesagt hat, ziemlich sicher auf meine Kosten. Ich kann ihre Unterhaltung kaum hören, aber ich weiß, dass sie auf Französisch geführt wird. Ihr schwarzes Haar schwingt zur Seite, als sie sich zu mir umdreht. Ihr Mund zeigt ein warmes Lächeln. Es ist für mich bestimmt. Und es lähmt mich, mit Ausnahme jenes Körperteils, der unwillentlich auf die roten Lippen und verführerischen Augen dieser schönen Frau reagiert. Sie winkt mir zu zurückzukommen, und ich gehorche. Wie eine Motte, die in eine Flamme fliegt.

Ich muss allerdings eine Entscheidung treffen. Soll ich mich zusammenreißen und ertragen, was jetzt mit Kathryn und dem Franzosen vor mir liegt, oder soll ich einfach eine andere Frau finden, die mir bei der Bibliotheksgala den Hosengürtel aufschnallt? Was werde ich wählen?

Ich habe das Gefühl, ein Teil von mir weiß es bereits, denn meine Füße bewegen sich schon in Kathryns Richtung.

Kapitel 6

Als ich ins Café zurückkomme, stopft der Franzose die Akte von L. Woodward eilig in seinen Aktenkoffer. Seine wütenden Bewegungen und sein rauer Umgang mit den Papieren verraten, dass er gereizt ist. Nachdem er seinen Koffer geschlossen hat, senkt er den Kopf und drängt sich an mir vorbei. Seine einzigen Worte sind ein ruppiges »Schönen Tag noch«.

Ich drehe mich auf den Sohlen meiner schwarzen Oxfords herum, sehe, wie er das Café verlässt, und höre einige frustrierte, auf Französisch gesprochene Worte.

»Mon Dieu. Mon Dieu. Quel idiot.« Der Franzose schüttelt seinen Kopf, schaut zurück zu mir und Kathryn. Ich frage mich, was zwischen den beiden vorgefallen ist, und beobachte ihn, wie er ein Taxi heranwinkt, einsteigt und im dichten Verkehr verschwindet.

Kathryn rückt näher an mich heran und berührt sanft meinen Arm. Ich kann mir nicht helfen, ich muss darüber rätseln, was mit dem Franzosen los ist. »Ich glaube, er hat gerade einen von uns einen ›Idioten‹ genannt.«

»Ignorieren Sie ihn. Er verhält sich mir gegenüber einfach ein bisschen beschützerisch. Ich glaube nicht, dass Sie sein Lieblingstyp sind.«

»Er kennt mich nicht einmal. Zumindest war dies das erste Mal, dass wir uns begegnet sind.« Zunächst hatte mich seine Reaktion verwirrt, aber inzwischen erkenne ich den Zusammenhang. Natürlich hatte er über seine Patientin schon von mir gehört. Das ist sein Bezugsrahmen zu mir. Kein sonderlich schmeichelhafter Gedanke. Aber ich beschließe, diese Schlussfolgerung für mich zu behalten, um die mögliche Wahrheit von Kathryn zu erfahren. »Erzählen Sie mir, weswegen ich nicht oben auf seiner Liste stehe?«

»Ich wünschte, er wäre geblieben, um es Ihnen selbst zu sagen, aber er hatte Angst, die Privatsphäre der Patientin zu verletzen, die heute Morgen bei ihm war. Und nachdem er uns zusammen gesehen hat, wollte er mir nicht einmal sagen, wer sie war, obwohl ich weiß, dass es sich um eine Frau handelt.« Kathryn hebt fragend ihre Augenbrauen.

Ich werde ihr nie und nimmer beichten, dass es jene fragliche Patientin war, die mir letzte Nacht einen Blowjob verpasst hat. Sämtliche Aussichten, den Abend mit ihr zu verbringen, wären damit ziemlich sicher dahin, und das kann ich einfach nicht riskieren. Zum Glück hat der Franzose mich nicht bloßgestellt, sonst wären meine sämtlichen Hoffnungen für heute Nacht zerplatzt. Er hat sich an die Gesetze zur Privatsphäre gehalten, obwohl ich mich frage, ob er für immer schweigen wird. Er schien ziemlich entsetzt darüber gewesen zu sein, dass Kathryn mit mir zusammen war.

»Diese neue Patientin und die Tatsache, dass ich sie nicht als Klientin übernehmen kann, sind eine eigenartige Sache. Etwas hat sich verändert, als er Sie mit mir gesehen hat. Keine Ahnung, was. Was auch immer es ist, Jacques war aufgebracht und hat mir geraten, mich nicht mit Ihnen abzugeben.« Kathryn blickt mir direkt in die Augen, und ich hoffe, sie kann nicht erkennen, dass ich ein Geheimnis vor ihr verberge.

»Also wieder eine Warnung eines Freundes vor Adam Kingsley. Er ist ein Freund, oder? Oder vielleicht mehr?«

»Er war mehr für mich. Immer wieder in den letzten paar Jahren. Im Augenblick sind wir nicht zusammen. Aber er empfindet viel für mich, und er glaubt, Sie machen Ärger. Richtig viel Ärger, genauer gesagt. Ich habe ihm gesagt, dass ich das weiß. Aller Wahrscheinlichkeit nach sind Sie gefährlich.«

Sie zwinkert und schiebt wieder ihre Finger unter das Revers meines Jacketts. Ihre Finger drücken fest zu und bewegen sich langsam meine Brust hinunter. Ich verschlucke ein Stöhnen, als in ihren Augen ein verschmitztes Lächeln erscheint. Die temperamentvolle Kathryn von der gestrigen Veranstaltung ist wieder da. Und bei Gott, ich mag ihr Temperament. Aber ich kann ihre Worte nicht abschütteln, den Gedanken daran, dass der Franzose mehr als ein Kollege für sie war. Das führt nur zu einer Schlussfolgerung: Sie haben miteinander geschlafen oder Tantra praktiziert. Eine Welle des Ärgers überrollt mich bei dem Gedanken, dass der Franzose mit ihr zusammen war. Sie geküsst, sie gefickt hat. Meine Empfindungen können nur mit einem einzigen Stempel versehen werden: Eifersucht. Aber ich unterdrücke sie, bevor Kathryn sie auf meinem Gesicht oder in meinen Augen erkennen kann.

»Nun, sind Sie … gefährlich?«, schnurrt sie mit verruchtem Augenaufschlag.

»Im Gegenteil. Ich denke, Sie sind gefährlich für mich. Ich habe mich vorzeitig von der Arbeit davongemacht … das hat es noch nie gegeben. Meine Assistentin hält sämtliche Anrufe zurück, was sonst nie passiert. Heute Abend lasse ich eine Benefizgala sausen und schicke meinen Geschäftspartner hin.« Ich zähle all dies auf, als würde mir der Gedanke an sie und den Franzosen nichts mehr ausmachen.

»Oh, armer Kingsley. So versäumen Sie ja heute Nacht den Sex in der Limousine«, sagt sie mit spöttisch-süßem Tonfall. »Es ist also nicht Ihre Gewohnheit, an strahlend sonnigen Nachmittagen an der Türschwelle einer Frau aufzutauchen?«

»Ich kann Ihnen versichern, ich tauche nie an irgendeines Menschen Türschwelle auf, ganz unabhängig vom Wetter oder der Tageszeit. Das Abenteuer heute ist für mich etwas Einmaliges, Kathryn. Ich konnte einfach nicht aufhören, an Sie zu denken.« Ich will am liebsten ihre Hand ergreifen, die gerade an meiner Jacke entlanggefahren ist und jetzt an ihrer Seite ruht, lasse es dann aber doch bleiben.

»Wenn Sie weiterhin solche Sachen zu mir sagen, Kingsley, dann bin ich definitiv in Gefahr.« Sie kichert, und ich merke, dass ich diesen Klang liebe. Ich folge ihr brav aus dem Café hinaus, in der Hoffnung, dass wir später etwas Gefährliches miteinander treiben werden. Ich würde gerne die Erinnerung an den Franzosen aus ihrem Gedächtnis und ihrem Körper löschen. Aber ich bin mir nicht sicher, ob sie mir Zugang zu dem einen oder anderen gewähren wird.

Mein Telefon vibriert, und ich sehe eine SMS von Eddie mit der Frage, ob ich ihn im Laufe des Abends noch brauchen werde. Ich bleibe hinter Kathryn stehen und frage, wohin wir unterwegs sind.

»Mein Fahrer will wissen, ob ich ihn noch brauche. Was soll ich ihm sagen?« Ich halte den Atem an und warte auf ihre Antwort.

»Ich dachte, Sie wollen mich zum Abendessen ausführen. Haben Sie Ihre Meinung geändert?« Sie scheint betroffen, ein leichtes Stirnrunzeln erscheint auf ihrem Gesicht.

»Das Abendessen war meine Idee. Erinnern Sie sich? Und wenn ich mich einmal für etwas entschieden habe, ist es so gut wie unmöglich, mich davon abzubringen. Ich werde meinen Fahrer also für heute Nacht heimschicken. Denn ich gehe davon aus, dass Sie von meinem bequemen Escalade immer noch nichts wissen wollen, oder?«

»So ist es, Kingsley.« Sie zeigt mit dem Finger auf mich und schüttelt ihn mahnend. Ich bemerke, dass Sie den »Mister« vor meinem Nachnamen weggelassen hat. Ich frage mich, ob sie mich jemals Adam nennen wird, denn ich würde es lieben, wenn ihre sinnlichen Lippen meinen Namen formen würden.

»Keine weichen Ledersitze für mich. Heute Nacht sind wir in meinem Revier.«

Sie zieht herausfordernd die Brauen zusammen. Wahrscheinlich erwartet sie, dass ich ihr widersprechen und versuchen werde, sie auf meinen Rücksitz zu lotsen, aber ich gebe ihren Bedingungen nach. Ich bevorzuge ihre warmherzige Gesellschaft, statt sie zu verärgern, indem ich allzu fordernd wirke. Also fange ich keinen Streit an.

Ich telefoniere mit Eddie und sage ihm, dass seine Dienste nicht benötigt werden.

»Rufen Sie Mrs Carter an. Informieren Sie sie, dass ich Sie heute nicht mehr brauche und dass Sie stattdessen Tom Duffy zu der Bibliotheksgala fahren werden.« Ich lege auf, bevor er meine Anweisungen bestätigt, denn meine Aufmerksamkeit richtet sich auf Kathryns zufriedenes Gesicht. Sie sieht so großartig aus, und ihre Augen strahlen mich an. Ich konzentriere mich auf ihren Mund und kämpfe das überwältigende Bedürfnis nieder, ihn mit dem meinen zu erobern. Lippen an Lippen. Zunge an Zunge. Ich ringe meine Leidenschaft nieder und erkenne, dass sie mich für heute Nacht erobert hat, mit Haut und Haaren.

Im Geiste mache ich ein weiteres Kreuz in ihrer Spalte, sie hat schon wieder eine Runde gewonnen. Meine Spalte bleibt leer, aber diesmal ist mir das scheißegal. Ich lächle zurück, hebe die Hände und bestätige meine Niederlage mit einem Achselzucken. Während wir zu unserem zumindest für mich unbekannten Ziel unterwegs sind, sehe ich, wie Männer Kathryn anstarren, sich sogar umdrehen, um sie beim Vorübergehen zu beobachten. Ich kann mich des Gedankens nicht erwehren, dass ich vielleicht doch der Gewinner dieser Runde bin, denn sie ist mit mir zusammen, nicht mit denen.

»Macht es Ihnen etwas aus, wenn ich frage, wohin wir gehen? Oder möchten Sie mich überraschen?« Ich strecke die Hand aus und berühre ihr im Wind wehendes Haar. Seine Textur erinnert mich an Satin, weich und fließend, ohne den Versuch, es irgendwie zu perfektionieren, ganz natürlich. »Dass Ihr Haar wunderschön ist, habe ich Ihnen schon gesagt, oder?«

»Ich glaube, das haben Sie bereits getan.« Sie kichert, es ist ein beinahe verlegenes Lachen. »Aber eine Frau kann solche Komplimente gar nicht oft genug hören. Übrigens danke; ich muss sagen, Sie haben mich heute überrascht.«

»Womit habe ich Sie überrascht?«

»Jedes Wort, das ich bis jetzt im Zusammenhang mit Ihnen gehört habe: Spieler, Arschloch und männliche Hure …« Sie senkt den Kopf unter meinem Blick, vielleicht aus Scheu vor ihren eigenen Worten.

»Aua. Das Letzte hat wehgetan.« Ich tue so, als hätte mich etwas ins Herz getroffen, und halte die Hand über meine Brust. Unser Wortwechsel erinnert mich an die vorige Nacht, als sich mich als hübschen kleinen Milliardärsjungen bezeichnete.

»Warten Sie! Lassen Sie mich ausreden«, bittet sie und hebt protestierend ihre Hand. »Diese Worte scheinen auf Sie momentan nicht zu passen. Ich bin mir sicher, letzte Nacht taten sie es, aber heute verhalten Sie sich anders, jedenfalls mir gegenüber. Warum?«

Während der Diskussion über meine launenhafte Unberechenbarkeit sind wir auf dem Gehsteig stehen geblieben. Sie sieht mich an, und ich umfasse sanft ihre Handgelenke und führe sie zur Glasfront des Gebäudes hinter uns, eine Art improvisierter Beichtstuhl. Bevor ich antworte, lasse ich ihre Hände wieder los.

»Warum ich anders bin?« Wieder fahren meine Finger durch ihr Haar. Ich kann mich einfach nicht zurückhalten, und zum Glück protestiert sie nicht und zuckt auch nicht zurück, als meine Finger durch ihre langen Locken wühlen. Ernsthaft schaue ich ihr in die Augen und sage: »Ich denke, was ich heute bin, bin ich wegen Ihnen, nicht wegen mir.«

Ich sehne mich danach, meine Gedanken mit ihr zu teilen und ihr zu gestehen, dass ich bis zu unserer Begegnung letzte Nacht noch nie etwas anderes als körperliche Anziehung zu einer Frau empfunden habe. Das, was ich ihr gegenüber fühle, ist etwas völlig anderes. Ich finde keine Worte, um es zu beschreiben.

Aber da sie alles über meinen schlechten Ruf weiß, würde sie mich wohl nur für einen Spieler halten. Würde ich ihr all dies bekennen und meine Karten auf den Tisch legen, hielte sie mich sicher nur für einen, der all das nur sagt, um ihr das Höschen auszuziehen. Sie könnte es als eine einstudierte Stellungnahme verstehen, so, wie man sie von einer männlichen Hure erwartet. Also beschließe ich, ihr etwas anderes zu verraten.

»Sie werden es vermutlich nicht verstehen, aber ich bin heute früh vollkommen ausgeruht aufgewacht.« Ich seufze in Erinnerung an die Träume, die mich seit dem Tod meiner Mutter verfolgt haben und die in der letzten Nacht nicht aufgetreten sind. Stattdessen waren sie von einem wundervollen, erotischen Traum ersetzt worden, in dem ich Kathryn vögelte.

»Eine Nacht mit gutem Schlaf soll diese Veränderung bewirkt haben? Ich glaube, Sie nehmen mich auf den Arm.« Kathryn ist skeptisch in Bezug auf meine Antwort, und wer könnte ihr das vorwerfen? »Vielleicht sollten Sie doch lieber mit Ms Woodward die Straße entlangtanzen.«

»Ms Woodward?« In mir schwappt Enttäuschung hoch, hauptsächlich gegenüber mir selbst, allein dafür, dass ich diesen Namen schon wieder hören muss. Offenbar verfolgt er mich heute wie ein Gespenst. »Jetzt nehmen Sie mich auf den Arm.«

Ich komme ihr näher, aber nicht zu nah. Sie scheint misstrauisch, also wahre ich besser Distanz.

»Ich glaube, mein ungewöhnlich angenehmer Nachtschlaf hatte mit Ihnen und nur mit Ihnen allein zu tun. Nun verraten Sie mir, wohin Sie mich zum Abendessen mitnehmen.« Der Themenwechsel ist dringend nötig, denn Lizzie Woodwards Name soll jetzt begraben und vergessen werden.

»Mein Lieblingsrestaurant ist nur einen Block von hier entfernt.« Kathryn beginnt, vor mir herzulaufen, aber ich hole sie rasch ein. »Es ist wahrscheinlich nicht das, was Sie erwarten würden.«

»Mit Ihnen gewöhne ich mich an das Unerwartete.« Ich lächle ihr zu und freue mich, als sie mein Lächeln erwidert. »Darf ich Ihre Hand halten, während wir gehen?«

»Ich denke schon. Aber bilden Sie sich nichts darauf ein, Kingsley«, antwortet sie mit ruhiger Stimme und streckt mir ihre Hand entgegen. Sie fühlt sich weich, zart und warm an, und ich umschließe sie mit meinen Fingern. Mein gesamter Körper entspannt sich bei ihrer Berührung.

»Wollen Sie etwas Lustiges hören?«, sage ich, und sie nickt. »Ich dachte gestern, John wäre Ihr Partner oder Ihre Verabredung. Ich war angenehm überrascht, als sich herausstellte, dass er Ihr Bruder ist.«

»Angenehm überrascht? Wieso?« Ihre Frage ist eine klare Herausforderung.

»Wäre er jemand, mit dem Sie sich verabredeten, bezweifle ich, dass ich jetzt hier wäre.« Der Gedanke, sie nicht sehen zu dürfen, weckt ein merkwürdiges, fremdartiges Gefühl in mir. Als Reaktion darauf halte ich ihre Hand ein wenig fester und ziehe sie sanft an meine Seite, während wir weiterlaufen.

»John hat mich letzte Nacht vor Ihnen gewarnt, nachdem ich Sie ihm vorgestellt hatte. Ich glaube nicht, dass er mit unserem Zusammensein einverstanden wäre.«

»Er wäre mit mir nicht einverstanden, oder?«, sage ich neckend, aber die Zahl der Menschen, die sie vor mir warnten, scheint immer mehr zuzunehmen.

»Können Sie es ihm verdenken?« Sie reagiert mit einer angriffslustigen Frage, aber ich genieße den verbalen Wettkampf mit ihr.

»Nein, ich glaube nicht. Wenn Sie meine Schwester wären, würde ich wahrscheinlich dasselbe empfinden … beschützerische Instinkte.« Meine ehrliche Antwort überrascht mich, besonders als ich mir die Wahrheit meiner Aussage vor Augen führe. Das Bild, das so entsteht, ist gelinde gesagt nicht sehr schmeichelhaft.

»Genau, John hat mir nach dem Tod meines Mannes vor einigen Jahren sehr geholfen, also hatte er seinen Radar angeschaltet, als er Sie letzte Nacht traf. Ich bin mir nicht sicher, ob ich ihm von Ihnen und mir und unserer kleinen Verabredung erzählen sollte.« Sie betont das Wort »Verabredung«. Ich lächle und gestehe mir ein, dass ich den Klang dieses Wortes ebenfalls mag. Im Übrigen kann ich mich nicht daran erinnern, wann ich das letzte Mal eine »Verabredung« hatte, ohne Terminplan und sorglos. Etwas Neues.

»Was ist mit Ihrer Mutter? Was würde die über unsere kleine Verabredung denken?« Der Bruder mag vielleicht über unser Zusammensein nicht erfreut sein, aber Mrs Swanson schien gestern eine bessere Meinung von mir zu haben.

»Meine Mutter wäre hin und weg.« Sie schaut zu mir empor, und der schelmische Glanz in ihren Augen verrät, dass sie möglicherweise mit ihrer Mutter einer Meinung ist. Zumindest hoffe ich das.

Vor einem Restaurant hält sie an. »Gut, wir sind da. Sant Ambroeus.«

Es ist klein, mit einer grün-weiß gestreiften Markise über der Glasfront. »Wir haben gerade den berühmten Nachmittagstee verpasst. Wahrscheinlich werden sie überrascht sein, dass ich um diese Zeit vorbeischaue. Ich bin noch nie so zeitig zum Abendessen hier gewesen.«

Ich halte die Tür für sie auf und folge ihr in das Lokal. Ein vielleicht sechzigjähriger, italienisch aussehender Mann kommt auf uns zu und strahlt bis über beide Ohren. Er breitet die Arme aus, offensichtlich kennen die beiden sich gut.

»Bellissimo, Miss Kathryn.« Ich sehe, wie der Mann sie voller Wärme begrüßt, seine Hände auf ihre Oberarme legt und sie auf beide Wangen küsst. Ich unterdrücke meine Enttäuschung darüber, dass meine Lippen sie noch nicht berühren durften. Die Tatsache ernüchtert mich, und ich frage mich, was aus mir geworden ist, aus meiner Devise, die normalerweise lautet: »Nimm sie, und dann lass sie fallen.«

»Maurice, ich weiß nicht, was mich immer wieder zu Ihnen führt, die Begrüßung oder Ihr leckeres Essen.« Sie stupst ihn in die Seite, spielt mit ihm, und er schmilzt dahin.

»Ich hoffe doch, es ist meine Begrüßung«, flirtet Maurice zurück, und ich räuspere mich, um meine Anwesenheit deutlich zu machen und wieder einmal mein Territorium zu markieren.

»Wen haben wir denn hier?«

»Adam Kingsley, Sir.« Ich strecke Maurice meine Hand entgegen. Seine Augen taxieren mich vorsichtig. Ich kann beinahe die Frage hören, die sich in seinem Kopf bildet. Ja, genau, dieser Adam Kingsley, der berühmte Playboy. Ich frage mich, warum mir diese Bezeichnung bis jetzt niemals etwas ausgemacht hat. Heute geht sie mir verdammt auf die Nerven. Er schüttelt mir die Hand.

»Erfreut, Sie kennenzulernen, Maurice.« Ich stehe aufrecht, schüttle entschlossen seine Hand, als hätte ich nichts zu verbergen. Er lässt meine Hand fallen und schaut mich abschätzend an.

»Mr Kingsley, willkommen in unserem Restaurant als Gast von Miss Kathryn.« Sein Tonfall bringt mich dazu, mich zu fragen, wie willkommen ich hier tatsächlich bin. »Bitte folgen Sie mir. Ihr üblicher Tisch, meine Liebe?«

»Ja, Maurice«, antwortet Kathryn.

Er setzt uns neben das Fenster mit Ausblick auf die Madison Avenue. Der Tisch ist mit gestärktem, knisterndem weißem Leinen bedeckt. Speisekarten werden uns vorgelegt, und eine unangezündete Kerze wird in die Mitte des Tisches gestellt.

Während ich durch die Speisekarte blättere und die köstlichen Düfte aus der Küche einatme, merke ich, dass ich hungrig bin, halb verhungert, um die Wahrheit zu sagen. Mein unorthodoxer Tagesablauf, mein Versuch, Zeit mit Kathryn, der herrlichen Frau mir gegenüber, zu erhaschen, hat mich das Mittagessen vergessen lassen. Die letzte Mahlzeit des heutigen Tages war nach meinem heftigen morgendlichen Training gewesen. Mein übliches Frühstück, das Weiße vom Ei und Haferflocken.

»Da Sie hier Stammgast sind, sollten Sie für mich bestellen.« Schon wieder mache ich ihr ein Zugeständnis und gestatte, dass sie für mich eine Entscheidung trifft. Ich kann mich selbst kaum wiedererkennen und frage mich, ob sie irgendeine Ahnung davon hat, was sie gerade mit mir macht.

Aber natürlich fehlt ihr die Möglichkeit zum Vergleich, denn wir lernen uns ja erst kennen.

»Wie oft lassen Sie eigentlich andere Menschen, insbesondere Frauen, eine Bestellung für Sie aufgeben? Ich wette, es gibt kaum jemanden, der auch nur die kleinste Entscheidung für Sie treffen darf. Sie scheinen mir ein Mann zu sein, der alles unter Kontrolle hat.«

Sie versteht mich besser, als ich dachte. Es steht ihr ins Gesicht geschrieben, und mir wahrscheinlich auch.

»Das stimmt. Ich lebe ein sehr kontrolliertes Leben, Kathryn. Ich bin ein ziemlicher Gewohnheitsmensch. Und das hat mir definitiv genutzt.« Ich versuche zu erklären, wie sehr ich an meinen Gewohnheiten hänge, ohne dabei wie ein Kontrollfreak zu klingen. »Was ich im Alter von zweiunddreißig Jahren erreicht habe, geht über meine kühnsten Träume hinaus. Ich bin einer, der das Sagen hat, und was Finanzen angeht, habe ich sozusagen ins Schwarze getroffen.«

»Es ist mir offen gesagt völlig egal, was mit Ihrem Geld ist und auf welche Weise Sie es bekommen haben.« Ihre Worte klingen lapidar und bestätigen mir, was ich gestern Abend dachte, als ich die obszön hohe Spende machte. Ein fetter Geldbeutel beeindruckt sie nicht. »Ich bin nur neugierig auf Sie als Mensch. Ich versuche, Sie zu verstehen. Zu begreifen, warum Sie eine solche Mauer um sich herum errichtet haben.«

»Es ist mehr als eine Mauer, eher eine Festung.« Das Bekenntnis entschlüpft wie von selbst meinem Mund, und ich wünsche mir beinahe augenblicklich, ich hätte diesen Gedanken für mich behalten.

»Dann schnappen Sie sich schwache Frauen, ficken sie oder lassen sich von ihnen einen blasen und rufen sie nie wieder an. Sie sind vielleicht ein toller Fang, Kingsley.« Offenbar geht sie gerne direkt auf ihre Beute zu. Und wie gewöhnlich trifft sie ins Herz.

»Stimmt, meine üblichen Eroberungen erfordern selten mehr als ein Kopfnicken von mir.« Bevor ich weiterspreche, blicke ich ihr tief in die Augen. »Aber mit Ihnen liegen die Dinge anders.«

»Und warum jagen Sie mir nach?« Sie kräuselt neckisch und herausfordernd die Lippen.

»Das habe ich noch nicht herausgefunden.« Ich lächle und greife über den Tisch, um ihre Hand zu berühren. Sie schaut auf unsere Finger hinunter und dann wieder zurück in meine Augen.

»Aber ich lasse es Sie wissen, wenn ich es weiß.«

»Sie haben ein Megaego. Ich soll jetzt also einfach warten, bis es Ihnen eingefallen ist? Hören Sie gut zu, Kingsley. Ich bin kein Spielzeug, das Sie aus der Schublade holen können, wenn Sie mich mal wieder faszinierend finden.« Sie seufzt und zieht ihre Hand fort, wobei mein Herzschlag sich beschleunigt. Ich glaube, sie scherzt, aber ich bemerke einen strengen Ausdruck auf ihrem Gesicht. Die Ernsthaftigkeit, die sie plötzlich umgibt, macht mich nervös.

Gerade als ich zu einer Antwort ansetze, eilt mir Maurice unerwarteterweise zu Hilfe und bringt uns eine Flasche Wein auf Kosten des Hauses. Er öffnet sie und bittet Kathryn, ihn zu probieren. Ich sehe ihre vollen Lippen den Rand des Glases umschließen, während sie das Glas hebt. Ihre Bewegungen sind langsam, präzise und vollkommen sinnlich.

Ich kann meine Augen nicht von ihren Lippen lösen, als diese auf den tiefroten Wein treffen. Lippen, die ich besitzen möchte. Lippen, von denen ich umfasst werden will. Als sie sie vom Glas löst und mit der Zunge über ihre Unterlippe fährt, spüre ich, wie mein Schwanz sich angesichts dieser subtilen erotischen Bewegung zu regen beginnt.

»Wunderbar, Maurice.« Sie lächelt und dankt ihm. Während er mir Wein einschenkt, entschuldigt sich Kathryn, steht auf und wirft ihre Serviette neben das Weinglas. Ihr Aufbruch kommt plötzlich, und auf ihrem Gesicht spiegelt sich schlechte Laune. War es etwas, das ich gesagt habe? Ich habe sie doch nur geneckt, aber offensichtlich fand sie meine oberflächlichen Bemerkungen nicht sehr lustig. Maurice beobachtet sie und sieht besorgt aus. Er hat ihren plötzlichen Stimmungswandel ebenfalls bemerkt.

»Ich bin gleich zurück«, sagt sie knapp. Ich sehe, wie sie sich auf den Absätzen herumdreht und im hinteren Teil des Restaurants verschwindet. Maurice steht immer noch neben mir, auch wenn er den Wein längst eingeschenkt hat. Oh Scheiße, denke ich, auch er hat mir etwas zu sagen! Seine Augen funkeln zu mir herunter.

»Mr Kingsley, ich habe Miss Kathryn aufwachsen sehen, seit sie ein kleines Mädchen war. Ihre Eltern haben sie jedes Wochenende hierher zum Essen mitgenommen. Sie war immer mein liebster Gast.« Er starrt mich über den Rand seiner Brille an. »Noch nie hat sie irgendjemanden hierher mitgebracht, von ihrem Bruder und einigen ihrer Freundinnen einmal abgesehen.«

»Tatsächlich?« Dieses Bekenntnis überrascht mich. Aber er fährt fort, als hätte ich nichts gesagt.

»Meine Frau liest mir die Klatschkolumnen vor, also weiß ich alles über Sie.« Ich habe das Gefühl, als würde er mit dem scharfen, gewundenen Ende des Korkenziehers direkt auf mich deuten. Sicher kein Zufall. »Ich bin mir nicht sicher, was sie mit jemandem wie Ihnen will. Aber Sie halten sich ihr gegenüber besser im Zaum. Sie ist eine Klassefrau.«

»Sie ist eine Klasse für sich«, überbiete ich seine Einschätzung.

»In dem Augenblick, als Sie hier mit Kathryn hereinmarschierten, habe ich Sie ins Visier genommen. Ich bin vielleicht ein alter Mann, aber ich habe Freunde …« Ich entdecke den Hauch eines Lächelns in seinen Augen, als seine Worte sich verlieren. Es scheint, als wären sie mehr Scherz als Warnung. Da ich ein schlauer Mann bin, beschließe ich, den Kingsley-Charme zum Einsatz zu bringen.

»Ich verstehe das vollkommen. Sie ist etwas ganz Besonderes, und ich habe vor, sie auch so zu behandeln.« Ich lasse meinen Worten ein kleines Zwinkern folgen. »Allerdings komme ich in der Nähe einer so wunderschönen Frau an meine Grenzen. Möglicherweise wird es schwer für mich werden, mich zu beherrschen.«

Er lacht und sagt im Fortgehen: »Viel Glück dabei!«

Ich gluckse, höre aber sofort auf, als ich sehe, wie Kathryn auf uns zukommt. Sie wirkt durcheinander. Wahrscheinlich fragt sie sich – und dies zu Recht –, was gerade zwischen Maurice und mir vorgefallen ist. Und ich bin mir nicht ganz sicher, was da eben passiert ist. Hat er mich gewarnt oder am Ende ermuntert? Auch ich bin verwirrt.

»Kingsley, was hat Maurice zu Ihnen gesagt?« Ihre Frage klingt wie eine Herausforderung.

»Ich bin mir sicher, das können Sie erraten. Er hegt väterliche Gefühle für Sie und hat mich ermahnt, was Sie betrifft.« Mein Blick wandert zum Vordereingang, wo Maurice steht und mich immer noch taxiert. »Ich habe ihm versichert, dass ich nur die edelsten Absichten verfolge.«

Kathryn schnauft über meine Aussage. Ich mag das Geräusch ganz und gar nicht. »Maurice ist kein Idiot. Ich bin sicher, er fand Ihren Kommentar amüsant.«

»Er ist in der Tat kein Idiot. Aber er hat deutlich gemacht, dass ich einer wäre, wenn ich Sie schlecht behandelte.«

»Wie ist es denn, eine solche Reputation zu haben?« Sie lehnt sich in ihrem Stuhl zurück und überkreuzt die Arme abweisend über ihrer Brust. »Ist es anstrengend, dass Männer Angst bekommen, wenn Sie etwas mit den Frauen in ihrem Leben anfangen, die sie achten?«

Ich lache leise in mich hinein. »Okay, Sie haben mir Ihre Haltung deutlich gemacht.« Ich hebe die Hände in die Luft und ergebe mich ihrem Angriff. In der Tat gibt es nichts, womit ich mich verteidigen könnte, und außerdem muss ich etwas tun, was ich nur selten mache: mich entschuldigen.

»Und ich entschuldige mich für den Kommentar, den ich machte, bevor Maurice uns den Wein brachte.«

Sie kneift fragend ein Auge zusammen und schürzt ihre Lippen. Nicht die Reaktion, die ich auf meine Entschuldigung erhoffte. »Hmmm. Ich bin neugierig. Wie oft haben Sie sich während einer Verabredung schon für Ihr Verhalten entschuldigt?«

Scheiße, ihre Frage nagelt mich an die Wand, und ich sehe kein Entkommen. Also wähle ich die ehrliche Antwort und hoffe, dass sie mich dann in Ruhe lässt.

»Noch nie. Sie sind die Erste, Kathryn.« Ein zufriedenes Lächeln zeigt sich auf ihrem Gesicht, als sie mir zunickt. »Bitte, können wir das Thema wechseln?«

»In Ordnung. Erzählen Sie mir ein wenig darüber, wo Sie aufgewachsen sind.«

Ich zucke unter ihrer Frage zusammen, und ich bin mir sicher, ihr waches Psychologinnenauge merkt es. Ich rede nie mit jemandem über meine

Heimatstadt oder über meine Kindheit. Nur die Jungs, mit denen ich vom MIT aus nach New York gekommen bin, wissen ein wenig über meine Vergangenheit. Aber ich habe niemals Details darüber oder über meine Kindheit preisgegeben. Zum Glück haben sie auch nie darauf bestanden.

»Ich ziehe es vor, meine Vergangenheit da zu belassen, wo sie hingehört. Nämlich in der Vergangenheit.« Mein Mund fühlt sich plötzlich trocken an, und mein Herz erinnert sich an den Klang der ersten Handvoll Erde, die auf den Deckel von Floras Sarg prasselte, tief unten in ihrem feuchten Grab. Etwas in meinem Magen dreht sich und zieht an mir. Die dunklen Erinnerungen bringen den Schmerz dieses Tages zurück.

Kathryn muss meinen Kummer bemerkt haben, denn ihre Augenbrauen heben sich. Sie wirkt jedoch eher neugierig als beunruhigt. Und ich weiß, dass sie weiterhin in meinen offenen Wunden herumbohren wird. Der Tod meiner Mutter, durch ihre eigene Hand, ist etwas, worüber ich immer noch nicht sprechen kann. Tom weiß zwar nichts über die Umstände ihres Todes, aber er hat gesehen, wie sehr er mich mitgenommen hat. Vor Jahren hat er mich bereits gedrängt, darüber mit einem Therapeuten zu reden, aber nachdem ich verächtlich auf seinen Rat reagierte, ließ er das Thema fallen.

»Ich bin enttäuscht, dass Sie nicht über Ihre Kindheit sprechen wollen, aber nicht sonderlich überrascht.« Sie nippt an ihrem Wein, ihre Augen lassen die meinen nicht los, während ich versuche, mich über die Piccata vom Kalb herzumachen, die sie für mich bestellt hat. »Ich muss Ihnen etwas beichten. Ich habe heute im Internet nach Ihnen geforscht. Es ist dumm, ich weiß, aber ich wollte wissen, wer Sie sind. Wollte mehr über Sie herausfinden.«

»Wirklich? Und was haben Sie entdeckt? Konnten Sie herausfinden, wer ich bin? Wie ich ticke?« Ich kann mein scherzhaftes Lächeln nicht verbergen, denn ich fühle mich geschmeichelt und hoffnungsvoll, dass dieses herrliche Geschöpf mir gegenüber vielleicht dieselbe seltsame Verbindung fühlt, die ich zwischen uns wahrnehme. Diese gegenseitige Anziehungskraft, gefärbt von Lust, definitiv eine intensive sexuelle Energie, aber darum herum ist noch etwas, das es anders macht, tiefer als mein gewohnter körperlicher Drang, jemanden zu begehren und dann fallen zu lassen.

»Ihre Biografien waren faszinierend, aber voller Lücken. Die Jahre, bevor Sie mit achtzehn ans MIT gekommen sind, fehlen. Es gab nur die groben Fakten, die man leicht aus öffentlich zugänglichen Dokumenten ablesen kann.«

»Glauben Sie mir, diese ganzen Informationen stammen auch aus öffentlich zugänglichen Dokumenten. Sie sind ganz bestimmt nicht von mir.« Die Spirale in meinem Bauch dreht sich enger zusammen, denn wir kehren zu einem Thema zurück, das für mich gefährliches Terrain darstellt.

Kathryns zusammengepresste Lippen zeigen ganz klar, dass ich sie frustriere, aber in Bezug auf diese Fragen lasse ich mich auf nichts ein. »Es tut mir leid, wenn ich Sie unter Druck gesetzt habe. Aber wie ich schon sagte, ich wollte einfach wissen, wer Sie sind. Wir können über das reden, was ich herausgefunden habe, wenn Sie mögen.« Sie greift über den Tisch und reibt mit ihren Fingern beruhigend über meine eng verschränkten Fäuste. Meine Hände öffnen sich instinktiv und umfassen die ihren. Es fühlt sich seltsam an, wie wir uns an den Händen halten und einander in die Augen schauen. Ein Gespräch ohne Worte findet zwischen uns statt. Und zum ersten Mal, seit ich erwachsen bin, verhindere ich nicht, dass mir gegenüber jemand Mitgefühl zu zeigen versucht, sondern lasse zu, dass es mich erreicht. Eine süße Anteilnahme geht von ihr aus, und ich will nicht, dass dies aufhört.

»Eines Tages.« Ihre Finger drücken sanft die meinen, und mein Körper entspannt, lässt die Verkrampfung los. »Vielleicht erzählen Sie mir eines Tages alles. Ich verspreche, es nie mehr zu erwähnen. Okay?«

»Danke. Ich weiß das zu schätzen.«

Maurice taucht auf, während wir uns schweigend gegenübersitzen und einander suchend anblicken. Ich glaube, wir versuchen beide zu verstehen, was da eigentlich zwischen uns ist.

»Sind Sie fertig, Miss Kathryn?« Maurice schaut wieder sie an und weicht mir aus.

»Ich glaube schon. Es war wie immer ein wunderbares Essen. Danke schön.« Ihr liebevolles Lächeln für Maurice erwärmt mich. Ich würde Himmel und Erde in Bewegung setzen, um es wieder für mich auf ihren Lippen leuchten zu sehen.

»Miss Kathryn, Sofia möchte kurz allein mit Ihnen sprechen, bevor Sie gehen.« Maurice übergibt mir die Rechnung, während er diese Bemerkung macht. Seine Betonung des Wortes »allein« entgeht mir nicht. Ich blicke Kathryn an, die mit den Achseln zuckt und sich von ihrem Stuhl erhebt. Sofia darf offenbar nicht ignoriert werden. Ich brauche nicht zu raten, was sie mit Kathryn besprechen will. Wahrscheinlich geht es auch in dieser Unterhaltung um mich, die männliche Hure.

Als Kathryn fortgeht, rührt Maurice sich nicht von der Stelle. Er hält immer noch unsere Teller in der Hand, macht jedoch keinerlei Anstalten, in die Küche zu gehen.

»Meine Frau Sofia mag Sie nicht, Mr Kingsley. Sie glaubt, Sie sind schlecht für die liebe Miss Kathryn. Sie hat mir aufgetragen, Ihnen zu sagen, dass auch sie Sie beobachten wird. Und glauben Sie mir eines: Sie wollen nicht, dass Sofia sich aufregt.«

»Kathryn hat Glück, Menschen zu haben, die sich so sehr um sie kümmern.« Ich lächle zu ihm hoch. Würde ich stehen, wäre ich wahrscheinlich zwanzig Zentimeter größer als er. Meine sitzende Position ist für ihn ein Vorteil. Ich ziehe eine Visitenkarte aus meiner Börse, zusammen mit einigen Hundert Dollar. »Bitte geben Sie dies Ihrer Frau. Auf der Karte steht meine Privatnummer. Sagen Sie ihr, sie kann mich jederzeit anrufen, wenn sie will. Ich gebe ihr hiermit die volle Erlaubnis dazu.«

Er sieht verdutzt aus. »Ich werde es ihr sagen, und wenn ich Sie wäre, Mr Kingsley, würde ich mit einem Anruf rechnen. Ein paar Hundert Dollar beeindrucken sie nicht.« Mit einer beleidigten Geste steckt er das Geld in seine Schürzentasche. Ich vermute, dass er durchaus beeindruckt ist. Natürlich ist es keine Bestechung, aber ich möchte einen guten Eindruck hinterlassen und der Angelegenheit ein wenig auf die Sprünge helfen.

Maurice folgt Kathryn in die Küche. Ich sehe sie in hitzigem Gespräch mit Sofia. Es geht schon wieder um meinen Ruf. Bis zum heutigen Tag habe ich noch nie eine Entschuldigung für mein Verhalten gegenüber Frauen gebraucht oder auch nur gewollt. Bis vor vierundzwanzig Stunden war ich vollkommen zufrieden mit mir. Komisch, wie die Dinge sich ändern.

Es scheint mir an der Zeit, Sofia kennenzulernen, die mich so gerne auf Abstand halten würde. Als ich aufstehe und mich ihnen nähere, höre ich, dass Kathryn mit Sofia italienisch spricht, und ich frage mich, wie viele Fremdsprachen diese Frau eigentlich beherrscht.

»Guten Abend, Sofia. Ich bin Adam Kingsley.« Ich strecke ihr freundlich meine Hand entgegen, warte auf ihre Reaktion und sehe, wie Kathryn sie am Arm zupft. Daraufhin reicht Sofia mir die Hand.

»Mr Kingsley.« Ihr Gruß klingt beinahe verächtlich, und sie schaut mich mit einem Naserümpfen an. Von ihrem Standpunkt aus mag das eine gerechtfertigte Beurteilung sein, schließlich lese auch ich die Klatschkolumnen. Ich weiß, was sie über mich schreiben, und es ist meistens die Wahrheit. Nur habe ich, bevor ich dieser Frau begegnet bin, über diese Berichte nur gelacht. Aber nicht heute. So stark ist die Veränderung in mir. Und das ist mir ein Rätsel. Diese plötzliche Verwandlung ist durch etwas ausgelöst worden, das ich nicht selbst initiiert habe. Es ist, als wäre ich die Zielscheibe dieser Energie, und keine Macht kann mich davon abhalten, mich ihr hinzugeben.

»Kathryn und ich haben wunderbar zu Abend gegessen. Das Kalb war exzellent.« Ich hoffe, dass ich ehrlich klinge, und höre mit meinen Komplimenten auch schon wieder auf. Nichts hört sich falscher an als eine Aneinanderreihung von aufgesetztem Lob. »Kathryn, möchten Sie gehen?« Ich biete ihr meinen Arm an.

»Ich bin so weit, Mr Kingsley. Auf Wiedersehen, Sofia, wir sehen uns sicher in ein paar Tagen.« Ich öffne Kathryn die Tür und geleite sie dankbar nach draußen. Als ich die kühle Luft des frühen Abends einatme, fühle ich mich, als hätte mir jemand eine Gnadenfrist gewährt.

»Tja, ich glaube, die italienische Inquisition habe ich heute Abend überlebt.« Ich lege meine Hand auf Kathryns unteren Rücken, eine besitzergreifende Geste. Ist mir egal. Ein Mann auf dem Bürgersteig mustert sie von oben bis unten, aber ich starre ihn wütend an, und er eilt davon. Mit der Berührung ihres Körpers markiere ich mein Revier wie ein hungriger Wolf. Der Gedanke bringt mich zum Lachen.

»Was ist so komisch?« Sie blickt mit einem neckischen Lächeln zu mir hoch.

»Der Mann, der gerade vorbeiging, hat Sie zu lange angesehen, und es hat mir nicht gefallen. Haben Sie schon immer diese Wirkung auf Männer gehabt? Warten Sie, antworten Sie nicht, ich will nichts über andere Männer in Ihrem Leben hören.« Ihr schelmisches Lächeln verwandelt sich in einen Ausdruck tiefster Zufriedenheit.

Ich will gerade etwas sagen, da klingelt mein Telefon. Ich stoppe den Alarmton und blicke auf den Bildschirm. So ein Notruf ereilt mich nur selten. Nur ein ernsthaftes, gravierendes Problem kann ihn ausgelöst haben. Und bloß vier Menschen sind überhaupt in der Lage, diesen Alarm zu betätigen: Tom, Mrs Carter, Patrick und natürlich Peters. Auf dem Display wird sichtbar, dass Tom der Absender ist.

Ich bleibe sofort stehen und rufe ihn zurück.

»Kingsley. Auf der Bibliotheksgala ist etwas passiert.« Seine Worte überschlagen sich, als bekäme er sie nicht rasch genug heraus.

»Hoffentlich etwas Ernsthafteres als eine Mahnung für überzogene Ausleihen.«

»Eine Morddrohung. Ernsthaft genug?«

Kapitel 7

»Herrgott noch mal! Wovon sprichst du, Tom? Eine Morddrohung?« Ich kann nicht glauben, was er erzählt.

»Ja, aber es ist mehr als eine Drohung.« Er hält inne, und ich werde allmählich gereizt. Die Antworten kommen einfach nicht schnell genug. »Ich höre Verkehr im Hintergrund. Bist du auf dem Bürgersteig oder der Straße?«

»Ja, aber was hat das mit dieser Drohung zu tun?«, frage ich ihn wütend, während ich immer ungeduldiger werde. »Jetzt erzähl, verdammt noch mal, was los ist.«

Kathryn steht bereits die ganze Zeit an meiner Seite. Sie beißt auf ihre Lippen und ringt besorgt die Hände. Ihre Augen blicken beunruhigt, wahrscheinlich aufgrund meines ärgerlichen Auftretens. Manchmal bin ich aufbrausend. Dieser erhitzte Austausch ist ein deutliches Beispiel dafür.

Ich möchte gerne nach ihr greifen, sie in meine Arme ziehen und trösten. Allein der Gedanke, eine Frau trösten zu wollen, führt mich zu der Frage, was mit mir los ist. Allerdings weiß ich nicht, wie sie eine solche Geste von mir auffassen würde. Ich glaube, es liegt noch ein weiter Weg vor mir, bis ich ihr körperlich nahekommen darf. Ich hoffe, ich habe die Geduld, darauf zu warten, denn so bin ich noch nie auf die Probe gestellt worden. Adam Kingsley ist nicht für seine Geduld bekannt.

Toms Geschrei zieht mich zurück in unser Gespräch. »Geh in ein Haus. Schnell! Tu einfach, was ich dir sage, Adam. Geh von der verdammten Straße runter. Geh in irgendein Café. Scheißegal. Nur weg vom Bürgersteig.«

»Bist du wahnsinnig geworden? Sag mir, was los ist! Bis dahin bewege ich mich keinen Zentimeter von der Stelle.« Ich bin jetzt mehr als aufgebracht. Es wird Zeit, dass er mir die Einzelheiten verrät.

»Verdammt, du störrisches Arschloch. Es ist Simon. Er hat eine Waffe, und er hat auf mich geschossen. Oh Scheiße, Adam. Es ist unglaublich. Geh rein, und ich erzähl dir alles. Verflucht, wahrscheinlich kannst du es sogar in den Nachrichten sehen. Hier sind überall Kameras.«

»Scheiße. Okay, okay.« Ich schaue Kathryn an und danach die Glasfront des Sant Ambroeus. »Einen Augenblick, Tom.«

Ich nehme das Telefon vom Ohr und lasse den Arm sinken. Kathryn sieht verwirrt aus, und ich bin es ebenfalls. Ich habe keine Ahnung, was zum Teufel ich ihr sagen soll. Außer dass wir uns verstecken müssen. Es ist völlig verrückt.

»Tom, mein Freund und Geschäftspartner, ist am Apparat. Er sagt, jemand will mich umbringen. Er will, dass wir irgendwo reingehen, wo man uns nicht sehen kann. Offenbar hat unser Expartner auf ihn geschossen.« Ich zeige auf die Tür des Sant Ambroeus. »Lassen Sie uns reingehen, dann kann ich mehr herausfinden.«

Hastig laufen Kathryn und ich zum Restaurant zurück. Hoffentlich begrüßen mich die Besitzer diesmal freundlicher. Ich habe schon genug Scheiße am Hals. Als wir drinnen sind, empfängt uns ein verdatterter Maurice.

»Mr Kingsley, gibt es ein Problem?«

»Ja, es gibt offenbar ein Problem, und ich brauche Ihre Hilfe.« Ich rede schnell, hastig. »Haben Sie ein Hinterzimmer? Mit einem Fernseher?«

»Wir haben hinten ein Büro mit einem Fernsehapparat. Sofia mag Seifenopern.« Maurice wirft einen Blick in Sofias Richtung.

»Perfekt.« Ich spreche langsamer und bereite mich darauf vor, diesen Mann darum zu bitten, sein privates Refugium betreten zu dürfen. Seine Gefühle für mich sind jetzt schon nicht besonders herzlich, aber ich habe keine andere Wahl. »Dürfen Kathryn und ich kurz Ihr Büro benutzen? Wir lassen natürlich die Tür offen.«

»Selbstverständlich. Alles für Miss Kathryn.« Er winkt uns, ihm zu folgen, und wir gehen ihm nach. Wir laufen durch die Küche. Der Chefkoch blickt von seinen Vorbereitungen auf und hält mit dem Zwiebelschneiden inne. Ihm fällt beinahe das Messer aus der Hand. Hinter der Küche führt uns Maurice durch einen kurzen Flur, an dessen Ende sich sein Büro befindet.

Ich werfe Kathryn einen aufmunternden Blick zu, als wir den kleinen Raum betreten, aber es scheint nicht zu funktionieren. Nichts als Sorge steht ihr ins Gesicht geschrieben. Ich weiß auch nicht, wie ich sie beruhigen soll. Ich richte meine Aufmerksamkeit wieder auf Tom, der noch immer am Telefon ist und wahrscheinlich gerade durchdreht.

»Tom. Wir sind drinnen.« Ich schaue mich im Büro um. Ein Schreibtisch. Ein paar Stühle. Ein kleines Fernsehgerät mit Antennen oben auf einem Regal. Das Büro sieht aus, als stamme es aus den Sechzigerjahren, direkt aus einer Szene aus *Mad Men*. Kathryn steht direkt neben mir, fast berühren wir uns. Mein Blick trifft ihren. Im blauvioletten Glanz ihrer Augen spiegelt sich Sorge um mich, und merkwürdigerweise ist das ein Trost.

»Wen meinst du mit ›wir‹?«, fragt Tom.

»Kathryn Delcour ist bei mir. Wir haben gerade zu Abend gegessen und sind jetzt hinten im Büro des Restaurants. Ich schalte den Lautsprecher an, damit sie mithören kann.« Ich habe ihm mehr darüber erzählt, wo ich bin und wer bei mir ist, als er mir über die angebliche Bedrohung. »Verdammt noch mal, erzähl endlich, was los ist. Von Anfang an.«

»Lois und ich sind soeben in ein Polizeiauto gestiegen. Es ist verrückt. Vollkommen daneben.« Er atmet rasch.

»In Ordnung. Von Anfang an«, sage ich zu ihm.

Ich höre, wie Tom schluckt und tief einatmet. Sich zu beruhigen versucht, bevor er beginnt. »Eddie hat mich und Lois um etwa sechs Uhr dreißig für die Veranstaltung heute Abend abgeholt. Nichts war ungewöhnlich. Die übliche Limousinenkolonne vor dem Eingang. Ein Gast nach dem anderen stieg aus. Schließlich waren wir dran. Eddie kam um den Wagen herum, um die Tür zu öffnen, und ich bin zuerst ausgestiegen.« Tom hält inne und atmet erneut tief ein, aber ich weiß immer noch nichts.

»Sprich weiter, Tom. Meine Geduld schwindet.« Mein Tonfall klingt deutlich tadelnd.

»Okay. Tut mir leid. Ich bin nur ausgeknockt. Denn dann ging die Scheiße los. Als ich aussteige, fällt ein Schuss, und ich spüre, wie mir eine

Kugel am Kopf vorbeisaust. Vollkommen irreal, wie im Kino. Ich schaue nach rechts und sehe, dass Simon neben dem Hinterrad steht. Er trägt einen schwarzen Trenchcoat, wie die Kerle aus *Matrix*, und er hat eine Pistole in der Hand. Und hat auf mich gezielt, Adam. Gott, sein Gesicht war der reine Hass. Er hat die Waffe direkt auf mich gehalten. Zum Glück hat die Kugel nur den Wagen getroffen. Niemand wurde verletzt. Ich hätte in den Kopf getroffen werden können. Aber etwas hat klick gemacht, als er sah, dass ich da stand. Er schien schockiert und ließ die Waffe fallen. Lois war mittlerweile aus dem Wagen gestiegen und stand neben mir. Sie hat nur die Waffe gesehen. Gott sei Dank. Aber, Adam, bevor er fortrannte, hat er etwas gesagt, das hat mich zu Tode erschreckt.« Er hört auf zu reden, und ich höre, wie er etwas zu Lois sagt. Ich glaube, sie weint im Hintergrund.

»Hör jetzt nicht auf, Tom.« Ich schreie beinahe.

»Simon sagte, er dachte, du seiest im Wagen. Er ist mit der Waffe zu der Veranstaltung gekommen, weil er hoffte, dass er dich erschießen kann. Was er gesagt hat, ist mir durch Mark und Bein gegangen, Adam. Er hat gesagt: ›Sag Adam, dass die Kugel für ihn war.‹«

Während ich Tom zuhöre, kommt mir etwas in den Sinn. Ich träume. Ein schrecklicher, furchtbarer Albtraum. Keine Ahnung, was ich Tom antworten soll. Ich bin wie gelähmt, völlig schockiert. Nichts von alledem ergibt auch nur ansatzweise Sinn. Nichts.

»Er ist verrückt geworden. Vollkommen durchgedreht«, murmle ich ungläubig. Ich kann mir nur nicht vorstellen, warum ich seine Zielscheibe bin. Seit ich gestern die Sache mit Simon herausfand, habe ich mir mein Hirn zermartert, aber nichts gefunden. Ich kann mich nicht einmal an das letzte unfreundliche Wort erinnern, das wir miteinander gewechselt haben.

»Wie geht es Lois? Ich höre Weinen im Hintergrund. In ihrem Zustand muss das Ganze noch viel schlimmer sein.« Lois' Schluchzen will offenbar nicht enden.

»Sie zittert wie Espenlaub. Wenn sie sich nicht beruhigt, bringe ich sie in die Notaufnahme. Ich befürchte, sie hat einen Schock. Zum Glück hat Simon niemanden verletzt.«

»Was ist passiert, nachdem er abgehauen ist? Ist er entkommen, oder hat die Polizei seinen durchgeknallten Arsch geschnappt?« Der Gedanke, dass Simon frei in der Stadt herumläuft mit nichts anderem im Sinn, als mich oder irgendjemand anderen umzunieten, erschüttert mich bis ins Mark. Kathryn hat sich auf dem einzigen Stuhl im Büro niedergelassen. Ich sitze auf der Kante des Schreibtischs. Ich habe nur Augen für Kathryn und sie für mich.

»Er ist entkommen. Einfach verschwunden. Nur Eddie, Lois und ich haben ihn mit der Waffe gesehen. Weil er Linkshänder ist, befanden sich der schwarze Ärmel seines Trenchcoats und die Pistole genau neben der schwarzen Oberfläche des Wagens. Tolle Tarnung. Alle anderen waren mit Aussteigen beschäftigt. Oder haben auf die Promis gewartet. Hast du irgendeine Idee, was der Auslöser für Simons Verhalten sein könnte? Von seiner Exverlobten mal abgesehen.«

»Ich habe mir bereits den Kopf zerbrochen. Mir fällt nichts ein. Soweit ich weiß, war zwischen uns alles in Ordnung. Wir hatten uns seit Monaten nur über geschäftliche Dinge unterhalten, aber du weißt ja selbst – das war normal. Er hat mich mehrmals per E-Mail gebeten, mit ihm und Marta, seiner Verlobten, zu Abend zu essen. Ich bin aber nicht hingegangen, hatte andere Verpflichtungen. Das kann ihn doch aber nicht dazu gebracht haben, dermaßen durchzudrehen.«

»Ich habe auch schon nachgedacht. Mir ist nicht eine einzige Sache eingefallen. Allmählich glaube ich, dass er einfach vollkommen zusammengebrochen ist, als Marta die Verlobung gelöst hat. Jetzt wird er polizeilich gesucht. Das ist alles so unwirklich. Die Polizei fahndet nach ihm. Sie glauben, dass er von Bryant Park aus die U-Bahn genommen hat. Es gibt so viele Linien und Möglichkeiten von da aus. Keiner weiß, wo er steckt.«

»Das alles ist ein Traum. Ist Eddie okay? Er ist ja äußerlich immer ruhig, aber das hat wohl selbst ihn erschreckt.«

»Er war derjenige, der losgerannt ist und die Polizei geholt hat. Die Bullen standen näher am roten Teppich. Ich vermute mal, zur Sicherheit für die Promis. Aber Eddie war außer sich, als er mit den Beamten zurückkam. Ich habe ihn nach Hause geschickt. Die Polizisten wollten, dass der SUV am Tatort stehen bleibt. Sie suchen nach Fingerabdrücken.«

»Ich lasse dich jetzt besser in Ruhe. Lois braucht dich mehr als ich. Ruf mich später noch mal an, wenn sich alles beruhigt hat. Sag ihr liebe Grüße.« Ich hoffe wirklich, dass mit Lois alles in Ordnung ist. Zum Teil fühle ich mich sogar für die Situation verantwortlich, auch wenn ich keine Ahnung habe, warum ich Simons Zielscheibe bin.

»Mach ich, Kumpel. Aber bleib in dem Restaurant, bis Peters dir sagt, dass du wieder rauskommen kannst. Der Vorfall ist überall in den Nachrichten. Die Straßen sind voll mit Kameras. Und die Märkte werden auch reagieren, und wie, verdammt!«

»Darüber will ich jetzt nicht nachdenken, und du solltest es auch nicht. Kümmere dich um deine Frau und das Baby.«

»Hast recht. Bis später.«

Als das Gespräch beendet ist, sehe ich auf dem Display meines Telefons unendlich viele verpasste SMS und Anrufe. Während ich mit Tom sprach, habe ich zahlreiche Signaltöne für eingehende Gespräche gehört, sie aber ignoriert. Ich musste zuerst alles von Tom hören. Er war der Zeuge, hat gesehen, was passiert ist. Gott sei Dank war es nicht mehr als eine Drohung, aber mir läuft es eiskalt den Rücken hinunter bei dem Gedanken, dass Simon mich umbringen will.

»Ich muss noch ein paar Anrufe machen. Halten Sie es noch so lange mit mir aus?«, frage ich Kathryn. Ihre Augen sind geweitet und spiegeln Überraschung bezüglich dessen, was sie von meinem Telefongespräch mit Tom mitbekommen hat. Ihr Schrecken ist deutlich sichtbar.

»Natürlich, bitte. Ich kann das alles nicht glauben, Kingsley. Wer ist dieser Simon?«

»Ist eine lange Geschichte. Die Kurzversion: Er ist ein Mann, den ich seit meiner Zeit am MIT kenne. Nach dem Abschluss sind vier von unserem Jahrgang nach New York gegangen und haben Kings Capital gegründet. Er war einer der vier. Tom ein anderer.«

»Und jetzt ist er durchgedreht?« Kathryns große Augen und ihre Lippen formen jeweils ein perfektes O und spiegeln die Befremdung wider, die ich selbst empfinde.

»Vermutlich. Gestern musste ich ihn feuern. Der Tag war von vorne bis hinten beschissen, natürlich abgesehen von unserer Begegnung.« Ich schwöre, dass diese kleine Bemerkung sie zu einem leichten Lächeln bringt, sogar in dieser ganzen Anspannung. »Aber so schlimm der gestrige Tag auch war, was Simon heute angerichtet hat, ist einfach absurd. Waffen, Morddrohungen, und jetzt wird er gesucht.«

»Ich kann mir nicht vorstellen, wie das ist«, antwortet Kathryn. Es ist gut, jemanden zu haben, mit dem ich über all das sprechen kann. Ungewohnt, aber gut.

»Lassen Sie mich schnell diese Anrufe erledigen.«

Zuerst wähle ich Peters' Nummer. Er wird wissen, was ich als Nächstes machen soll. Denn eins ist sicher, die ganze Nacht kann ich mich nicht mit Kathryn in diesem Büro verkriechen. Ich brauche einen Plan, und Peters ist auf genau so etwas spezialisiert.

»Scheiße, Adam!«, brüllt Peters ins Telefon. »Wo stecken Sie? Ich habe Sie angerufen, Nachrichten per SMS geschickt und dieses verrückte Alarmsignal auf Ihr Telefon gesendet.«

»Ich weiß, was passiert ist. Habe gerade mit Tom gesprochen. Sein Anruf war der erste, den ich angenommen habe. Er war ja ein Augenzeuge, also war es gut, zuerst mit ihm zu reden.«

»Okay, jetzt wissen Sie, was los war. Meine Aufgabe ist es, dafür zu sorgen, dass Simon Sie nicht findet. Das ist das Einzige, worum es mir geht. Und Sie haben meine Frage nicht beantwortet. Wo sind Sie?«

»Ich habe mit Kathryn Delcour zu Abend gegessen, und wir sitzen im Büro des Restaurants an der Madison Avenue, Upper East Side.«

»Das ist gut. Ich hatte schon befürchtet, dass Sie in Ihrer Wohnung sind. Da dürfen Sie heute Nacht nicht hin. Zu gefährlich. Wahrscheinlich ist das Simons nächstes Ziel. Scheint, als ob er Sie umbringen will. Irgendeine Ahnung, warum?«

Peters stellt die Hunderttausend-Dollar-Frage, auf die weder Tom noch ich eine Antwort wissen.

»Absolut nicht. Tom und ich haben uns gefragt, ob er durchgedreht ist, als seine Verlobte ihn verlassen hat. Davon mal abgesehen – keine Ahnung.« Ich laufe auf dem gefliesten Boden des winzigen Büros auf und ab. Je zwei Schritte vor und zurück vor dem Schreibtisch sind alles, was ich gegen die Anspannung tun kann.

»Seit zwei Jahren sage ich Ihnen, Sie sollen einen Leibwächter engagieren, verdammt noch mal. Ich habe einen Kumpel angerufen. Er schuldet mir einen Gefallen oder zwei. Er hat einen Freund, der früher in der Army war, der perfekte Leibwächter für Sie.« Peters hat alles durchgeplant. Genau dafür habe ich ihn angestellt. Aber gegen einen Leibwächter habe ich mich immer gewehrt, sobald er darauf pochte.

»Wissen Sie, warum ich das bis jetzt nicht wollte? Sogar die Promis laufen in New York ohne Leibwächter herum.« Mir widerstrebt der Gedanke, ständig jemanden bei mir zu haben. Der mich beobachtet. Der seine stillen Urteile über mich fällt. Eddie ist der Einzige in meinem Leben, der beinahe so etwas wie ein Leibwächter ist. Er kennt mich ebenso wie meine Gewohnheiten, und er behält seine Meinungen für sich. Nicht einmal hatte ich bis jetzt das Gefühl, dass er meine Lebensweise verurteilt. Jemanden vierundzwanzig Stunden am Tag, sieben Tage die Woche bei mir zu haben ist mir einfach zu viel.

»Diese Promis, von denen Sie sprechen, würden von ihren Agenten und Managern augenblicklich eingesperrt, wenn ihnen jemand Morddrohungen schickte. Ist Ihnen bewusst, dass Sie vor einem potenziellen Mörder beschützt werden müssen? Aus irgendeinem Grund will Simon Sie umbringen.« Peters' scharfe Worte tun mir weh. Es ist traurig, aber er hat recht. Trotzdem gefällt mir der Gedanke nicht.

»Ich kann einfach nicht wirklich glauben, dass er es tun würde. Die ganze Sache ist verrückt.« Ich fahre mir durchs Haar, frustriert über dieses Durcheinander und die Komplikationen, die es in mein Leben bringt.

»Verrückt ist das Schlüsselwort. Ein Leibwächter muss Sie vor dieser Verrücktheit beschützen. Und was wir von Simon gesehen und uns zusammengereimt haben, lässt darauf schließen, dass er sich wirklich wie ein Wahnsinniger verhält. Sie können nicht Ihr Leben riskieren, Adam.«

»Okay, ich werde Ihnen nicht mehr widersprechen. Simon ist durchgeknallt, will mich tot sehen. Also sage ich Ja zu dem Leibwächter, aber das wird keine dauerhafte Sache.«

»Endlich.« Die Erleichterung in Peters' Stimme ist kaum zu überhören. »Manchmal sind Sie ein störrischer Esel, Adam. Der Name Ihres Bodyguards ist Jordan Hayes. Er ist bereits auf dem Weg von Washington hierher. Hat dort ein paar Jahre lang als privater Sicherheitsbeauftragter gearbeitet. Morgen früh sollte er eingetroffen und bereit für die Arbeit sein. Er ist in Queens geboren, kennt also die Stadt.«

»Was das alles angeht, vertraue ich Ihnen.« Und es ist wahr. Ich habe dabei keine Wahl. Was wären meine anderen Optionen?

»Jetzt müssen wir herausfinden, was wir heute Abend mit Ihnen machen, denn Sie dürfen nicht in Ihre Wohnung zurück. Hotels sind auch keine Option. Zu öffentlich. Sie sind mit dieser Kathryn zusammen, über die ich recherchiert habe, korrekt?«

»Richtig«, antworte ich und frage mich, worauf er hinauswill. Ich schaue Kathryn an, als Peters ihren Namen erwähnt. Sie beißt immer noch auf ihre Lippen, und ich sehe ihre besorgt zusammengezogenen Augenbrauen. Als würde sie sich fragen, was zum Teufel überhaupt los ist.

»Sie müssen heute Nacht bei ihr bleiben. Simon hat keine Ahnung, dass Sie dort sind. Er kennt weder diese Frau noch Ihre Verbindung zu ihr, richtig? Fragen Sie sie. Betteln Sie, wenn es sein muss. Ich warte derweil.«

Ich halte inne und nehme das Telefon vom Ohr. Meine Hand bedeckt das Mikrofon. Es wäre mir lieber, wenn Peters nicht Zeuge dieser Unterhaltung würde; ich habe keine Ahnung, was ich sagen soll oder wie Kathryn auf das, was ich sie gleich fragen werde, reagieren wird.

»Kathryn, mein Sicherheitsbeauftragter Peters ist am Telefon. Er sagt, ich soll nicht nach Hause gehen, solange Simon noch frei herumläuft. In ein Hotel einzuchecken kommt auch nicht infrage, zu öffentlich. Er will, dass ich heute Nacht in Ihrer Wohnung bleibe. Sind Sie damit einverstanden?«

»Ich weiß nicht. Es ergibt Sinn, vermute ich.« Sie neigt den Kopf und runzelt nachdenklich die Stirn.

Meine Bitte beunruhigt sie. Wahrscheinlich fragt sie sich, was es für sie bedeutet, wenn ich bei ihr bleibe. Ich will sie nicht in Gefahr bringen. Also beschließe ich, Peters zu fragen, ob diese Option sicher ist.

»Peters, wie gefährlich ist es, wenn ich heute Nacht bei Kathryn bleibe? Ich will sie nicht gefährden.« Meine Stimme ist fest. Wenn es nicht anders geht, werde ich hier in diesem verdammten Büro bleiben und auf den Leibwächter warten. Aber Kathryns Wohnung klingt nach dem besten Plan. Außerdem ist es eine verlockende Alternative. Ich werde ihre Schwelle früher überschreiten, als ich mir vorstellen konnte.

»Wie weit sind Sie von ihrer Wohnung weg? Upper East Side, ja?«, fragt Peters.

»Nur einige Blocks. Nicht weit. Und ja, Upper East«, sage ich.

»Es gefällt mir nicht, dass Ihre Wohnung in der Nähe ist. Aber ich glaube, es ist in Ordnung. Sorgen Sie dafür, dass jemand Ihnen ein Taxi ruft, und dann fahren Sie zu ihrer Wohnung. Auch wenn sie nur ein paar Blocks weit weg ist. Ich will Sie nicht draußen auf dem Bürgersteig haben.«

»Einverstanden. Noch etwas?«

»Ja, halten Sie die Augen auf. Simon trug einen schwarzen Trenchcoat, als er das letzte Mal gesehen wurde. Die Polizei durchsucht gerade seine Wohnung. Ich vermute, er hat sich versteckt. Am Morgen sollten wir mehr wissen. Ich bleibe in Verbindung mit meinem Kontakt bei der New Yorker Polizei und werde Ihnen jede Stunde eine E-Mail schicken oder Sie anrufen, falls etwas Dringendes ist.«

»Klingt gut.« Das Gespräch ist vorbei. Aber ich muss noch Patrick anrufen. Er muss für mich die negativen Konsequenzen der Angelegenheit regeln. Tom ist bei Lois, die verständlicherweise durcheinander ist, und ich muss mich heute Nacht verstecken. Ich wähle die Nummer und schenke Kathryn ein ermutigendes Lächeln. Meine Lippen sagen stumm »Danke«.

»Adam. Hast du die Nachrichten gehört?«, sagt Patrick so aufgeregt, als wäre er bereit, aus seiner Haut zu fahren und durch die Telefonleitung zu schlüpfen. Bei ihm ist das etwas extrem Seltenes. Normalerweise zeigt er noch weniger Gefühle als ich.

»Ja. Hab vor einigen Minuten mit Tom gesprochen. Er hat mir alles erzählt. Hast du mit ihm telefoniert?«

»Nur kurz. Lois war zu durcheinander, und ich habe ihm gesagt, dass wir später sprechen. Irre. Das ist echt irre.« Seine Beurteilung der Lage stimmt mit der von Tom und mir überein.

»Ich kann es immer noch nicht verstehen. Wie kann sich jemand wie Simon von einem langweiligen Softwaregenie in einen gesuchten Verbrecher verwandeln?« Ich stelle die Frage in dem Wissen, dass es keine Antwort gibt. »Ich bleibe heute Nacht in der Wohnung einer Bekannten. Aber ich brauche dich, damit du die öffentlichen Dinge regelst. Ruf die Anwälte an, die PR-Leute und versuche, diese Angelegenheit in den Griff zu bekommen, bevor sie außer Kontrolle gerät. Sag den PR-Leuten, dass wir genauso durcheinander sind wie alle, was Simons Verhalten angeht, und dass wir hoffen, dass er sich ergibt und die Hilfe bekommt, die er braucht. Ich will nicht, dass aus der Sache mehr wird als eine Person, die durchgedreht ist. Verstanden? Es soll eine Privatangelegenheit bleiben. Einfach nur Simon, ein Einzeltäter.«

»Klar. Ich ruf gleich alle an.«

»Ruf mich nachher zurück oder schick mir eine Mail.«

»Mach ich.« Ich stecke mein Telefon ein, senke den Kopf und sammle mich, bevor ich Kathryn anschaue. Zögernd hebe ich den Blick. »Ich vermute, wir sollten uns zu Ihrer Wohnung aufmachen, Maurice sein Büro zurückgeben. Tut mir leid, dass ich Sie in diese Angelegenheit mit hineingezogen habe.« Ich neige den Kopf und hebe die Augenbrauen in der Hoffnung, dass sie meine Aufrichtigkeit bemerkt.

Sie hatte die ganze Zeit geduldig still gesessen, die Hände im Schoß, aber ihr schönes Gesicht sieht sorgenvoll aus. An ihrer Stelle hätte ich wahrscheinlich längst die Flucht ergriffen und mich aus dem Staub gemacht. Wer will schon mit einem Mann zusammen sein, dem ein durchgeknallter, mordlustiger Verrückter mit einer Waffe in der Hand hinterherrennt? Um ehrlich zu sein: Ich will sie nicht gefährden, aber ich will auch nicht, dass sie mich allein lässt. Wir schauen einander schweigend an. Keiner von uns will den Augenkontakt unterbrechen.

»Ist die erste Verabredung mit Ihnen immer so aufregend?«, sagt sie mit einem Augenzwinkern. Das löst die Anspannung zwischen uns, und ich muss lachen. »Ich weiß nicht, wie Sie das noch toppen können. Bullen und Möchtegernkiller kommen hier nicht jeden Tag vor. Dieser Stadtteil ist normalerweise ziemlich langweilig.«

»Ich könnte mir verschiedene Dinge vorstellen, die das toppen könnten«, sage ich und zwinkere ebenfalls.

»Oh, daran zweifle ich nicht.«

Sie erhebt sich von ihrem Stuhl und steht nach zwei kleinen Schritten vor mir. Ihr bildschönes Gesicht blickt zu mir hoch. Ihr Blick ist liebevoll und weich. Und ihre Lippen. Verdammt, diese Lippen. Wie sehr ich sie schmecken möchte!

Sie legt ihre Hände auf mein Hemd unter der Jacke. Ich habe keine Ahnung, was sie vorhat, aber ich merke es rasch, als sie mir das Sakko die Arme herunterzieht. Meine strenge tägliche Uniform liegt nun neben uns auf dem Schreibtisch.

Ganz leicht streicht sie mit ihren Fingern über meine Oberarme. Sie streicheln und massieren mich leicht. Beruhigend fahren sie über meine von dem Hemd bedeckte Haut. Die Auswirkung ihrer Berührung rauscht durch meinen Körper, und ich merke, wie ich steif werde. Ich will sie an mich ziehen und mit aller Macht über sie herfallen.

Aber in ihrer Berührung ist noch etwas anderes. Da ist ein echtes, anteilnehmendes Gefühl für mich, und ich kann mich nicht erinnern, wann mich das letzte Mal ein Mensch so zärtlich getröstet hat. Von meiner Mutter abgesehen ist mir niemals jemand so nahe gekommen. Ich schließe die Augen, lege den Kopf zurück und lasse mich von dem ungewohnten, intensiven Gefühl ihrer Berührungen durchfluten. Eigentlich sollte ich darüber nachdenken, wie wir das Restaurant verlassen, aber das alles kann jetzt warten.

»Oh Gott, Kathryn.« Ich stöhne ihren Namen und weiß, dass sie an meiner Stimme hören kann, wie verzweifelt ich mich nach ihr sehne.

»Ich bin auf Berührungen spezialisiert«, sagt sie in verführerischem Ton. Ich weiß, sie spricht über diese Tantra-Sache. »Geht es Ihnen gut?« Ich öffne endlich meine Augen und sehe, dass sie mich anschaut. Ihre Augen wirken jetzt dunkler, eher violett als blau. Das Begehren in ihnen ist nicht zu verleugnen. Sie fühlt auch, was da zwischen uns ist. Also beschließe ich, dieser eigentümlichen, namenlosen Kraft, die uns zueinanderzieht, endlich Folge zu leisten.

»Nein, mir geht es nicht gut. Aber ich weiß, was mir helfen wird. Es gibt etwas, das ich unbedingt mit Ihnen machen will. Und Sie wissen ja von meiner Zurückhaltung gegenüber Frauen. Die praktisch überhaupt nicht existiert.«

Ich handle schnell wie der Blitz, gebe ihr kaum Zeit, zu denken oder zu reagieren, und ziehe sie an mich. Ich lege einen Arm um sie, oberhalb ihrer Hüfte, und die andere Hand in ihren Nacken. Meine Finger fahren durch ihr seidenweiches Haar. Der Duft von Shalimar hüllt uns ein. Diese Frau ist so verdammt anziehend wie ein herrlicher, faszinierender Liebestrank. Ich spüre, wie ihre Arme mich umfassen und sie sich an mich lehnt.

»Ich werde Sie jetzt küssen, Kathryn.«

Sie erhebt keinen Einspruch, schließt stattdessen die Augen und neigt ihren Kopf näher zu mir. In diesem Augenblick weiß ich, dass ich das Recht errungen habe, ihre Lippen zu erobern. Und genau das tue ich.

Unsere Lippen pressen sich heftig aufeinander. Unsere Zungen suchen nach mehr. Es ist kein schöner Kuss. Nur zwei Menschen, die einen Hunger befriedigen, der sich seit ihrer ersten Begegnung angestaut hat.

Meine Zunge fährt tiefer in ihren Mund. Ich kann einfach nicht genug bekommen. Ich will jeden Zentimeter von ihr spüren, ziehe sie näher heran und drücke ihren Leib gegen meine steinharte Erektion.

Als ich die Hände auf die Seiten ihrer Brüste lege, zieht sie sich ganz plötzlich zurück. Wir atmen beide heftig und versuchen, wieder Luft zu bekommen. Sie lässt mich stehen, mit leeren Händen und stöhnend vor Sehnsucht. Ich sehne mich nach ihr wie noch nach keiner Frau zuvor. Es verschlingt mich.

»Kingsley, es tut mir leid. Ich weiß nicht, was das mit Ihnen ist. Aber ich laufe nicht herum und küsse irgendwelche Männer.«

»Irgendwelche?« Warum erzählt sie mir das? Will sie verleugnen, was wir gerade erlebt haben? »Da ist etwas zwischen uns, Kathryn. Können Sie es nicht spüren?«

»Begierde«, antwortet sie. »Einfach nur Begierde, sonst nichts.«

»Glauben Sie mir, einige der besten sexuellen Erfahrungen entspringen reiner Begierde. Sie ist es, die die Leidenschaft erweckt. Uns brennen lässt.«

»Das erwähnten Sie letzte Nacht schon. Ficken zur Bedürfnisbefriedigung, richtig? Mir reicht das nicht.« Sie tritt einen Schritt zurück.

»Sie haben mich zurückgeküsst. Daran gibt es keinen Zweifel.«

»Stimmt, das habe ich getan.« Ihre Stimme ist kaum mehr als ein Flüstern.

Kapitel 8

Kathryn hat also zugegeben, dass sie diesen Kuss ebenso sehr wollte wie ich. Kein großartiges Bekenntnis, aber ich es reicht. Zweifelsfrei, wir zwei sind aufeinander scharf. Aber hier geht es um mehr als um pure Begierde, die mit einem einzigen Fick befriedigt ist und dann ausbrennt. Es nimmt mich stärker mit. Definitiv, das ist neu. Die Sehnsucht, mich in ihr zu vergraben und sie bis zum Letzten durchzuvögeln, ist alles, woran ich denken kann, selbst während der ganzen Scheiße, die heute Nacht passiert ist. Sie wirkt wie ein Magnet auf mich. Ich kann mich nicht dagegen wehren.

Ich fühle mich zu dieser Frau hingezogen mit einer Macht, die außerhalb meiner Kontrolle liegt. So etwas habe ich mit keiner anderen je gefühlt. Und es ist so stark, dass ich mich frage, wer zum Teufel ich eigentlich bin.

Ich atme tief ein und sage: »Verleugnen Sie es doch nicht. Sie spüren es auch, oder?«

Ihr Blick wendet sich ab, bevor sie antwortet. »Okay, vielleicht. Ein wenig. Aber ich weiß von Ihren Eroberungen. Ich habe Sie in Aktion gesehen. Wie Sie herumstolziert sind wie ein Matador. Ja, Sie sind anziehend, und Ihr Charme ist tödlich für Frauen. Aber Ihre Art, Frauen zu behandeln, ist herabwürdigend und egoistisch.« Sie ist stolz auf die Hiebe, die sie austeilt. Und ich will nicht, dass sie bemerkt, wie sehr sie treffen.

»Ich bin einfach niemand, der sich bietende Gelegenheiten ablehnt. Ich laufe Frauen nicht hinterher. Niemals! Sie wollen mich, und ich gebe ihnen, worum sie bitten. Und am Ende sind beide Parteien zufrieden.«

»Sie sind eine Nummer! Ich würde gerne mit diesen Frauen sprechen und sie fragen, wie zufrieden sie waren mit dem Fick oder dem Blowjob, den sie Ihnen verpasst haben. Ich wette, all die Namen, Gesichter und Leiber sind für Sie alles eins. Sie wissen nichts über diese Frauen.«

Ich sehe, wie sich ihre Nasenflügel blähen. Ihre Reaktion auf meine Affären ist ziemlich leidenschaftlich. Sie hält es für Ärger, ich denke, es ist etwas anderes: Anziehung, gegen die sie sich zu wehren versucht.

»Warum beschäftigen Sie sich überhaupt mit meinen Eroberungen? Mein Verhalten scheint Sie zu ärgern, wo doch zwischen uns nicht mehr ist als Begierde. Oder kämpfen Sie nieder, was Sie eigentlich wollen: mich? Geben Sie es doch zu, Sie wollen mich in sich spüren, wollen, dass ich die Sehnsucht befriedige, die Sie empfinden, wenn Sie bei mir sind.« Meine Worte sind reine Gegenwehr, und sie treffen ins Ziel, mitten ins Schwarze. Ihre Augen sind wild vor Wut. Heiß und brennend. Ich muss über ihren Auftritt lächeln. Es fehlt nicht viel, und sie würde sich mit ebendieser Wut in meinen Rücken krallen, während ich sie um den Verstand ficke.

»Gott, was ist nur los mit Ihnen? Ich habe noch nie einen Mann mit so einem Ego getroffen. Genau deshalb habe ich Sie einen Jungen genannt. Sie sind aber kein Junge mehr, Kingsley. Es ist an der Zeit, dass Sie begreifen, dass es im Leben um mehr geht als um den nächsten Fick oder den nächsten geschäftlichen Megaerfolg. Werden Sie erwachsen.«

Was kann ich auf ihr Urteil erwidern? Nein, ich muss nicht erwachsen werden?

Ich weiß nicht, was ich sagen soll. Fast schon ein vertrauter Zustand mit dieser Frau. Ihre Worte bringen mich zum Schweigen und zum Nachdenken. Weiß ich denn wirklich, was all die Frauen nach einem Zusammensein mit mir empfunden haben? Sie wollten meinen Schwanz, und den habe ich ihnen gerne überlassen. Und das war alles. Keine einzige hat mehr bekommen. Bei all meinen Bekanntschaften ging es nur um nackte Haut. Ein Fick nach dem anderen. Ein hübsches Gesicht nach dem anderen. Ein scheinbar perfekter Körper, der sich vom nächsten in nichts unterschied.

Kathryns Worte sind wie ein Spiegel, der mir meine Handlungen reflektiert. Ich habe noch nie innegehalten und analysiert, was ich da eigentlich machte. Ich habe einfach die Welle genossen, auf der ich gerade ritt. So bin ich eben, wie hedonistisch das auch aussehen mag.

Dieser ganze Wortwechsel mit Kathryn ärgert mich. Sie hat mich einen Jungen genannt, einen Egoisten, jemanden, der Frauen erniedrigt. Wieder eine Bestätigung dafür, warum ich mich nicht mit Beziehungen abgebe. Das Leben ist einfacher, wenn man niemandem Rechenschaft schuldig ist. Selbst wenn es die schönste Frau ist, die einem je begegnet ist.

»Ich glaube, Sie irren sich«, sage ich zu ihr. »Diese Frauen haben sich mir freiwillig hingegeben. Jede Wette, sie wären alle mehr als froh über eine zweite Runde.«

Eine plötzliche Bewegung an der Bürotür lenkt meine Aufmerksamkeit ab. Kopfschüttelnd steht Maurice da. Unser Streit war wahrscheinlich auch hinter der Wand hörbar. Alles, was er schon über mich dachte, wurde bestätigt.

»Miss Kathryn, ist alles in Ordnung? Ich hörte Sie streiten. Soll ich dafür sorgen, dass dieser Mann geht?« Maurice sieht mich wütend an, und die Verachtung in seiner Stimme ist nicht zu überhören. Er scheint ein wenig aufrechter als vorhin dazustehen. Es ist deutlich, dass ich ihn nicht im Geringsten einschüchtere.

»Maurice, Entschuldigung, dass wir Ihr Büro okkupiert haben und Sie unsere Meinungsverschiedenheit anhören mussten«, antwortet Kathryn rasch. Sie will also den Frieden bewahren. »Mr Kingsley hat soeben beunruhigende Neuigkeiten erhalten, und deswegen brauchten wir Ihre Hilfe.«

»Solange ich weiß, dass es Ihnen gut geht. Nur das zählt für mich«, sagt Maurice mit einem Seitenblick auf mich, der seine Besorgnis kaum verschleiert. »Kann ich noch etwas tun?«

»Auch ich möchte mich entschuldigen, Maurice. Und ich muss Sie noch um einen weiteren Gefallen bitten.«

Er schaut mich aus dem Augenwinkel an. Skeptisch, aber er weist meine Bitte nicht ab, also fahre ich fort: »Kathryn und ich müssen mit dem Taxi hier weg. Könnten Sie uns einen Wagen rufen, während wir am Eingang warten?« Maurice beäugt mich fragend. Sein Blick ist warnend. Er sagt: Wage es nicht, sie schlecht zu behandeln, Freundchen. Die Botschaft kommt an, klar und deutlich.

»Ich helfe Ihnen wegen Miss Kathryn.« Mehr hat Maurice mir nicht zu sagen. Mit besorgtem Blick wendet er sich Kathryn zu. »Ich hoffe, Sie wissen, was Sie tun, wenn Sie hier fortgehen mit diesem … diesem … Mann.«

Nachdem er das letzte Wort ausgespien hat, dreht sich Maurice zu mir und starrt mich mit zusammengekniffenen Augen an. »Ich würde Miss Kathryn lieber mit einem einfachen Mann sehen, der sie liebt und achtet und so behandelt, wie sie es verdient. Nicht mit so einem reichen und berühmten Ausbeuter wie Ihnen. Alles Geld der Welt kann Sie ihrer nicht würdig machen.«

Ich will ihm erklären, dass Kathryn zu jenen Frauen gehört, deren kein Mann jemals würdig ist, halte aber besser den Mund. Maurice wird mir jetzt sowieso nichts glauben. Stattdessen nicke ich und beuge den Kopf.

Maurice hat gesagt, was er loswerden wollte, und ich will ihn nicht noch mehr provozieren. Im Moment will ich nur aus diesem verdammten Restaurant weg und zu Kathryns Wohnung. Obwohl sie es sich vielleicht inzwischen anders überlegt hat, besonders nach unserem Streit und Maurice' Warnung – die ja nur eine von vielen ist.

»Ich verstehe, dass Sie mich beschützen wollen, Maurice. Sie sind der netteste Mensch der Welt, und ich will, dass Sie das wissen.« Sie umarmt ihn und gibt ihm ein kleines, keusches Küsschen auf die Wange.

Maurice wird wie Wachs in ihren Händen, und ich muss lachen. Und Sie behaupten, ich hätte einen entwaffnenden Charme? Sie stehen mir in nichts nach, liebe Kathryn.

Der Unterschied zwischen uns ist Wissen und Bewusstsein. Sie hat nicht den Hauch einer Ahnung, was sie Männern antut, wenn sie ihren Charme unwissentlich und auf unglaublich natürliche Weise entfesselt. Anders als ich, dessen Aktionen kalkuliert und ergebnisorientiert sind.

»Da Ihr Vater so jung verstarb, bin ich der Meinung, jemand muss diesem Mann hier ein paar Dinge sagen. Glauben Sie mir, Ihr Vater hätte mir zugestimmt. Ich habe nie einen Mann gesehen, der sich so sehr um seine Tochter gekümmert hat. Sie waren sein Augenstern.«

Bei der Erwähnung ihres Vaters füllen sich Kathryns Augen mit Tränen.

Großartig, Maurice. Er hat mich angegriffen und sie traurig gemacht. Bis wir in ihrer Wohnung sind, wird sie mich fertiggemacht haben. Falls ich dort überhaupt noch willkommen bin. Langsam habe ich den Eindruck, er ist für mich gerade eine größere Bedrohung als Simon. Er schlägt definitiv Wunden in mein fettes Ego, wie Kathryn es nannte.

Denn seine Vorwürfe kleben an mir und lassen sich nicht so leicht wegwischen. Ich bin eigenartig berührt, dass er ihren verstorbenen Vater erwähnt hat. Vielleicht hat das mit dem Tod meiner Mutter zu tun. Ich weiß, wie herzzerreißend ein solcher Verlust ist. Auch ich war für meine Mutter der Mittelpunkt der Welt, sogar noch als sie starb.

Ich kann mir vorstellen, wie Kathryns Vater zusammen mir ihr in dieses Restaurant gekommen ist. Ein hübsches Mädchen mit rabenschwarzem Haar und einem vielversprechenden Leben vor sich. Aus Peters' Bericht weiß ich, dass er verstarb, als sie ungefähr neunzehn war. Kaum jünger als ich, der mit zweiundzwanzig seine Mutter verloren hat.

Eins ist sicher: Ihr Vater wäre heute stolz auf sie. Jeder wäre es. Sie ist eine kluge Frau, der man nichts vormachen kann, und ihre Schönheit sucht ihresgleichen.

Ich bin dankbar, dass Maurice offenbar nicht vorhat, mich weiterhin zu beschimpfen. Wir verlassen das Büro. In der Küche ist noch mehr los als vorhin, und niemand schaut uns an, als wir vorbeigehen.

Im Restaurant selbst ist fast jeder Tisch besetzt. Die Gäste essen, unterhalten sich und achten nicht auf uns. Wir werden ignoriert, was gut zu meinem Plan passt, mich unauffällig zu verhalten, bis morgen der Leibwächter eintrifft oder bis die Polizei Simon findet.

Wir bleiben am Eingang stehen und beobachten, wie Maurice an den Bordstein tritt, seine Hand in die Luft streckt und ein Taxi anhält.

»Er meint es gut, Kingsley«, sagt Kathryn leise.

»Das weiß ich. Sie sind ihm wichtig. Er hat mit angehört, was ich zu Ihnen sagte, und das hat wahrscheinlich sämtliche Gerüchte über mich bestätigt.«

Sie wendet mir den Kopf zu, und ein ernster Ausdruck breitet sich auf ihrem Gesicht aus. Es ist der Ausdruck, den sie bekommt, wenn sie mir einen ihrer Hiebe verpasst. Also stelle ich mich aufrecht und mit breiten Schultern hin und erwarte, was da kommen wird.

»Nur Gerüchte, Adam? Nicht die Wahrheit?«

Wieder einmal bin ich sprachlos. Sie weiß um meinen Ruf als Spieler und drängt mich in die Ecke. Ich bin es nicht gewohnt, rechtfertigen zu müssen, was ich immer nur als den sorglosen Lebensstil eines Singles betrachtet habe.

Aber ich kann ihrer gewichtigen Frage nicht entkommen: Sind es Gerüchte oder ist es die Wahrheit? Natürlich weiß ich, dass sie recht hat und ich es nicht verleugnen kann: Dieses ganze Geschwätz ist im Großen und Ganzen nichts als die reine, hässliche Wahrheit. Diesmal kann ich ihr keine lustige Antwort geben. Humor hilft hier nicht. Frau um Frau habe ich mir mein eigenes Grab geschaufelt.

Aber noch bin ich nicht bereit, ihr zu sagen, was ich denke. Verletzlich und nachdenklich zu sein ist nichts, was mir entspricht oder was ich mit anderen teile. Seit gestern Nachmittag ist meine gesamte Welt aus den Fugen geraten. Heute Abend fühlt sich nichts richtig an, außer dass ich in diesem Augenblick mit ihr zusammen bin.

Als endlich ein Taxi anhält, winkt Maurice uns nach draußen. Ich halte Kathryn die Tür auf und winke sie auf den Gehsteig. Maurice hat bereits die Wagentür geöffnet und wartet auf uns. Kathryn steigt zuerst ein, und ich will ihr folgen, aber eine Hand hält mich am Ärmel fest. Es ist Maurice, der mir noch etwas zu sagen hat. Na großartig, offenbar entkomme ich ihm nicht so einfach.

»Mr Kingsley, versprechen Sie einem alten Mann, gut mir ihr umzugehen?« Er sieht verzweifelt aus, als bettele er um ein Ja. Und bevor ich überhaupt nachdenken kann, was das bedeutet, oder mir auch nur eine andere, einem Aufreißer wie mir angemessenere Antwort einfiele, sage ich Ja.

Das Lächeln auf seinem Gesicht könnte ganz Brooklyn beleuchten. Er ist außer sich vor Freude. Ich habe ihm die Antwort gegeben, die er hören wollte, und ich frage mich, warum ich mich auf seine Bitte eingelassen habe.

Kann ich überhaupt erfüllen, was ich gerade versprochen habe? Ich weiß, damit kommt eine große Herausforderung auf mich zu. Ich bin nicht so dumm zu glauben, ich wäre ein guter Mensch. Der echte Adam ist alles andere als das.

Maurice schüttelt freudig meine Hand, bedankt sich für mein Versprechen. Ich wiederum danke ihm für seine Unterstützung heute Abend. Dafür, dass er uns in sein Büro gelassen hat, dass wir dort bleiben konnten, bis ich wusste, was los war und welche Richtung einzuschlagen war.

Ich verabschiede mich mit einem Handschlag und klettere zu Kathryn ins Taxi. Sie sitzt nicht ganz außen, außerhalb meiner Reichweite, so wie ich es erwartet hatte, sondern auf dem mittleren Sitz, nah bei mir. Als ich Platz nehme, spüre ich unsere Nähe, Bein an Bein. Über ihr Gesicht wandert ein wissendes Lächeln. Ich glaube, ich weiß, warum. Sie hat meinen Wortwechsel mit Maurice mitbekommen.

»Einem alten Mann zu versprechen, dass Sie brav sein werden. Was ist in Sie gefahren, Kingsley? Sind Sie von Ihrem hohen Ross gestürzt?« Sie lehnt den Kopf zurück und lacht über ihre witzige Bemerkung.

»Irgendwie habe ich den Eindruck, dass es heute Nacht jeder auf mich abgesehen hat. Simon mit einer Pistole und Maurice mit seinen Worten.« Ich klinge kläglich, sogar für mich selbst.

Ich spüre, wie sie ihre Finger um die meinen schlingt und unsere Hände zusammenpresst. Eine einfache Geste voller Wärme und Gemeinschaft.

»Was meinen Sie, sollen wir uns einfach versprechen, heute Abend nett zueinander zu sein?«, fragt Kathryn und schürzt ihre Lippen zu einem Lächeln.

»Ich vermute, ich könnte es fertigbringen, zumindest eine Nacht lang brav zu sein. Wie schwer kann das schon sein? Aber können Sie gut zu mir sein?« Die letzten Worte sage ich in einem Tonfall, der dem Wort »gut« eine klare Doppelbedeutung verleiht.

Ich spüre, wie sich ihr Arm bewegt, und während sie meine Hand festhält, stößt sie mir ihren Ellenbogen direkt in die Rippen.

»Verdammt, wofür ist das denn?« Ich zucke vor Schmerz zusammen.

»Weil Sie unmöglich sind. Eine Frau kann gut zu Ihnen sein, ohne dass sie ihre Beine breit machen muss, Kingsley.«

Ich murmle etwas über starrsinnige Frauen und hoffe, dass sie es nicht versteht. Meine Rippen sind nicht unbegrenzt widerstandsfähig.

»Weiß der Taxifahrer, wo wir hinmüssen?« Mir fällt erst jetzt auf, dass ich eingestiegen bin, ohne dem Fahrer ein Ziel zu nennen.

»Als Sie Maurice angelogen haben, habe ich ihm meine Anschrift gegeben.« Ich starre sie an, kann meinen Ohren nicht glauben.

»Angelogen?«

»Keine Lüge? Sie planen, Ihr Versprechen zu halten?« Und damit hat sie mich.

»Gnade«, sage ich und hisse die weiße Flagge. Ich kapituliere. Etwas, das ich sonst nie tue.

Kapitel 9

Die Taxifahrt zu ihrem Haus verläuft unspektakulär. Unser Fahrer wechselt häufig die Fahrspur und rast die Häuserblocks entlang. Er versucht, alle Ampeln bei Grün zu erwischen. Typisch für Taxis. Und ich bin wieder einmal froh, dass ich Eddie habe.

Keiner von uns spricht. Meine Kapitulation vor Kathryns scherzhafter Falle hängt noch in der Luft. Ich bin ein Genie, ein MIT-Absolvent, verdammt noch mal, und doch hat sie sämtliche Diskussionen gewonnen. Mir ein paar kräftige Arschtritte verpasst. Wer hätte gedacht, dass mir ausgerechnet so eine sexy Füchsin mit rotem Lippenstift und Shalimar intellektuell gewachsen wäre? Beides macht mich verrückt.

Ich bin mir nicht sicher, ob sie eigentlich weiß, was sie erreicht hat, als ich ihr so willig nachgab. Und ehrlich gesagt weiß ich das selbst nicht. Wir halten uns an den Händen, mit dem Versprechen, dass nichts passieren wird. Normalerweise würde ich in dieser Situation nach der nächsten willigen Frau Ausschau halten. Aber hier sitze ich, Hand in Hand mit ihr, als wären wir beim Picknick der Kirchengemeinde.

Außerdem hat sich bis jetzt jegliches Wohlverhalten, das ich je einer Frau versprochen habe, auf Sex bezogen. Sie so richtig durchzuficken, ihre Klit mit der Zunge zu umspielen oder ein paar freche Sadomaso-Spielchen. Es hat mir nie etwas gebracht, mich sexuell zurückzuhalten.

Mein Leben scheint gerade kopfzustehen, komplett. Simon hat seinen verfluchten Verstand verloren. Ich bin Tom ähnlicher als mir selbst. Was mir furchtbare Angst einjagt, denn Tom steht seit Jahren unter der Fuchtel seiner Frau. Ich habe gesehen, wie er für Lois die Tasche getragen hat, und es ist einfach zum Brüllen, wenn ein Mann eine Chanel-Tasche schleppt.

Komischerweise genieße ich jede verdammte Minute, die ich mit Kathryn verbringe, sogar unseren Streit in Maurice' Büro. Unser Ärger fühlte sich eher wie ein Aufwärmen an, ein verbales Vorspiel. Ein kurzer Blick auf ihre Leidenschaftlichkeit. Und eins ist sicher, diese Frau ist leidenschaftlich. Ich muss sie nur davon überzeugen, ein wenig davon mit mir zu teilen.

Als wir die Fifth Avenue hinunterfahren, erinnere ich mich, wie ich dort gestanden und vor ihrem Haus auf sie gewartet habe. Stundenlang den Eingang und den Türsteher angestarrt habe. Beobachtete, wie Menschen kamen und gingen. Unglaublich, wie lange ich auf sie gewartet habe. Eine wichtige Telefonkonferenz wurde deshalb verschoben. Und jetzt sorgt die Sache mit Simon dafür, dass es Tage dauern wird, bis ich dafür einen neuen Termin finden werde.

Ich streiche mit leichtem Kreisen über ihre weiche Haut, blicke auf und lächle sie an, was sie strahlend erwidert. Etwas passiert, wenn sie das tut. Selbst ein störrischer Esel wie ich muss zugeben, dass es diese Frau höchstwahrscheinlich wert ist, mich anständig zu verhalten. Zumindest bin ich gewillt, es zu versuchen.

»Wir sind fast da«, flüstert sie und bricht das Schweigen zwischen uns. Das Taxi wartet an einer roten Ampel, aber ich sehe vor uns schon die grüne Markise ihres Hauses.

»Zurück, wo alles begann. Mein Wunsch wurde erfüllt. Wollen Sie wissen, was es war?«

»Etwas sagt mir, dass das keine Rolle spielt. Sie werden es mir sowieso erzählen.«

»Sind Sie sich sicher, dass wir uns noch nie begegnet sind? Vielleicht in einem anderen Leben? Sie wissen immer genau, was ich sagen will. Es ist unheimlich. Und es macht mich nervös.«

»Das ist die Psychologin in mir. Menschliche Natur. Es gibt nichts Neues unter der Sonne. Sie sind nicht so außergewöhnlich, wie Sie denken.« Ihr sarkastischer Kommentar macht mich an. Ihre resolute Art gefällt mir. Vielleicht ist es die Herausforderung.

»Autsch. Zurück zu meinem Wunsch, Sie scharfzüngige Göttin.«

Sie lacht über meinen Witz. Aber ich merke, dass sie ziemlich gut darin ist, mich vom eigentlichen Thema abzulenken. Ich beschließe, mir diese gerissene Taktik zu merken.

»Okay. Ich spiele mit. Was haben Sie sich gewünscht?«, fragt sie und sieht neugierig aus.

»Genau das, was wir jetzt machen. Eine Einladung in Ihre Wohnung. Eine Spritztour in Ihrem Aufzug.« Ich necke sie, indem ich beim Wort »Spritztour« mit den Augenbrauen wackle. »Einen Einblick in den Ort, an dem Sie leben, vielleicht auch eine Privatführung in Ihr Schlafzimmer.« Ich ende mit meinem patentierten verschmitzten Lächeln.

»Sie meinen eine Einladung, mir die Bettwäsche zu zerwühlen?«, sagt sie spöttisch. Ich kann ihr Gesicht nicht sehen, weil sie es abgewendet hat, aber ich wette, dass sie die Augen verdreht.

»Sie sind wirklich gut darin, meine Hoffnungen zu zerschmettern.«

Wieder lacht sie mich aus. Unser scherzhaftes Gespräch macht mir Freude, obwohl es mir noch mehr Freude machen würde, wenn sie auf ihren Bettlaken läge und unter mir. Einige Gewohnheiten sind hartnäckig.

Wir halten vor ihrem Gebäude, der Türsteher kommt zum Taxi und öffnet uns die Autotür. Ich bezahle den Fahrer und steige nach Kathryn aus. Sie wartet auf mich. Instinktiv greife ich nach ihrer Hand, renne zum Eingang und ziehe sie mit.

Wir lassen den Türsteher zurück, ich öffne die Glastür, und wir eilen hinein. Ich atme erleichtert auf, als wir in der Eingangshalle stehen. Sie ist klassisch gestaltet. Marmorboden, elegante Beleuchtung und kräftige Holztöne begrüßen uns.

»Zeigen Sie mir Ihren Aufzug, meine Dame«, sage ich spielerisch.

»Hier entlang, mein Herr«, scherzt sie zurück und führt mich zum Flur hinter dem Tisch des Portiers.

Sie drückt den Pfeil nach oben, und die Tür öffnet sich sofort, als ob unsere Ankunft erwartet worden wäre. Ich folge ihr hinein. Sie presst die Nummer zwanzig, und wir spüren, wie der Aufzug sich zu heben beginnt. Kathryn lehnt sich an das glänzende Holz der Fahrstuhlwand und schaut zu mir hoch. Die Nähe ihres Körpers und ihr Duft machen mich beinahe wahnsinnig und gefährden meine Fähigkeit, mich wie versprochen zu beherrschen. Ich will diese Frau nicht unter Druck setzen, aber ich habe mich noch nie so sehr zusammenreißen müssen.

Völlig neues Terrain für mich. Und mein Schwanz mag es ganz und gar nicht. Wenn eine Frau mich derartig erregt, ist Warten nichts, was ich normalerweise tun muss. Wäre alles wie immer, steckte mein Schwanz bereits tief in ihr.

Noch nie war von mir Zurückhaltung gefordert. Und dieser enge Raum bringt mich an die Grenzen meiner Selbstbeherrschung. Ich kann nur daran denken, wie es wäre, sie zu küssen und sie gegen die Wand zu pressen, während meine Lippen sie verschlingen. Ich bin in meinen Fantasien verloren, als sie zu sprechen beginnt.

»Es war wahrscheinlich dumm von uns, wie zwei Verrückte ins Haus zu rennen. Das hat bestimmt Aufmerksamkeit erregt. Wir sind aufgefallen.«

»Stimmt, aber es hat mir gefallen, Ihre Hand zu halten.« Ich greife wieder nach ihrer Hand. Sie lässt es zu. Ich trete einen Schritt näher. Jetzt berühren sich unsere Körper beinahe, und meine Augen versinken in ihren. Gott, was machen ihre hübschen Augen nur mit mir! Ich lege eine Hand auf ihren Rücken und umfasse mit der anderen ihr Kinn. Dann hebe ich ihren Kopf mit den Fingern und bringe unsere Gesichter näher zusammen.

Dieses Mal bitte ich nicht um einen Kuss. Es muss nicht sein. Ihre Augen sind voller Sehnsucht und ihre Lippen erwartungsvoll geöffnet. Ich kenne die Zeichen, mit denen eine Frau mich bittet, sie zu küssen. Ich lehne mich nach unten und umfasse ihren Mund mit dem meinen.

Ihre Lippen teilen sich, und meine Zunge trifft auf ihre. Dieser einfache Kontakt setzt mich in Flammen, entzündet mein Begehren. Ich habe mich noch nie so hart, so verzweifelt gefühlt, und das alles nur nach einem Kuss. Was wird passieren, wenn ich nicht mehr von ihr haben kann? Dieser Gedanke macht mich nahezu wahnsinnig.

Ich ziehe sie näher. Ihr Leib gibt nach, verschmilzt mit dem meinen. Sie schmiegt sich an mich, hält mich um die Hüfte gefasst. Es fühlt sich so gut an in ihren Armen. Sie umfasst mich fester und zieht mich noch enger an sich heran.

Sie muss spüren, wie sich mein Schwanz an ihren Bauch drückt. Es lässt sich nicht verleugnen, wie sehr ich diese Frau begehre. Jetzt weiß sie es. Aber wie vorhin im Restaurant zieht sie ihre Lippen von meinen fort und bricht den Kuss ab. Ich fühle mich, als würde ich brennen, und wenn ich mir ihr gerötetes Gesicht und ihre dunklen Augen ansehe, weiß ich, dass sie dasselbe empfindet. Selbst wenn sie es nicht zugeben will.

Sie atmet schwer, genau wie ich, und schaut mir in die Augen. Die einzige Bewegung, das einzige Geräusch um uns herum ist der Fahrstuhl, und wir nähern uns ihrem Stockwerk.

»Ich will Sie, Kathryn«, flüstere ich ihr zu und knabbere zwischen meinen Atemzügen an ihrem Ohr. Ihr entfährt ein leises Stöhnen. Noch nie zuvor habe ich eine Frau so sehr vögeln wollen. Sie weit auseinanderspreizen und nehmen.

»Was machen Sie mit mir, Kingsley? Ich tue so etwas nicht.«

»Da sind wir schon zwei.«

»Sie tun doch nie etwas anderes«, erwidert sie sarkastisch.

»Da irren Sie sich. Ich muss nie auf eine Frau warten oder gar bitten. Sie geben, und ich nehme.« Ich ziehe sie zu mir heran und halte sie fest, presse ihren zarten Leib an mich. Mein Gesicht ist in ihrem schwarzen Haar vergraben. Ich schließe die Augen und atme einfach nur. Sie duftet himmlisch, doch es ist die Hölle, wie ich mich zurückhalten muss.

»Aber ich bin bereit, nach Ihren Regeln zu spielen.« Ich lasse sie frei und merke, dass der Aufzug hält. Die Türen öffnen sich, und ich nehme ihre Hand.

»Gehen Sie voraus. Ich bin brav, ich hab's versprochen. Erinnern Sie sich?« Ich muss die ganze Sache irgendwie ein wenig abkühlen. Ich foltere mich selbst und wahrscheinlich auch sie, wenn ich zu schnell noch mehr will. Aber mit diesem Steifen in der Hose ist es unmöglich, klar zu denken.

»Ich zweifle nicht daran, dass Sie alles andere als brav sein werden«, sagt sie mit einem Lachen. Wieder einmal hat diese Frau mich durchschaut.

Sie steigt aus dem Aufzug, und ich folge ihr einen langen teppichbelegten Korridor hinunter. Auf ihrem Stockwerk sind nur wenige Wohnungen. Ich erinnere mich, was Peters herausgefunden hat: Für New Yorker Verhältnisse ist ihre Wohnung ziemlich groß. Als wir am Ende des

Korridors angelangt sind, schließt sie die Tür an der rechten Seite auf und öffnet sie. »Endlich daheim!«

Ich betrete den Eingangsbereich. Der Boden ist mit Marmor gefliest. Ein Tisch steht an der Wand, ein verzierter, silbergerahmter Spiegel hängt darüber. Ein prächtiger Leuchter hängt über meinem Kopf.

Ich gehe in den Raum vor mir und finde mich im Wohnzimmer wieder. Die Dekorationen sind eindeutig im französischen Stil, wunderschön und geschmackvoll. Ich hätte nichts anderes erwartet. Klassisch, elegant, aber doch komfortabel. Es passt zu meinem Bild von Kathryn.

Dann richte ich den Blick auf die großen Glasfenster. Der Central Park. Die Aussicht ist beinahe so anziehend wie Kathryn.

Ich gehe ans Fenster, bleibe davor stehen und blicke hinaus in den Park. Die Nacht ist angebrochen, und nur ein paar Lampen leuchten durch die Bäume. Was für ein Kontrast zur Skyline von Manhattan mit all ihren Lichtern und Wolkenkratzern. Es ist friedlich. Unberührt vom menschlichen Drang, immer größer und höher zu bauen.

»Schöne Aussicht. Ob Sie es glauben oder nicht, ich habe eine ähnliche, nur ein paar Blocks entfernt. Es gibt nichts Besseres. Besonders in einer Stadt wie dieser.«

»Da haben Sie recht«, stimmt Kathryn mir zu, die jetzt neben mir aus dem Fenster schaut. »Sie leben also nur ein paar Blocks entfernt.«

»Mein Penthaus ist oben im Pierre.«

»In dem Hotel?«

»Es gibt dort einige Stockwerke mit Wohnungen. Meistens Penthäuser. Ich mag den Service des Hotels. Macht das Leben manchmal etwas bequemer.«

Kathryn wendet sich mir zu und lehnt sich an die Glasscheibe. »Ich bin sicher, ich war irgendwann schon mal in der Lobby. Sie ist ziemlich spektakulär.«

»Ich würde Ihnen das gerne irgendwann zeigen. Von meiner Haushälterin abgesehen wären Sie die erste Frau dort. Mein erster Gast.« Ich bin mir nicht sicher, warum ich ihr das gerade gestanden habe.

»Die erste Frau? Wohin gehen Sie sonst? Oder haben Sie Ihren ganzen Spaß nur auf dem Rücksitz?« Ich bin mir sicher, eine Spur von Verärgerung in ihrer Stimme zu hören. Könnte es Eifersucht sein? Ein Teil von mir hofft, dass es so ist, weil sie etwas für mich empfindet. Was sonst könnte sie eifersüchtig machen außer dem Wunsch, selbst eine dieser Frauen zu sein?

»An verschiedenen Orten.« Ich habe nicht vor, weitere Erklärungen abzugeben. Sie muss nicht erfahren, dass ich einige Stockwerke unter mir im Pierre ein Hotelzimmer gebucht habe. Ich kann mir die Verachtung in ihren Augen nur allzu gut vorstellen, sollte ich ihr dieses kleine Detail erzählen.

»Ich will nicht über andere Frauen sprechen, wenn ich bei Ihnen bin. Aber ich kann Ihnen versprechen: Sie werden die erste sein.«

»Aus irgendeinem Grund ist das nicht sehr beruhigend, aber in Ihrem Fall sollte ich mich vielleicht geschmeichelt fühlen. Ich bin mir sicher, für Sie gibt es nicht mehr sehr viele erste Male.« Sie geht vom Fenster weg. Wie immer entlarven ihre Worte, welchen Schwachsinn ich erzähle, und kommen genau auf den Punkt.

»Touché«, lenke ich ein. Mein Telefon vibriert in meiner Tasche. Womit unsere kleine, heimelige Blase zum Platzen gebracht ist, denn es wird Neuigkeiten über Simon geben. Seltsamerweise vergesse ich die Sache mit ihm immer wieder. Kathryn ist gut darin, mich abzulenken. Vielleicht lenken mich aber auch meine Gefühle für sie ab? Wer weiß.

»Bitte entschuldigen Sie, Kathryn, ich muss rangehen.« Ich ziehe das Telefon aus der Tasche und sehe, dass es Peters ist.

»Gibt es etwas Neues?«, frage ich ohne förmlichen Gruß.

»Ja. Simon ist noch nicht gefasst, aber seine Kreditkarte wurde vor Kurzem an einer Tankstelle in East Orange, New Jersey, benutzt. Wissen Sie, ob er dort irgendjemanden kennt?«

»Keine Ahnung. Er ist ursprünglich aus Buffalo. Sie wissen ja, wir haben keine so enge Beziehung.«

»Er könnte nach Buffalo unterwegs sein oder auch nach Kanada. Die Route durch East Orange würde dort hinführen. Die Polizei hat bestätigt, dass sein Mercedes nicht in der Garage seines Hauses steht. Also haben sie den Wagen zur Fahndung ausgeschrieben. Ich bin mir immer noch nicht sicher, ob er wirklich die Stadt verlassen hat. Ich will erst die Aufnahmen der Überwachungskamera der Tankstelle sehen. Er ist ein raffinierter Mensch. Warum würde er eine Karte verwenden und damit seinen Standort verraten? Scheint mir idiotisch zu sein.«

»Ich überlasse die Sorge um die Details Ihnen. Dafür bezahle ich Sie. Erinnern Sie mich daran, dass Sie für all das einen Bonus bekommen.« Peters ist zwar eigentlich jetzt schon überbezahlt, aber er ist der Beste, und ich will nicht, dass ihn mir jemand abspenstig macht.

»In Ordnung, ich werde Sie daran erinnern.« Er lacht, denn er weiß, dass ich es nicht vergessen werde, auch wenn er es nicht mehr erwähnt. »Wie war Ihr Weg zur Wohnung von Mrs Delcour? Sie sind jetzt dort, oder?«

»Alles ist in Ordnung. Eine großartige Idee, dass ich hierbleibe.« In jeder Hinsicht, möchte ich anfügen, aber ich halte mich zurück. »Außerdem hat Simon keine Ahnung, da ich Kathryn erst letzte Nacht kennengelernt habe.«

»Ich glaube, fürs Erste sind Sie sicher. Ich habe meinen Polizeikontakten gesagt, dass Sie bis morgen früh nicht verfügbar sein werden. Sie wollen mit Ihnen sprechen, aber ich habe ihnen klargemacht, dass sie anrufen und ein offizielles Gespräch mit Ihrem Anwalt vereinbaren müssen. Weil wir gerade dabei sind, haben Sie von MacDonald etwas gehört?«

»Noch nicht. Patrick übernimmt all das heute für mich. Ich bin sicher, er meldet sich später. Halten Sie mich auf dem Laufenden.«

»Mach ich.« Peters legt auf, und ich drehe mich vom Fenster weg. Kathryn steht mitten in ihrem Wohnzimmer neben dem großen Couchtisch voller Bücher und Magazine. Überall sind Bücher und gerahmte Bilder; große und kleine zieren den Raum und verbreiten eine einladende Atmosphäre. Ich würde sie mir gerne alle anschauen und einen Einblick in ihr Leben bekommen.

»Entschuldigen Sie die Unterbrechung, aber es gab gute Neuigkeiten: Möglicherweise hat Simon die Stadt verlassen. Offenbar ist seine Kreditkarte in New Jersey verwendet worden.«

»Wie erleichternd. Ich hoffe, sie kriegen ihn, Kingsley. Das muss schlimm für Sie sein. Ein lebenslanger Freund und Geschäftspartner. Ich kann mir das gar nicht vorstellen.«

»Verrückt ist eine Untertreibung. Aber was mir am meisten Sorge macht, ist die Frage: Warum? Warum ist er so durchgedreht, und warum auf so spektakuläre Weise?«

»Wer weiß? Manchmal werden den Leuten ihre Probleme einfach zu viel, und sie kommen nicht mehr damit klar.«

»Möglicherweise. Ich möchte Ihnen danken.«

»Mir danken? Wofür? Hat es Ihnen gefallen, im Restaurant so in die Zange genommen zu werden?« Sie kichert, und es ist der schönste Laut, den ich je gehört habe. Melodisch, fröhlich.

Ich kann nicht anders, als mitzulachen. Es ist ansteckend.

»Ja, Maurice.« Ich schüttle den Kopf und versuche, die Erinnerung daran zu verdrängen. »Das war nicht mein schönster Augenblick. Aber ich muss Ihnen danken, weil Sie heute für mich die allerbeste Ablenkung waren, die ich mir nur vorstellen kann. Zwischendrin hatte ich das ganze Debakel mit Simon sogar teilweise vergessen. Zum Beispiel als wir uns küssten. Ich musste überhaupt nicht mehr daran denken.«

»Das habe ich gemerkt.« Sie hebt die Brauen, und ein Lächeln tanzt über ihre Lippen. Sie ist sündhaft schön und ein ziemliches Luder. Ich bin mir sicher, ihre Worte beziehen sich auf meine Erektion, die sich im Aufzug an ihren Bauch gepresst hat.

»Und es war mir ein großes Vergnügen. Jede Frau hört gern, dass sie eine gute Ablenkung war.« Sie verdreht ihre Augen in meine Richtung, und die Art und Weise, wie sie das sagt, lässt mein Kompliment furchtbar klingen. War es das?

Ich befinde mich hier vollkommen außerhalb meines Elements. Frauen zu ficken war immer leicht, und ich fand immer die richtigen Worte. Es war so einfach wie Atmen, aber langweilig im Vergleich zu dem Zusammensein mit ihr. Plötzlich muss ich aufpassen, was ich sage. Eine unmögliche Aufgabe!

»Lassen Sie mich Ihnen den Rest der Wohnung zeigen.« Sie dreht sich langsam von mir weg und wirft ihr langes Haar über ihre Schultern. Mir gefällt, wie es zurückspringt, das Licht fängt und bei ihren Bewegungen glänzt.

Ich stelle mir vor, wie die langen Wellen ihres Haares in wildem Durcheinander über mein Kissen gebreitet sind. Ihr Lächeln und ihre Arme heißen mich willkommen. Ich halte inne, bevor ich mich noch mehr in dieser Fantasie verfange, denn das würde heute Abend nur Probleme bereiten. Also vertreibe ich die Gedanken aus meinem Kopf und folge ihr durch den Flur. Ich habe nichts gegen diese Perspektive, denn hinter ihr zu gehen ist göttlich: ihr kleiner, fester Hintern und die sich wiegenden Hüften. Oh, was ein Mann alles mit diesem Hintern anstellen könnte!

»Die Küche ist dahinten.« Sie zeigt in die Gegenrichtung. »Aber erst zeige ich Ihnen, wo Sie heute Nacht schlafen. Und nur damit das klar ist, es ist nicht mein Schlafzimmer.«

Ihre Zurückweisung ist deutlich. Doch wer weiß, vielleicht ändert sie ihre Meinung noch. Hoffen darf man immer.

Wir biegen in einen anderen Korridor. Die Wände sind in einem besonderen Grau gestrichen, mit glänzenden weißen Leisten als Kontrast. Vor einer Tür bleibt sie stehen und geht hindurch.

»Das ist Ihr Zimmer. Es hat ein eigenes Badezimmer. Mein Bruder wohnt manchmal bei mir, wie nach der Benefizgala letzte Nacht. Er studiert Medizin in Harvard und kommt nur zu besonderen Anlässen in die Stadt. Ich glaube, Sie haben ungefähr seine Größe. Im obersten Schubfach der schwarzen Kommode finden Sie ein paar von seinen Schlafanzügen.«

Der Raum ist überraschend maskulin und modern gestaltet. Beinahe steril im Gegensatz zum großen Wohnzimmer. Das einzige gemeinsame Dekorationsthema scheinen die Bücher zu sein. Hunderte von ihnen reihen sich in einem Einbauregal, das eine gesamte Zimmerwand bedeckt.

»Danke schön. Ja, der Bruder, von dem ich glaubte, er sei einer Ihrer Auszubildenden.«

»Mein Auszubildender?« Ich merke, dass sie keine Ahnung hat, wovon ich spreche. Ich muss es ihr erklären.

»Gestern Abend benutzten Sie die Wendung ›Jungen zu Männern machen‹. Nun, als Sie mich an der Bar zurückließen und ich sah, wie Ihr Bruder Sie begrüßte und in den Festsaal begleitete, dachte ich natürlich, er wäre in Ausbildung. Sie wissen schon, zum Mannsein.«

»In Ordnung, das erklärt einiges.« Sie lacht. »Ich hatte mich über Ihren Gesichtsausdruck gewundert. Sie wirkten schockiert.«

»Schockiert, ja, mehr noch enttäuscht«, sage ich.

»Enttäuscht, weil er mein Bruder war?« Ihr Kopf neigt sich, und sie sieht bezaubernd verwirrt aus. Bezaubernd? Ich rede schon wie kleine Mädchen, die niedliche Katzenfotos beschreiben. Was zum Teufel ist in mich gefahren? Ich wische die Gedanken fort und konzentriere mich auf die Antwort.

»Nein, nicht weil er Ihr Bruder ist, sondern weil ich ihn für Ihren Liebhaber hielt. Ich hätte mich letzte Nacht mehr um Sie bemüht, wenn ich gewusst hätte, dass dem nicht so ist.«

»Mehr um was bemüht? Mich von meinem Höschen zu befreien?« Sie kommt ein wenig näher. Wieder ist es, als würden uns Magnete zusammenziehen. Es scheint uns unmöglich, allzu weit voneinander entfernt zu stehen.

»Ja, okay. Nachdem ich Ihnen gestern begegnet bin, wollte ich Ihnen an die Wäsche. Mit Ihnen die Nacht verbringen. Sie dazu bringen, mich erneut zu sich zu bitten.« Ich zwinkere leicht und grinse. Aber ich scherze nur halb, und meine Worte sind von der Wahrheit nicht allzu weit entfernt. »Das haben Sie aber bereits vermutet, oder?«

»Sie sind unverbesserlich. Ich weiß nicht einmal, was ich Ihnen antworten soll. Ich denke, wir werden einfach mit unserer Führung weitermachen.« Sie geht an mir vorbei aus dem Zimmer und boxt mich im Vorübergehen in den Oberarm.

»Hey!«, sage ich protestierend, obwohl ich fast nichts gespürt habe. Ein strenger Blick von ihr lässt mich wissen, dass sie das auch weiß. Ich kann dieser Frau einfach nichts entgegensetzen.

Unsere Besichtigung geht weiter, wir gehen in das nächste Zimmer. Sie muss mir nicht einmal erklären, dass es sich um ihr Schlafzimmer handelt, denn alles, was ich sehe, entspricht Kathryns Stil. Mitten im Raum steht ein wunderschönes Himmelbett aus Mahagoni. Die Pfosten sind bestimmt mehr als einen Meter achtzig hoch. Ein riesiges Bett und ein ziemliches Statement.

»Das ist mein Zimmer. Denken Sie aber dran, es ist keine FKK-Zone.« Sie ist so gut darin, meine feuchten Träume zunichtezumachen.

»Also hier werden die Tantra-Lektionen abgehalten?« Ich umfasse einen der Bettpfosten und schüttle ihn leicht, überprüfe die Stabilität. Er gibt nicht nach. Gute Qualität!

»Sie haben nicht den Hauch einer Ahnung von tantrischer Sexualität, oder?« Ich bin mir sicher, sie kennt die Antwort. Aber sie will sie von mir hören, will, dass ich es zugebe.

»So ist es. Ich habe ein bisschen darüber gehört. Und ich kenne Ihre Definition: ›Sex als Kunstform‹.«

»Nur um das klarzustellen, in meinem Schlafzimmer findet kein Tantra statt. Hier geht es um den Schlaf, und Tantra ist nichts, wobei man schlafen möchte.« Sie sieht plötzlich träumerisch aus, in genießerischen Gedanken verloren. Dieser Gesichtsausdruck ist mir neu. Ich frage mich, ob sie so aussieht, wenn sie Tantra praktiziert. Bei Gott, hoffentlich kann ich es herausfinden. In diesem Augenblick würde ich mich auf absolut alles einlassen.

»Ich zeige Ihnen, wo die tantrischen Übungen stattfinden. Folgen Sie mir.«

Dieses Zimmer muss ich sehen. Dennoch ist es seltsam: Noch nie habe ich das Schlafzimmer einer Frau verlassen, ohne sie vorher darin durchgevögelt zu haben. Ein trauriges weiteres »erstes Mal« mit Kathryn.

Wir gehen erneut an meinem Zimmer vorüber, dem Ort, an dem ich wahrscheinlich den größten Teil der Nacht wach liegen und daran denken werde, dass sie nur einige Schritte von mir entfernt schläft. Dahinter liegt eine Doppeltür. In der Mitte, wo die beiden Türflügel sich treffen, hängen zwei Messinggriffe.

»Willkommen in meinem Büro.« Ihre Augen glitzern boshaft, als sie einen der Griffe dreht und wartet, bis ich den Raum betreten habe.

Was mich hier begrüßt, sieht ganz und gar nicht wie ein Büro aus. Ich weiß, dass mein Gesicht das Erstaunen über das, was ich erblicke, widerspiegelt. Ich fühle mich, als stünde ich im Zelt eines Wüstenkönigs aus alter Zeit. Wo man damals den Harem untergebracht hat. Es ist wie aus einer anderen Welt, einer anderen Zeit.

Die Wände sind mit seidigen Behängen in kräftigen dunklen Farbtönen bedeckt, Goldfäden ziehen sich hindurch. Überall im Zimmer sind Kissen verstreut, ein großes liegt in der Mitte. Es scheint eher eine weiche Matte zu sein. Unter den Kissen ist der Fußboden mit orientalischen Teppichen bedeckt. Auch sie sind dunkel und gehen in die Wandbehänge über. Boden und Wände sind so harmonisch, dass sie kaum zu unterscheiden sind.

Die seidenbedeckten Wände umfassen den ganzen Raum. Die dunklen Farben schaffen die Illusion einer schweren Sinnlichkeit, und da keine Ecken erkennbar sind, wirkt das Zimmer wie ein Zelt. Sogar an der Decke ist Stoff drapiert, hängt wellenförmig über mir. Ich kann beinahe den Wüstensand unter meinen Füßen spüren.

»Wo steckt Aladin?«, frage ich sie sarkastisch, bevor ich überhaupt nachdenken kann. Ich Esel. Kathryns Gesicht läuft rot an, und ihre wütenden Blicke durchbohren mich. Ich glaube, sie wird gleich auf mich losgehen.

»Aladin?«, gibt sie verärgert zurück. Ihre Stimme ist gefasst und beherrscht, aber ihre Augen sind alles andere als das, sie schüttelt den Kopf und stößt ein wütendes Geräusch aus. Jetzt habe ich sie wirklich gekränkt. Wahrscheinlich ist sie beleidigt. »Ich weiß, ich hätte Ihnen dieses Zimmer nicht zeigen sollen. Sie amüsieren sich auf meine Kosten.«

»Kathryn, bitte. Entschuldigung. Ich hätte das nicht sagen sollen.« Ich flehe sie an und bin kurz davor, vor ihr auf die Knie zu fallen, nur damit sie mir vergibt. Ich, Adam Kingsley. Wenn ich niese, reagieren die Märkte. Warnungen gehen an die Wall Street. Aber die Gefühle dieser Frau lassen mich einknicken. Ich staune über mich selbst und bin verblüfft über sie. Niemand hatte je eine solche Macht über mich.

Sie verschränkt die Arme über ihrer ausladenden Brust und schaut mich prüfend an. »Vermutlich war das zu erwarten. Sie wissen überhaupt nichts über Tantra, worum es dabei geht oder was es bedeutet, diese Technik zu praktizieren. Und außerdem neigen Sie dazu, sich wie ein Arschloch zu benehmen.«

Was soll ich sagen? Nach vierundzwanzig Stunden hat sie mich vollkommen in der Hand. Ich kann ihr nicht mehr entkommen.

Aber eins ist sicher, ich bin nun mehr als neugierig und würde liebend gerne ihr eifriger Schüler werden. Es ist Zeit, den Schaden zu reparieren.

»Es war eine furchtbare Wortwahl. Aber ich habe den Eindruck, als hätte ich eine Zeitreise gemacht. Es fühlt sich an, als wäre ich gerade auf meinem Kamel quer durch die Wüste geritten, um diese Oase zu finden. Es ist einmalig, wunderschön.« Ich würde gerne hinzufügen »genau wie Sie«, lasse es aber. Ich will ihr Wohlwollen. Und es war nicht meine Absicht, sie zu verletzen oder mich über das, was sie praktiziert, lustig zu machen, außerdem ist der Raum wirklich wundervoll und unglaublich faszinierend.

Ein lauter Brummton tönt durch die Wohnung. Ich fahre zusammen, was sonst so gar nicht meine Art ist. Aber nach all dem Nachdenken über Kathryn und das, was Simon heute tat, bin ich ein wenig schreckhaft.

»Das ist mein Portier. Er ruft von unten an.« Ich merke, dass auch sie erschrocken ist. Wir sind beide ein wenig aus der Fassung. »Lassen Sie mich sehen, was er will. Ihre Führung ist vorbei, mein Herr.«

Wir verlassen den Raum, und sie schließt die Tür hinter uns. Ich würde mich gerne noch ein wenig mehr umsehen, doch das muss auf ein anderes Mal verschoben werden. Vielleicht kann ich mich ja hineinschleichen, wenn sie schläft. Gott weiß, ich werde heute keinen Schlaf bekommen. Leider auch keinen Sex.

Im Eingangsbereich hebt Kathryn einen Telefonhörer ab, um mit ihrem Portier zu sprechen. Ich kann nicht hören, was er zu ihr sagt, sehe aber an ihrem Ausdruck, dass sie überrascht ist. Sofort beginne ich, mir Sorgen zu machen. Was, wenn Simon hier ist? Es scheint unmöglich, aber zum jetzigen Zeitpunkt würde ich ihm alles zutrauen.

»Was ist los, Kathryn?« Ungeduldig dränge ich auf Auskunft.

»Moment, Carl.« Sie nimmt den Hörer vom Ohr und wirft mir einen »Wollen Sie mich veräppeln?«-Blick zu. »Kingsley, beruhigen Sie sich. Es ist nur ein Klient von mir. Ich habe vergessen, dass ich heute Abend noch eine Sitzung habe. Erst sind Sie am Nachmittag unangekündigt hier aufgetaucht, und dann diese Unruhe mit Simon. Es war mir einfach entfallen.«

»Sitzung?« Etwas sagt mir, dass mir nicht gefallen wird, was jetzt passiert. Ich weiß, ihre Firma heißt »The Spiritual Touch«, und ich kann mir nur allzu gut denken, was für eine Art Sitzung sie meint. Meine Hände ballen sich zu Fäusten, als ich sie mir mit einem anderen Mann im Haremszelt vorstelle.

»Ja, eine Sitzung. Es ist ein Klient, mit dem ich schon seit ein paar Monaten arbeite.« Ihre Augen blicken besänftigend, als würde sie mich um einen Gefallen bitten. »Es tut mir leid, weil ich es vergessen habe, aber ich möchte ungern absagen. Ist es in Ordnung für Sie, wenn er hochkommt? Es dauert nur eine Dreiviertelstunde, höchstens.«

Ich möchte ihr sagen, verdammt, nein, dieses Arrangement ist ganz und gar nicht in Ordnung für mich, aber ein Teil von mir kann verstehen, was geschieht. Ich bin ein Geschäftsmann, folglich muss ich auch ihr Geschäft respektieren, wenngleich mich der Gedanke, dass sie hinter verschlossenen Türen mit einem Klienten arbeitet, in den Wahnsinn treibt. »Fünfundvierzig Minuten, ja?«

Sie nickt.

»So lange werde ich vermutlich überleben.« Eine reine Lüge. Ich bin höllisch eifersüchtig, denn ich möchte der Mann sein, der mit ihr eine so innige Zeit verbringt. Ich muss einfach fragen, was dabei passiert. Sie wird mir wahrscheinlich ins Gesicht springen, aber ich muss die Wahrheit wissen.

»Was passiert eigentlich während einer solchen Sitzung? Haben Sie dabei Sex?«

Wenn Blicke töten könnten, wäre ich bereits begraben und am Verrotten. Außer sich vor Wut – so könnte man den Ausdruck auf ihrem Gesicht vielleicht beschreiben.

»Oh mein Gott! Sie sind einfach unfassbar. Ich bin kein teures Callgirl. Ich lehre tantrischen Sex. L-E-H-R-E. Capisce?« Ja, sie ist wahnsinnig sauer. Sie ist eine Rakete, die genau vor mir in die Luft gegangen ist, und ihre Augen schleudern Dolche auf mich.

»In Ordnung, dann sagen Sie mir, was passiert. Ich habe keine Ahnung, was Sie in diesem Büro machen.« Ich bewege mich auf sie zu. Wir stehen nur einen Fuß voneinander entfernt. Dieses intensive Gefühl zwischen uns regt sich. Ich muss blinzeln, um den Kontakt zu unterbrechen, sonst würde ich sie an mich ziehen und mich wieder in ihren Lippen verlieren.

»Damit Sie endlich die Klappe halten, sage ich Ihnen, was passiert. Aber erst muss ich meinem Portier die Erlaubnis geben, den Klienten heraufzulassen. Benehmen Sie sich.«

Ich seufze und weiß, dass ich tun werde, was sie verlangt. »Ich werde mich benehmen.« Ich lege die rechte Hand über mein Herz und überkreuze wie ein Kind die Finger meiner linken hinter dem Rücken.

»In Ordnung, Carl. Geben Sie mir fünf Minuten, bevor Sie Mr James in den Aufzug lassen.« Kathryn dreht ihre Schulter von mir weg und spricht leise ins Telefon. »Nein, es ist alles in Ordnung.«

Ich habe keine Ahnung, wonach der Portier sie gefragt hat, aber ich wette, es hat mit dem Gespräch zwischen uns zu tun, das er mit angehört hat.

Nachdem sie das Telefon in die Halterung zurückgehängt hat, dreht sie sich zu mir um. Oje, ist sie wütend!

Kapitel 10

Kathryn kommt näher, und ich möchte mich wegducken. Ihre Augen brennen vor Wut, und ich frage mich, ob sie jetzt zu ihrem bisher schlimmsten Angriff übergehen wird.

Sie bebt vor Ärger, und ihre Augen fixieren mich. Ihre Leidenschaft lässt sie wahnsinnig erregend aussehen. Ich kann mich von ihrem schönen Gesicht nicht losreißen, als sie vor mir steht. Was für ein Anblick! Nur Feuer, kein Eis.

»Erstens bin ich eine zertifizierte Tantra-Lehrerin. Zweitens zieht sich niemand aus, wenn ich unterrichte. Die Klienten lernen von mir und probieren die Dinge dann mit ihren Partnerinnen und Partnern zu Hause aus.« Sie schüttelt mahnend den Finger, während sie mir die Einzelheiten ihrer Tantra-Lektionen erklärt.

»Mein heutiger Klient ist ein junger Mann in Ihrem Alter. Er ist seit zwei Jahren mit seiner Freundin zusammen, und es gibt Probleme zwischen den beiden. Dafür werde ich gebraucht, und das ist auch alles, was ich Ihnen dazu sage. Ich habe wahrscheinlich sowieso schon zu viel erzählt.« Sie steht vor mir, Hände auf den Hüften, und beendet ihre kleine Ansprache.

Okay, das war nicht so schlimm. Sie hat mir gesagt, was ich wissen wollte. Niemand wird in ihrem Haremszelt die Kleider ablegen. Ich weiß nicht genau, was sie dort machen, aber im Interesse meiner eigenen körperlichen Unversehrtheit frage ich nicht weiter nach.

Kathryn beginnt, die bereits perfekt platzierten Kissen auf der Couch gerade zu rücken, nimmt sie hoch und schüttelt sie, legt sie wieder hin. Sie pustet sich eine Haarsträhne aus dem Gesicht und murmelt währenddessen etwas vor sich hin. Ich kann nur ein paar Worte verstehen. Unter anderem nennt sie mich mehrmals »Arsch«. Ich ziehe mich ein wenig zurück und lasse sie in Ruhe.

Ich frage mich, wo ich mich aufhalten soll, wenn dieser Mann zu seinem Sextraining erscheint. Um ehrlich zu sein, wäre ich gerne mit im Zimmer, würde am liebsten die Sitzung auf Video aufnehmen oder mir Notizen machen.

»Äh, wo soll ich warten, während Sie machen, äh, was Sie da machen?« Ich versuche, hilfsbereit zu klingen. Ich will mich nicht irgendwo in ihrer Wohnung verstecken, sondern herausfinden, wer dieser Kerl ist.

»Sie bleiben am besten im Wohnzimmer. Nutzen Sie die Zeit, um Ihre E-Mails zu checken oder zu telefonieren. Aber bitte schauen Sie nicht fern. Der Ton ist in der ganzen Wohnung zu hören, und während der Sitzungen kann ich keine Störung gebrauchen.« Sie nimmt ein paar Bücher vom Beistelltisch und kommt zu mir. »Hier, lesen Sie die. Sie erklären, was Tantra ist. Und schauen Sie nicht nur die Bilder an. Lesen Sie, okay?«

»Okay.«

Ein Hauch von Zufriedenheit huscht über ihr Gesicht, als ich ihr bereitwillig die Bücher aus der Hand nehme. Ich bin tatsächlich mehr als interessiert, etwas über Tantra zu erfahren, denn ich habe wirklich überhaupt keine Ahnung. Außerdem kann es nicht schaden zu wissen, was ihr wichtig ist und wovon sie so sehr überzeugt ist, dass sie es anderen beibringt. Wenn ich all dies besser verstehe, komme ich vielleicht ihrem Wesen näher – und damit dieser herrlichen Frau, die von Anfang an meine Aufmerksamkeit erregte.

»Möchten Sie etwas trinken?« Ihre Frage klingt zuckersüß. Das Lächeln auf ihrem makellosen Gesicht verrät mir, dass ihre gute Laune zurückgekehrt ist, und ich bin erleichtert.

»Ja, bitte. Ein Glas Wasser wäre großartig.« Mein Hals ist ausgedörrt. Es ist wahrscheinlich diese ganze sexuelle Frustration mit Kathryn und die Anspannung wegen Simon. Mein Körper fühlt sich an, als wäre ich einen Marathon gelaufen. Kathryn verlässt das Zimmer und geht durch den Flur in die Küche.

Nervös schreite ich im Wohnzimmer auf und ab, die Bücher in der Hand. Es ist eine Folter für mich, zu warten, bis ihr Lehrling an der Tür erscheint. Ich möchte ihre frisch aufgeschüttelten Kissen von der Couch nehmen und auf sie einschlagen. Ein Wutanfall wäre das Einzige, was mich von der Beklemmung befreien könnte, die dieser Kerl, der in unsere gemeinsame Zeit eindringt, bei mir verursacht.

Aber im Grunde weiß ich genau: Ich habe keinen Anspruch auf sie. Wir haben uns an den Händen gehalten. Ich habe sie geküsst, zwei Mal. Und unglaublicherweise ist sie so freundlich, mich hier als Gast zu beherbergen, weil ein Wahnsinniger mit einer Pistole hinter mir her ist.

Ich habe kein Recht zu verlangen, dass dieser Mann fernbleibt. Aber eines hoffe ich: dass er hässlich ist wie die Nacht, mit grässlichem Körpergeruch und Haaren, die ihm aus der Nase wachsen, ansonsten werde ich verrückt bei dem Gedanken, dass sie sich mit ihm hinter geschlossenen Türen befindet.

Kathryn kommt mit einem großen Glas Eiswasser aus der Küche. Ich nehme es mit einem dankbaren Lächeln entgegen.

»Danke«, sage ich aufrichtig. Ihre Türklingel geht eine Sekunde später. Wir stehen still und schauen uns an, unsere Augen sagen schweigend: »Jetzt ist es so weit.«

Ihr Klient ist da. Mein Magen fühlt sich eng und verkrampft an, sogar meine Handflächen beginnen zu schwitzen. Eine Seltenheit. Mir behagt der Gedanke nicht, dass sie jetzt diesen Kerl trifft.

»Entschuldigen Sie mich, Kingsley. Das ist mein Klient.« Ich schwöre, ihre Stimme klingt ein wenig nervös. »Bitte fühlen Sie sich wie zu Hause.«

Kathryn steht für ein, zwei Sekunden an der Tür, bevor sie sie öffnet. Fast als würde sie sich sammeln. Ich finde dieses Verhalten interessant und sehe mich darin bestätigt, dass ich nicht der Einzige bin, dem die Situation unangenehm ist. Sie dreht den Türknopf, und ich bereite mich darauf vor, dem Mann der Stunde – oder besser: der nächsten fünfundvierzig Minuten – zu begegnen.

Als dieser Mann über ihre Schwelle tritt, gefällt mir nicht, was ich zu sehen bekomme. Der Kerl ist groß, athletisch gebaut und jung, vielleicht vierundzwanzig. Sein Haar ist von einem sonnengebleichten Blond, und ich wette, die Farbe ist ebenso unecht wie die Möpse eines Pornostars.

Er sieht aus, als wäre er direkt von den Hamptons in seinem glänzenden BMW Cabrio hergefahren. Müsste ich ihn beschreiben, würde ich sagen: schick, stinkt nach Geld, gut aussehend wie ein Model.

Verdammte Scheiße. Ich mag den Kerl nicht.

Sobald er im Eingang steht, begrüßt er Kathryn mit einer überschwänglichen Umarmung und einem Kuss auf die Wange. Es ist keine dieser unechten New Yorker Umarmungen, sondern eine echte, und die Tatsache, dass sie sie beantwortet, lässt mich ihn noch weniger mögen.

»Kathryn, Sie sehen reizend wie immer aus.« Er ist zurückgetreten, hält sie aber immer noch an den Armen, schaut sie prüfend an, und zwar viel zu lange. Ich schwöre, er will was von ihr. Bestimmt findet er sie ebenso perfekt wie ich. Verfluchtes blondes Beach-Boy-Arschloch.

»Danke, Eric. Sie sind süß.« Süß? Nein, Kathryn, er ist hier, damit Sie ihn in Sex unterrichten. Und wahrscheinlich ist er geil wie ein Pinscher. Gott weiß, ich bin es jedenfalls.

Ich trete in den Gang und ziehe die Aufmerksamkeit auf mich. Eric kommt ein Stück auf mich zu und spiegelt meine Bewegungen. Wenigstens hat er seine verdammten Hände von ihr weggenommen. Ich spähe hinüber zu Kathryn, die sich auf die Lippen beißt und wahrscheinlich fürchtet, ich könnte sie blamieren. Nun, ich kann auch freundlich. Pass gut auf, Eric.

»Guten Abend.« Ich strecke dem verblüfften Eric die Hand entgegen. An seinen Augen sehe ich, dass er mich erkennt. Jeder in Manhattan kennt Adam Kingsley, dieses Arschloch ist keine Ausnahme. Es ist Zeit, dem Kerl zu zeigen, dass ich keine Gefangenen mache.

»Adam Kingsley.« Meine Stimme ist herrisch und mein Handschlag fest, vielleicht schon fast schmerzhaft.

»Wow, der echte Adam Kingsley. Es gibt ihn also wirklich.« Er schüttelt heftig meine Hand. Blondchen ist also beeindruckt, seine Augen zeigen einen Ausdruck von Verehrung.

»Leibhaftig«, antworte ich sachlich.

»Ich bin Eric James. Es ist wirklich unglaublich toll, Sie kennenzulernen. Für uns junge Burschen sind Sie ein Held.« Eric schüttelt den Kopf und korrigiert sich. »Tut mir leid, lassen Sie mich das erklären. Ich arbeite bei Goldman, in der Abteilung für notleidende Kredite. Um ehrlich zu sein, Sie sind eher so etwas wie eine Legende. Ich kann nicht glauben, dass ich Sie hier treffe.«

Ich blicke hinüber zu Kathryn, die ihren Kopf schüttelt und über unser Gespräch lacht. Mir scheint, diese Frau ist einfach nicht zu beeindrucken.

Bescheiden lege ich die Hand aufs Herz. »Held, Legende … das geht ein wenig weit, aber danke.«

Blondchen sieht die Bücher in meiner Hand und schaut mich an. »Sind Sie auch für eine Tantra-Lektion hier?« Kathryn räuspert sich, nachdem er diese Frage gestellt hat, sie möchte also das Thema wechseln.

»Jetzt, wo Sie beide sich kennengelernt haben«, sagt sie rasch und klopft ihrem Klienten auf den Rücken, »sollten wir besser anfangen, Eric.«

Kathryn ist durch und durch professionell. Es ist Zeit für das Geschäftliche zwischen ihr und diesem Kerl. Ich würde lügen, wenn ich sagte, dass es mir damit gut ginge. Ich bin eifersüchtig, dass dieser blonde Knabe von Goldman Zeit mit ihr allein verbringen darf.

»Na klar, Kathryn. Schön, Sie zu treffen, Mr Kingsley«, sagt Eric und dreht sich noch einmal zu mir um. Die Bewunderung steht immer noch in seinen Augen, und ich frage mich, ob er die Eifersucht in meinen sehen kann.

»Ganz meinerseits.« Meine Antwort klingt knapper, als ich wollte. Kathryns missbilligender Blick fährt mir direkt ins Herz. Ich sollte allmählich gelernt haben, mich in ihrer Gegenwart zusammenzureißen.

»Haben Sie eine schöne …« Scheiße, ich weiß nicht weiter. Wollte wiedergutmachen, was ich angestellt habe, und stecke gnadenlos fest. Wie nenne ich ihre gemeinsame Stunde? Ein Gerangel? Spaß auf den Kissen? Schließlich lande ich auf den Füßen und sage: »… äh, Sitzung.« Ich will Kathryn nicht einmal anschauen, aber meine Augen finden sie trotzdem. Sie zeigt ein wissendes Lächeln, und es ist verdammt sexy.

»Eric, warum gehen Sie nicht schon in mein Büro und ziehen sich um? Ich mache dasselbe und bin in ein paar Minuten bei Ihnen«, weist Kathryn ihn mit einer Handbewegung an, die in Richtung ihres Büros oder besser gesagt Haremszelts deutet.

Umziehen? Wofür?, will ich fragen, halte aber den Mund. Noch nie im Leben habe ich so sehr auf meine Worte geachtet. Aber ich werde lernen, mein Mundwerk in ihrer Gegenwart unter Kontrolle zu behalten, selbst wenn es mich umbringt.

Eric macht sich zum Haremszelt auf, aber Kathryn folgt ihm nicht. Stattdessen wendet sie sich mir zu.

»Versuchen Sie, anständig zu sein, während ich zu tun habe. Fünfundvierzig Minuten sind nicht zu viel, oder?« Vermutlich traut sie mir nicht zu, dass ich einfach sitzen bleibe und keinen Ärger bereite. Kluge Frau.

»Ja, ja. Ich habe es bereits versprochen, erinnern Sie sich? Außerdem habe ich etwas zu lesen.« Ich halte die Tantra-Bücher hoch und setze mich in ihren übergroßen Armsessel. »Mal ganz abgesehen von den zahllosen E-Mails, um die ich mich wahrscheinlich kümmern muss. Ich weiß mich schon zu beschäftigen.«

»Ich nehme Sie beim Wort.« Sie endet, indem sie mir zuzwinkert, und dieses herrliche Lächeln bringt mich beinahe dazu, aufzustehen und sie zu küssen, bis sie außer Atem ist. Ich halte mich an der Armlehne fest, um sitzen zu bleiben.

Gott, wie soll ich das überstehen, verflucht noch mal? Doch ich erwidere ihr Lächeln und hebe kurz meine Hand zum Gruß. Dann ist sie fort, verschwunden im Korridor. Fort zum Tantra.

In der Ferne höre ich, wie sich Türen öffnen und wieder schließen. Dann kommt kein Laut mehr aus dem Gang, der zu ihrem Büro führt. Nur Stille. Mein Geist kehrt immer wieder in das Zimmer zurück, zu den Kissen und zu dem, was sie dort vielleicht machen.

Um mich von diesen ziemlich quälenden Gedanken abzulenken, entschließe ich mich, die Tantra-Bücher auf meinem Schoß aufzuschlagen. Wenn ich schon nicht dabei sein kann, muss ich mich eben mit der zweitbesten Lösung zufriedengeben: etwas über das Thema zu lernen.

Ich bin ein intelligenter Mann, es sollte also nicht allzu schwierig sein. Außerdem kenne ich mich mit dem weiblichen Körper aus, also wer weiß, vielleicht kann ich ihr ja auch noch die eine oder andere Sache zeigen. Aber ich greife voraus. Über einen Kuss sind wir noch nicht hinausgekommen.

All die E-Mails, um die ich mich kümmern muss, können noch ein paar Minuten warten. Ich kann mich sowieso nicht auf die Arbeit konzentrieren. Es verunsichert mich, nicht zu wissen, was Kathryn vorhat und was sie diesem Mann beibringt. Also nehme ich eines der Tantra-Bücher in die Hand und blättere die Seiten durch. Ein Gedanke kommt mir in den Sinn: Hoffentlich bringt Kathryn mir irgendwann Tantra bei. Es ist einfach, mich in Gedanken an Kathryn und alles, was mit ihr zu tun hat, zu verlieren, aber ich darf auch die dringenderen Angelegenheiten nicht vergessen.

Die ganze Simon-Sache kann auch komplett schiefgehen. Es gibt rein gar nichts, was ich gerade tun kann, um die Situation wiedergutzumachen oder zu verbessern. Ich muss auf seine nächste Aktion warten oder darauf, dass die Polizei ihn schnappt. Ich bin entschlossen, mich auf die naheliegenden Fakten zu konzentrieren, über die ich ein wenig mehr Kontrolle habe und bei denen sich meine Bemühungen möglicherweise auszahlen.

Der Titel des ersten Buchs ist einfach genug: *Tantra-Sex: Die liebende Berührung*. Wenn es nur um Berührung geht, kann ich damit umgehen. Das kenne ich, das habe ich in den letzten achtzehn Jahren gemacht. Ich war vierzehn, als ich das erste Mal eine Brustwarze gestreichelt habe. Ich habe das Mädchen geküsst, ihre Brust begrapscht, und kaum fünf Minuten später bin ich in meiner Hose gekommen. Na ja, kein Mann kann seine erste Titten vergessen, seine erste Muschi und ganz bestimmt nicht seinen ersten Fick.

Ich entsinne mich, wie geschickt ich als Teenager mit einem Mädchen herumspielen musste, in der Hoffnung, ihre Titten zu berühren. Sie leicht am Rücken streicheln. Bei jeder Bewegung meine Hände näher an die Seiten ihrer Brüste wandern lassen.

In gewisser Weise erinnern mich diese Szenen aus meiner Teenagerzeit an meinen Abend mit Kathryn. Meine Güte, wie sie sich in Maurice' Büro von mir zurückgezogen hat, als meine Hände die Seiten ihrer Brüste berührten.

Wie gut, dass ich nicht weiter gegangen bin. Ich kann allerdings nicht behaupten, dass es mir nicht in den Sinn gekommen sei.

Zurück zum Buch: Ich schlage das Inhaltsverzeichnis auf, und die eigenartigen Titelüberschriften befremden mich. Ein Kapitel fällt mir besonders auf: »Die Macht der Berührung« auf Seite achtundzwanzig. Am besten fange ich dort an. Also blättere ich zu der Seite und beginne zu lesen.

Gleich zu Beginn des Kapitels treffen mich die Worte »Berührung, die größte Macht der Welt«. Ich mache ein verächtliches Geräusch angesichts dieser gewagten Behauptung. Ernsthaft, die größte Macht? Aber ich lese weiter und versuche, mich mit meinem Urteil zurückzuhalten.

Der Autor erklärt die Grundlagen der Berührung. Wie jedes menschliche Wesen sie zum Überleben braucht, als Grundbedürfnis, nicht anders als Nahrung, Wasser und ein Dach über dem Kopf. Kinder, die ohne Berührungen aufwachsen, entwickeln eine sogenannte Gedeihstörung. Wird ein Mensch nicht gehalten und gestreichelt und wird ihm menschlicher Sozialkontakt verweigert, trägt dies zu einer möglicherweise tödlichen Störung bei.

Vor einigen Monaten wurde bei einer Wohltätigkeitsgala für Waisenkinder, an der ich teilnahm, über dieses Thema gesprochen. Man hatte in einer Einrichtung in Afrika eine Armee von Freiwilligen zusammengetrommelt, die kamen und die Babys hielten, mit ihnen redeten, ihre Gesichter streichelten, den Kindern mütterliche Berührungen schenkten. Diese Rede während der Veranstaltung hatte mich betroffen gemacht. Ich dachte an meine verstorbene Mutter, Flora. Sie war immer für mich da. Kein Morgen verging, an dem sie mich nicht umarmte und zum Abschied küsste, bevor ich über unseren Hof zum Schulbus rannte.

Wenn ich abends nach Hause kam, wartete sie mit offenen Armen auf mich. Nicht eine Sekunde meines Lebens verging, ohne dass ich mich geliebt fühlte. Ihre liebende Berührung war wie ein Geschenk. Die sanfte Art und Weise, wie sie mein ungebärdiges Haar aus meinen Augen wischte oder mich festhielt und tröstete, wenn ich mich beim Sturz vom Fahrrad oder bei einem verrückten Skateboard-Manöver verletzt hatte.

Es ist gefährlich, die Erinnerungen an meine Mutter zuzulassen, so wie ich es gerade mache. Sie sind zu schmerzhaft und rau, aber ich kann nicht aufhören, an sie zu denken, während ich hier in Kathryns viel zu dick gepolstertem Stuhl sitze. Stattdessen verliere ich mich in ihnen. Vielleicht ist es die Bedrohung durch Simon, die mich diesen Gefühlen nachgeben lässt. In diesem Moment vermisse ich meine Mutter und würde meinen letzten Cent geben, um sie wieder auf Erden zu haben.

Ihre Sanftheit. Ihre bedingungslose Liebe. Lang verschüttete Gefühle steigen in mir auf, die ich sorgfältig unterdrückt habe, seit ich im Alter von zweiundzwanzig Jahren von ihrem Grab weggegangen bin. Ich sollte nicht länger diesem gefährlichen Weg folgen, auf dem ich gerade unterwegs bin. Doch meine Augen schließen sich fast automatisch, und ich treibe fort, sehe meine Mutter vor meinem inneren Auge. Ihr liebendes Lächeln, mit Augen voller Anteilnahme und Freundlichkeit.

Ein eigenartiges Gefühl kratzt in meinem Hals. Mein Bauch verkrampft sich, als ich mir meine Mutter gesund und noch am Leben vorstelle. Die tiefe Traurigkeit trifft mich wie aus dem Nichts. Ich habe Mühe zu schlucken, und meine Augen werden feucht von Tränen, die ich seit zehn Jahren nicht vergossen habe. Ich öffne rasch die Augen und springe auf die Füße, reibe mir mit den Händen übers Gesicht und hoffe so, aus diesem Gefühlschaos, in das ich gerade hineingeschlittert bin, wieder herauszukommen. Diese Scheiße muss sofort aufhören.

Heiliger Mist, was ist bloß heute Abend mit mir los? Mein Schutzwall ist sonst stabil genug, damit diese Erinnerungen keinen Zugang finden, zumindest nicht, solange ich wach bin. Schlimm genug, dass sie mich nachts foltern, aber nicht am Tag. Verdammtes Tantra mit seiner Berührungsscheiße!

Auf unsicheren Beinen gehe ich zu dem großen Fenster und genieße die weite Dunkelheit des Central Park. Ich fühle mich fiebrig, lehne die Stirn gegen das kühle Glas. Es ist mir gleichgültig, ob ich Kathryns Fenster verschmiere.

Ich glaube, für heute habe ich genug über Tantra gelesen. Also hole ich mein Telefon aus der Tasche meines Sakkos, das ich über der Armlehne der Couch abgelegt habe. Wie erwartet sind da unzählige versäumte Anrufe, E-Mails und SMS. Und bevor es zu spät wird, muss ich noch einen wichtigen Anruf erledigen.

Ich finde die Nummer von Rosa, meiner Haushälterin. Da sie niemals fernsieht, hat sie wahrscheinlich von dem Vorfall mit Simon bei der Bibliotheksgala nichts mitbekommen. Ich habe Angst, dass sie in Gefahr gerät, falls sie morgen zur vereinbarten Zeit zur Arbeit kommt.

»Hallo«, antwortet sie.

»Guten Abend, Rosa. Ich bin es, Adam. Bitte entschuldigen Sie, dass ich so spät anrufe, aber ich will Sie wissen lassen, dass Sie morgen freinehmen können. Nehmen Sie einfach das ganze Wochenende frei. Bezahlt, natürlich.«

»Ich verstehe nicht, Mr Kingsley. Habe ich etwas falsch gemacht? Werde ich gefeuert?« Rosa spricht schnell, beinahe panisch.

»Oh guter Gott, nein. Nein, Sie werden nicht gefeuert. Ich habe ein persönliches Problem und muss mich darum kümmern. Hoffentlich ist am Montag alles wieder in Ordnung. Am Wochenende sollte ich mehr wissen.« Ich hoffe, meine Worte überzeugen Rosa, dass alles in Ordnung ist.

»Ich habe mir schon Sorgen gemacht, Mr Kingsley. Das ist nicht typisch für Sie. Ich hoffe, alles ist okay.« Ihre Anteilnahme ist kaum zu überhören. Ihr Verhalten mir gegenüber war immer mütterlich.

»Es wird alles in Ordnung kommen. Falls Sie nichts von mir hören, seien Sie bitte am Montagmorgen um sechs Uhr im Penthaus.«

Irgendwie bin ich sicher, dass sie herausfinden wird, dass Simon Tom beinahe erschossen hat. Wahrscheinlich wird ihr älterer Sohn es ihr erzählen. Aber ich bin gerade zu müde für Erklärungen und besorgte Fragen.

»Schönen Abend, Rosa.«

»Gute Nacht, Mr Kingsley. Und ich hoffe wirklich, dass alles okay ist.«

»Danke, Rosa. Ich bin sicher, das wird es sein.«

Ich kehre zu meinen E-Mails zurück und öffne diejenigen, die Patrick mit »Dringend« markiert hat. Wie erwartet ist er bereits dabei, die Situation für mich und Kings Capital in den Griff zu bekommen. Unsere Rechtsanwälte wurden sofort an Bord geholt, um bei der Bewältigung der durch Simon ausgelösten Krise zu helfen. Der Mailwechsel zwischen Patrick und Ken MacDonald, unserem Chefberater bei Kings Capital, scheint sich vor allem um die Minimierung der finanziellen und rechtlichen Konsequenzen mit unseren Investoren zu drehen.

Ken glaubt, dass wir vor größeren Explosionen sicher seien, aber er wird zu gut bezahlt, als dass er nur Mutmaßungen äußern dürfte. Ich schreibe eine schnelle E-Mail, in dem ich ihm genau dies mitteile. Ich will, dass er jeden Blickwinkel untersucht, jede auch nur noch so entfernte Möglichkeit, dass uns irgendetwas um die Ohren fliegen könnte. Oder er setzt seinen eigenen Arsch aufs Spiel. Das schreibe ich ihm nicht wortwörtlich, aber mein Tonfall und meine Worte verweisen deutlich auf die unschönen Folgen, falls er etwas übersieht. Vorbereitet zu sein und zu ahnen, was kommen kann, sind die Erfolgsmerkmale meiner Firma. Jetzt ist es an der Zeit zu testen, was wir in den letzten neun Jahren eingeübt haben.

Als Nächstes finde ich in meiner Inbox eine Mail von unserer Leiterin für Unternehmenskommunikation, Meg Daniels. Sie kümmert sich darum, mögliche Schäden in der Öffentlichkeit zu vermeiden. Ihr Büro hat bereits Pressemeldungen versendet, die unsere Haltung bezüglich der Ereignisse des Tages und Simons Verhalten darlegen.

Die Medien werden wahrscheinlich einen Zusammenhang zwischen der Ankündigung von Simons Entlassung und seinem Angriff auf Tom herstellen, eins führte zum anderen. Aber Meg erwähnt dies nie. Sie behandelt beide Themen als separate Ereignisse. Eine kluge Strategie von ihr.

Alles, was nur angedeutet wird und nichts mit den Tatsachen zu tun hat, wird von Kings Capital nicht kommentiert. Das einzige Mal, dass sie den Hauch eines Gefühls zeigt, sind jene Worte am Ende, mit denen Meg ihre Hoffnung zum Ausdruck bringt, dass Simon bald von der Polizei gefasst wird.

Die Presseerklärungen sind an alle großen Medienverteiler verschickt worden, wie immer. Ich erhalte Blindkopien. An Kommunikationsvorgängen dieser Größenordnung bin ich grundsätzlich beteiligt. Als Firmenchef muss ich wissen, welche Stichpunkte wir den Medien liefern. Eine einheitliche Front lässt eine Firma in Zeiten der Unsicherheit stark wirken. Und bei Gott, das ist genau, was wir gerade erleben. Unsicher und ungewiss: zwei Wörter, die in meinem Wortschatz nur selten vorkommen.

Nachdem ich ein paar Mails von Peters beantwortet habe, stecke ich mein Telefon ein und schaue mich im Zimmer um. Auf Kathryns Tischen und in den Regalen stehen zahllose Fotografien.

Neugierig greife ich nach einem Bild in meiner Nähe. Es ist ein Foto von Kathryn und ihrem Bruder. Es wird wohl so zehn Jahre alt sein. Sie sieht jung aus, und ihr Bruder ist noch ein Teenager.

Das Gebäude im Hintergrund erregt meine Aufmerksamkeit. Da steht eindeutig der Eiffelturm, diese Ikone von Bauwerk. Offenbar wurde das Foto während ihrer Studienzeit in Paris aufgenommen. Ich merke, wie ich das Bild in meinen Händen anlächle. Was mich daran anzieht, ist die absolute Freude auf Kathryns Gesicht. So sieht reines Glück aus.

Alles andere auf dem Bild steht im Schatten ihrer Schönheit. Selbst ihr Bruder verliert sich in ihrem Strahlen.

Wie ich sie da Arm in Arm unter dem Eiffelturm stehen sehe, ist ihre Nähe zueinander nicht zu übersehen. Die gleiche zärtliche Aufmerksamkeit, die ich gestern auf ihren Gesichtern sah, als ich sie von der Bar aus beobachtete. Kein Wunder, dass ich ihre Beziehung falsch interpretiert habe.

Ich kann es nicht glauben, dass Kathryn und ich uns erst vor vierundzwanzig Stunden begegnet sind. Die unerwarteten Geschehnisse der letzten beiden Tage haben meine sonst so durchgeplante und streng kontrollierte Existenz durcheinandergewirbelt. Der eng getaktete Zeitplan meines Lebens gestattet mir wenig Flexibilität. Ich kann nicht sonderlich spontan sein, habe ich mich doch um Kings Capital zu kümmern, eine Firma von beträchtlicher Größe.

Es ist absolut untypisch für mich, dass ich mich von der Arbeit losreiße oder besser gesagt sie einfach liegen lasse. Es war ein Höllentag. In einer Minute muss ich mein Begehren für diese Frau unter Kontrolle kriegen und mich wie ein Gentleman benehmen. Absolutes Neuland für mich. In der nächsten muss ich der Tatsache ins Auge blicken, dass ein Freund und Geschäftspartner mir eine Kugel in den Kopf jagen möchte. Die ganzen Hochs und Tiefs haben mich ermüdet. Dennoch scheint es unwahrscheinlich, dass ich heute sonderlich viel Schlaf bekommen werde. Wie soll mein Geist nur zur Ruhe kommen?

Mit einem Seufzen stelle ich den Bilderrahmen zurück auf den Tisch. Ein großes Regal füllt die hintere Wand, und ich laufe an den Bildern vorbei.

Das weiß lasierte Holz der Regale schließt an die Fensterwand an, wo ich stehen bleibe und die vielen Schnappschüsse betrachte. Die meisten sind Kindheitsfotos von Kathryn und ihrem Bruder, auch ein paar Bilder von Kathryn und ihrem Vater fallen mir auf. So attraktiv Kathryns Mutter Ava auch sein mag, ihre helle Haut und ihr rabenschwarzes Haar hat Kathryn von ihrem Vater Richard geerbt. Er wirkt wie ein Aristokrat aus dem alten Europa. Seine Augen blicken freundlich und mildern die scharfen Linien seines Gesichts.

Auf einem Bild hält Richard Kathryn im Arm und liest ihr aus einem Buch vor. Ein intimer Augenblick, von der Kamera sanft eingefangen. Liebevoll. Richards Hingabe zu seiner Tochter wird sichtbar, als er in die Kamera blickt. Er muss ein sehr liebevoller Vater gewesen sein.

Zwar ist Richard viel zu jung gestorben, aber Kathryn hat das Glück, schöne Erinnerungen an die gemeinsame Zeit zu besitzen. Das ist etwas, woran man sich festhalten kann.

Dieses Glück hatte ich nicht. Ich habe meinen Vater nie gekannt. Schon allein die Verwendung des Begriffs »Vater« wäre eine Übertreibung. »Samenspender« käme der Wahrheit näher.

Ich habe ganz bestimmt keine Lust auf eine weitere Reise in die Vergangenheit, zu den Erinnerungen an meinen Vater, also schaue ich mir auch die anderen Fotos auf den Regalen an. Einige zeigen Kathryn als junge Frau, vielleicht als Studentin am College. Kathryn im Urlaub mit Freunden, auf einer Jacht. Ein Foto aus jüngerer Zeit von Kathryn und ihrer Mutter Ava.

Ein Bild jedoch zieht mich besonders an. Ohne nachzudenken, nehme ich den Rahmen in die Hand. Es ist ein Hochzeitsfoto von Kathryn und ihrem verstorbenen Mann, Jean-Paul hieß er, glaube ich. Er war groß und seine Haut überraschend dunkel. Das Bild zeigt ihn nur von der Seite, aber er sieht aus wie ein attraktiver Mann, und zwar wie einer, der Hals über Kopf verliebt ist.

Gemeinsam sind sie ein faszinierendes Paar, atemberaubend schön. Ich kann es nicht verleugnen. Sie leuchten zusammen. Kathryns halterloses cremeweißes Kleid wogt um sie herum. Es zeigt die Oberseite ihrer Brüste.

Sehr verführerisch. Jean-Paul ist elegant gekleidet, in einem traditionellen schwarzen Smoking. Er wirkt beherrschend, dominant. Ein zielbewusster Mann, der diese schöne Frau für sich beansprucht.

Aber das Auffälligste an dem Bild ist die sichtbare Liebe und Hingabe zwischen den beiden. Sie stehen einander zugewandt, haben die Arme gegenseitig leicht um die Hüften gelegt. Es ist ein intimer Augenblick, dennoch wirkt er nicht im Geringsten sexuell aufgeladen. Ihre Gesichter scheinen mitten im Lachen festgehalten worden zu sein, einem Lachen voll reiner Freude.

Die Liebe zwischen den beiden ist mir fremd. So eine intensive Verbindung zu einer Geliebten kann ich mir nicht einmal vorstellen. Nie habe ich eine Frau so geliebt. Von meiner Mutter einmal abgesehen habe ich überhaupt keine Frau je geliebt.

Es ist ganz einfach. Die Liebe der beiden strahlt mich an und lässt mich spüren, was mir fehlt. Die Erkenntnis ist wie ein Schlag in den Magen. Maurice' Worte fallen mir wieder ein. Vielleicht hatte er recht. Ich bin nicht gut genug für jemanden wie Kathryn.

Besonders angesichts der Art von Liebe, die sie einst erlebt hat. Warum sollte sie mich wollen? Noch mehr ernüchternde Gedanken, aber ich kann mir nicht helfen, es fühlt sich an, als wäre ich heute Abend mit ihnen bombardiert worden.

Kapitel 11

Kathryns Hochzeitsbild in meinen Händen zu halten fühlt sich falsch an. Ich verdiene das nicht, bin ein ungebetener Gast in ihren Erinnerungen. Langsam stelle ich das Bild wieder an seinen Platz. Meine Blicke kann ich jedoch nicht davon lösen. Störrisch richten sie sich auf dieses Abbild vollkommener ehelicher Glückseligkeit, bis ich es schließlich schaffe, meinen Kopf abzuwenden.

In der Nähe des Bildes befindet sich ein Schaukasten, ungefähr so groß wie eine Zeitschrift, der meine Aufmerksamkeit erregt. Vorhin hatte ich ihn nicht bemerkt, von hier aus ist er nicht zu übersehen. Eine glänzende olympische Silbermedaille liegt in dem hölzernen Kasten, stolz präsentiert auf einem Hintergrund aus schwarzem Samt.

Jean-Pauls Medaille, ein Stück ihrer Vergangenheit auf einem Ehrenplatz.

Plötzlich fühle ich mich vom Geist von Kathryns verstorbenem Ehemann verfolgt und verlasse den Platz, an dem ich stehe. Ich brauche Distanz. Ich frage mich, ob sie wohl damit abgeschlossen hat oder ob sie seinen Verlust immer noch betrauert.

In unserer kurzen gemeinsam verbrachten Zeit ist mir keine Trauer an ihrem Verhalten aufgefallen. Eher im Gegenteil. Ich würde ihre Art als heiter, stark und selbstsicher beschreiben.

Traurigkeit scheint nicht ein Teil ihrer Persönlichkeit zu sein. Was mir die Hoffnung gibt, dass sie sich von diesem Mann, den sie offenkundig zutiefst geliebt hat, verabschiedet hat. Außerdem hat Kathryn ja erwähnt, dass sie eine, wenn auch wechselhafte Beziehung mit dem Franzosen hatte, den wir im Nectar Coffee Shop trafen.

Das Wissen, dass zwischen den beiden im Moment nichts läuft, gibt mir Grund zu hoffen, dass ich eine Chance haben könnte.

Ich komme mir vor wie ein unsicherer Schuljunge, ein seltsames Gefühl. Besonders da ich schon längst aufgehört habe zu zählen, wie viele Frauen ich in den letzten Jahren gevögelt habe. Doch heute Abend sind all die schönen Gesichter vergessen, und ich kann mich nur an Kathryns schönes Antlitz erinnern. Heute Abend ist mein früheres Verhalten nichts, worauf ich stolz bin.

Ich habe es nie gebraucht oder gewollt, dass mich eine Frau auf konventionelle Weise mag. Diese Art von Beziehung war nie etwas für mich. Schon als Teenager hatte ich eine große Wirkung auf Frauen. Ich musste einfach nur auftauchen, das reichte. Mehr brauchte es nicht, niemals.

Aber Kathryn wirkt auf mich auf andere Weise anziehend. Sie ist mehr als eine erotische Eroberung oder eine Frau mit hübschem Gesicht, die sich einen Abend lang bei mir einhakt. Das Einzige, was ich nicht weiß, ist: Will sie mich?

Ich kann mich nur an ihrem bisherigen Verhalten heute Abend orientieren. Sie hat mich nicht fortgeschickt, als sie aus ihrem Haus kam und mich auf dem Gehsteig vorfand. Zweifelsfrei war sie erstaunt, als sie mich an meinen Cadillac gelehnt stehen sah. Vielleicht auch ein wenig verärgert, weil ich ihr nachgestellt hatte, trotzdem gewährte sie mir Eintritt in ihre private Welt.

Was mehr ist, als ich hätte erwarten können angesichts der Tatsache, dass man sie vor mir gewarnt hatte. Und traurigerweise beruhten die Warnungen auch noch auf der Wahrheit. Die Ausrede, es wären nur Gerüchte, funktionierte heute nicht. Ich musste mehr oder weniger zugeben, dass ich ein Bastard und Schurke bin, mit kaum mehr als der eigenen Befriedigung im Sinn.

Obwohl sie um meine Neigung zu fleischlichen Begierden weiß, erlaubte sie mir, ihre Hand zu halten, als wir durch die Straße gingen. Sie blieb bei mir, auch nachdem der Franzose ihr empfohlen hatte, mich mit einem Arschtritt abzuservieren, weil ich nichts als ein Spieler bin. Wir haben ein wundervolles Abendessen genossen in einem Lokal, dessen Inhaber für sie wie Familienangehörige sind und mich nicht leiden können.

Aber das wichtigste Zugeständnis war, dass sie mir erlaubte, sie in Maurice' Büro leidenschaftlich zu küssen, und dann noch ein zweites Mal im Aufzug. Jedes Mal hat sie meinen Kuss mit einer Leidenschaft erwidert, die der meinen in nichts nachstand. Auch wenn sie sich dann jeweils rasch zurückzog, bevor die Dinge außer Kontrolle gerieten.

Vielleicht ist mein Hirn einfach nur auf Zahlen fixiert, aber ich kann mich nicht davon abbringen, all diese für mich positiven Punkte zusammenzuzählen und zu glauben, dass sie ein gutes Zeichen sind. Hier bin ich, ein zweiunddreißigjähriger Mann, der in seinem Leben noch nie um eine Frau geworben hat, dem sexuelle Beziehungen einfach nur so zuflogen. Die Anziehungskraft zwischen uns ist etwas, das ich noch nie zuvor empfunden habe. Selbst sie hat es nach unserem ersten Kuss zugegeben, aber sie hat es »Lust« genannt. Alles, was ich bis jetzt gekannt habe, wenn es um Frauen und Sex ging, war Lust. Aber die Chemie zwischen mir und Kathryn ist mehr als das. Jetzt muss ich sie nur noch davon überzeugen. Wie schnell sich alles verändert hat.

Ich schaue auf die Uhr. Kathryns Sitzung mit dem hübschen Eric wird bald vorbei sein. In ein paar Minuten wird er aus ihrem Büro im Haremsdesign herauskommen und die Wohnung verlassen. Hoffentlich hat er nicht diesen zufriedenen Ausdruck auf dem Gesicht, der besagt: »Ich habe gerade deine Frau gefickt«, sonst könnte es unangenehm werden.

Ich gehe zurück zum Couchtisch, wo die beiden anderen Bücher liegen, die Kathryn mir zum Lesen gegeben hat. Eines heißt *Tantrische Sexualität, spirituelle Sexualität.* Der Titel ist lächerlich, trotzdem macht der befremdliche Vergleich mich neugierig. Ich nehme das Buch in die Hand, blättere es durch und entdecke, dass es mehr Fotos enthält als das andere. Nachdem das Lesen vorhin nicht so gut funktionierte, komme ich mit Bildern vielleicht besser zurecht.

Ich weiß, dass Kathryn mir geraten hatte, nicht bloß die Illustrationen anzuschauen, aber ich will wissen, was wohl hinten in der Wohnung geschieht. Nichts, was ich auf den Seiten sehe, scheint sich außerhalb der Norm zu bewegen. Einige Diagramme zeigen eigenartige Kreise entlang des Körpers einer Frau. Die Bildbeschreibung ergibt für mich jedoch keinerlei Sinn. Die unterschiedlich gefärbten Kreise sind Chakra-Punkte oder Energiezentren.

Verwirrt blättere ich weiter, bis ein Foto meine Aufmerksamkeit weckt. Es zeigt ein Paar, beide leicht bekleidet, jedoch nicht nackt, der Mann sitzt im Schneidersitz auf einer Matte. Die Frau sitzt auf seinem Schoß, ihm zugewandt, ihre Beine sind eng um seine Hüften geschlungen. In gewisser Weise sieht es aus, als würden sie sich aneinander reiben, sein Schwanz an ihrer Möse, während sie die Kleider anbehalten.

Ist es das, was Kathryn und Eric da drüben machen? Die Möglichkeit, dass sich Erics erregter Schwanz in Kathryns Schoß presst, ist ein verstörendes Bild.

Ohne nachzudenken, trete ich in den Gang, der zu ihrem Büro führt. Ich habe versprochen, brav zu sein, aber vor der Tür zu stehen ist ja nicht schlimm. Ich bin nur neugierig. Allerdings weiß ich selbst, dass das eine Lüge ist.

Als ich mich dem Büro nähere, höre ich leise Musik. Leicht erotisch klingt sie nach Sex, »Musik zum Ficken« habe ich so etwas immer genannt.

Ich will mehr hören, also mache ich, was zu unterlassen ich Kathryn versprochen habe – ich benehme mich völlig daneben, indem ich mein Ohr an die Holztür presse, um Geräusche von Kathryn oder ihrem Schüler aufzuschnappen.

Der einzige Laut, der aus dem Zimmer dringt, ist die Musik. Also drücke ich mein Ohr noch fester dagegen, in der Hoffnung, mehr zu hören, aber die Tür bewegt sich im Scharnier, zusammen mit mir, und das einzige Ergebnis ist ein lautes, hörbares Rasseln, das selbst Kathryn gehört haben muss.

Ich bin geliefert.

Pfeilschnell flitze ich ins Wohnzimmer zurück, tauche im Polstersessel unter. Mein Herz rast, und Adrenalin pumpt durch meine Adern. Sogar meine Hände schwitzen. Verdammt, diese Frau macht mich nervös.

Ich nehme die Bücher vom Tisch, denn wenn sie aus ihrer Sitzung kommt, muss es aussehen, als wäre ich darin vertieft. Vielleicht sollte ich einen Bleistift suchen und mir Notizen machen.

Aber bevor ich dazu komme, höre ich Kathryn zusammen mit Eric durch den Flur laufen. Ich kann nicht verstehen, worüber die beiden sprechen, und halte den Kopf geneigt, scheinbar versenkt in das Buch. Schnell prüfe ich noch, ob ich es nicht verkehrt herum halte; zum Glück nicht.

Als sie ins Wohnzimmer treten, warte ich einige Sekunden, bevor ich aufschaue, in der Hoffnung, dass ich überrascht wirke, sie dort stehen zu sehen. Kathryn schaut mich abschätzend an, während ich den Kopf hebe. Natürlich weiß sie, was ich vor ihrer Tür gemacht habe; sie schüttelt nur leicht den Kopf. Ohne ein Wort zu sagen, zucke ich mit den Schultern. Es hat keinen Sinn, ihr etwas vorzumachen. Ich brauche es nicht einmal zu versuchen.

Ihr missbilligendes Stirnrunzeln ist nicht das Einzige, das mir an Kathryn auffällt. Sie hat sich umgezogen, trägt halb durchsichtige, enge Trainingskleidung, die fast schon obszön aussieht. Ich möchte meine Jacke nehmen und sie ihr über die Schultern werfen. Ihr schwarzer Sport-BH und die engen Yogahosen überlassen wenig der Fantasie.

Dies wiederum lässt meine auf Hochtouren laufen. Ihr perfekter Hintern, ihre herrlich gerundeten Titten und ihre schlanke Hüfte ist für mich deutlich sichtbar, von Eric mal ganz zu schweigen. Ich war mir ihres Körpers ja bereits bewusst, aber dieser ungehinderte Anblick ihrer Kurven überbietet alles, eine Mischung, die meinen schlafenden Schwanz aufweckt. Besonders wenn ich an ihre langen Beine denke, die sich ähnlich wie bei dem Paar im Tantra-Buch um meine Hüften schlingen. Ich hoffe, dass Eric und sie sich im Haremszelt nicht ausgerechnet diesem Stoßen und Reiben gewidmet haben.

Eric steht an ihrer Seite, in einem typischen Jogginganzug, die Tasche von vorhin über die Schulter gehängt. Er hat seine Geschäftskleidung abgelegt. Zum Glück ist er nicht mehr elegant. Seine blonden Haare sind nicht zerzaust, genau wie vorhin. Er wirkt immer noch gelassen, mit einem warmen, freundlichen Lächeln auf den Lippen. Nichts an seiner Erscheinung lässt darauf schließen, dass er gerade mit Kathryn einen Höhepunkt erlebt hat. Das ist eine gewisse Beruhigung, an der ich mich erleichtert festhalte.

»Ach, Sie haben gelesen?«, fragt Kathryn und hebt eine Augenbraue.

»Ich wollte mir gerade Notizen machen«, antworte ich voller Enthusiasmus, und sie schnaubt leicht als Antwort. Ja, ich kann ihr nichts vormachen.

Ich erhebe mich aus dem Stuhl und gehe auf die beiden zu.

»Eric, ich bin froh, dass Melanie nächste Woche mitkommt«, sagt Kathryn und legt Eric sanft die Hand auf die Schulter. »Ich glaube, noch ein paar Sitzungen, und ab dann werden Sie beide alles selbst durcharbeiten können.« Erics Augen scheinen bei der Erwähnung des Namens seiner Freundin aufzuleuchten.

»Danke für alles, Kathryn. Sie wissen ja, ich will Melanie um ihre Hand bitten. Nur Ihnen und Ihrer Hilfe habe ich es zu verdanken, dass ich meinen Kopf geradegerückt bekommen habe.« Eric zieht Kathryn in eine feste Umarmung, ähnlich der, mit der er sie begrüßt hatte. »Natürlich werden wir Sie zur Hochzeit einladen. Falls sie denn Ja sagt.«

»Natürlich sagt sie Ja«, antwortet Kathryn mit einem Lächeln. »Ich habe Sie zusammen gesehen. Sie sind füreinander bestimmt.«

Eric wendet sich mir zu, ein glücklicher Mann mit einem jungenhaften Lächeln. Er streckt mir die Hand hin. »Mr Kingsley« – unsere Hände schließen sich fest umeinander – »Sie haben wirklich eine ganz besondere Frau.«

Er lächelt, und ich bin sprachlos. Was zum Teufel soll ich darauf antworten? Allerdings bin ich absolut seiner Meinung; Kathryn ist eine besondere Frau.

Also schwimme ich einfach auf dieser Welle mit und sage: »Danke. Da gebe ich Ihnen vollkommen recht.« Warum sollte ich diese frohe Stimmung mit meinen Unsicherheiten zerstören? Ich beschließe, seine Aussage zu verallgemeinern. Vielleicht wird sie dann für Kathryn verdaulicher. »Jeder Mann wäre froh, sie an seiner Seite zu haben.«

So. Ich habe es ausgesprochen.

»Was für Schmeicheleien, von Ihnen beiden.« Kathryn lacht. »Gleich zwei Charmeure unter meinem Dach.«

»Nun, der eine Charmeur muss jetzt heim zu seiner Freundin, bevor es zu spät wird. Vielleicht zeige ich ihr noch ein, zwei Dinge.« Eric zwinkert, und ich verspanne mich. Zum millionsten Mal frage ich mich, was sie ihm Teilenswertes beigebracht hat.

»Nochmals vielen Dank, Kathryn.« Eric geht zur Eingangstür, Kathryn folgt ihm. »Wir sehen uns nächste Woche um die gleiche Zeit.«

»Ich freue mich. Bitte richten Sie Melanie herzliche Grüße von mir aus.« Kathryn umarmt ihn kurz. Diesmal kommen sich ihre Körper nicht so nah.

»Schön, Sie kennengelernt zu haben, Mr Kingsley«, fügt Eric hinzu, während er den Türknopf betätigt. »Ihnen beiden noch einen schönen Abend.«

Er zwinkert Kathryn und mir zu, bevor er die Tür schließt. Da ich heute Abend schon einiges über Kathryn gelernt habe, beschließe ich, den Mund zu halten, bis sie zu sprechen beginnt.

Da dreht sie sich auch schon zu mir um, die Hände auf den Hüften. Eine Haltung, die ich bereits kenne und die normalerweise nichts Gutes verheißt. Lachend wendet sie mir ihr schönes Gesicht zu. Sie amüsiert sich über mich, und ich kann mir schon denken, warum.

»Also, was haben Sie wirklich gemacht, als ich mit Eric gearbeitet habe?« Ihre Frage ist nicht wirklich eine Frage, vielmehr eine Falle mit Widerhaken.

Ich reibe mir den Nacken und sage: »Ich habe Unmengen von E-Mails beantwortet. Meine Haushälterin angerufen und sie gebeten, einige Tage freizunehmen. Wir müssen die Sicherheit meines Penthauses sowie des Gebäudes untersuchen, bevor ich sie wieder dorthin lassen kann.« Alles keine Lügen. Ich lenke sie ab, so gut ich kann, indem ich ihr die Liste der harmlosen Aktivitäten aufzähle.

Kathryn kommt langsam auf mich zu, den Kopf zur Seite geneigt; sie taxiert mich. »Noch etwas?«

»Ich habe ein wenig in den Büchern gelesen, die Sie mir gegeben haben.« Ich versuche, begeistert zu klingen, als wären sie die großartigste Literatur, die mir seit Langem untergekommen ist. »Dieses Kapitel über die Wichtigkeit der Berührung hat mich durchaus zum Nachdenken gebracht.«

»Oh, tatsächlich?« Sie kommt mir noch näher. Wieder ist diese magnetische Anziehungskraft zwischen uns. Mit jedem Schritt nimmt die eigentümliche Energie zu, die ich in ihrer Nähe empfinde. »Was haben Sie denn über die menschliche Berührung gelernt?«

»Vor allem, dass sie grundlegend wichtig ist. Das Buch behauptet, sie sei die mächtigste Kraft auf Erden, aber dieser Theorie mag ich noch nicht so ganz folgen.« Ich weiß nicht, warum ich den letzten Teil des Satzes gesagt habe. Wann immer ich mit Kathryn spreche, ist es, als flösse ein Wahrheitsserum durch meine Adern. Das Großmaul in mir ist versteckt und eingeschlossen im Schrank, sobald ich ihr in die Augen schaue.

»Sie haben also gelesen. Und ich habe geglaubt, Sie hätten sich bloß gegen die Tür gelehnt, um zu hören, was ich mit Eric mache.« Sie lacht, nachdem sie meine Untat aufgedeckt hat. »Wollten Sie Stöhnen oder leidenschaftliche Schreie hören? Ich bin sicher, es hat Sie enttäuscht, dass hier heute nichts dergleichen erklungen ist.« Sie grinst und fährt mit einem raschen Zwinkern fort: »Anders als letzte Woche.«

Verdammtes Luder.

»Okay, erwischt. Ich gestehe, ich habe eine Sekunde lang gelauscht. Ehrlich, da war nur Musik, aber ich wollte mehr hören. Und dann hat sich die Tür bewegt, als ich versuchte, näher ranzugehen. Ich habe mir gedacht, dass Sie mich gehört haben. Natürlich bin ich nicht stehen geblieben, bis Sie rauskommen und mich zur Schnecke machen.«

»Es ist in Ordnung.« Sie kichert. »Um ehrlich zu sein, habe ich heute bei der Arbeit mit Eric mehr auf meine psychologische Ausbildung als auf meine Tantra-Erfahrung gesetzt. Ich wollte einfach nur sehen, wie Sie sich winden, wenn ich Ihren neugierigen Arsch an die Wand nagle.«

»Wer hätte gedacht, dass Sie so sadistisch sind?« Verdammt, ich liebe es, diese Frau zu necken. Es törnt mich wirklich an. Alles an ihr tut das, aber diese herausfordernde Eigenschaft von ihr setzt mich wirklich in Brand. Bringt mich dazu, sie pausenlos küssen zu wollen.

»Noch nie hat mir jemand vorgeworfen, eine Sadistin zu sein. Aber ich mag es, Ihnen zu zeigen, wo es langgeht. Sie auf Ihren Platz zu verweisen. Fühlt sich immer an wie ein kleiner Sieg im Namen aller Frauen der Welt.«

»Sehr lustig. Aber ich bin nicht so ein schlechter Mensch, ich schwöre es.« Hoffentlich klinge ich überzeugend.

»Nein, ich glaube, das sind Sie nicht. Aber Sie müssen noch ein wenig erwachsen werden. Vielleicht sehe ich einfach Potenzial in Ihnen, Kingsley?«

Was soll ich darauf noch sagen? Sie sieht Potenzial in mir. Ich kann mir nicht helfen, aber das ermutigt mich. Zumindest schreibt sie mich nicht völlig ab.

»Potenzial, ja?«

»Ja, ich glaube schon. Wollen Sie hören, was ich denke? Könnte aber sein, dass es Ihnen dabei etwas ungemütlich wird.«

Ich greife nach einer Strähne ihres weichen Haars und reibe sie sanft zwischen meinen Fingern. In ihrer Nähe kann ich meine Hände einfach nicht bei mir behalten.

»Bitte, legen Sie los.« Ich will unbedingt ihre Gedanken hören. Mir wird bewusst, dass ich kaum je Unbehagen gespürt habe, wenn eine Frau mir ihre Meinung sagen wollte. Ein weiteres »erstes Mal« mit ihr.

»Okay. Also …« Sie atmet tief ein und schaut mir direkt in die Augen. »Alles, was ich von Ihnen heute gesehen und gehört habe, lässt mich glauben, dass tief in Ihnen ein anständiger Mensch steckt.« Sie hebt einen Finger, zeigt auf mich und legt ihn direkt auf meine Brust, über dem Herzen. »Er ist jahrelang verborgen gewesen, während Sie Sex, Geld und Macht hinterherjagten. Dabei ist eine öffentliche Rolle entstanden, in der Sie jetzt gefangen sind. Allerdings frage ich mich, ob all die Erfolge Ihnen das Glück brachten, das Sie sich erhofften.«

Ihre Einschätzung überwältigt mich. Ich denke kurz über ihre Worte nach und halte inne, bevor ich antworte. Keine Ahnung, was ich sagen soll, doch den Tatsachen muss ich ins Auge sehen. Wäre ich jetzt nicht hier in ihrem Wohnzimmer, dann säße ich irgendwo alleine, ohne jemanden, der mir helfen würde, diesen verrückten Tag zu verarbeiten. Niemand würde sich dafür interessieren, wie es mir als Mensch geht. Diese Erkenntnis ist ernüchternd und ein verdammt bedrückender Gedanke.

»Sie nehmen kein Blatt vor den Mund, oder?« Wer immer auch gesagt hat, »die Wahrheit tut weh«, war der weiseste Mensch auf Erden.

»Tut mir leid. Ich habe ja versucht, Sie zu warnen, erinnern Sie sich?« Ihre Hände berühren meine Arme, während sie spricht. Aufmunternd streichelt sie mich, und ihre Berührung ist jedes Mal unglaublich tröstlich. »Hören Sie, ich will Sie nicht fertigmachen. Es war ein Scheißtag. Sollen wir das Thema wechseln?«

»Klingt gut.« Nachdem ich mich mit den Dämonen um meine Mutter auseinandergesetzt sowie Kathryns Hochzeitsbild entdeckt habe und zur Erkenntnis gekommen bin, dass ich möglicherweise das größte Arschloch auf dem Planeten bin, wäre mir ein Gesprächsthema, das mich nicht so verwundbar und entblößt zurücklässt, sehr recht.

»Ich habe Schokoladeneis. Wie wäre es denn damit?« Sie hebt fragend eine Augenbraue.

»Haben Sie auch Schlagsahne dazu?« Ich wackle zur Antwort mit den Brauen.

»Haha.«

Sie geht durch den Flur, und ich folge ihr pflichtbewusst, als hinge ich an einer Leine. Ich bin ihr nicht gerne fern. Normalerweise würde mich so ein Gedanke höllisch erschrecken, heute jedoch nicht. Vielleicht sind es ihre engen Yogahosen. Ihr verdammt süßer kleiner Hintern füllt sie perfekt aus.

»Zwei Kugeln oder eine?«, fragt sie, als wir die Küche betreten.

Es ist das erste Mal, dass ich hier bin, seit ich ihre Wohnung betreten habe. Ein Gefrierschrank, ein professionell aussehender Herd, Arbeitsflächen aus Granit. Hier wurde an nichts gespart. Es sieht aus wie in der Küche eines Menschen, der gerne kocht. Was selten ist, denn die meisten Berufstätigen in New York essen auswärts oder lassen sich ihr Abendessen liefern. Tatsächlich brauche ich selbst nichts weiter als eine große Küchenschublade, wo ich Besteck und die Speisekarten des Lieferservice aufbewahre.

»Für mich zwei, bitte.« Ich zeige auf die Töpfe, die über dem sechsflammigen Herd hängen. »Sieht aus, als ob Sie tatsächlich kochen.«

»Ich liebe Kochen. Wenn man mehr als ein Jahrzehnt in Paris lebt, ist es einfach unmöglich, die Kochlust der Pariser nicht zu übernehmen.« Sie bückt sich und holt das Schokoladeneis aus dem untersten Fach des

Gefrierschranks. Ihr verlockender Hintern wird dabei bestens präsentiert, und mein Schwanz erwacht mit leichtem Zucken.

»Ich esse gern, Sie kochen gern. Wer weiß, vielleicht klappt diese Sache mit uns ja doch?«

Kaum sind die Worte aus meinem Mund heraus, steht sie auf. Ihre Augen leuchten amüsiert.

»Diese Sache?« Sie kichert, stellt die Eiscreme auf die Küchentheke und streckt sich nach den Schalen auf dem Regal. Ich helfe ihr. Mein Körper presst sich gegen ihren Rücken, als ich nach den Schalen greife. Der Duft von Shalimar umfängt mich, und es bedarf meiner ganzen Willenskraft, mich von ihr zu lösen. Nachdem ich die beiden Schalen auf die Küchentheke gestellt habe, lehne ich mich mit dem Rücken dagegen und bleibe in Kathryns Nähe. Sie holt einen Portionierer aus der Schublade neben dem Kühlschrank und öffnet den Eiskarton.

»Ja, diese Sache. Ich bin mir nicht sicher, wie ich sie beschreiben soll. Möchten Sie mir vielleicht dabei helfen?« Sie hält inne, eine Hand auf dem Portionierer, und schaut zu mir hoch, prüfend, ob ich es auch ernst meine. Ich merke, dass sie zu viel nachdenkt und wahrscheinlich alles, was ich sage, analysiert.

»Ich vermute, Sie essen nicht oft mit Frauen einfach nur Eis. Stimmt's?« Wie üblich trifft sie den Nagel auf den Kopf.

»Nein, nicht ›einfach‹. Mein Eis wird normalerweise in einer Silberschale auf einem frisch gebügelten Leinentischtuch serviert.«

»Mit mir zu sprechen und einfach rumzuhängen ist also etwas Neues für Sie. Ich bezweifle auch, dass Sie jemals zuvor mit einer Frau befreundet waren. Korrigieren Sie mich, wenn ich mich irre.«

»Nein, das stimmt.« Plötzlich finde ich es selbst traurig, dass mir noch nicht einmal der Gedanke gekommen ist, mich mit einem Mädchen oder einer Frau anzufreunden. Klar, sie verhalten sich freundlich zu mir oder besser gesagt zu meinem Schwanz. Aber auf der Ebene von Mensch zu Mensch hatte ich mit Frauen nie mehr als flüchtige Bekanntschaften oder Arbeitsbeziehungen.

»Vielleicht sollten wir mit einer Freundschaft anfangen.« Kathryn hat die Schalen mit Eis gefüllt und stellt den Karton wieder in den Gefrierschrank. Ich beobachte erneut, wie sie sich bückt, und unterdrücke ein Stöhnen. Aber ich tue mein Bestes und konzentriere mich auf unsere Unterhaltung, selbst wenn ich so abgelenkt bin, dass ich kaum denken kann.

Ich räuspere mich. »Okay, Freunde. Kriege ich hin. Vielleicht sollte ich Ihnen ein Zettelchen schreiben, wie damals in der Schule: ›Liebe Kathryn, willst du meine Freundin sein? Bitte kreuze an: Ja oder Nein.‹«

»Sie müssen noch ein ›vielleicht‹ hinzufügen. Das Urteil ist noch nicht gefallen.« Sie lächelt und drückt eine volle Schale mit Eis gegen meine Brust.

Ich ergreife sie. »Oh, bitte! Erinnern Sie sich an die Küsse vorhin? Wenigstens Freunde sind wir doch schon!« Ich warte geduldig auf ihre Antwort. Sie nimmt einen Löffel Schokoladeneis, schließt dabei die Augen und leckt ihre Lippen, schluckt. Unglaublich erotisch.

»Gott, ich liebe Eiscreme!«, stöhnt sie. Sie öffnet die Augen und schaut mich völlig ernst an. Der Eiscremerausch ist vorbei, rasch geschmolzen. »Lassen Sie uns einfach sagen, die Küsse waren eine freundliche Annäherung.«

»Damit bin ich zufrieden.« Ich hege die stille Hoffnung, dass sich heute Abend noch mehr Gelegenheiten für freundliche Annäherungen ergeben werden. Aber es macht mir auch Spaß, einfach nur mit Kathryn zu reden.

»Das dachte ich mir.« Mit einem amüsierten Lächeln strahlt sie mich an. Sie hat mich wieder durchschaut.

Sie verlässt die Küche und winkt mit ihrem Zeigefinger, damit ich ihr folge, was ich bereitwillig tue. Zurück im Wohnzimmer, springt sie auf die Couch und zieht die Beine unter den Körper. Da sie so leicht ist, hüpft ihr ganzer Leib dabei in die Höhe, einschließlich ihrer wundervollen Brüste. Das ist fast mehr, als ich ertragen kann, aber ich schlucke hart und hoffe, dass unterhalb meines Gürtels alles brav bleibt.

»Ich habe einen Fernseher im Schrank. Ich schaue fast nie fern, aber in ein paar Minuten kommen die Nachrichten. Soll ich ihn anschalten?«

»Gern. Ich hoffe, es macht Ihnen nichts aus. Doch ich würde gerne sehen, was die Presse sagt. Den uralten Fernseher in Maurice' Büro habe ich mich nicht anzuschalten getraut … Meine PR-Beauftragte hat mich bereits wissen lassen, was sie verbreitet hat. Sie hat mir auch unsere offizielle Stellungnahme geschickt. Aber ich würde es gerne selbst sehen.«

»Natürlich. Mich interessiert es auch.«

Kathryn stellt die bereits schmelzende Eiscreme auf den Couchtisch und geht zu einem Schrank neben dem Regal mit ihren Fotos. Sie öffnet zwei große Türen in der Schrankmitte. Als sie diese zur Seite schiebt, erscheint ein großer Fernseher mit Flachbildschirm. Eine Fernbedienung liegt auf dem Holzsockel davor.

»Ich schaue auf dem Ding nur Spielfilme. Ich hasse Fernsehen.« Sie schaltet das Gerät ein, das Menü mit den Kanälen erscheint, und sie hat Mühe, den richtigen Nachrichtensender zu finden – oder irgendeinen Kanal, um genau zu sein.

Ich habe mein Eis mit Hochgeschwindigkeit verputzt und stelle meine leere Schale ab. »Bitte, lassen Sie mich Ihnen damit helfen.«

Sie reicht mir die Fernbedienung, und ich finde sofort meinen liebsten Nachrichtensender.

»Voilà!«, sage ich siegesgewiss.

»Männer kennen sich mit Fernbedienungen aus. Ich glaube, es ist in ihrer DNA angelegt«, seufzt sie, während sie zur Couch und ihrer bereits geschmolzenen Eiscreme zurückkehrt.

»Ich kann auch gut die Knöpfe einer Frau bedienen.«

Kathryn antwortet, indem sie die Augen verdreht.

»Sie sind albern und lächerlich.« Ihre Augen verraten Heiterkeit, ihren Worten zum Trotz. Sie wirft sich auf die Couch. »Können Sie auch die Lautstärke aufdrehen? Oder ist es zu schwierig für Sie, zwei Dinge gleichzeitig zu tun?«

Ich ignoriere ihre Stichelei, nehme die Fernbedienung mit und setze mich absichtlich ein wenig näher zu ihr als vorhin. »Das Eis war prima. Danke.«

»Sie haben Ihres ja verschlungen. Ich freue mich, dass Sie es mochten. Am Ende eines unschönen Tages gibt es nichts Besseres, als ein bisschen Schokolade zu essen.« Ihr Blick wird weich, wirkt liebevoller und verbindet sich mit meinem. Sie hält einen Herzschlag lang den Kontakt, dann wendet sie sich wieder dem Fernseher zu, und ich tue dasselbe.

Wir starren beide auf den Schirm, als die 11-Uhr-Nachrichten anfangen. Die Nachrichtensprecherin beginnt mit dem ersten Bericht des Abends.

»Guten Abend. In einer unerwarteten und erschreckenden Wende der Ereignisse wurde die jährliche Gala der öffentlichen Bibliothek von New York heute durch das Auftauchen eines bewaffneten Mannes unterbrochen.«

Kapitel 12

Mein Hals schnürt sich zusammen, mein Magen verkrampft sich. Der Bericht geht weiter. Ich reibe meine schweißfeuchten Handflächen an meinen Hosenbeinen trocken. Schon wieder schwitze ich. Wie oft ist mir das in den letzten zwei Tagen passiert? Ich kann es nicht mehr zählen.

»Es ist die Hauptmeldung, Kingsley.« Kathryn schaut nicht in meine Richtung, während sie spricht. Ihre Augen fixieren den Fernseher. »Das ist unglaublich!«

»Was Sie nicht sagen!« Ich spotte zwar über ihren Kommentar, starre jedoch genauso konzentriert auf den Bildschirm. »Ich bin gespannt, wie weit die Reporter gehen. Noch hat die Polizei die Information von Simons Morddrohung gegen mich nicht offiziell herausgegeben.«

»Ruhe, ich kann nichts hören!« Kathryn schlägt mir aufs Bein, und ich bin still. Die Fernsehreporterin steht vor dem alten Bibliotheksgebäude.

»Heute Abend gegen sieben Uhr griff Simon Edwards einen der Geschäftsführer von Kings Capital, Tom Duffy, sowie dessen Frau Lois an. Edwards, ein früherer Partner der Firma, der erst kürzlich entlassen worden war, konfrontierte die beiden, als sie aus ihrem Fahrzeug stiegen. Sie waren auf dem Weg zur Gala der New Yorker Bibliothek im Bryant Park. Augenzeugen berichteten, dass Edwards das Paar mit einer Waffe bedrohte. Ein Schuss wurde abgefeuert, traf jedoch nur ein in der Nähe parkendes Auto. Verletzt wurde niemand. Augenzeugenberichten zufolge war Edwards bereits geflüchtet, als die Polizei am Tatort eintraf. Ein Augenzeuge sagte, Edwards habe Drohungen gegen seinen früheren Partner Tom Duffy geäußert. Details darüber hat die New Yorker Polizei noch nicht bekannt gegeben. Es wird jedoch spekuliert, dass Edwards' unfreiwilliger Abschied von Kings Capital der Auslöser für den heutigen Überfall gewesen sein könnte.

Die Polizei hat den Tatort gesichert sowie die BDFM-U-Bahn-Linie für mehr als zwei Stunden gesperrt. Die Suche nach Edwards dauert derzeit noch an. Hören Sie jetzt die Stellungnahme eines Sprechers der New Yorker Polizei zu den Ermittlungen.«

Meine Gedanken rasen. Ich kann es nicht glauben. Und versuche, das Gehörte zu begreifen. Simon wollte mich umbringen. Er hätte Tom und Lois töten können. Oder nur Tom. Dann hätte Lois ihr ungeborenes Kind alleine aufziehen müssen. Das Kind wäre genau wie ich vaterlos gewesen. Der Gedanke verursacht mir Übelkeit.

Die Kamera schaltet zum Interview mit dem Polizeisprecher. Für den Moment verdränge ich, was alles hätte passieren können.

»Die Ermittlungen laufen weiter. Wir versuchen, Simon Edwards zu finden. Es gibt Gründe für die Vermutung, er habe das Stadtgebiet von New York verlassen. Seine Drohungen während des Überfalls lassen uns annehmen, dass seine heutigen Absichten zielgerichtet waren, nicht allgemeiner Natur.«

Der Ausschnitt aus dem Interview mit dem Polizeisprecher ist kurz und lässt viele Fragen offen. Wieder erscheint die Reporterin auf dem Bildschirm und beendet ihren Bericht mit einer Zusammenfassung der Ereignisse.

Ein Foto von Simon wird gezeigt. Es ist das offizielle Bild von Kings Capital. Der Mensch, den ich seit meinem neunzehnten Lebensjahr gekannt habe, ist mir auf einmal völlig fremd. Warum habe ich von seinem mörderischen Hass auf mich nichts gemerkt? Es muss doch bereits vor diesem Verrat Signale gegeben haben. Mir fällt jedoch nichts ein. Die Reporterin fährt mit der Beschreibung von Simon fort.

»Simon Edwards ist männlich, weiß, zweiunddreißig Jahre alt, einen Meter achtzig groß. Er hat dunkelbraunes Haar. Falls Sie Edwards sehen, informieren Sie bitte die Polizei unter 9–1–1. Nähern Sie sich dem Mann keinesfalls allein.

Die jährliche Gala der Bibliothek begann nach der polizeilichen Durchsuchung des Gebäudes mit mehr als einer Stunde Verspätung, fand aber wie geplant statt. Wie die Gastgeber des Abends, Ron und Nancy Smyth, berichteten, brach die Spendenbereitschaft an diesem Abend sämtliche Rekorde. Der Vorfall vor dem Gebäude hielt die Gäste nicht davon ab, die öffentliche Bibliothek von New York großzügig zu unterstützen. Susan Masters, live aus Bryant Park für Channel 4 News. Zurück zu Ihnen, Melissa.«

»Danke, Susan. Nun zu den weiteren Nachrichten ...«

Ich greife nach der Fernbedienung, drücke auf den Ausschalter. Die Stimme der Sprecherin verklingt. Mir reicht diese verdammte Scheiße, und zwar für den Rest meines Lebens. Die Worte der Reporterin und das Foto mit Simons Gesicht tanzen in Endlosschleife in meinem Kopf herum.

Ich lege die Stirn in die Hände, stütze die Ellbogen auf die Beine und sinke in mich zusammen. Fühle mich ausgebrannt. Kann keine der Masken finden, die ich sonst in solchen Situationen trage. Mein wunderbar kontrolliertes Leben bricht in sich zusammen. Das Gefühl der Verletzlichkeit lässt sich nicht mehr verbergen.

Warum ist Simon durchgedreht? Warum versucht er, mich zu töten? Er hat nie irgendwelche Gefühle gezeigt, nicht ein einziges Mal. Liebe oder Hass waren Vokabeln, die in seinem Wortschatz nicht vorkamen. Er war ein Mensch, der teilnahmslos wirkte. Nichts schien seine kühle Fassade durchdringen zu können. Was heute Abend sichtbar wurde, war reiner Hass. Und er richtete sich gegen mich.

»Es tut mir leid, Kingsley.« Kathryns Worte trösten mich. Sie legt ihre Hände auf meinen zusammengesunkenen Rücken und beginnt, mich mit kleinen kreisenden Bewegungen zu streicheln. Ihre Finger gleiten sanft über den Stoff meines Hemdes, ziehen beruhigende Bahnen über meinen Körper. Genau, was ich jetzt brauche.

»Wollen Sie darüber sprechen?«, fragt sie. Ihre Stimme ist kaum ein Flüstern.

Ich hebe den Kopf, neige ihn leicht und schaue in ihre vertrauten blauen Augen. Man könnte bei ihrem Anblick den Verstand verlieren. Noch nie habe ich so sehr eine Freundin oder einen Freund gebraucht oder gewollt wie in diesem Augenblick. Und ich könnte mir keinen besseren oder schöneren Menschen wünschen als Kathryn.

Ich atme tief ein, bevor ich antworte. »Was hat Simon nur dazu gebracht, so auszurasten? Er hatte doch bereits vor, die Firma zu verlassen und zu der anderen überzulaufen, der er bereits geheime Informationen zugespielt hatte. Die Reporterin sagte, der Grund für seinen heutigen Angriff sei seine kürzliche Kündigung gewesen. Aber das ergibt keinen Sinn.«

»Es hat definitiv irgendeinen Auslöser für sein Verhalten gegeben. Ich habe in meiner Praxis mehrfach erlebt, dass Leute mit Gewalt reagieren, aber noch nie auf so dramatische Weise. Gelegentlich fallen Menschen aus der Realität. Dann verzweifeln sie und greifen andere an. Vielleicht sind Sie derjenige, den er für sein Elend verantwortlich macht, auch wenn Sie mit seiner Situation nichts zu tun hatten.«

»Ich hoffe, Sie liegen richtig.« Ich fahre mir mit den Fingern durchs Haar, schüttle den Kopf, versuche, das Gewicht unseres Gesprächs abzuschütteln. Dann richte ich meine Aufmerksamkeit wieder auf Kathryn und lächle sie voller Wärme an. Hoffentlich erlaubt sie mir, das Thema zu wechseln.

»Ich möchte lieber nicht mehr über Simon und seinen Wahnsinn sprechen. Es hat sowieso keinen Sinn, das alles immer wieder aufzuwühlen. Jedenfalls nicht, bevor wir nicht mehr über seine Motive wissen. Aber es gibt etwas, worüber ich gerne reden würde. Ich habe mir schon den ganzen Abend darüber Gedanken gemacht«, sage ich und lehne mich in die weichen Couchkissen zurück. Mein Oberkörper entspannt sich, ein wenig Ruhe nach der ganzen Aufregung.

Kathryn schaut mich neugierig an.

»Etwas an Ihnen ist anders, Kathryn, und das ist gut. Sie sind selbstbewusst, heiter und haben einen offenbar unverletzlichen inneren Frieden. Kommt das davon, dass Sie Tantra praktizieren?« Ich warte und habe keine Ahnung, was sie antworten wird. Sie blickt mich mit einem süßen Lächeln an. Die Frage scheint ihr zu gefallen. Hoffentlich antwortet sie, denn es interessiert mich wirklich.

»Sind Sie neugierig, weil es dabei um Sex geht? Oder fragen Sie sich, warum ich mich für diese Methode entschieden habe?«

Ich hinterfrage meine Motive: Was ist der Grund meiner Neugier?

»Ich will ehrlich sein. Ich interessiere mich für die sexuelle Perspektive, den Grund für ihre Tantra-Praxis und für deren Auswirkungen auf Sie.«

»Verstehe.« Sie sieht mich verständnisvoll an und rückt näher. »Ich glaube, die meisten Menschen fragen sich dasselbe, wenn ich ihnen erzähle, dass ich Tantra praktiziere.« Sie blickt nach unten auf die Couch, als sammle sie ihre Gedanken, bevor sie fortfährt.

»Vor einigen Jahren ging es mir sehr schlecht. Als Sie mich gestern an der Bar fragten, ob ich Französin sei, habe ich meinen französischen Ehemann erwähnt. Erinnern Sie sich?« Sie hält inne und schaut mich an.

»Natürlich erinnere ich mich. Ihre Antwort kam einigermaßen unerwartet.« Am liebsten würde ich ihr mein Beileid und meine Anteilnahme ausdrücken, schweige aber, denn sie scheint weitersprechen zu wollen.

»Bevor ich fortfahre: Was wissen Sie über Jean-Paul? Sie scheinen über mich fast alles zu wissen, und ich will Sie nicht mit Details langweilen, die Sie bereits kennen.«

Ohne nachzudenken, blicke ich hinüber zum Regal mit Kathryns und Jean-Pauls Hochzeitsbild und dem Kasten mit der Silbermedaille. Ich wende mich wieder ihr zu und sehe, dass ihr Blick meinem gefolgt ist. Sie weiß, dass ich diese Erinnerungsstücke betrachtet habe, als ich vorhin hier allein war.

»Okay.« Ich werde ihr sagen, was mir über ihren verstorbenen Mann bekannt ist. »Ich weiß, dass er Skiläufer bei den Olympischen Spielen war und vor ein paar Jahren bei einem Skiunfall verstarb. Ich muss gestehen, dass ich mir Ihre Bilder angesehen und Ihr Hochzeitsbild entdeckt habe. Sie beide scheinen sehr glücklich gewesen zu sein.«

Kathryns Augen blicken durch mich hindurch, als träumte sie sich aus dem Jetzt und Hier fort. Sie erinnert sich an ihn und an das, was sie geteilt haben. Ich sehe, wie sich langsam ein Lächeln auf ihren Lippen bildet.

»Wir waren sehr glücklich.« Sie wendet sich wieder mir zu. Das Lächeln bleibt. »Ich war am Ende, als er starb. Versank in einer tiefen Depression. An den meisten Tagen war es mir sogar zu viel, morgens aufzustehen und zur Arbeit zu gehen. Sein Tod war für mich ein traumatisches Erlebnis. Ich blieb zurück, zitternd und allein. Wir beide waren unzertrennlich, seit wir uns zum ersten Mal begegnet waren. Er war mein Leben. Wir waren die Welt füreinander.«

Ich möchte ihn beneiden oder hassen, aber ich kann es nicht. Diese Gefühle kommen einfach nicht in mir hoch. Stattdessen empfinde ich Traurigkeit darüber, dass sie einen so nahen Menschen verloren hat. Nach dem Tod meiner Mutter wusste ich, dass ich es niemals jemandem wünschen würde, einen geliebten Menschen zu verlieren. Ich greife nach Kathryns Hand, während sich ihre Augen mit Tränen füllen. Unsere Finger verschränken sich. Ich hatte ihre weiche Haut schon vermisst.

»Er starb beim Skifahren in den französischen Alpen. Ein Olympiaskifahrer auf einer nur mittelmäßigen Piste, die für ihn ein Klacks hätte sein müssen. Aber er muss über einen Buckel gefahren sein. Er verlor die Kontrolle, kam vom Kurs ab und raste in eine dichte Baumgruppe. Ich habe es gesehen, als ich ihm hinterherfuhr.«

Sie schließt die Augen, einige Tränen rollen ihre bleichen Wangen hinunter. Instinktiv wische ich sie ihr aus dem Gesicht. Sie sind mehr, als ich ertragen kann. Sie öffnet wieder die Augen und zwingt sich zu lächeln. Ich will sie in die Arme nehmen und ihren Schmerz lindern, aber ich halte mich zurück und beruhige sie stattdessen mit Worten.

»Es tut mir leid, Kathryn. Ich kann mir nichts Schrecklicheres vorstellen, als bei solch einem Unfall dabei zu sein.« Ich denke an meine mich immer noch quälenden Albträume und frage mich, ob Kathryn Ähnliches erlebt. Es ist furchtbar, mir ihren Schmerz vorzustellen, als ihr Ehemann vor ihren Augen starb.

»Danke, Kingsley. Tut mir leid, dass ich Sie in diese Dunkelheit mitnehme. Aber dort habe ich Tantra entdeckt, und es hat mich gerettet, das Licht zurück in mein Leben gebracht.« Ihre Tränen sind getrocknet, doch ich halte immer noch ihre Hand und will sie nicht loslassen.

Wir sind noch näher aneinander herangerückt, sitzen einander zugewandt auf der Couch. Unsere Knie berühren sich. Wieder geben wir der magnetischen Anziehung zwischen uns nach, dieser unsichtbaren Kraft, die wir offenbar nicht kontrollieren können.

Kathryn atmet ein paarmal tief durch, versucht, sich wieder zu sammeln. Ihre Wimpern sind noch tränenfeucht, aber ihr Gesicht zeigt keine Spur der Traurigkeit mehr, die sie eben noch empfunden hat.

»Also hat Tantra Ihnen geholfen, über seinen Tod hinwegzukommen?«, frage ich ermunternd.

»Ja, der Mann, den Sie heute in dem Café getroffen haben, Jacques Le-Baron, war ein Kollege von mir, ein Psychologe in Paris. Wir kannten uns seit unserer Promotionszeit. Danach wurden wir Freunde. Jacques sorgte sich, dass ich mich nach Jean-Pauls Tod zu sehr vom Leben zurückzog und meinen Verlust nicht richtig verarbeitete. Ich wusste, dass er recht hatte, hatte aber keine Ahnung, wie ich je wieder etwas empfinden sollte. Damals war ich wie betäubt. Ich habe einfach nur existiert. Jacques hatte schon einige Jahre lang Tantra praktiziert und mich überredet, ihn zu einer Sitzung zu begleiten. Ich war einverstanden, vorausgesetzt, es bliebe auf der freundschaftlichen Ebene.«

Als sie den Namen des Franzosen erwähnt, beiße ich die Zähne zusammen. Jean-Paul ist ein Geist ihrer Vergangenheit, aber dieser andere Mann ist Teil ihrer Gegenwart. Und ich mag es nicht, dass er in Kathryns Leben eine Rolle spielt und seine Nase in ihre Angelegenheiten steckt, so wie vorhin, als ich mit ihr auftauchte. Ich mag weder dieses Verhalten noch ihn selbst, überhaupt nicht. In den letzten vierundzwanzig Stunden habe ich mich zu einem grünäugigen Monster der Eifersucht entwickelt. Ein merkwürdiges Gefühl.

»Dann haben Sie also begonnen, sich mit ihm zu treffen? Nach dem Tod Ihres Mannes?« Ich runzle die Stirn, kann nicht verbergen, was ich von Jacques halte.

»Jacques und ich sind nie ein richtiges Paar geworden. Es ist bestimmt schwer für Sie, das zu hören, aber wir haben in den letzten beiden Jahren nur Tantra miteinander praktiziert. Jacques ist für mich ein ganz besonderer Mensch, aber ich werde ihn nie lieben, er ist mir nur ein guter Freund. Unserer Beziehung fehlt diese besondere Chemie, dieser Funke, der zur Liebe dazugehört. Die Anziehungskraft. Sie ist bei uns nicht vorhanden, das wissen wir beide. Wir achten und schätzen einander. Aber ohne diese tiefe Verbindung werden wir nie mehr füreinander sein als gelegentliche Liebhaber.«

Am liebsten würde ich die Faust in das Sofakissen rammen. Oder jubeln vor Freude, weil sie nicht mehr für ihn empfindet.

»Ich merke, es ist schwierig für Sie, wenn ich Jacques' Namen erwähne. Aber lassen Sie uns aufhören, mit zweierlei Maß zu messen, Kingsley. Ich schaue ja auch über ihre unzähligen One-Night-Stands hinweg.« Sie verschränkt mit entschiedener Geste die Arme vor der Brust.

»Touché!« Ich hebe kapitulierend die Arme. »Fahren Sie fort.«

Sie legt die Hände wieder in den Schoß und lehnt sich zu mir. Dieselbe Haltung wie gerade eben, bevor ich mich wie ein Höhlenmensch benommen habe.

»Lassen Sie mich Ihnen erzählen, was emotional und spirituell mit mir passiert ist, als ich begonnen habe, Tantra zu praktizieren. Ich lasse den körperlichen Teil weg. Er scheint Ihnen Unbehagen zu bereiten.«

»Das haben Sie also bemerkt? Was für eine einfühlsame Frau Sie sind.« Ich lasse ein spöttisches Lachen folgen, um die Stimmung wieder aufzuhellen. »Ich weiß es zu schätzen. Davon mal abgesehen ist die Chemie zwischen uns ziemlich heftig, finden Sie nicht?«

»Sie fangen an, mich davon zu überzeugen, Mr Kingsley.« Ihr Blick wandert zu meinen Lippen, und einen Augenblick lang glaube ich, sie lädt mich ein, sie zu küssen. Aber dann schaut sie wieder hoch in meine Augen. Ihre vollen, verlockenden Lippen bewegen sich. »Da ist definitiv etwas zwischen uns. Aber ich bin mir noch nicht schlüssig, was es ist.«

»In Ordnung. Die Dame gibt es also endlich zu.« Ich recke die Faust in die Luft, als hätte ich ein Tor geschossen.

Ihre Augen blitzen, und sie kichert: »Zurück zum Tantra, Sie irritierender Mensch!«

Oh Gott, ich liebe ihr Kichern! Es ist Musik in meinen Ohren.

»Bitte sprechen Sie weiter. Ich würde wirklich gern wissen, wie Sie eine so gefühlsstarke Frau geworden sind.«

»Ihr zweiter Vorname ist wohl ›Charmeur‹?«, neckt sie mich, greift dabei nach meiner Hand und drückt sie leicht. »Zurück zu meiner Geschichte. Vor meiner ersten Sitzung ging es mir ziemlich genau wie Ihnen. Ich war neugierig, hatte aber keine Ahnung, worum es beim Tantra geht. Außerdem hatte ich an dem Tag schlechte Laune. Ich hatte furchtbar anstrengende Sitzungen mit meinen Klienten hinter mir und wollte eigentlich nur nach Hause und ins Bett. Der Gedanke, mit ein paar Leuten über Gefühle, Sex und Liebe zu sprechen, war das Allerletzte, worauf ich Lust hatte, dennoch bin ich hingegangen. Beziehungsweise habe mich hingeschleppt.«

Sie fährt fort: »Ich habe durchgehalten. Das Treffen über mich ergehen lassen. Und dafür bin ich dankbar. Am Ende der Sitzung haben wir alle eine einfache Übung gemacht. Nichts Sexuelles; es ging dabei darum, sich für jemanden zu öffnen und auf allgemein menschlicher Ebene eine Verbindung herzustellen.«

»Also gab es beim ersten Mal keine Sexlektionen?«, frage ich sie. Ich bin überrascht, denn ich habe etwas sehr viel Expliziteres erwartet, vielleicht wie das Bild in dem Buch mit dem sich aneinander reibenden Paar.

»Überhaupt nicht. Ich saß gegenüber von, na, Sie wissen schon.« Sie spricht die Worte aus dem Mundwinkel, vermeidet auf niedliche Art den Namen des Franzosen, und ich bin froh darüber.

»Genau, der, dessen Name nicht genannt werden darf.«

»Ja, er. Wie auch immer, die einfache Übung, die der Kursleiter uns machen ließ, hat mich wieder in Kontakt mit meinen Gefühlen gebracht, die ich auf Eis gelegt hatte. Ich glaubte, es sei besser, überhaupt nichts mehr zu empfinden statt nur Schmerz über meinen Verlust. Also habe ich meine Empfindungen weggeschlossen, wurde wie taub. Tantra war für mich der Schlüssel, der die Tür wieder öffnete. Und die verdrängten Emotionen kamen hoch.« Ihre Augen blicken ernst, und sie nimmt meine beiden Hände in die ihren. »Es hat alles damit angefangen, dass ich mich geöffnet und wieder etwas gefühlt habe.«

»Ich bin mir nicht sicher, ob ich das verstehe.« Bestimmt wirke ich völlig verwirrt. »Möchten Sie es mir zeigen?«

»Was? Jetzt?« Ihre Augen weiten sich überrascht. Diese Bitte hat sie definitiv nicht erwartet.

»Es wird Sie bestimmt nicht erstaunen, dass ich eher auf praktische Weise lerne.« Ich ziehe anzüglich die Brauen hoch. »Vielleicht der Ingenieur in mir, wer weiß? Was meinen Sie?«

Kathryn beißt sich auf die Lippen und denkt nach. Ungeduldig dränge ich sie zu einer Antwort. »Kommen Sie, sagen Sie Ja. Bitte?«

»Unter einer Bedingung: kein Lachen. Tantra bedeutet mir viel. Es verletzt mich, wenn Sie es nicht ernst nehmen. Lachen Sie, ist der Unterricht vorbei. Capisce?« Diese Drohung ist nicht verhandelbar. Kathryn zeigt mir gern, wo es langgeht.

»Sie mögen das Wort ›capisce‹, nicht wahr?« Ich halte kurz inne und beobachte ihr wundervolles Gesicht. »Aber ich werde Ihr williger Schüler sein. Ich werde nur lachen, wenn Sie mich kitzeln.«

»Sie sind kitzlig?« Sie schenkt mir ein durchtriebenes Lächeln. Ihre Hände wandern an meinem Körper hinauf, und ihre Finger beginnen, auf meine Rippen zu klopfen. Als ich nicht im Geringsten reagiere, schnauft sie.

»Nein, bin ich nicht. Zumindest nicht dort.«

Sie schlägt leicht auf meinen Arm. Aber hätte sie zwischen meine Beine geschaut, würde sie sehen, was ihre Berührung mit mir gemacht hat.

»Sie sind ja so was von umwerfend komisch.« Sie schaut mich vielsagend an. »Diese Art von Humor eingeschlossen. Wenn ich Sie ins Tantra einführe, erwarte ich von Ihnen, dass Sie ernst bleiben.«

»Beruhigen Sie sich«, sage ich. »Ich verspreche es, ehrlich. Wenn Ihnen das wichtig ist, bin ich brav. Bis auf ein gelegentliches Lächeln vielleicht. Das ist doch bestimmt in Ordnung?«

»Natürlich dürfen Sie lächeln. Das ist aber auch alles.« Sie erhebt sich von der Couch. Ihr süßer Hintern ist genau auf meiner Augenhöhe. Nichts zeichnet sich unter ihrer Yogahose ab, daher frage ich mich, ob sie wohl etwas darunter trägt.

Sie beugt sich vor und nimmt unsere Eisschalen. »Lassen Sie mich die noch spülen, danach gebe ich Ihnen eine Einführungsstunde in Tantra. Falls Sie nicht zu müde sind.«

»Überhaupt nicht. Ich bin ganz wach. Sehen Sie?« Ich blinzle ein paarmal als Beweis für meine aufmerksame Bereitschaft. Sie belohnt mich, indem sie mit einer aufreizenden Bewegung ihr atemberaubendes Haar über die Schulter wirft.

Verdammt, ich will diese Frau.

»Warum gehen Sie nicht schon mal vor?« Kathryn läuft in Richtung Küche. »Ziehen Sie sich im Gästezimmer einen der Pyjamas an, von denen ich Ihnen erzählt habe, von meinem Bruder. Sie müssen aus diesem steifen Affenanzug raus.«

»Wenn eine Frau mich bittet, mich auszuziehen, gehorche ich immer.«

Kathryn lacht leise.

Bevor sie in der Küche verschwindet, schaut sie mich über die Schulter an.

»Wann hat schon jemals eine Frau Sie gebeten, sich auszuziehen?«

»Touché«, sage ich mehr zu mir selbst. Sie hat schon wieder recht. Was habe ich mit meinem Verhalten Frauen gegenüber in meinem Leben wohl so alles verpasst? Dieser neckische Umgang mit einer Frau lässt mich auf mehr hoffen, ganz besonders mit dieser. Bis jetzt wusste ich nicht, was mir gefehlt hat. Ich will bei Kathryn einen guten Eindruck hinterlassen. Ihr zeigen, dass ich es wert bin herauszufinden, was wir gemeinsam erleben könnten, jenseits der oberflächlichen Begierde. Bis heute habe ich mich mit so etwas noch nie abgegeben.

Ich nehme meine Jacke und gehe rasch ins Gästezimmer, wo ich die Pyjamas suche. Nachdem ich die Tür geschlossen habe, ziehe ich meine Anzughosen und mein zerknittertes Hemd aus und lege beides aufs Bett.

Mir wäre es am liebsten, wenn auf diesem Bett heute Nacht nur meine Kleider lägen. Ich hoffe, dass Kathryn nachgibt und nicht mehr gegen die Anziehungskraft zwischen uns ankämpft.

Dass wir zusammenkommen, scheint mir so unausweichlich zu sein wie das Auf- und Untergehen der Sonne. Sie will mich, auch wenn sie es noch nicht zugegeben hat. Ich will sie, unbedingt. Und habe dies schon mehr als deutlich gezeigt.

Meine Sehnsucht nach ihr nicht befriedigen zu können macht mich verrückt. Wann hat mein Schwanz jemals seine Wünsche vorenthalten bekommen? Dafür muss ich in meinen Erinnerungen sehr tief graben.

Das letzte Mal war in meiner Schulzeit, aber selbst damals hatte ich bereits die meiste Zeit irgendein Mädchen, wann immer ich wollte. Bis Kathryn auftauchte, habe ich die Wörter »warten« und »Sex« noch nie im selben Satz verwendet oder auch nur zusammen gedacht.

Erst diese wunderschöne, faszinierende, resolute Frau mit ihrem brillanten Geist und ihrem anbetungswürdigen Körper hat es geschafft, mich vollkommen aus der Fassung zu bringen.

Ich gehe zur Kommode, öffne eine Schublade, finde darin eine schwarze Schlafanzughose und ein T-Shirt. Ich prüfe das Etikett und sehe, dass Kathryn recht hatte: Ihr Bruder und ich tragen dieselbe Größe. Vielleicht sollte ich behaupten, dass mir seine Sachen nicht passen, und in meinen Boxershorts in ihr Haremszelt kommen. Verdammt, das könnte ich machen!

Das einzige Problem dabei wäre nur, dass mein Schwanz schon den ganzen Abend steht. Da bliebe nicht viel für die Einbildungskraft übrig.

Daran ist nicht nur die knappe Kleidung schuld, die Kathryn trägt. Ihr Sport-BH ist verführerisch tief ausgeschnitten und zeigt die vollen Hügel ihrer Brüste. So rund, echt und vollkommen. Sie hat mehr als nur eine Handvoll Busen, und ich will sobald wie möglich herausfinden, wie viel mehr.

Beim Gedanken an ihre Brüste in meiner Hand und ihre Nippel an meiner Zunge regt sich mein Schwanz. Würde ich jetzt in ihr Büro kommen, sogar in diesen Hosen, würde sie sofort sehen, wie heiß ich auf sie bin. Aber sie will ja, dass ich ernst bleibe und mich gut benehme. Das habe ich nicht vergessen.

Ich schaue mich im Spiegel über der Kommode an. Ich bin von Kopf bis Fuß in Schwarz gekleidet, doch als ich mein Gesicht genauer ansehe, entdecke ich etwas Seltsames in meinen Augen. Beklommenheit. Das kenne ich nicht von mir.

Ich seufze und schiebe es auf alles, was ich heute ertragen musste.

Eines ist sicher: Ich muss mein wahres Ich wiederfinden. Den Kerl, der Männer am Konferenztisch zum Zittern bringt. Der sich vor niemandem duckt, nicht einmal vor einem Luxusweib, das er verzweifelt gern vögeln möchte.

Aufrecht, mit hocherhobenem Kopf, verlasse ich das Gästezimmer und beschließe, Kathryn und ihren Wünschen nicht mehr geduldig Folge zu leisten. Es wird Zeit, dass sie mir gibt, was ich will. Und das ist mehr als nur ein paar Küsse.

Doch dann verdamme ich meine eigenen Gedanken. Wenn ich ehrlich bin, ist es höchst unwahrscheinlich, dass ich diesem Anspruch irgendwie gerecht werde, nicht mit Kathryn.

Die Tür ihres Büros steht offen. Meine nackten Füße machen kein Geräusch, als ich über den dunklen Holzboden des Flurs gehe. Ich bleibe vor der Tür stehen, lehne mich vor und lausche, ob irgendein Laut aus dem Raum dringt. Leise, erotische Musik spielt. Ich kann ein wenig durch die angelehnte Tür spähen. Der Raum scheint dunkel zu sein.

Ich will nicht ohne Kathryns Genehmigung eintreten, also klopfe ich leicht mit einem Finger an.

»Kommen Sie rein, Kingsley.« Ihre Stimme ist atemlos und tief, kaum wiederzuerkennen. Ich lege meine Hand an die Tür, sammle mich und öffne sie langsam, nur einen Spaltbreit. Mildes Kerzenlicht leuchtet auf einigen der kleinen Beistelltische, aber ich kann noch nicht sehen, wo Kathryn sich befindet. Goldene Lampen hängen in unterschiedlicher Höhe von der seidenverhangenen Decke. Sanftes Licht dringt durch die in das Metall der Lampen gestanzten Muster.

Ich öffne die Tür und schnappe nach Luft, denn jetzt sehe ich Kathryn. Sie kniet auf dem großen Kissen mitten im Raum. Ihre Schönheit raubt mir den Atem.

Ihre Haltung ist reine Hingabe. Sie kniet und blickt mich an. Ihr süßer Hintern ruht auf ihren Fersen. Die zarten Hände, deren Berührung ich so sehr herbeisehne, ruhen flach auf ihren Knien, während sie sich nach vorne lehnt.

Was für ein Anblick. Kathryn wartet auf mich. Das flackernde Licht wirft Schatten auf ihre Haut und ihr Haar.

»Kommen Sie zu mir, Kingsley.« Verführerisch lächelnd winkt Kathryn mich heran. In diesem Moment bin ich machtlos. Ich werde alles tun, was diese herrliche Frau, die da vor mir kniet, von mir verlangt.

Die magnetische Anziehungskraft, die ich seit unserer ersten Begegnung empfinde, zieht mich zu ihr. Ich habe ihr nichts entgegenzusetzen, gehe über den teppichbelegten Boden, stehe vor dem Kissen, auf dem sie anmutig kniet. Ohne nachzudenken, beuge ich die Knie und nehme die gleiche Haltung ein. Ich gebe mich hin. Aus freiem Willen.

Kapitel 13

»Sind Sie bereit?«, fragt Kathryn und hebt eine Augenbraue. Allein dass ich hier ruhig vor ihr knie und darauf warte, dass sie beginnt, sollte ihr doch genug verraten.

»Absolut.« Ich blicke ihr tief in die Augen. Schatten tanzen über ihr Gesicht. Die Seidenteppiche und flackernden Lichter lassen sie wie aus einer anderen Welt erscheinen. Meine Hände möchten ihre weiche Haut berühren. Ja, Kathryn, will ich sagen, ich bin bereit, willig und vollkommen verzaubert von Ihnen und Ihrer Schönheit. Aber ich halte meinen Mund.

»Ich beginne heute mit Ihnen ganz am Anfang. So etwas nenne ich eine Sitzung für ›neugierige Neulinge‹.« Ihre Stimme ist tief. Ich muss mich auf die Worte konzentrieren, die in einem Flüstern zusammenfließen. »Wenn Sie eine Frage haben, lassen Sie es mich wissen. Dadurch lernen Sie.«

Ich nicke nur schweigend.

»Tantrische Sexualität ist eine Kunstform. Sie wird gelehrt und gelernt. Aber es gibt keine einheitliche Lehrmethode, die von allen praktiziert wird. Die unterschiedlichen Spielarten des Tantra erinnern ein wenig an die großen Weltreligionen. Sie alle vertreten einen Glauben, aber es gibt unendlich viele Möglichkeiten, diesen auszuüben.

Einige Tantriker folgen einem sehr alten Ansatz und verachten jene, die moderne Konzepte einführten. Andere, wie ich, sind freizügiger, bringen die moderne Welt in die Lehre ein und mischen beides. Können Sie mir folgen?«

Ich nicke wieder. Was Religion angeht, habe ich nicht viel Erfahrung, aber ich verstehe das Konzept, von dem sie spricht.

»Ich glaube, die meisten Menschen benötigen eine Balance zwischen alter und moderner Lehre, um Tantra im Alltag anzuwenden. Meine psychologische Ausbildung hilft mir dabei. Im Tantra geht es um Berührung, um eine Verbindung zum Partner oder zur Partnerin. Etwas, das in unserer Welt mit ihrem täglichen Trubel fehlt. Dafür müssen die Menschen innehalten, langsamer werden, den ewigen Wettkampf hinter sich lassen und mit ihrem Liebespartner in Kontakt kommen.

Die einzige Bedingung, um Tantra zu erleben, ist, der Partnerin oder dem Partner Zeit und Aufmerksamkeit zu schenken. Es braucht keinerlei Hilfsmittel oder Geräte. Der menschliche Körper hat alles, was er für die tantrische Sexualität braucht. Hände zum Berühren.« Ihre Augen wandern zu meinen Händen, die ihre Haltung spiegeln und auf meinen Oberschenkeln liegen. »Arme zum Halten, Lippen zum Küssen, Zungen zum Schmecken und Augen, um einander in die Seele zu blicken.«

Sie hält inne und prüft meine Reaktion. Schon allein weil ich dieser Schönheit gegenübersitze und zuhöre, wie sie über schmeckende Zungen und küssende Lippen spricht, wird mein Schwanz steif. Ich will sie ficken wie noch nie jemanden zuvor. Kathryns Blick senkt sich zu meinen Hüften, wo sie mein waches Interesse an ihren Ausführungen bemerkt. Sie schweigt und wartet auf meine Reaktion, also antworte ich.

»Ich mag die Werkzeuge Ihres Handwerks. Besonders die Zungen.«

»Ihre unreife Reaktion habe ich befürchtet. Versuchen Sie bitte, sich wie ein Erwachsener zu verhalten.« Sie schüttelt missbilligend den Kopf. Ich sollte mein vorlautes Mundwerk bezähmen.

»Sie haben recht. Entschuldigen Sie, Kathryn.« Verdammt, warum bin ich damit herausgeplatzt? Ich bin so daran gewöhnt, Frauen mühelos und mit abgedroschenen Worten zu gewinnen, dass mein Gehirn noch nicht kapiert hat, dass Kathryn nicht irgendeine Frau ist. Wieder neige ich den Kopf. Ich will mich mit ihr versöhnen. »Es interessiert mich wirklich. Bitte fahren Sie fort.«

»Danke, Kingsley.« Zum Glück schwindet der Ärger aus ihren Augen. »Worauf ich mich heute mit Ihnen konzentrieren möchte, ist die menschliche Berührung.« Sie greift nach meinen Händen und umschließt sie mit den ihren. Dann hebt sie sie an, nur ein paar Zentimeter über unsere Knie.

»Zungen sind gut, aber Hände sind noch besser. Sie sind das Wichtigste für das, was ich Ihnen heute beibringen will.« Mein Schwanz zuckt bei diesen Worten.

Langsam streicht sie mit den Daumen über meine Handrücken und senkt sie wieder zu meinen Beinen. Dann beginnen ihre Finger, sich sanft meine Arme hinaufzubewegen. Langsam und sorgfältig streichen sie die Oberarme hinauf. Ihre Berührung lässt die Haare auf meinen Armen zu Berge stehen, als säße ich auf dem elektrischen Stuhl. Unwillkürlich schließe ich die Augen und konzentriere mich auf die Berührung.

»Schauen Sie mir in die Augen.« Ihre Stimme klingt plötzlich wie ein Befehl, anders als sonst, aber ich gehorche und öffne die Augen. Sie schaut mich an, voller Intensität. Ohne einen Hauch der Sanftheit von eben.

»Heilige indische Texte lehren uns, dass die menschliche Energie von neun Zentren kontrolliert wird, den Chakras. Sie liegen auf einer vertikalen Linie auf der Körpermitte.« Mit einer Hand fährt sie vom Hals bis zum Unterbauch an mir herunter, hält jedoch inne, bevor sie meinen Schwanz berührt, der sich in diesem Augenblick extrem vernachlässigt fühlt. Allzu lange halte ich es nicht mehr aus, so von ihr berührt zu werden. Ihre Hand kehrt zu meinem Arm zurück, und sie streichelt mich wieder. Ich hoffe, mein Schwanz übersteht diese Überdosis an Sinneseindrücken.

»Das Ziel beim Tantra ist, unterschiedliche Gebiete zu verschmelzen, wenn wir uns … ich meine, wenn Paare sich lieben. Es geht darum, beim Sex den Geist und die spirituelle Seite zu öffnen und beides zusammenzubringen. Das Schlüsselwort ist ›öffnen‹. Sich befreien.«

So gerne ich ihre Erklärungen verstehen möchte, bin ich mir nicht sicher, was sie mit »sich öffnen« meint. Das Ganze ist ein vollkommen unvertrautes Konzept für mich. Mein Leben ist geordnet und kontrolliert. Mit den Menschen um mich herum teile ich nur die notwendigen Interaktionen und Kontakte. Gefühle teilen – das gehört nicht in mein Schema. Allein beim Gedanken daran möchte ich am liebsten die Sitzung abbrechen. Aber ich zwinge mich auszuharren. Ich bin überhaupt nicht in der Lage, diese Frau zu verlassen. Schon allein ihre verführerische Präsenz bannt mich. Ich bin ihr williger Schüler. Möchte lernen, was sie mir beibringen will. Ich gehöre ihr.

»Heute konzentrieren wir uns auf diesen Teil Ihres Körpers.« Ihre Hände massieren nicht länger meine Arme. Sie legt sie auf meine Brust und übt einen leichten Druck aus. Ihre federleichte Berührung ist so behutsam, dass ich sie kaum spüren kann. »Die Zone über Ihrem Herzen ist nach der tantrischen Lehre ein wichtiger Energiepunkt. Wenn dieser blockiert oder verschlossen ist, kann die Energie Ihres gesamten Körpers nicht fließen. Ihr Herz ist das Zentrum Ihres Seins. Also beginnen wir dort.

In unserer Sitzung geht es nicht um Leistung, sondern um Empfangen. Sie sind jemand, der sich in seinem Leben stets anstrengt und Ergebnisse erzielt, also dürfte dieses Konzept Ihnen fremd sein, Kingsley. Versuchen Sie daher, nicht daran zu denken, Ihre Gefühle zurückzuhalten. Ich werde Sie jetzt berühren. Konzentrieren Sie sich darauf, wie es sich anfühlt und Sie entspannt. Nehmen Sie diese Empfindungen an. Versuchen Sie nicht, dagegen anzukämpfen.«

Ich folge ihrer Bitte, bin aber schwer in Versuchung, meine Augen zu schließen und mich in ihrer Berührung zu verlieren. Oder mich vielleicht davor zu verstecken. Ich bin mir nicht sicher. Wie auch immer, ich zwinge mich, die Augen offen zu halten.

»Ich führe Sie jetzt durch eine mentale Übung. Dabei werde ich über Ihre Haut streichen. Leicht, aber zielgerichtet. Sie müssen mir die ganze Zeit in die Augen schauen. Unterbrechen Sie unsere Verbindung nicht, indem Sie sich wegdrehen oder die Augen schließen.«

Wohin führt sie mich mit dieser sogenannten mentalen Übung? Es sollte mir Sorgen machen. Aber solange sie mich noch länger so berührt, wie sie es gerade tut, werde ich mitspielen und ihrer Anleitung folgen.

»Ich werde mich konzentrieren.« Sie muss wissen, dass ich ihr in diesem Augenblick vollkommen vertraue, eine absolute Ausnahme für mich. Ich lasse ihr freie Hand, ohne Kontrolle oder Forderungen.

»Denken Sie daran, wie Sie sich das letzte Mal in Ihrem Leben von jemandem geliebt gefühlt haben. Wenn ich ›gefühlt‹ sage, meine ich, dass Sie sich auch an die Berührungen dieser Person erinnern sollen. Vielleicht waren Sie noch ein Kind. Eine tröstliche Berührung, vor langer Zeit. Erinnern Sie sich, wie Sie diese Liebe und die Berührung empfangen haben. Wie hat es sich angefühlt, wie haben Sie auf diese Liebe geantwortet?«

Weder gedanklich noch gefühlsmäßig will ich dieser Aufforderung folgen. Lieber würde ich mich ganz auf ihre Berührung konzentrieren. In meine Vergangenheit zurückzugehen, dahin, wo ich liebende Berührungen erlebt habe – das bedeutet Gefahr. Es würde einen dunklen Ort freilegen, den ich fest verschlossen halte. Mein Körper versteift sich, sogar als Kathryns Berührungen mich dazu bringen wollen, der Anleitung zu folgen. Aber das, worum sie mich hier bittet, könnte einfach zu viel sein. Ich weiß nicht, ob ich ihr folgen kann.

»Sie leisten Widerstand. Ich kann es spüren. Es muss in Ihrem Leben einen Augenblick gegeben haben, wo Sie diese Art der Verbindung fühlten. Doch Sie sind nicht gewillt, diese Erinnerung hervorzuholen. Warum?«

»Sie wollen von mir, dass ich an Dinge denke, mit denen ich mich seit Jahren zu beschäftigen geweigert habe.« Unsere Blicke verhaken sich mit einer Intensität, die ich niemals für möglich gehalten hätte. Ich habe das Gefühl, sie versteht mein Eingeständnis und weiß, wie schwer es für mich ist.

»Sie erinnern sich aber an eine Zeit, in der Sie diese tröstende Berührung erlebten, oder? Sie kämpfen dagegen an, das kann ich sehen. Ihr gesamter Körper verspannt bei meiner Berührung. Sogar die Muskeln in Ihrem Gesicht sind verkrampft.« Sie schweigt und schaut mir tief in die Augen. Ihr Blick durchbohrt mich, dringt tief in mich ein, so als würde sie versuchen, meine Geheimnisse aus mir herauszuziehen. Geheimnisse, die zu teilen ich nicht bereit bin.

»Wollen Sie wissen, was ich gerade in Ihren Augen lesen kann?«

Ich beantworte ihre Frage nicht. Ich bin sicher, sie wird mich ihr Urteil wissen lassen, egal, was ich sage. »Sie sind ein verängstigter Mann. Ein Mensch, der Narben trägt. Sie haben vielleicht die Wall Street im Sturm erobert, aber mit Ihren eigenen Dämonen sind Sie noch nicht fertig geworden. Die wohnen in Ihnen. Werden verdrängt. Wenn Sie sie loslassen, werden Sie ganz. Es ist wie ein nagendes Krebsgeschwür in Ihrem Inneren, das Sie davon abhält, das Leben voll auszukosten. Glauben Sie mir, Kingsley, Sie können es. Lassen Sie los.«

»Wie?« Ich weiß, dass sie recht hat. Ich finde keine Widerworte, kann es nicht leugnen. Und ehrlich gesagt frisst dieser Kampf, dieses innere Versteckspiel, mehr Kraft, als ich heute Nacht noch habe. Der Tag hat mich wund gemacht. Ich kann mich nicht mehr wehren. Habe Angst, dass ich zu Kathryns Füßen zusammenbreche und mehr enthülle, als ich sogar mir selbst gegenüber jemals zugeben würde. Wird sie mich überhaupt wollen, wenn sie weiß, wie zerbrochen ich bin? Wie unfähig, mich zu öffnen?

»Können Sie sich an einen Moment erinnern, wo eine Berührung so viel Kraft hatte, dass Sie diese schon allein beim Gedanken daran wieder spüren können?« Kathryn streicht wieder über meine Hände. Sie ahnt nicht, dass sie mich gerade ermuntert, an jenen Menschen zu denken, der mich am meisten geliebt hat: meine Mutter. Niemals erwähne ich sie in Gegenwart anderer Menschen. Selbst nach ihrem Tod durften Freunde das Thema nie berühren. Das Ganze ist ein ungeheures Wagnis. Ich habe keine Ahnung, was es für Folgen haben wird, wenn ich über sie rede, an sie denke, mich an sie erinnere.

»Es gab jemanden, der mich so geliebt hat, wie Sie sagen. Aber die Erinnerungen an sie verdränge ich am liebsten.« Ich versuche, eine Grenze zu setzen. Doch mir gelingt kaum mehr als eine vage Linie. Kathryn wird versuchen, sie auszuradieren, mich dazu zu bringen, sie zu überqueren. Ich kann spüren, wie sie an mir zieht. Mich an den Rand einer Klippe schiebt, wo ich wahrscheinlich hinunterstürzen werde.

»Sie haben jetzt eine einfache Wahl. Entweder Sie kehren zurück zu diesen Erinnerungen und öffnen die Tür, oder wir hören an dieser Stelle auf. Es gibt keinen Grund weiterzumachen. Ich kann Sie nicht zwingen, an diesen Menschen oder diese Erinnerungen zu denken. Es ist Ihre Entscheidung.«

Die Entscheidung, die Erinnerung an meine Mutter zu begraben, hat mir geholfen, überhaupt durch die letzten zehn Jahre zu kommen. Im Bewusstsein, dass ich der Grund für ihren Selbstmord war. Ihre Argumente waren absurd, doch sie glaubte, ihr Suizid wäre das Beste für mich, eine Befreiung. Wie sehr sie sich da irrte!

»Ich will nicht aufhören. Aber ich weiß nicht, ob ich zu diesen Erinnerungen zurückkann. Ich habe sie mir jahrelang verboten.«

»Weil sie zu schmerzhaft sind?«

»Warum wohl sonst?« Mein Ton ist aggressiv, aber mir ist egal, ob es sie verärgert.

»Okay.« Sie klingt versöhnlich. »Wir können aufhören, wenn Sie möchten. Es ist sowieso schon spät.«

»Ich hätte nicht so harsch antworten sollen. Bitte. Ich will es versuchen«, sage ich schnell, bevor ich über die Konsequenzen nachdenken kann. Schaffe ich das wirklich?

»Sind Sie sicher?«

Ich nicke und lasse meine Augen dieselbe Antwort geben. Jetzt gibt es kein Zurück mehr. Die Klippe, die ich mir vorgestellt habe, liegt vor mir. Vielleicht reiße ich Kathryn mit in den Abgrund. »Wenn es für Sie in Ordnung ist, ziehen Sie vielleicht besser Ihr T-Shirt aus, damit ich Ihre Haut direkt berühren kann.«

Gerne erfülle ich ihr diese Bitte und ziehe mir das T-Shirt mit einer raschen Bewegung über den Kopf. Nun sitze ich mit bloßem Oberkörper vor ihr. Ich habe mich mein Leben lang noch nicht so nackt gefühlt. In der Gegenwart anderer Frauen habe ich über meine Nacktheit nie nachgedacht, aber mit Kathryn, jetzt, in diesem Augenblick, bin ich vollkommen wehrlos. Meine Haut ist nur eine hauchdünne Hülle für das Durcheinander in meinem Inneren, aus dem meine widerstreitenden Gefühle ausbrechen wollen.

»Ich setze mich jetzt näher zu Ihnen.« Kathryn rutscht auf der weichen Matte in meine Richtung. Ihre Nähe fühlt sich gut an. Wenn ich das alles schon mache, will ich sie so nah wie möglich bei mir haben.

»Normalerweise behalten bei meinen privaten Lektionen alle ihre Kleidung an. Was wir jetzt tun, ist für mich etwas Ungewöhnliches. Und ich würde, wenn möglich, noch einen Schritt weiter gehen. Obwohl, so wie ich Sie kenne, haben Sie damit wohl kein Problem.« Ein niedliches Grinsen erscheint auf ihrem Gesicht. »Ich möchte gerne, dass Sie sich mit gekreuzten Beinen hinsetzen.«

Ich denke an das Tantra-Buch, das ich durchgeblättert habe, das Bild mit dem Paar, wo die Frau den Mann im Sitzen umarmt. Allein beim

Gedanken, dass Kathryn mit mir vielleicht eine ähnliche Haltung einnehmen will, wird mein Schwanz steif. Wenn sie mir so nahe rückt und mich umschlingt, bin ich zu abgelenkt für jede mentale Übung. Kann ich mich beherrschen und meine Hände von ihr fernhalten? Ich blicke auf die zeltförmige Ausbuchtung meiner Hose und weiß, dass mein Schwanz da ebenfalls Probleme machen wird.

Ich strecke die Beine aus, versuche, Kathryn dabei nicht zu berühren, lehne mich mit stützend ausgestreckten Händen auf der Matte zurück und kreuze die Beine. Jetzt sitze ich mit aufrechtem Rücken in genau der Position, um die sie mich bat.

»Ich werde mich auf Ihren Schoß setzen und die Beine um Sie herumschlingen. Das mache ich sonst nie, wenn ich Tantra unterrichte, nur wenn ich es mit jemandem praktiziere. Aber ich glaube, wir brauchen diese intime Nähe, damit Sie sich öffnen können und endlich an diesen Ort in Ihrer Vergangenheit zurückkehren. Normalerweise würde ich mich dabei an Ihren, äh, Penis pressen.« Sie blickt nach unten, wo mein Penis sich befindet, und ihre Augenbrauen heben sich. Meine Erregung ist unübersehbar. Man sagte mir bereits öfter, dass ich ziemlich gut ausgestattet bin. Meine Erektion ist also definitiv auf Kathryns Radar.

»Wie Sie sehen, habe ich überhaupt nichts dagegen.« Mein schlüpfriger Kommentar wird ihr wahrscheinlich nicht gefallen, aber verflucht, ich bin ein Mann. Wegen dieser Frau bin ich so steif, dass es wehtut. Der Gedanke, dass ihre Möse mit mir in Kontakt kommt, klingt verdammt gut.

»Das kann ich sehen«, sagt sie und schaut mir mit wissendem Lächeln in den Schritt. »Aber bitte versuchen Sie, sich so weit wie möglich zu beherrschen. Es geht hier um das Empfangen. Nicht um das Erreichen von irgendetwas. Sie sind daran gewöhnt, etwas zu erreichen, wenn Sie in diesem Zustand sind, so viel ist gewiss.«

Kathryn klettert auf meinen Schoß; ihre Möse kommt meinem schmerzenden Schwanz zwar gefährlich nah, berührt ihn aber zu meiner Enttäuschung nicht. Wir werden uns wohl vorerst nicht aneinander reiben. Aber ich schwöre, jetzt, da sie so offen für mich ist, spüre ich die Hitze ihres Geschlechts. Ob sie feucht ist? Erregt wie ich? Noch nie war ich einer Frau und ihren gespreizten Beinen so nah, ohne ihr die Klamotten auszuziehen und tief in sie hineinzustoßen. Vielleicht übersteigt diese Selbstkontrolle meine Fähigkeiten. Mein Körper erinnert sich daran, wie oft ich bereits in dieser Position gewesen bin.

»Ich versuche, mich zu beruhigen, aber ich denke, das ist ziemlich hoffnungslos, wenn Sie so nah sitzen und sich praktisch an mir reiben. Ehrlich gesagt möchte ich Ihnen Ihre verdammten Kleider vom Leib reißen. Ja, es ist gerade hart für mich, und die Doppeldeutigkeit des Wortes ist durchaus beabsichtigt.«

»Ich will es Ihnen nicht schwer machen und bin froh, dass Sie so offen sind. Wir müssen ehrlich sein, damit diese Sitzung erfolgreich ist. Also sagen Sie mir bitte, was Sie empfinden. Sogar wenn Sie glauben, dass ich es nicht hören will. Ich werde versuchen, Sie nicht zu quälen. Versuchen Sie am besten, sich nicht auf Sex zu konzentrieren, sondern darauf, den Zugang zu einer Erinnerung zu öffnen, die Sie in sich verschlossen haben. Ich bringe Ihnen jetzt eine tantrische Atemtechnik bei, die Sie dabei unterstützen kann, sich auf etwas anderes als Sex zu konzentrieren. Hoffentlich hilft sie Ihnen.«

»Zum Teufel, das hoffe ich auch.« Mein Kommentar klingt sarkastisch und flehend.

Sie legt mir die Hände auf die nackten Schultern, spreizt die Finger auf meiner Haut und bewegt sie in kleinen Kreisen. Ich reagiere mit einem leichten Zittern, das ihrem geschulten Auge bestimmt nicht entgeht.

Kathryn muss doch wissen, was sie mit mir macht. Es ist verrückt. Ein paar leichte Berührungen, und ich fühle mich, als wäre dies der intimste Kontakt, den ich je mit einer Frau hatte. Vielleicht ist es nicht so sehr der Kontakt selbst, der den Unterschied macht, sondern es sind ihre Hände. Wie auch immer, ich bete, dass sie weitermacht.

»Folgen Sie meiner Anleitung. Ich will, dass Sie im Wechsel mit mir atmen. Wenn ich einatme, atmen Sie aus. Lassen Sie es uns probieren. Und denken Sie daran: Immer Augenkontakt halten.«

Kathryn atmet tief ein und dann völlig aus. Sie nickt mit dem Kopf, damit ich ihr folge. Ich ahme sie nach und atme ebenfalls ein und aus.

Dabei schauen wir uns unentwegt an. Die einzigen Bewegungen entstehen durch unser Atmen und Kathryns Berührungen.

Unser wechselndes Atmen ist sinnlich, es fühlt sich an wie der pulsierende Rhythmus beim Sex. Rein und raus. Das erotische Gefühl dieser Atemtechnik erregt mich, ganz im Gegenteil zu dem, was Kathryn sich erhoffte. Aber es ist eine andere Art der Erregung. Ja, ich möchte Kathryn am liebsten hier und jetzt vögeln, aber gleichzeitig entsteht langsam ein seltsames Gefühl in meinem Körper. Eine Entspannung breitet sich aus, die ich noch nie erlebt habe, weder beim Sex noch in einer anderen Situation.

»Sie machen das gut. Weiter so.« Ihre Hände massieren immer noch meine Brust.

»Ich fühle mich eigenartig. Merkwürdig, aber gut.«

Sie lächelt mich an und überrascht mich mit einem Kuss auf die Wange.

»Das ist gut. Es bedeutet, dass Sie endlich anfangen, sich zu entspannen und loszulassen. Wenn Sie noch mehr entspannen, werden Sie empfänglich für die erotische Seite unserer Intimität.« Während sie spricht, kitzeln ihre Lippen mein Ohr. Ihre vollen Brüste pressen sich an meine nackte Haut. In diesem Moment ist es beinahe zu viel für mich. »Konzentrieren Sie sich auf Ihren Atem. Das sollte genügen, um Sie abzulenken. Hoffe ich zumindest.«

»Ich versuche es, aber Ihre Brüste an meinem Gesicht bringen mich fast um.« Sie lehnt sich zurück, und ihre perfekten Titten berühren mich nicht mehr. Warum nur habe ich nicht die Klappe gehalten? Ich will ihr sagen, wie wundervoll es war und dass sie bitte weitermachen soll, behalte es aber für mich.

»Zurück zu Ihrem Atem, okay? Und seien Sie still. Hören Sie auf die Musik. Spüren Sie den Rhythmus?«

»Ja«, sage ich und erkenne meine eigene Stimme kaum; sie ist leise, doch entspannt. Kathryns Hände fahren mit ihrer süßen Folter auf meiner Haut fort.

»Atmen Sie im Rhythmus ein und aus. Verbinden Sie sich mit der Musik. Erlauben Sie unseren Sinnen, einzutauchen und lebendig zu werden.«

Bei mir ist gerade ein bisschen zu viel lebendig geworden. Offenbar kann ich nichts dagegen tun. Ich bin hilflos. Kathryn ist mir so nah. Ihre Hände streicheln mich. Heilige Scheiße, ihre Hüften bewegen sich auf meinen Beinen. Sie kreisen im Takt der Musik. Ich will mich gegen sie pressen, meinen Schmerz lindern. Es würde nur eine rasche Bewegung meiner Hüften brauchen, dann könnte mein Schwanz sie berühren und erführe etwas Erleichterung.

Ich halte mich zurück, aber es wird schlimmer. Hoffentlich hilft die Konzentration auf den Atem und das strikte Befolgen von Kathryns Anleitungen. Doch das scheint im Augenblick so gut wie unmöglich.

Minuten vergehen. Wir atmen weiter. Kathryn massiert mich. Unsere Blicke bleiben fest aufeinander fixiert. All dies zusammen lässt mich etwas fühlen, was ich nicht wirklich benennen kann. Ich habe noch nie im Leben meditiert, doch angesichts dieser zentrierten Konzentration frage ich mich, ob es sich so anfühlt. Meine ganze Energie scheint gebündelt zu sein; die Welt um uns ist versunken.

Vielleicht geht es ja darum, meine Konzentration so zu fokussieren, dass ich in einen Trancezustand gerate. In einen Rausch der Liebe, ausgelöst durch Kathryns Hände, die über mich gleiten, ihre Beine, die mich umschlingen, ihre Hüften, die sie im Takt der Musik wiegt, und ihre Augen, die mich so schwach und wehrlos machen, dass ich gegen meine Gefühle nicht mehr ankämpfen kann.

»Kingsley«, flüstert sie. »Die Berührung, nach der ich fragte. Denken Sie jetzt daran.«

Ihre Stimme weckt mich aus meinem veränderten Bewusstseinszustand. Sie will, dass ich mich an die Berührung einer Frau erinnere, an die zu denken mich quält. Doch kann ich ihrer Forderung absolut nichts entgegensetzen, bin machtlos. Kathryn hat mich mit tantrischer Magie hypnotisiert. Ich bin verzaubert, spüre keinerlei Widerstand mehr. Kathryn kennt mein Dilemma, mein Widerstreben, mich zu ergeben und die Kontrolle über meine Vergangenheit aufzugeben. Sie hat den Kampf gewonnen.

Mein letzter Widerstand bricht, als eine Erinnerung auftaucht. Daran, wie ich als Kind krank gewesen war. Die Erinnerung steigt wie eine Luftblase in mir nach oben. Ich spüre, wie sich die Muskeln tief in meinem Inneren verkrampfen. Die Anspannung lässt mich den Atem anhalten. Ich kämpfe gegen das unangenehme Gefühl, will meine Augen weiterhin auf Kathryn fixiert halten, doch meine Lider beginnen zu flattern.

Gerade als ich nicht mehr weiß, ob ich weitermachen kann, rettet mich Kathryn. Sie umfasst mein Kiefergelenk und hält meinen Kopf fest.

»Lassen Sie los, Kingsley«, flüstert sie mir zu. Sie beschwört die Erinnerung herauf. Ich gehorche, lasse den ersten Knoten in meinem Magen los. Der Schmerz windet sich in einer Spirale zu meiner Brust, wird enger und intensiver. Ich fühle mich, als hätte jemand ein Gewicht auf mich geworfen. Meine Empfindungen sind so intensiv, dass meine Augen nicht länger offen bleiben, sosehr ich es auch will. Als sie sich schließen, überfluten mich die Erinnerungen.

Meine Mutter saß neben mir auf meinem schmalen Bett. Ich war etwa zehn Jahre alt und sehr krank, eine Seltenheit bei mir. Ich war fest in meine geliebte Bettdecke mit dem Batman-Bezug gewickelt. Sie hielt meine Hand und flüsterte, dass alles gut werden würde. Ich spürte, wie ihre Finger durch mein Haar wanderten, sanft meine Kopfhaut streichelten. Sie beruhigte mich, sie liebte mich. Ich war schwach vom Fieber, aber ihre Berührung gab mir Kraft. Um mich herum schwebte der Duft ihres Parfüms. Sie lächelte mich voller Wärme an. In ihrem wundervollen Gesicht spiegelte sich mütterliche Liebe.

Dann begann sie, für mich zu singen, ein Lied aus meiner Kindheit. Ihre Stimme war engelsgleich. Sie sang die vertrauten Worte, an die ich mich so gut erinnerte.

Die melodische Stimme meiner Mutter verwandelt sich in einen Schmerzenslaut, einen flehenden Schrei, tief aus dem Inneren ihrer Seele. Der herzzerreißende Klang, eher ein Heulen, reißt mich fort von dem Ort, an den ich gereist bin, und in diesem Augenblick erkenne ich, dass ich es bin, der so laut schreit.

Kapitel 14

Ungläubig reiße ich die Augen auf; mein Schrei verhallt, ich komme wieder zu mir. Es war jener verzweifelte Schrei, den ich am Grab meiner Mutter ausstoßen wollte, der bis jetzt in mir vergraben war.

Kathryn sitzt halb auf mir, in ihren Augen schwimmen Tränen. Sie laufen über ihr wunderschönes Gesicht, aber sie sieht nicht traurig aus, sondern vielmehr aufrichtig froh. Sie lächelt ermutigend, während ihr die Tränen über die Wangen laufen. Da merke ich, dass sie um mich weint.

»Oh Kingsley. Sie wunderbarer, wunderbarer Mann.« Ihre Worte sind zärtlich und liebevoll.

Ihre Arme umfassen mich, und ihr weicher Leib verschmilzt mit meinem. Ihre Beine, die vorhin leicht an meiner Seite lagen, umschlingen mich jetzt eng an den Hüften, ihre Fersen graben sich beinahe schmerzhaft in meinen Hintern. Es macht mir nichts aus, im Gegenteil, zeigt es doch, was Kathryn für mich empfindet.

Verzweifelt will ich sie halten, schlinge begierig die Arme um ihre Hüften. Nichts hält mich jetzt zurück, nicht einmal sie. Meine Hände finden sich hinter ihrem zarten Leib, als ich sie umfange. Eine Hand schiebt sich tiefer, und ich ergreife den süßen Hintern, den zu berühren ich mir erträumt hatte. Ich bewege die andere Hand nach oben und fasse ihren Nacken. Dann webe ich meine Finger in ihr weiches Haar. Ich ziehe sie eng an mich. An meine Brust gepresst, fühlt sich ihr Körper zerbrechlich und zart an.

Wir klammern uns aneinander. Immer noch streichelt Kathryn meine Haut. Sie hat ihre Zurückhaltung aufgegeben. Ihre süßen Lippen murmeln etwas, bewegen sich zärtlich über meinen Hals, finden den Weg zu meinem Ohr. Sie spricht so leise, dass ich nicht genau verstehe, was sie sagt, aber ich weiß, was sie meint. Sie will mich, endlich.

Ich neige mich zu ihr und vergrabe mein Gesicht in ihrem Haar. Ihr Geruch, ihr Duft – wie ein Aphrodisiakum, das meine Sinne überreizt. Wenn ich einatme, fühle ich mich wie im Rausch. Ich kann nicht genug von ihr bekommen, drücke mich noch tiefer in die rabenschwarze Seide, bin unersättlich.

»Sie waren wundervoll.« Ihre Stimme umfängt mich, in einem Strudel von Empfindungen. »Und ich will nicht, dass es hier aufhört.«

Ich will ihr dasselbe sagen, aber ich kann nicht sprechen. Ich habe die Stimme verloren, bin überwältigt von dem, was ich gerade mit ihr erlebte. Kathryns Hände berühren mich. Sie fährt durch mein Haar. Ihre Fingernägel kratzen über meinen Rücken. Sie bewegt ihre Lippen über meinen Unterkiefer, den Hals hinunter, hält an meiner Brust inne. Dort, wo etwas in mir losgebrochen ist, als ich den Schrei ausstieß. Er hat mich vom Gewicht einer zehn Jahre lang unterdrückten Schuld befreit. Wie das überhaupt möglich war, entzieht sich meiner Vorstellungskraft, doch die Last ist verschwunden.

Jetzt ist nicht die Zeit, der Andersartigkeit dieses Gefühls nachzuhängen, denn Kathryns Lippen finden meine. Voller Leidenschaft verbinden wir uns, unsere Zungen spielen miteinander. Dieser Kuss ist anders als die anderen, die wir heute bereits geteilt haben. Frei, ohne Zurückhaltung. Ich muss nicht raten, ob ich mich richtig verhalte oder ob sie mir erlaubt, über sie herzufallen, denn sie führt mich. Wohin, weiß ich nicht, aber ich folge ihr gern.

Jetzt halte ich Kathryns Leib, der mich gequält und gelockt hat, seit ich ihr gestern begegnete. Endlich gibt sie mir nach. Wir verbinden uns. Vertraut. Die schmerzhafte Begierde ist fort, als ihr heißes Geschlecht das meine berührt. Normalerweise würde mich eine solche Berührung ermutigen, meinen Schwanz mit Gewalt in ihre Möse zu stoßen, aber es geht gerade nicht um mich. Lieber will ich den Augenblick genießen, im Hier und Jetzt.

Sie zieht sich zurück, und ich stöhne.

»Schauen Sie mich an, Kingsley.«

Ich gehorche sofort. Für diese Frau würde ich alles tun.

»Atmen Sie wieder mit mir.«

Der Kreislauf von vorhin beginnt erneut. Einatmen, Ausatmen. Doch als sie jetzt ihre Hüften kreisen lässt, berührt ihr Geschlecht meins. Wir stöhnen beide. Unsere Erregung nimmt zu.

Die Bewegungen sind mehr als ein Aneinanderreiben. Immer wenn mein Schwanz an Kathryns bedecktes Geschlecht stößt, fühle ich mich, als wäre ich tief in ihr. Es ist wie eine Nachahmung des Geschlechtsakts, den ich so gut zu kennen glaubte. Kathryn hat recht. Ich weiß überhaupt nichts.

»Oh Gott, Kathryn«, stöhne ich und merke, dass ich mich dem Höhepunkt nähere.

»Wir sollten langsamer werden.«

Ich will sie anflehen weiterzumachen, denn schon haben sich meine Eier zusammengezogen. Ein paar Sekunden später wäre ich gekommen. Jetzt fürchte ich, dass sie sich blau färben werden.

»Ich weiß, Sie sind kurz vor dem Höhepunkt. Darum ziehen wir uns zurück, werden langsamer, aber nur, um uns wieder zu steigern. Vertrauen Sie mir.«

»Sie bringen mich um«, seufze ich und lege den Kopf an ihre Schulter.

In diesem Augenblick scheint Tantra mir nur ein anderer Begriff für Folter zu sein. Emotional und körperlich habe ich noch nie etwas erlebt wie diese grausame Intensität, der ich mich hier unterwerfe. Aber der körperliche Aspekt hat sich verändert, seit ich zu den Erinnerungen an meine Mutter zurückgekehrt bin. Ich kann es nicht einordnen, doch unsere Verbindung ist jetzt tiefer, intensiver.

»Sie werden es mir noch danken.« Kathryn zwinkert mir zu und verlangsamt das Kreisen ihrer Hüften. Sie berühren mich schmerzhaft langsam. Ich war bereits kurz vor dem Orgasmus, doch irgendwie ist mein Verlangen noch gestiegen. Die Verzögerung macht mich beinahe verrückt.

Kathryn küsst mich. Unsere Zungen bewegen sich im Rhythmus ihrer Hüften und meiner Stöße. Sie neigt sich nach hinten, fasst den sowieso kaum vorhandenen Sport-BH und zieht ihn sich über den Kopf. Ihre

Brüste sind jetzt nackt. Ich sehe ihre herrlichen, runden, vollen Brüste mit ihren rosafarbigen, aufrecht stehenden Nippeln. Bereit. Wartend. In diesem Augenblick komme ich beinahe. Es ist, als hätte Kathryn einen Zauber bewirkt, der ihrem Leib eine unglaubliche Macht über mich verleiht.

»Sie sind so schön. Vollkommen.«

Ihr verführerisches Lächeln verrät, dass meine Worte ihr gefallen und ihre Brüste für mich da sind. Also berühre ich sie. Ich zittere beinahe. Leidenschaft durchflutet mich. Als ich ihre Brüste berühre, explodiere ich fast. Dann halte ich sie, in jeder Hand eine, sanft und ehrfürchtig.

Mit den Daumen streichle ich ihre erregten Brustwarzen. Ich bin im Himmel. Sie waren schon hart und aufrecht, bevor ich sie überhaupt berührte. Jetzt versteifen sie sich noch mehr, und ich drehe sie, ziehe sie in die Länge. Kathryns Hüften bewegen sich schneller. Ich errege sie noch mehr, nehme eine Brustwarze in den Mund, sauge daran und umspiele sie mit meiner Zunge.

Ich höre, dass Kathryn um mehr fleht, genau wie ich. Sie schiebt ihre Hüften fester gegen meine Erektion. Sie braucht das, so verzweifelt wie ich. Oh, wie gerne wäre ich jetzt in ihr, ihre Feuchtigkeit um mich herum. Schon der Gedanke bringt mich fast zum Orgasmus.

Wir stöhnen beide. Ich drücke mich fest an sie, reibe gegen ihre harte Möse.

Kathryn umfasst mein Kinn, zieht meinen Kopf fort. »Schauen Sie mich an, wenn Sie kommen.«

Ihre Augen sind dunkel und verschleiert, voller Erregung. Wahrscheinlich genau wie meine. Wir bewegen uns weiter, und ich bin schon wieder kurz vor dem Höhepunkt. Ganz nah dran. Aber ich genieße diesen Ritt mit ihr. Ich will nicht, dass er jemals endet.

Mein Atem stockt, denn Kathryns Finger lösen das Band meiner Hose und ziehen an ihr, bis sie über meine Beine nach unten gleitet. Sie legt ihre Hände oberhalb meiner Boxershorts an meinen Leib und schaut mich mit einem Blick an, der mir verspricht, dass sie mich ihr jetzt unterwerfen wird. Dennoch halte ich Augenkontakt. Heute habe ich gelernt, den Regeln zu gehorchen.

Sie streicht um das elastische Band meiner Unterhose herum, und ich bete, dass sie nicht aufhört. Und das tut sie auch nicht. Ich spüre, wie ihre Hände weiter forschen, tiefer, bis sich ihre Finger um meinen Schwanz schließen. Ich stöhne, als sie die Hände auf und ab bewegt. Genau danach habe ich mich gesehnt.

Seit ich Kathryn gestern kennenlernte, habe ich mir das gewünscht. Habe sogar davon geträumt. Aber jetzt, wo sie endlich hier ist, in meinen Armen, meinen Schwanz in der Hand, ist es völlig anders, als ich es mir vorgestellt hatte. Verdammt, es ist so viel mehr.

Ich will, dass sie zusammen mit mir kommt. Also lege ich meine Hände mit aufwärtsgerichteter Handfläche an ihre Möse. Kathryn zittert vor Begehren, und verdammt, sie ist heiß, fühlt sich feucht an, sogar durch ihre Yogahose.

»Ich will Sie auch anfassen.« Ich muss in diese verflixte Yogahose kommen, selbst wenn es das Letzte ist, was ich je tue.

»Oh, ich habe schon so viele Grenzen überschritten …«, sagt Kathryn mit rauchiger, atemloser Stimme. Das ist alles, was ich brauche.

Wie im Rausch fahre ich mit der flachen Hand in ihre Yogahose. Sie ist eng, aber das hindert mich nicht. Ich presse meine Hand auf ihren straffen Bauch, meine Finger gleiten über ihre rasierte Möse. Rasiert. Verdammt, das mag ich am liebsten. Dann gleite ich mit den Fingern nach unten in ihre Hitze, halte und umfasse sie ganz. Ich finde die Klitoris, spüre die Feuchtigkeit und sehe, wie Kathryns Augen sich verdrehen.

In diesem Augenblick, vielleicht zum ersten Mal in meinem Leben, will ich eine Frau. Nicht nur einen Fick oder einen schnellen Blowjob. Plötzlich fällt es mir wie Schuppen von den Augen. Ich verstehe, was Kathryn mir über den Unterschied zwischen Sex und Ficken zu erklären versuchte, sehe es sonnenklar.

Sie schmiegt sich gegen meine Hand, und ich kann nichts als lächeln, während wir uns in die Augen schauen. Ich habe mich nach dieser herrlichen Frau gesehnt, sie begehrt. Und in diesem Augenblick ist sie ganz mein. Noch nie habe ich so eine Lust gekannt.

Irgendwie muss ich in sie hinein, die Verbindung spüren. Also schiebe ich zwei Finger in ihre Möse, kreise mit dem Daumen um ihre Klitoris. Kathryn presst sich fester an mich, wiegt sich, findet einen Rhythmus. Während ich sie errege, halten und streicheln ihre Finger meinen Schwanz. Mein Orgasmus ist nur noch einen Wimpernschlag entfernt.

»Komm«, bitte ich sie. Mein Gesichtsausdruck verrät, dass ich es mit ihr gemeinsam erleben will.

Dann übe ich noch mehr Druck auf ihre Klitoris aus und ziehe leicht meine Finger in ihr zusammen. Kathryn greift fester zu, bewegt ihre Hand schneller. Gemeinsam nähern wir uns der Erlösung.

Die Gewalt meines Orgasmus vereint alles in mir. Mein ganzer Körper krampft sich im Rhythmus meines Herzschlags zusammen. Ich stoße einen Schrei aus, in unvorstellbarer Ekstase. Er hallt von den teppichbezogenen Wänden wider.

Kapitel 15

Mein Körper beruhigt sich, erholt sich von dem Rausch. Meine Lustschreie verstummen, sie werden von einem anderen Laut abgelöst – einem unkontrollierbaren Lachen. Tief aus meinem Inneren steigt es auf. Unbeschreibliche Heiterkeit erfüllt mich von Kopf bis Fuß. Dieses wilde Gefühl lässt sich nicht unterdrücken. Noch nie im Leben habe ich so gelacht. Etwas vollkommen Neues.

Kathryn beobachtet mich, während ich wie ein Idiot lache. Ein strahlendes Lächeln erscheint auf ihrem Gesicht. Ich schaue ihr in die Augen, in denen Tränen stehen. Und plötzlich lachen wir gemeinsam.

Ich nehme sie in die Arme und ziehe sie wieder an mich, Haut an Haut, ihre vollen Brüste sind an mich gedrückt. Ich halte sie fest, schaukle uns hin und her, will ihr zeigen, wie viel sie mir bedeutet. Dann kippe ich nach hinten auf die Matte, ziehe Kathryn in rascher Bewegung mit; die weichen Kissen dämpfen unseren Fall.

Nach ein paar Sekunden wird unser Gelächter zu einem sanften Kichern. Wir liegen da und halten einander. Sanft streichle ich Kathryns Rücken und genieße ihre weiche Haut.

Doch sie löst sich aus der Umarmung, dem gemeinsamen Augenblick. Sie stützt die Hände auf und erhebt sich, bis sie über mir sitzt. Dann nimmt sie mein T-Shirt, das am Rand der Matte liegt, und reinigt damit meinen Bauch von den Spuren des heftigsten Orgasmus meines Lebens. Ich sehe, wie ihre herrlichen Brüste, die mir bereits so vertraut sind, bei jeder ihrer Bewegungen sanft hin und her schwingen und wie ihr wildes

Haar ihr Gesicht umrahmt. Als Kathryn meinen Bauch und meine Seiten berührt, muss ich wieder lachen.

»Ich dachte, du bist nicht kitzlig«, neckt sie mich.

»Ach was, im Moment weiß ich überhaupt nicht mehr, was ich bin«, stoße ich hervor. Vom vielen Lachen werde ich noch Muskelkater bekommen. Ich kann einfach nicht aufhören, und ich will es auch gar nicht. Kathryn liegt wieder auf mir, da, wo ich sie haben will. Ich umfasse sie mit den Armen. Dabei überkommt mich ein seltsames Gefühl der Vollkommenheit. Unsere einzige Regung ist ein sanftes Schütteln, ausgelöst von meinem langsam schwindenden glücklichen Lachen.

Ich spüre Kathryns Lippen, federleicht küssen sie meinen Hals. Mit den Fingern fährt sie durch mein Haar und zieht daran. Endlich ebbt mein Lachen ab. Meine Erregung über das, was wir geteilt haben, bleibt.

»Was zum Teufel ist da gerade passiert?«, frage ich, als Kathryn ihren Kopf von meiner Brust hebt. Sie schaut mich lächelnd an. Was auch immer ich gerade erlebt habe, sie hat es ebenfalls glücklich gemacht. Trotzdem hoffe ich, dass sie mich aufklärt, denn ich habe keinen Namen dafür.

»Was da geschehen ist, war fantastisch, und ich bin mir nicht einmal sicher, ob ich genau weiß, was es war. Niemand, mit dem ich bis jetzt tantrisch gearbeitet habe, hat so reagiert wie du. Es war ziemlich spektakulär.« Sie fährt mit den Händen über meine Wangen und gibt mir einen kleinen Kuss auf die Lippen. »Aber was auch immer dich davon abgehalten hat, dich gegenüber anderen Menschen zu öffnen – ich denke, diese Dämonen hast du vertrieben.«

»Es fühlt sich an, als hätte sich eine Last von mir gehoben. Von der ich noch nicht einmal wusste, dass sie überhaupt da war. Und ich dachte immer, mein Leben wäre ganz in Ordnung.« Ich streiche Kathryn eine Strähne aus dem Gesicht.

»Wie sind solche Gefühle überhaupt möglich? Ernsthaft, jetzt geht es mir großartig, aber das war schon ziemlich irre. Es war, als würden sich meine Gedärme verdrehen und ein Gewicht meine Brust treffen. Als Nächstes merke ich, dass ich schreie, als ob … als ob ich sterben würde. Und dann … was wir gemacht haben … dich endlich berühren. Es hat sich angefühlt, als hätte ich noch nie eine Frau berührt oder wäre noch nie von einer berührt worden. Es war völlig anders.«

»Sex kann fantastisch sein, wenn er Bedeutung hat. Wie sich doch die Dinge verändert haben, seit ich letzte Nacht den vorlauten Mr Kingsley kennengelernt habe.«

Kathryn hat recht. Ich weiß nicht, wie es kam, aber ich fühle mich anders. Was ich gestern über Ficken als Bedürfnisbefriedigung sagte, kann ich mir heute nicht mehr vorstellen. Nicht nach allem, was zwischen uns geschehen ist.

»Bitte erinnere mich nicht an den Unsinn, den ich gestern von mir gegeben habe. Ich müsste dann zugeben, dass ich das inzwischen ziemlich peinlich finde.« Zu einem vollen Bekenntnis bin ich noch nicht bereit. Noch habe ich meinen Stolz, auch wenn ich weiß, dass Kathryn mich mittlerweile um jeden einzelnen ihrer Finger wickeln kann.

»Es ist verblüffend, was eine einzige intensive Tantra-Sitzung mit unseren Gefühlen machen kann. Sie haben so viel mit Berührung und Nähe zu tun. Ich glaube, Tantra enthält Lebenskraft. Ich hatte ein ähnliches Erlebnis wie du, wenn auch längst nicht so dramatisch.« Kathryn atmet tief ein, bevor sie weiterspricht, als wollte sie erst das Vergangene wieder wachrufen. »Bei meiner ersten Tantra-Sitzung habe ich unendlich viel geweint. Ich glaube, in dieser Sitzung ist die ganze Trauer, die sich nach Jean-Pauls Tod in mir angestaut hatte, aus mir herausgeflossen. Meine Gefühllosigkeit schwand. Von diesem Augenblick an war ich auf dem Weg der Heilung und kehrte in ein normales Leben zurück. Ich weiß nicht, wo ich ohne diese erste Sitzung wäre.«

»Alles, was ich gerade sagen kann, ist: wow.« Ich sehe so viel Verständnis in ihren Augen. »Es fühlt sich an, als hätte mein Inneres ein Bad genommen, falls das Sinn ergibt? Wahrscheinlich ist das eine fürchterliche Beschreibung, aber mir fällt keine bessere ein.«

»Ich werde mal kurz zur Psychologin.« Sie zwinkert mir zu, und ihre Augen glitzern. »Du warst so verschlossen. Weder hast du von anderen etwas angenommen noch dich jemals ganz geöffnet. Als du schließlich losließest und Dinge spürtest, die du jahrelang verdrängt hattest, gab es eine heftige Reaktion. Darum hast du geschrien. Ich habe damals geweint, du hast stattdessen geschrien. Ich gebe zu, es war schwer für mich, dich so leiden zu lassen, aber es musste sein. Dafür geht es dir jetzt besser. Und wenn wir schon vom Bad sprechen …«, fährt Kathryn fort, »… es wird spät, und dein Abend war anstrengend, von Morddrohungen bis zu unserem kleinen überwältigenden Ereignis hier. Was meinst du, wollen wir duschen?«

»Wir? Im Sinne von: wir beide zusammen?«, frage ich so hoffnungsvoll wie tausend betende Heilige.

»Ja. Es sei denn, du hast etwas dagegen«, sagt Kathryn mit leichter Ironie, steht auf und tritt von der Matte herunter. Dann greift sie nach ihrem Sport-BH. Ich warte darauf, dass sie ihn anzieht und ihre prächtigen Titten wieder bedeckt, aber sie wendet sich mir zu, mit immer noch nackter Brust und Haaren, die um ihre Schultern fließen. Eine Versuchung mit rabenschwarzen Haaren. Gott, warum habe ich so ein Glück?

»Meine Schöne, ich erhebe ganz bestimmt keinen Einspruch, mit dir unter der Dusche stehen zu dürfen!« Ich mag es, wie sie so nackt vor mir steht, frei und offen mit ihrem wundervollen Körper. Ich frage mich, ob die intimen Berührungen, die wir heute geteilt haben, für sie außerhalb der Norm lagen. Sie hat ja gesagt, sie habe mit mir einige Grenzen überschritten. »Was wir heute gemacht haben, hattest du das so geplant? Ich meine, das mit dem Sex?«

»Geplant nicht, aber es hat sich richtig angefühlt. Findest du nicht?« Sie schenkt mir ein aufreizendes Grinsen, legt die Hände auf die Hüften und streckt mir die Brüste entgegen. Weiß sie, wie heiß mich das macht?

»Natürlich.« Das ist zweifellos die einfachste Antwort meines Lebens. »Da ist etwas zwischen uns. Ich habe es gespürt, seit wir uns gestern begegnet sind. Es ist wie eine seltsame Anziehungskraft oder Energie, sobald du in meiner Nähe bist.« Ich würde ihr gern sagen, dass ihre Nähe meinen Puls rasen lässt, will es aber nicht zu weit treiben. »Ich dachte, es würde länger dauern, bis ich dich davon überzeugen kann.«

Ich bin von der Matte aufgestanden und stehe direkt vor ihr. Dann lege ich meine Hände an ihre Brüste und spüre ihr Gewicht. Ich sehe sie an, versuche zu erahnen, was ich in ihr auslöse, doch ihr Blick drängt mich fortzufahren. Ihre Brüste sind zu verlockend, um ihnen fernzubleiben, und zum Glück hält sie mich nicht ab. Meine Daumen und Finger berühren die Spitzen ihrer Brustwarzen, und sie gibt ein kleines genussvolles Stöhnen von sich.

»Du kannst hier nicht ohne Kleider stehen und von mir erwarten, dass ich meine Hände bei mir behalte.« Meine Worte sind sanft. Kathryn reagiert, indem sie den Kopf zurückwirft. Meine Finger bewegen sich weiter. Ich neige meine Lippen zu ihrem Ohr und flüstere: »Du spürst das, was da zwischen uns ist, oder?«

Ich warte nicht auf ihre Antwort, stattdessen nehme ich sie in meine Arme, lege eine Hand in ihren Nacken, während mein anderer Arm ihren unteren Rücken fasst. Ich küsse sie leidenschaftlich und ziehe sie näher. Sie erwidert meinen hungrigen Kuss, drückt ihre Lippen gegen meine. Ich schließe fest die Augen und genieße das Vergnügen, sie in meinen Armen zu halten. Ihr Geschmack durchdringt mich, spornt mich an. Wer hätte geahnt, dass ein Kuss eine solche Kraft hat?

»Danke, Kathryn.« Diesmal löse ich mich von ihr. Sie muss erfahren, wie viel diese Nacht mir bedeutet. Ihr Kopf ruht an meiner Brust, ich grabe die Finger in ihr Haar. »Und was diese Dusche angeht …«

»Komm mit«, sagt sie, löst sich aus meinen Armen und wendet sich zur Tür. Sie blickt über ihre Schulter und wartet, dass ich ihr folge.

»Ich folge dir, wohin du mich führst.« Ich gluckse in mich hinein und weiß, dass ich soeben die volle Wahrheit gesagt habe. Nach dieser Nacht werde ich Tom nie wieder damit necken, dass er unter dem Pantoffel steht. Ich glaube eher, wir sollten Erfahrungen austauschen.

»Oh, die Kerzen.« Kathryn eilt durch den Raum und bläst sie aus. Ich helfe ihr und lösche die Kerzen neben der Stereoanlage. Die Musik läuft noch; ich schalte sie aus.

»Danke.« Sie öffnet die Tür und wartet auf mich.

»Es ist mir eine Freude, meine Schöne«, sage ich mit einem aufreizenden Ausdruck in den Augen. Kathryn antwortet mit ihrem melodischen Kichern. Ich lächle sie an. »Nach dir, meine Liebe.«

Wir gehen in den Flur. Ich werfe einen Blick in das Zimmer, in dem meine Kleider auf dem Bett liegen, und frage mich, ob ich heute wohl dort schlafen werde. Sie bleibt ebenfalls an der Tür stehen. Meine Hoffnungen schwinden. Die Frage »Was ist mit der Dusche?« liegt mir auf der Zunge, doch ich schlucke sie hinunter.

»Warum suchst du dir nicht einen sauberen Pyjama und kommst zu mir ins große Badezimmer? Ich mache schon mal die Dusche an.« Mit einem breiten Grinsen schüttelt sie den Kopf und verdreht die Augen. Ich schaue ihr nach, wie sie zu ihrem Zimmer geht mit ihrem süßen, schwingenden Hintern und ihren langen Haaren, die über ihren nackten Rücken fließen.

»Bin gleich da«, rufe ich ihr nach, als sie verschwindet. Zutreffendere Worte wurden nie gesprochen. Weder Tod noch Teufel könnten mich davon abhalten, mit ihr gemeinsam zu duschen. Bereits der Gedanke an Wasser, das ihren Körper herabfließt, belebt meine Erektion aufs Neue.

Ich erinnere mich, dass ich mein T-Shirt im Haremszelt gelassen habe, und gehe schnell zurück, um es zu holen. Im Gästezimmer ziehe ich die Hose aus und finde eine frische in der Kommodenschublade. Diesmal suche ich gar nicht erst nach einem T-Shirt, und wer zum Teufel braucht schon Unterhosen? Ich bestimmt nicht, also gehe ich ohne.

Ich beschließe, mich vor der Dusche nicht mehr anzuziehen. Also bewege ich meinen nackten Arsch in Kathryns Schlafzimmer und werfe die Hose auf das Bett, in der Hoffnung, dass ich heute hier schlafen werde. Hinter der angelehnten Badezimmertür höre ich Wasser rauschen. Ich öffne sie, und mich erwartet ein atemberaubender Anblick. Als ich Kathryn sehe, muss ich mich am Türrahmen festhalten.

Das Bad ist sanft beleuchtet. Sie steht mitten in der mit Glas umschirmten Dusche. Das Licht über ihr ist wie ein Scheinwerfer. Ihr Körper ist zur Seite gedreht, sodass ich all ihre Kurven sehen kann, während das Wasser an ihnen herunterströmt.

Ihr Leib macht mich sprachlos. Ihre Beine sind lang und schlank. Der süße Hintern, nach dem ich mich gesehnt habe, seit sie gestern Abend in der Bar von mir fortgegangen ist, ist sogar noch vollkommener, als ich es mir vorgestellt hatte. Jeder makellose Zentimeter ihres Körpers haut mich um, zieht mich über den gefliesten Boden bis zum Rand der Dusche. Ich presse meine Handfläche an die Glaswand. Kathryn dreht sich zu mir herum, ein träges, aufreizendes Lächeln auf dem Gesicht. Sie sieht mich vor sich, nackt und mit voll aufgerichtetem Schwanz.

Ihre Augen wandern dorthin, wo meine Hand flach am Glas liegt, und sie legt ihre an dieselbe Stelle, ein Spiegelbild der meinen. Wasserströme fließen an ihrer Hand hinunter. Langsam dreht sie ihren Kopf zu mir, und wir schauen uns an.

Ich weiß nicht, warum diese kleine Geste sich so intim anfühlt. Wir stehen beide still. Ich bin mir in diesem Augenblick nicht einmal mehr sicher, ob ich noch atme. Der Klang des fließenden Wassers ist das einzige Geräusch im Raum, bis Kathryn das Schweigen bricht.

»Kingsley, komm zu mir.«

Ich nehme meine Hand von der Wand der Dusche, und sie öffnet die Tür. Als ich hineintrete, trifft das warme Wasser meine verschwitzte Haut. Kathryn fasst mich bei der Hand und zieht mich näher. Dann nimmt sie eine Flasche von einem in die rückwärtige Fliesenwand eingelassenen Bord. Sie öffnet sie und lässt ein Paar Kleckse langsam in ihre Handfläche tropfen. Dann lässt sie die Flasche einfach fallen, sodass sie uns nicht im Weg ist. Ihre Hände streichen über meine Brust, bewegen sich fast wie vorhin, streicheln mich zärtlich, wandern hoch zu meinen Schultern und Armen. Das Duschgel ist wie Öl, es lässt ihre Finger über mich gleiten.

Ich schließe die Augen, erschöpft und müde, die Ereignisse des Tages verlangen ihren Tribut. Mein Körper ist ausgelaugt von allem, was ich erlebt habe, vom Guten wie vom Schlechten. Kathryns entspannende Berührungen lassen mich das überdeutlich spüren. Sogar meine Erektion ist weg, und das will etwas heißen, wenn eine so schöne Frau mich massiert.

»Du bist vollkommen fertig«, sagt Kathryn, als könnte sie meine Gedanken lesen. Wir sind offenbar so sehr aufeinander eingestimmt, dass sie meinen Körper entschlüsseln kann.

Sie knetet meine Schultern. Ich überlasse mich ihren Händen, während sie die Verspannungen löst.

»Du bist eine Hellseherin«, sage ich, aber meine Augen bleiben geschlossen. Ich könnte mich jetzt in Kathryns Armen zusammenrollen und die ganze Nacht schlafen. »Oder du merkst es nur daran, weil ich brav bin und meine Hände bei mir behalte.«

Kathryn tritt zur Seite, sodass das Wasser direkt auf meine Haut trifft. Meine Augen sind immer noch zu, aber ich spüre, wie sie über meinen Körper streicht und den Seifenschaum abwäscht.

»So etwas hat noch nie jemand mit mir gemacht. Danke.« Was ich sage, ist ehrlich gemeint, klingt aber selbst in meinen Ohren erbärmlich. Ich bin ein Mann von zweiunddreißig Jahren, der zahllose Frauen gevögelt hat. Doch erkenne ich ganz nüchtern, dass die Aufmerksamkeit, die Kathryn mir heute so freigebig schenkt, mehr bedeutet als all diese Ficks.

»Gerne, Kingsley. Ich glaube, es ist an der Zeit, dass wir dich ins Bett bekommen. Du siehst aus, als ob du gleich zusammenklappst.« Sie dreht das Wasser ab, und ich öffne meine Augen, als sie aufmunternd meinen Arm drückt. »Warte, ich hole dir ein Handtuch.«

Sie wringt das Wasser aus ihren Haaren und steigt anmutig aus der Dusche. Ich bleibe stehen und warte. Ehrfürchtig schaue ich zu, wie sie zu einem mit dicken weißen Handtüchern gefüllten Regal geht. Sie nimmt einige davon heraus und kommt wieder zu mir.

Ihr Anblick, nackt und unverhüllt wie Eva im Garten Eden, lässt mich beinahe in die Knie sinken. Ich glaube, für Kathryn gibt es nur ein einziges Wort: wunderschön.

Sie legt ein Handtuch auf den Boden und bindet das andere um ihren Leib. Dann hebt sie das erste Handtuch wieder auf, steigt zurück in die Dusche und beginnt, mich abzutrocknen. Ich versuche, die Augen offen zu halten, verliere den Kampf jedoch. Sanft reibt sie mich mit dem weichen Handtuch ab und wickelt es schließlich um meine Hüften.

Ich öffne die Augen und sehe, wie sie mich liebevoll anlächelt. »Warum ziehst du dich nicht an und wartest im Bett auf mich? Vergiss das Gästezimmer. Du hast dir mein Schlafzimmer verdient.«

»Klingt gut.« Ich beuge mich hinunter und küsse dankbar ihre Stirn.

Als ich an ihr vorbeigehe, tätschelt sie meinen handtuchbedeckten Hintern. »Ich hoffe, davon gibt's gleich noch mehr«, sage ich als Reaktion auf ihre spielerische Geste, verlasse das Badezimmer und sehe die Hose, die ich auf ihrem Bett zurückgelassen habe. Dem Bett, das ich heute Nacht mit ihr teilen werde.

»Hey«, rufe ich, »welche Seite des Betts ist deine?«

Sie erscheint in der Badezimmertür, in einem trügerisch unschuldig wirkenden pinkfarbenen Negligé, das gerade mal bis zum oberen Rand ihrer Oberschenkel reicht. Alles Wichtige ist bedeckt, aber die Form ihrer Brüste ist erregend deutlich sichtbar.

»Die mit dem Wecker und dem Bücherstapel. Ich lese gerne vor dem Einschlafen.« Sie nickt in Richtung des Nachttischs, und ich sehe die Bücher. Einige sind zerfleddert und wahrscheinlich Lieblingsbücher, die sie immer wieder liest.

Ich steige auf der anderen Seite ins Bett. Ich mag es, dass Kathryn die schönen Dinge liebt. Die Betttücher fühlen sich göttlich an. Ich strecke die Beine aus und ziehe die Decke hoch. Kathryn schaltet die Lichter im Schlafzimmer aus. Ohne Scheu beobachte ich sie, wie sie in ihrem knappen pinken Nachthemdchen durch das Zimmer geht. Wenn ich als geladener Gast in ihrem Bett liege, darf ich sie auch anstarren.

Die Bettdecke bewegt sich, als sie zu mir ins Bett kommt, doch kann ich sie in der Dunkelheit kaum mehr sehen. Sie rutscht zu mir, schmiegt ihren Rücken an meinen Bauch. Instinktiv lege ich meinen Arm um ihre Hüften. Wir passen zusammen wie die Teile eines Puzzles. Ich breche das Schweigen: »Weißt du, für mich ist es das erste Mal in dieser Löffelchen-Position. Es ist wirklich schön. Das liegt bestimmt an deiner wunderbaren Gesellschaft.«

»Zeit zum Schlafen, du Charmeur.«

Ich spüre, wie sie neckisch mit dem Hintern wackelt, und reagiere, indem ich durch die Bettdecke hindurch leicht ihren Rücken knuffe.

»Hey, was soll das denn?«

»Das weißt du ganz genau, du kleines Biest.«

Sie antwortet mit ihrem Kichern, in das ich mich immer mehr verliebe.

Ich merke, wie meine Augen schwer werden und der Schlaf sich nähert, aber es gibt etwas, das ich von ihr wissen will, bevor er uns davonträgt.

»Warum bist du so gut zu mir? Ich bin mir nicht sicher, ob ich das verdiene.«

»Erinnerst du dich, wie ich sagte, dass du voller Furcht bist und Narben trägst? Eines habe ich unterschlagen. Du bist ein guter Mensch, Kingsley. Hinter all deinem hochnäsigen Gehabe bist du ein guter Mensch.«

»Kein Junge mehr?«, frage ich mit einem breiten Grinsen auf dem Gesicht.

»Ja, ich glaube, heute hast du es zum Mannsein geschafft.« Kathryn kichert erneut und schmiegt sich noch enger an mich. Ich schlafe ein, während mich der herrliche Duft ihres Haars umgibt.

Kapitel 16

Ich öffne die Augen. Da ist absolut nichts. Kein Albtraum und noch nicht einmal ein Traum haben meinen Schlaf beeinträchtigt. Schon zwei Nächte konnte ich ohne die quälenden Träume schlafen, die ich seit zehn Jahren ertragen muss.

Ich blicke die schöne Frau neben mir an. Bestimmt ist sie die Ursache für meinen erholsamen Schlaf. Sie sorgt dafür, dass ich mich wohl und aufgehoben fühle. Die Tantra-Erfahrung der letzten Nacht überwältigt mich immer noch. Ich kehre zu den Erinnerungen zurück, erlebe sie noch einmal und spüre den tiefen Frieden in mir, den ich endlich erfahren durfte.

Kathryn muss eine Sexzauberin sein, und ich habe nicht die Absicht, sie bald wieder ziehen zu lassen. Hoffentlich sind meine Pläne auch für sie in Ordnung. Es macht mich durchaus unruhig, nicht zu wissen, was sie für mich empfindet.

Ich, der perfekte Spieler von Manhattan, mache mir Sorgen über die Zuneigung einer Frau? Wie hat sie mich nur in so kurzer Zeit in die Knie gezwungen? Ein rascher Blick auf Kathryns schlafenden Leib genügt als Antwort.

Obwohl ihr Gesicht in die andere Richtung zeigt, ist ihr Anblick atemberaubend. Die weiche Daunendecke hat sich zwischen ihren Knien verfangen, ihr pinkfarbenes Seidenneglig é ist über ihre Hüften gerutscht und gewährt mir den wunderschönen Anblick ihres süßen Hinterns im durchsichtigen Höschen. Meine Finger sehnen sich danach, sie zu berühren, aber ich will sie nicht aufwecken.

Unanständige Gedanken an die vergangene Nacht machen meinem Schwanz zu schaffen. Ich rücke ihn unter der Decke diskret zurecht und hoffe, dass das Bett dabei nicht allzu sehr wackelt. Über Kathryns Schulter schaue ich auf die Uhr auf ihrem Nachttisch. Es ist noch nicht ganz halb acht, aber es könnte für mich genauso gut Mittag sein, denn normalerweise bin ich lange vor sechs Uhr wach.

Ich muss Mrs Carter anrufen und ihr sagen, dass ich heute später ins Büro kommen werde. Sie sitzt bestimmt schon an ihrem Schreibtisch, schaut in mein leeres Büro und fragt sich, wo zum Teufel ich bleibe. Wahrscheinlich macht sie sich Sorgen wegen der Neuigkeiten über Simon.

Außerdem muss ich mich um eine Unmenge von E-Mails und SMS kümmern. Ich reibe mir die Schläfen und frage mich, wo ich eigentlich mein Telefon gelassen habe. Nach allem, was in der letzten Nacht passiert ist, kann ich kaum mehr klar denken. Dann erinnere ich mich: im Gästezimmer.

Ich muss rasch aufstehen und es holen. Mit einem letzten Blick auf Kathryn schiebe ich mich an den Matratzenrand, schwinge die Beine auf den Boden und stehe vorsichtig auf. Auf Zehenspitzen schleiche ich zur Tür und werfe einen letzten Blick auf Kathryn, doch sie schläft ungestört weiter.

Mein Telefon finde ich auf der Kommode, wo ich es hingelegt hatte, nur ist der Akku leer. Ich habe es nicht aufgeladen. So etwas passiert mir nie. Niemals. Statt mich darüber aufzuregen, zucke ich jedoch nur lächelnd mit den Schultern.

Ich verwende den Rest der Akkuladung zum Lesen der unzähligen verpassten SMS, Anrufe und Mails. Ich scrolle durch die Liste, beginne mit einer als »dringend« markierten Mail von Peters:

Ihr Auto ist bis morgen Abend um acht Uhr beschlagnahmt. Ich habe Eddie informiert, dass er den Ersatzwagen nehmen soll.

Jordan, Ihr Leibwächter, hat sich heute früh mit Eddie getroffen und wird Sie ÜBERALLHIN begleiten. Er besitzt die Lizenz zum verdeckten Tragen einer Handfeuerwaffe und wird auch eine bei sich führen, bis Simon gefasst ist. Bitte keine Beschwerden und kein Protest zu dieser Angelegenheit; sie ist nicht verhandelbar.

Detective Harold Baker, Chefermittler der New Yorker Polizei für Simons Fall, wird heute um zwei Uhr zu einer formlosen Befragung in Ihr Büro kommen. MacDonald hat einen Anwalt beauftragt, der auf Fälle wie Ihren spezialisiert ist. Er wird Sie vor, während und nach dem Gespräch mit dem Ermittler beraten. MacDonald wird um Viertel vor zwei zusammen mit ihm eintreffen und ihn Ihnen vorstellen.

Die neuesten Ermittlungen haben ergeben, dass Simon seine Kreditkarte in Kanada verwendete. Ich habe das Video von gestern angeschaut, wo er angeblich an einer Tankstelle außerhalb der Stadt tankte. Der Mann darin passt zu seiner Beschreibung. Größe, Gewicht und Haarfarbe stimmen. Nur sein Gesicht habe ich nicht direkt gesehen. Die Polizei vermutet, dass Simon die Stadt verlassen hat. Mrs Carter sagt, Sie hätten heute Abend einen Termin. Ich denke, Sie können ihn wahrnehmen, das müssen wir jedoch noch persönlich besprechen.

Da etliche SMS, Anrufe und Mails unbeantwortet blieben, befinden Sie sich vermutlich noch in Kathryn Delcours Wohnung. Bitte teilen Sie mir sofort Ihren Aufenthaltsort mit. Ich hätte gern die Bestätigung, dass Sie noch am Leben sind.

Ich schicke eine kurze Mail an Peters, bestätige, dass ich noch unter den Lebenden weile, und bitte ihn, mich um halb elf in meinem Büro zu treffen. Als Nächstes kommt Eddie dran.

»Hallo, Mr Kingsley.« Wie immer hebt er nach dem ersten Klingeln ab. Ganz der verlässliche Eddie.

»Hey, Eddie. Mensch, bin ich froh, dass Sie rangehen«, sage ich scherzhaft und versuche, einen lockeren Ton für unser Gespräch zu finden. »Ich kann Ihnen gar nicht sagen, wie leid mir das mit gestern Abend tut. Geht es Ihnen gut?«

»Ja, Sir. Jetzt geht es mir gut, gestern war ich ziemlich fertig. Mr Edwards, der eine Pistole abfeuert und Unsinn brüllt … Gott sei Dank ist Mrs Duffy und den anderen nichts passiert. Mr Edwards war wie besessen. Wenn ich nur wüsste, wovon.«

Die Angst in Eddies Stimme ist unüberhörbar. Er hat alles mitbekommen, und es hat ihn aus der Fassung gebracht. Ich muss ihn und seine Frau für seine Mühen entschädigen. Vielleicht mit einem schönen Urlaub im Ausland, wenn wir alles hinter uns haben. Möglicherweise in Paris, denn Eddie hat mal erwähnt, dass er mit seiner Frau dorthin möchte.

»Ich weiß es auch nicht, Eddie. Und ich bin froh, dass niemand verletzt wurde. Die Polizei glaubt, dass Simon aus der Stadt geflohen ist. Hoffentlich hat sie recht.« Etwas nagt an meinem Unterbewusstsein. Simon ist zu schlau, um sich derartig vorhersehbar zu verhalten, aber vorläufig muss ich mich auf die Einschätzungen von Peters und der New Yorker Polizei verlassen.

»Ich weiß, dass Sie den Dienstwagen haben und mein Leibwächter bei Ihnen ist. Können Sie mich bitte um neun Uhr dreißig dort abholen, wo Sie mich gestern Abend abgesetzt haben? Sie wissen schon, das Wohnhaus, vor dem wir ein paar Stunden gewartet haben.«

»Ich erinnere mich sehr gut. Eine wundervolle Frau, Sir.« Eddie durchbricht seine übliche strenge professionelle Distanz. Er weiß genau, dass Kathryn nicht zu jenen Frauen gehört, denen ich in der Vergangenheit nachgejagt bin. Eigentlich hat er mich noch nie jemandem nachjagen sehen. Natürlich hat er mitbekommen, wie viele Frauen ich auf meinem Rücksitz gevögelt habe, und die eine oder andere hat er auch mehr als einmal gesehen, aber mein Verhalten gegenüber Kathryn ist so untypisch für mich, dass offenbar selbst der sonst so schweigsame Eddie seine Meinung nicht für sich behalten kann.

»Ihr Name ist Kathryn, und *wundervoll* kommt einer Beschreibung nicht einmal nahe.« Ich grinse, als ich an die letzte Nacht und an die Dusche denke. Diesen Anblick werde ich hoffentlich nie vergessen.

»Nun, Sir, ich hoffe, es macht Ihnen nichts aus, dass ich das sage, aber ich freue mich für Sie. Seit ich damals meine Frau traf, hat es keine andere mehr für mich gegeben.«

»Sie haben also gewusst, dass etwas anders war, als Sie ihr begegnet sind?« Ich muss mehr erfahren, will auf einmal meine Erlebnisse mit Eddies vergleichen. Mir fehlt einfach jeglicher Bezugsrahmen für das, was zwischen Kathryn und mir geschieht.

»So ziemlich. Sie war etwas Besonderes. Damals konnte ich es nicht genau benennen. Aber jetzt, im Rückblick, bin ich mir sicher, dass es Liebe auf den ersten Blick war.« Ich höre deutlich ein Lächeln in Eddies Stimme.

»Danke, Eddie. Wir werden sehen, wie sich die Dinge entwickeln.« Ich will meiner Hoffnung nicht allzu freien Lauf lassen, denn mit Kathryn befinde ich mich in unbekannten Gewässern. Seit unserer ersten Begegnung bin ich nicht mehr derselbe. »Bis halb zehn. Der Leibwächter soll mich in der Eingangshalle erwarten.«

»Ja, Sir«, antwortet Eddie rasch, bevor ich das Gespräch beende.

Ich beschließe, Mrs Carter eine Mail zu schicken, in der ich ihr mitteile, dass ich später ins Büro komme, und sie bitte, meinen Kalender für den heutigen Tag freizuräumen. Ich muss die Ereignisse der letzten achtundvierzig Stunden erst einmal verarbeiten, und dafür brauche ich Zeit. Geschäftliche Manöver und alltägliche Konferenzen müssen bis Montag warten. Ich werde mich darauf beschränken, die eingegangenen Mails zu lesen und zu beantworten.

Nachdem ich einige Mails meiner Abteilung für Öffentlichkeitsarbeit und meines Chefanwalts überflogen habe, wird mir deutlich, dass sie alles unter Kontrolle haben. Ich bin von einer Gruppe guter Leute umgeben: klug, talentiert und absolut fähig, eine solche Krise zu bewältigen. Meine Angestellten werden mit ausgesuchtem Respekt behandelt und erfreuen sich eines überdurchschnittlichen Gehalts.

In der Hoffnung, dass der Akku durchhält, bis ich wieder im Büro bin, schalte ich das Telefon aus und lege es auf die Kommode zurück. Ich will wieder zu Kathryn und beschließe, dass es Zeit für ein kleines Frühstück im Bett ist. Ich lächle innerlich über meinen doppelsinnigen Gedanken. Jeder süße Bissen von Kathryn klingt nach Leckerei. Der Gedanke daran, wie sie auf meiner Zunge schmeckt, lässt meinen Schwanz zucken.

Ich gehe den kurzen Weg zurück zu ihrem Schlafzimmer, trete ein und sehe, dass das Bett leer ist. Meine Hoffnung, wieder unter ihre Decke zu kriechen, verblasst. Als ich ein wenig schmollend dastehe, kommt sie aus dem Badezimmer und bleibt stehen, als sie mich sieht. Ihr Anblick allein lässt meinen Puls rasen.

Ihr Haar ist ein Durcheinander rabenschwarzer Locken. Ihr pinkfarbenes Nachthemdchen wirkt beinahe durchsichtig in den wenigen Sonnenstrahlen, die sich durch die Vorhänge schleichen und ihre Kurven betonen.

Sie schaut mich zurückhaltend und mit zur Seite gelegtem Kopf an. Ich erkenne in ihrem Blick Unsicherheit, lächle beruhigend und sehe, wie sich auch ihr Gesicht in einem Lächeln erhellt. Die selbstsichere Kathryn ist wieder da.

Ohne nachzudenken, gehe ich zu ihr, nehme sie in meine Arme, fasse ihr Gesicht mit den Händen und küsse sie innig. Ich will sie ganz haben.

Ich küsse den Rand ihres Mundes, lasse meine Lippen dann zu ihrem Hals wandern. Sie dreht sich zur Seite und gewährt mir besseren Zugang. Ich knabbere leicht an ihrer Haut. Sie entspannt sich in meinen Armen, ihr Rücken gibt nach, und ich weiß, dass sie mir gehört. Und verdammt, ich will sie wieder im Bett haben, es ist noch genügend Zeit, bis ich ihre Wohnung wieder verlassen und mich der Wirklichkeit stellen muss.

»Hast du gedacht, ich hätte dich alleingelassen?«, flüstere ich in ihr Ohr, küsse es und sauge an ihrem kleinen Ohrläppchen. »Ohne auch nur einen Gruß oder einen Dank? Hätte dich das traurig gemacht?«

»Nicht besonders«, antwortet sie mir. Ihre Lippen pressen sich an mein Ohr.

Diese Reaktion hatte ich nicht erwartet.

»Was meinst du mit ›nicht besonders‹?« Ihre Worte verletzen meinen Stolz, auch wenn ich diese Antwort provoziert habe.

»Irgendwie bin ich mir sicher, dass es mit dir nicht nur ein One-Night-Stand war.« Sie betont ihre Worte, indem sie ihren Finger in meine Rippen pikst. Außerdem meine ich ein spitzbübisches Glitzern in ihren Augen zu entdecken.

»Touché, schon wieder.« Sie weiß genau, wie sie auf mich wirkt. »Du bist die erste Frau, neben der ich beim Aufwachen den Sonnenaufgang gesehen habe.«

»Irgendwie finde ich das eher traurig als schmeichelhaft.« Ihr Blick ist zärtlich, und sie streichelt besänftigend mein Kinn. »Um ehrlich zu sein«, fährt sie fort, »habe ich gehört, dass du im Gästezimmer telefonierst. Ich hatte den Eindruck, du kümmerst dich schon wieder um dein Imperium, und alles andere sei bereits unwichtig geworden.« Sie hebt den Kopf und schaut zu mir hoch, denn ich stehe aufrecht und bin deutlich größer als sie.

»Das Imperium hält sich über Wasser. Keine sinkenden Schiffe in Sicht.« Ich wickle eine Strähne ihres Haars um meinen Finger. »Wenn du meine Stimme nicht gehört hättest, wärst du dann nicht wenigstens ein kleines bisschen beunruhigt gewesen?«

Kathryn rümpft die Nase. »Nein. Ich war mir sicher, du würdest wieder an meine Tür klopfen, denn ich glaube, ich habe etwas, das du haben willst«, sagt sie in einem aufreizend singenden Tonfall. Aber verdammt, sie hat recht. Ich will sie so sehr, wie ich noch nie in meinem Leben etwas begehrt habe. Möglicherweise brauche ich sie sogar, und zwar mehr und mehr. Es ist ironisch, denn bevor ich ihr begegnet bin, habe ich noch nie eine Frau gewollt oder gar gebraucht.

»Was ist, wenn ich es will, und zwar jetzt und sofort?« Ich versuche es mit Gerissenheit, denn ich will ihr das Höschen ausziehen und sie haben, dringend. Ich lächle, damit meine Frage weicher klingt. Als sie mein Lächeln erwidert, jubele ich beinahe vor Freude.

Durch ihre dunklen, langen Wimpern schaut Kathryn herausfordernd zu mir hoch. Ob ich mir wohl nehmen werde, was ich will? Ich greife nach ihrer Hand und führe sie. Nach ein paar Schritten stehen wir am Bett.

»Setz dich, Kathryn.« Willig folgt sie mir; ihre großen blauen Augen schauen mich erwartungsvoll an. Meine Finger finden sanft einen Weg entlang der Vorderseite ihres Leibes und wandern dabei direkt über ihre erregten Brustwarzen unter dem Seidenstoff. Ich lege die Finger an den Saum ihres pinkfarbenen Negligés und ziehe ihr sanft das seidige Kleidungsstück über den Kopf.

Kathryn beißt sich unschuldig auf die Lippen, als ich auf ihre vollkommenen Brüste hinunterschaue. Die rosigen Hügel sind mit Gänsehaut überzogen und scheinen begierig auf meine Berührung zu warten. Langsam gleite ich über ihre Brüste, berühre ihre harten Brustwarzen, erkunde sie in aller Ruhe. Meine Finger wandern unter ihre vollen Brüste, dann wieder hinauf. Ich kneife leicht in die Brustwarzen. Kathryn zuckt und stöhnt, so lässt sie mich wissen, dass sie mag, wie ich mit ihr spiele.

Meine Hände wandern nach oben, schmiegen sich an ihre Schultern, ich reibe leicht mit den Daumen über die zarte Haut an ihrem Hals. Sanft halte ich sie fest und drücke sie nach hinten, sodass ihr Oberkörper flach auf dem Bett zu liegen kommt. Sie windet sich und bewegt sich auf dem Bett nach oben, bis ihr Kopf auf dem Kissen liegt. Ihr schwarzes Haar flutet engelsgleich um sie herum, ein dunkler Kontrast zu den weißen Laken. Sie lächelt aufreizend, wie ein teuflischer Engel, der Neckereien liebt, aber am Ende nachgibt.

Als ich neben ihr stehe, packt sie meine Hose und versucht, sie herunterzuziehen. Da ich niemand bin, der eine Dame warten lässt, löse ich den Bund und ziehe die Hose hinunter. Kathryn sieht meine fordernde, harte Erektion. Ich bemerke ihre Zungenspitze, als sie sich gierig die Lippen leckt. Der Anblick bringt mich beinahe dazu, über sie herzufallen. Ich zügle mich, lehne mich auf das Bett und knie mich zwischen ihre angezogenen Beine. Ich will sie ebenfalls nackt haben, also fasse ich nach dem Band ihres Höschens.

»Warum hast du das überhaupt angezogen?«, frage ich mit einem Augenzwinkern. »Heb deine Hüften an.« Es ist mehr eine Forderung als eine Bitte. Kathryn gehorcht bereitwillig. Mein Herz rast, als ich ihr den Slip ausziehe und zur Seite werfe.

Dann knie ich mich erneut zwischen ihre Beine und reibe mit den Händen über ihre schlanken Oberschenkel. Sie begreift rasch und öffnet einladend ihre Beine. Meine Hüften sinken auf ihre hinab. Mein Schwanz findet ihre nasse Hitze. Über sie gebeugt, schaue ich in ihre sehnsuchtsvollen Augen. Ich bin nicht in der Lage, mich zurückzuhalten, und beginne, meinen Schwanz an ihrer Möse zu reiben. Sie ergreift meinen Arm und lenkt meine Aufmerksamkeit kurz ab. Ich befürchte, sie will unser Tun beenden, halte aber dennoch inne.

»Ich habe seit seinem Tod mit niemandem mehr geschlafen«, sagt sie. Ihre Stimme ist nur ein Flüstern, und sie dreht den Kopf zur Seite, fort von mir. Die Schüchternheit, die sie jetzt ausstrahlt, ist dieselbe, die mir vorhin aufgefallen war, als ich in ihr Zimmer zurückkam. Sie ist sich unsicher, ob sie sich mir hingeben soll, und ich kann ihr keinen Vorwurf machen. »Wenn ich tantrischen Sex praktiziert habe … nun, dann war es nichts anderes als das, was wir gestern gemacht haben. Gegenseitiges Berühren. Sonst nichts.«

Zu sagen, dass mich dies in Ekstase versetzt, wäre eine Untertreibung. Sie hat nicht mit dem Franzosen geschlafen! Ich bin unendlich erleichtert, dass sie es nicht mit dem Kerl getrieben hat, und bestimmt verrät mein breites Grinsen meine Gefühle.

Dann fällt mir etwas Beunruhigendes ein. Was wird wohl passieren? Ihre Sexpraktiken sind so anders als die meinen. Ja, bis jetzt war ich ein Mann, der fickt und wegrennt. Aber ich bin bereit zu lernen. Noch bin ich ein Neuling bei dem ganzen Tantra-Kram, aber der kleine Vorgeschmack hat mir gefallen.

»Ist es in Ordnung für dich, außerhalb deines Haremszeltes Sex zu haben?« Ich hoffe, dass sie Ja sagt.

»Mein Haremszelt?« Sie kichert. »Lustige Beschreibung. Tatsache ist, bis jetzt habe ich mit niemandem richtigen Sex haben wollen. Bist du bereit?«

Zur Hölle, ja, ich bin verdammt bereit!, will ich sagen, spiele jedoch für einen Moment den Ungerührten. Aber ich bin immer noch scharf auf sie, also reibe ich einfach wieder meinen Schwanz an ihrer Möse.

»Was Tantra angeht, bin ich unerfahren, wie du weißt. Ich versuch's mal mit Glückseligkeit.« Ich grinse sie nach dem Wort »Glückseligkeit« an, denn genau das hatte sie gesagt, als sie bei unserer ersten Begegnung ihr Ziel sexueller Aktivitäten beschrieben hatte. Sie sieht amüsiert aus. »Ist dir das gut genug?«

Ich gebe ihr keine Zeit zum Antworten, denn meine Lippen pressen sich auf die ihren. Ich weiß, jetzt gibt es für uns beide kein Zurück mehr. Ihre Beine schlingen sich um mich, und ihre Hüften stoßen gegen meine Erektion. Ihre nasse Hitze schiebt sich an mir hoch und nieder. Ich schließe meine Augen und hebe den Kopf. Ich spüre unsere Verbindung wie einen elektrischen Blitz und stöhne, aber ich will mehr, heute habe ich andere Pläne. Also zwinge ich mich, mich zurückzuziehen, und bewege mich nach unten zu meinem ersten Ziel: Ich will Kathryn schmecken und sie mit der Zunge zum Höhepunkt bringen.

»Ich will dir noch für gestern richtig danken«, sage ich in verführerischem Ton, während meine Finger ihre Möse erkunden. Ihre Beine spreizen sich, und ich finde den süßen kleinen Punkt, an den ich mich erinnere, erregt und bereit.

Ich nehme eine ihrer Brustwarzen in den Mund und sauge daran, fahre leicht mit den Zähnen darüber. Kathryn wölbt ihren Rücken und presst ihre Brust fest gegen meinen Mund. Ich beiße kurz in die Brustwarze. Sie schreit auf, ihr Körper zuckt vom Bett hoch.

Ich wende mich von ihrer Brust ab und wandere küssend über ihren Bauch. Kathryn windet sich, als ich aufhöre, an der Haut über ihren Rippen und an ihrer Seite zu saugen. Sie legt die Hände an meinen Kopf, fährt mit den Fingern durch mein Haar, zieht daran und spielt damit. Als ich mich nach unten bewege, beobachte ich ihr Gesicht und hoffe, dass sie die Augen öffnet. Schließlich tut sie es. Sie sind umflort von Lust, von der Sehnsucht nach mehr.

Meine Lippen finden den Weg zu Kathryns nacktem Geschlecht. Offen und unverhohlen liegt sie vor mir. Ein unglaublicher Anblick. Ich schaue ihr wieder in die Augen. Ihr Blick verrät mir zwei Dinge: Vertrauen und Begehren.

Mit den Fingern öffne ich sie ganz und lecke die Klitoris mit der Zunge. Sie wölbt sich noch stärker nach oben, zieht fest an meinem Haar. Ich mache weiter. Ihr Geschmack ist unglaublich, ich kann nicht genug davon bekommen. Ich presse meinen schmerzenden Schwanz gegen die Matratze und sehe zu, wie Kathryn immer erregter wird. Aber ich werde erst Erleichterung finden, wenn ich tief in ihr bin.

»Ist es lange her?«, sage ich halb fragend, halb wissend.

»Oh Gott, du hast keine Ahnung«, keucht Kathryn. Die Intensität ihrer Empfindungen macht sie beinahe atemlos.

Ich will unbedingt, dass es gut für sie ist. Mit einem Arm umfasse ich ihre Hüfte, ziehe sie näher an mich heran. Ihre Beine beginnen zu zittern, und ich weiß, dass sie dem Höhepunkt näher kommt.

Ich ziehe mich von ihrer Klitoris zurück und puste sanft über die empfindliche Haut. Kathryn stöhnt und krallt sich fest in die Laken. Wieder berühre ich ihre Klit mit meiner Zunge. Umkreise sie. Stoße dagegen. Dann sauge ich daran. Ich spüre, wie sie loslässt und ihre Hüften beginnen, kleine stoßende Bewegungen zu machen.

Sie bewegt ihre Hand zurück zu meinem Kopf und drückt mich heftig gegen ihre Möse. Diese Frau will mehr, und ich bin nur zu bereit, ihr Folge zu leisten. Also bringe ich noch etwas ins Spiel: meine Finger.

Ich schiebe zwei Finger in sie hinein und krümme sie nach vorne, in der Hoffnung, dass sie ihren G-Punkt erreichen. Als ich beginne, sie mit den Fingern zu streicheln, schreit sie auf und gibt sich ihrem Orgasmus hin.

Befriedigung ist auf ihrem Gesicht zu sehen, vielleicht darf ich es auch Glückseligkeit nennen. Langsam kommt sie wieder zu sich. Es fühlt sich großartig an, der Mann zu sein, der diesen Ausdruck auf ihr wunderschönes Gesicht zaubern kann. Mit meinen Küssen wandere ich ihren wundervollen Körper entlang nach oben und warte, bis sie wieder normal atmet.

»Oh Gott, Kingsley!« Jetzt lacht sie fast so unkontrollierbar wie ich gestern Nacht.

»Ich mag es, wenn du Gott und mich in einem Atemzug nennst. Noch lieber wäre es mir allerdings, wenn du stattdessen ›Adam‹ schreist«, witzle ich, was sie nur noch mehr zum Lachen bringt. Wobei ich mich frage, was es noch braucht, damit sie mich bei meinem Vornamen nennt.

»Hmm, ich werde darüber nachdenken. Komm her, du.« Sie greift nach mir, ich falle beinahe auf sie. Wir rollen beide auf die Seite und blicken einander an. Sie lächelt zufrieden. »Das war … tja … ›spektakulär‹ trifft es ziemlich genau. Ich würde mal sagen, definitiv unter den besten Zehn.«

»Nicht unter den besten Drei? Da ist noch Raum für Verbesserungen?«

Wir lachen eine Sekunde lang über meinen dummen Scherz. Während wir uns in die Augen sehen, streichle ich Kathryns Haar. Sie führt ihre Lippen an die meinen und beginnt mich zu küssen, langsam und süß. Ich spüre, wie ihre Hand zu meinem Schwanz wandert, der in Erwartung ihrer Berührung härter wird.

Als sie ihn umfasst, schließe ich die Augen, verliere mich in der Empfindung und genieße es, ihre Hand zu spüren. Dann beginnt etwas, meinen Bauch zu kitzeln. Ich öffne die Augen und ahne, worauf sie hinauswill. Meine Vermutung war richtig. Ihr Mund nimmt mich auf. Sie legt eine Hand auf meinen Bauch und drückt mich auf den Rücken.

Jetzt liege ich flach da, sie kann mich besser erreichen, meinen Schwanz tief in den Mund nehmen. Sie umfasst seine Wurzel und bewegt die Hand im entgegengesetzten Rhythmus zu ihrem Mund. Es fühlt sich unglaublich an.

Ich bin in Versuchung, mit den Fingern in ihr Haar zu greifen, ihren Kopf zu fassen und sie dazu zu bringen, sich noch rascher auf und ab zu bewegen, aber ich lasse es. Stattdessen kralle ich mich am Bettlaken fest. Kathryn ist nicht wie die Frauen, die mir sonst Blowjobs verpasst haben. Sie ist anders. Also überlasse ich ihr die Führung, selbst wenn es mich umbringt, verdammt noch mal.

Kathryns Mund und ihre Hände bewegen sich rascher. Jetzt umkreist sie die Spitze meines Glieds leicht mit der Zunge, während sie sich nach oben bewegt. Scheiße, ist sie gut. Eine echte Expertin. Ja, ich bin kurz davor zu kommen, aber ich wäre dabei lieber in ihr.

Als hätte Kathryn meine Gedanken gelesen, zieht sie ihren Mund von meinem Schwanz und schaut zu mir hoch.

»Bleib, wo du bist«, sagt sie zu mir, ihre Lippen sind rot und geschwollen.

»Nein, bitte komm zurück«, flehe ich sie an.

Sie grinst anzüglich und tätschelt mein Bein, kehrt jedoch nicht zu meinem pulsierenden Glied zurück. Frustriert werfe ich die Arme über mein Gesicht und frage mich, ob diese Frau mein Ende sein wird.

»Kondom«, sagt sie lässig über ihre Schulter.

Vergiss die verdammten Kondome, würde ich am liebsten sagen, während sie aus dem Bett steigt, um die Schublade des Nachttischs zu öffnen. Sie wühlt darin herum und schiebt irgendwelche Gegenstände aus dem Weg.

»Bitte sehr. Such dir eins aus.« Endlich präsentiert sie mir mit stolzem Grinsen eine ungeöffnete Schachtel.

Ihr Anblick bringt mich zum Lächeln. Sie steht völlig nackt vor mir, sieht aus wie eine wundervolle Liebesgöttin und reicht mir die Box. Vermutlich denkt sie, ich sei der Experte, und wahrscheinlich hat sie recht. Ich muss über die Absurdität unserer Situation lachen. Normalerweise verbrauche ich eine solche Schachtel im Monat. Ich frage mich, ob diese hier bereits ihr Haltbarkeitsdatum überschritten hat.

Ich öffne den Deckel, sehe die perfekt aufgereihten unberührten Folienpackungen, nehme eine heraus und werfe den Rest auf den Fußboden. Als ich mich aufrichten will, klettert Kathryn schon ins Bett und stößt mich heftig zurück. Überrascht blicke ich zu ihr hoch.

»Zieh das Ding über. Ich habe Lust, ein wenig Cowgirl zu spielen.« Heilige Scheiße. Sie will mich reiten, und verdammt, dieses Kondom kann ich nicht schnell genug ankriegen.

»Diese Art Sex ist also für dich in Ordnung?« Ich weiß nicht, ob diese Position im Tantra akzeptiert ist, aber ich bete, dass es so ist.

»Ach, manchmal ist es gut, Dinge zu mischen. Habe ich zumindest gehört. Bis jetzt hatte ich noch nicht die Gelegenheit, etwas Neues zu probieren. Und das war immer meine Lieblingsposition.« Sie setzt sich mit gegrätschten, weit gespreizten Beinen auf mich, und ich fühle, wie mein Begehren wächst. Ich habe das Kondom übergestülpt, bin völlig erregt und warte.

Ich will sprechen, aber sie unterbricht mich. »Still! Ich will jetzt deinen Schwanz reiten.«

Verdammte Scheiße! Schmutzige Worte? Jetzt ist sie sogar noch die Frau meiner feuchten Träume.

Mit schelmischem Blick führt sie meinen Schwanz an ihre Öffnung. Ich gleite in sie hinein, und sie senkt sich auf meine ganze Länge herab. Verflucht, sie fühlt sich so gut an, und sie ist verdammt eng. Für sie ist es ja einige Jahre her. Ich spüre, wie ihre Muskeln sich zusammenziehen, und stöhne, während sie mit den Hüften kreist und sich über mir bewegt.

Ich brauche engeren Kontakt zu ihr, also lege ich meine Hände an ihre Brüste und reibe mit den Daumen über ihre Nippel. Dann umfasse ich sie ganz mit den Händen. Ich will mich nach oben beugen und eine Brustwarze in den Mund nehmen. Sie jedoch hat ihre Hände auf meine

Brust gelegt, um ihr Gleichgewicht halten zu können, und das will ich nicht unterbrechen.

Also schaue ich zu, wie sie mich ausgiebig reitet. Und dies ist die heißeste, schärfste Sache, die ich je gesehen habe. Sie blickt zu mir herunter, und ihre überschatteten Augen sind voller Begierde. Ich habe keine Ahnung, wie lange ich das ertragen kann, und fürchte, mein Durchhaltevermögen wird peinlich kurz sein.

Kathryn beginnt jetzt mit kräftigen Schaukelbewegungen. Sie findet ihr Tempo. Ich versuche, mich ihren Bewegungen anzupassen. Ein gemeinsamer Rhythmus entsteht.

Während wir uns immer noch in die Augen schauen, entsteht zwischen uns etwas Tiefgründiges. Ich weiß nicht, wie man dieses Gefühl nennen könnte; nie zuvor habe ich so etwas empfunden. Aber es ist intensiv. Ich will Kathryn festhalten und nie mehr loslassen.

Mit einer heftigen Bewegung ihrer Hüften reißt sie mich zurück in die Gegenwart. Ich will kommen, immer dringender. Ich weiß nicht, ob sie selbst auch kurz davor ist, aber verdammt, ich will, dass sie mit mir zusammen kommt. Der Gedanke, dass sie während ihres Höhepunkts um mich herum pulsiert, lässt mich beinahe die Kontrolle verlieren.

Meine Finger tasten dorthin, wo wir beide verbunden sind. Ich hebe meinen Kopf an und sehe, wie mein Schwanz in sie hinein- und herausgleitet. Es ist beinahe zu viel; meine Eier werden hart. So gut ich kann, halte ich mich zurück, während ich ihre Klitoris mit den Fingerspitzen reibe. Sie zuckt, und ich drücke ein wenig stärker, reibe schneller.

Kathryn lehnt sich ein wenig zurück, damit ich besseren Zugang zu ihr bekomme. Was sie als Nächstes tut, gibt mir den Rest. Sie beginnt, mit ihren eigenen Brustwarzen zu spielen, sie zu kneifen und zu ziehen. Nie habe etwas Erregenderes gesehen. Nichts ist damit zu vergleichen, als sie mit sich selbst spielen zu sehen.

»Kathryn, weißt du, wie sehr du mich anmachst?« Ich stöhne diese Worte beinahe, und dann beginne ich tatsächlich zu stöhnen. Ich kann mich nicht länger kontrollieren.

Ich spüre, wie mich ihre Muskeln noch enger umfangen. Kathryns Bewegungen werden ebenfalls stärker. Ich hoffe, sie ist kurz vor dem Höhepunkt, denn für mich ist es so weit. Als sie den Kopf zurückwirft und zu schreien beginnt, stoße ich mit aller Kraft in sie hinein. Endlich ergieße ich mich in sie. Meine Muskeln spannen sich an, und mein Saft ergießt sich in das Kondom. Die Wucht meines Orgasmus ist so groß, wie ich es noch nie erlebt habe, und mein Geist wird leer dabei.

Kathryn bricht auf mir zusammen. Wir haben uns beide vollkommen verausgabt. Unser Atem geht stoßweise und tief. Ich streiche über ihr Haar und gleite sanft mit den Fingern über ihren Rücken. Die Haut ist so weich und zart. Kathryn erzittert unter meiner Berührung. Selbst nach diesem heftigen Orgasmus wirkt eine leise Berührung von mir so stark auf sie. Das gefällt mir.

»Kathryn, ich ...« Ich bin unsicher und weiß nicht mehr weiter. Ich möchte gerne wissen, wie sie sich fühlt. War es für sie wie für mich?

»Ich finde auch noch keine Worte. Vielleicht, weil ich seit Jahren nicht mehr solchen Sex erlebt habe, aber ...« Ihre Stimme klingt seltsam erstickt. Ich merke, wie meine Brust unter ihrem Gesicht nass wird. Ich hebe ihren Kopf mit meinen Händen und sehe, dass sie weint. Ihre Tränen berühren mich. Noch nie hatte ich derartig tiefe Gefühle wie jetzt bei ihrem Anblick. Seit ich erwachsen bin, habe ich nie so viel für einen anderen Menschen empfunden, hat mich jemand nie so sehr berührt.

»Kathryn, meine Schöne, was ist los? Habe ich was falsch gemacht?«, frage ich besorgt.

Kapitel 17

»Mir geht es gut, wirklich«, sagt Kathryn und zieht die Nase hoch. Ich bin nicht überzeugt, dass sie die Wahrheit sagt. Genauer gesagt verrät sie mir eigentlich gar nichts.

»Was hat dich zum Weinen gebracht?« Ich will sie nicht bedrängen, aber ich muss es wissen. Ich befürchte, der Grund für ihre Tränen zu sein. »Bitte sprich mit mir.«

»Ich habe den Eindruck, dass ich erst jetzt, zwei Jahre nach seinem Tod, völlig darüber hinweg bin. Dieses Gefühl kommt von uns, von unserem Zusammensein, und davon, dass wir miteinander geschlafen haben. Meine Tränen haben mit Erleichterung zu tun. Ich bin absolut nicht traurig. Ganz im Gegenteil.« Kathryn löst sich von meiner Brust und sieht mich zufrieden an. Unsere Gesichter sind nur Zentimeter voneinander entfernt, und ich kann sehen, dass sie nicht mehr weint.

Aber ich weiß nicht, was ich ihr antworten soll. »Schön, dass du über den Tod deines Mannes hinweg bist« scheint mir nicht die richtige Reaktion zu sein. Ja, sie war mit einem Mann verheiratet, den sie unendlich geliebt hat, und ich bin mir sicher, er hat sie auch geliebt. Wer wäre so dumm, es nicht zu tun? Sie hat seinen tragischen Tod mit angesehen, und ein solch niederschmetterndes Erlebnis ist nicht leicht zu verkraften, für niemanden. Zwei lange Jahre hat sie gewartet, bis sie wieder mit jemandem geschlafen hat. Bis sie mir erlaubt hat, mit ihr zu schlafen. Ich weiß nur nicht, warum gerade ich der Glückspilz bin, den sie sich ausgesucht hat.

»Ich weiß, was es heißt, einen geliebten Menschen zu verlieren«, antworte ich schließlich. Kathryn beäugt mich. Bestimmt will sie mehr über meinen

Verlust wissen. Aber das hebe ich mir für eine andere Gelegenheit auf, falls es je zur Sprache kommen sollte. »Es gibt keinen schlimmeren Schmerz.«

»Danke, Kingsley. Es tut mir leid, ich wollte die Stimmung nicht kaputtmachen. Was wir gerade miteinander geteilt haben, war wunderbar. Ich bereue nichts.« Sie lehnt sich zu mir herunter, küsst mich rasch auf die Lippen. »Besonders diese letzten beiden Orgasmen. Du bist wirklich ziemlich talentiert.«

»Au contraire, meine Schöne. Dein Mund. Deine Zunge …« Ich spüre, wie ich allein bei der Erinnerung daran hart werde. Scheiße, ich habe noch das verdammte Kondom an. Kathryn hat mich so hypnotisiert, dass ich weder daran gedacht noch es überhaupt bemerkt habe. Normalerweise sind die verflixten Dinger eine Sekunde nachdem ich gekommen bin runter.

»Hey, ich muss mich noch um eine Kleinigkeit kümmern.« Ich zeige auf meinen Schwanz, obwohl sie auf mir liegt und wahrscheinlich sowieso spüren kann, dass ich hart werde. Sie stemmt sich hoch und blickt auf meine halbe Erektion hinunter.

»Oh, das.« Sie klingt überrascht. Jetzt weiß sie, was ich meine.

»Ja, das«, lache ich. »Vielleicht auch eine Dusche?«

Es wird spät, und ich habe kaum noch Zeit, bis Eddie kommt. Aber ich will nicht den Eindruck erwecken, allzu schnell abzuhauen. Weiß Gott, am liebsten würde ich den ganzen Tag mit ihr im Bett verbringen. Aber so verlockend der Gedanke auch ist, ich muss ins Büro.

»Das ist eine großartige Idee«, sagt sie und reicht mir ein paar Papiertaschentücher vom Nachttisch.

Diskret entferne ich das Kondom. Ich hasse diese verfluchten Dinger, aber ich bin nie jemand gewesen, der es nur mit einer einzigen Frau getrieben hat, und die Frauen, die ich vögle, sind selbst ziemlich wild unterwegs. Daher war das Kondom seit Jahren so etwas wie meine Rüstung. Trotzdem: Ich würde gerne ohne mit Kathryn schlafen. Sie spüren, ohne dass etwas zwischen uns ist. Verdammt, ich kann es mir nicht einmal vorstellen.

»Was wäre nötig, damit wir auf Kondome verzichten können?« Ich weiß, mit dieser Frage entblöße ich mich total. Ich steige aus dem Bett und folge ihr auf dem Weg zur Dusche.

»Nun, die Beweislast liegt bei dir. Ich bin seit zwei Jahren ein braves Mädchen. Und ich bezweifle, dass du auch nur zwei Tage lang ein braver Junge warst.« Sie schaut beim Sprechen über ihre Schulter, und ich laufe ihrem süßen Hintern nach.

»Ich werde dran arbeiten. An der Beweislast, meine ich.« In Gedanken setze ich eine Liste der Dinge auf, die ich tun muss, um zu belegen, dass ich sauber bin. »Würde dir ein offizielles ärztliches Attest genügen?«

»Du meinst es ernst, oder?« Kathryn bleibt vor der Glastür der Dusche stehen und dreht sich zu mir um, die Hände auf den Hüften und einen skeptischen Ausdruck auf dem Gesicht. Ich bin ein wenig abgelenkt, weil ihr köstlicher Leib splitterfasernackt ist.

»Du machst es einem Mann wirklich schwer, sich zu konzentrieren.« Ich betrachte sie von oben bis unten. »Aber ja, ich meine es vollkommen ernst. Was wäre nötig?«

»Zunächst mal ziehe ich es derzeit nicht einmal in Erwägung.« Meine Hoffnungen sind zerschmettert, aber ich kann ihr keinen Vorwurf machen. Sie hat keinerlei Grund, mir zu vertrauen. »Zweitens glaube ich, dass ein Mann wie du seine Gewohnheiten nicht so rasch ändern kann. Die Katze lässt das Mausen nicht; du kennst doch die Redensart. Noch vorletzte Nacht warst du so arrogant und bist auch noch mit Lizzie abgezogen.«

Ich zucke zusammen. Scheiße, es tut weh, wenn sie diesen Namen ausspricht. Ich habe mit Lizzie einen gigantischen Fehler gemacht und wahrscheinlich noch zahllose weitere. Was hier mit Kathryn passiert, ist Lichtjahre von allem entfernt, was ich je mit anderen Frauen hatte, mit jeder einzelnen von ihnen. Aber sie hat recht, sie hat keinen Grund, mir zu vertrauen. Eine ernüchternde Tatsache.

»Was, wenn ich mich verändert habe? Das kann doch passieren, oder?«

»Sagen wir mal so, wir sind in einer Warteschleife. Es braucht mehr als nur ein paar monogame Tage, damit ich glaube, dass du es schaffst, nicht mehr wild herumzuvögeln.« In ihren Augen lese ich, dass sie mir vertrauen will, aber zu misstrauisch ist, sich etwas zu erhoffen, was meinem Charakter nicht zu entsprechen scheint.

Kathryn steigt in die Dusche und dreht das Wasser an. Ich folge ihr. Sie steht unter dem Wasserstrahl, die Tropfen perlen an ihrem Körper hinab. Ich muss tatsächlich die Hände auf den Rücken legen, damit ich sie nicht anfasse. Wie üblich weigert sich mein Schwanz zu gehorchen und steht stramm. Verdammter Verräter!

Kathryn schüttet etwas Shampoo in ihre Handfläche und reicht mir die Flasche. Ich folge ihrem Beispiel, und wir seifen uns ein, aber es ist mir zu still, also fange ich an zu reden.

»Darf ich dir die Haare waschen?« Ich kann meine Hände nicht länger bei mir behalten. Diesen Kampf kann ich nur verlieren. Aber ihr das Shampoo in die Haare zu massieren ist eine sichere Sache. Wenigstens sind meine Hände dann beschäftigt.

Sie nickt, und ich beginne, mit zärtlichem Kreisen ihre Kopfhaut zu reiben. Kathryn hält still und rührt sich nicht. Ich mache weiter. Sie dreht sich zu mir um und hält den Kopf unter den Wasserstrahl, um den Schaum fortzuspülen. Dann hebt sie die Hände und fährt sich durch die Haarsträhnen, um den letzten Rest des Shampoos auszuwaschen.

Als ihre Hände auf ihrem Kopf liegen, heben sich ihre Brüste, sodass sie mir entgegenragen. Meine Kontrolle ist dahin. Ich strecke die Hände aus, berühre und umfasse sie. Mit Daumen und Zeigefinger beginne ich, mit ihren nassen, harten Brustwarzen zu spielen.

Sie schiebt ihre Hände meine Arme hinauf. Ihre Finger finden meine, und sie nimmt meine Hände. Ich bin mir nicht sicher, was das bedeutet. Versucht sie, mich davon abzuhalten, sie zu berühren? In diesem Fall müsste ich Einspruch erheben.

»Halt mich fest, Kingsley«, flüstert sie so leise, dass ich sie über dem Geräusch des auf die Fliesen spritzenden Wassers kaum hören kann.

Ich gehorche gerne und nehme sie in die Arme. Wir stehen lange unter dem herabrieselnden Wasser, bis sie schließlich zu mir hochschaut. Sie scheint in meinem Gesicht etwas zu suchen. Was, weiß ich nicht.

»Glaubst du wirklich, du kannst mit dem Herumvögeln aufhören?«

Es klingt wie ein Wunsch. Einer, den ich erfüllen möchte.

»Ja«, sage ich, ohne auch nur eine Sekunde zu zögern, denn ich weiß, dass es wahr ist. Das Gefühl ist unglaublich. Ich hätte so etwas nicht erwartet. Doch ich muss mich natürlich selbst fragen: Kann ein Spieler seine Identität wirklich so schnell aufgeben?

Es kommt für mich überraschend, doch ich glaube, dieser Teil von mir ist in den letzten Tagen gestorben und begraben worden. Der Gedanke, mit einer anderen Frau als Kathryn zu schlafen, scheint mir falsch und undenkbar.

»Ich glaube, ich muss eine offizielle Todesanzeige in der *New York Times* aufgeben. Du hast die männliche Hure in mir umgebracht.« Wir lachen beide, aber was ich gesagt habe, ist die reine Wahrheit.

Sie schaut zu mir hoch. »Ja, ich bin tödlich.« Sie wirft den Kopf zurück und kichert. Verdammt, ich mag diesen Klang.

»Ja, bist du. Wenigstens für mich. Aber es war der süßeste aller Tode.« Ich umfasse ihr Kinn, beuge mich zu ihr und küsse sie mit allem, was ich in mir habe. Ich will, dass sie weiß: Ich meine, was ich gesagt habe.

Sie löst ihre Lippen von mir, schenkt mir ein süßes Lächeln, und mein Herz schmilzt immer mehr dahin. Sie dreht die Dusche ab und holt uns Handtücher, wie gestern Nacht. Ich könnte mich an dieses gemeinsame Duschen gewöhnen.

»Trinkst du Kaffee?«

Ich sehe ihr zu, während sie ihren Körper abtrocknet, und ja, mein verdammter Schwanz ist schon wieder hart.

»Ja. Seit ich am MIT studiert habe.« Ich stehe neben ihr, mein Handtuch um meine Hüften geschlungen.

Kathryn geht zu einer geschlossenen Tür am anderen Ende des Badezimmers, öffnet sie und tritt ein. Es ist ein großzügig geschnittener begehbarer Kleiderschrank. Ich stehe in der Tür und beobachte, wie sie ein schwarzes Seidenhöschen und einen dazu passenden BH herauszieht.

»Dann werde ich welchen kochen.« Sie zieht eine dunkle Jeans ihre Beine hoch, und weil sie in die andere Richtung schaut, kann ich ihrem süßen Hintern dabei zusehen, wie er sich in die Hose hineinwindet. Mir gefällt, wie eng das Kleidungsstück sitzt und ihre Kurven betont. Sie schlüpft in ein graues T-Shirt und dreht sich zu mir um.

»Danke. Ich kann wirklich einen Kaffee gebrauchen, bevor ich mich in den Dschungel da draußen begebe. Ich sollte mich anziehen. Mein Fahrer holt mich um halb zehn ab.« Kathryn schaut mich überrascht an. Ich weiß, es wird knapp, aber ich werde es schaffen. Ich schaffe es immer.

»Dann musst du dich beeilen«, sagt sie und stürzt an mir vorbei, als würde sie einen Wettlauf bestreiten. »Gut, dass ich einen dieser Schnellkocher habe.«

Ich gehe ins Gästezimmer und ziehe meine Kleider von gestern an. Im Büro habe ich ein paar Anzüge, Hemden und Boxershorts liegen. Ich muss darüber lachen, dass ich heute so auffällig zerknittert daherkommen werde.

Angezogen und mit meinem Mobiltelefon in der Hand folge ich dem Geruch frisch aufgebrühten Kaffees in die Küche. Kathryn steht am Küchentresen, schneidet einen Bagel in zwei Hälften und schiebt sie in den Toaster. Aus dem Augenwinkel sieht sie mich und dreht sich mit einladendem Lächeln um.

»Lass mich dir einschenken. Hier ist noch ein Becher zum Mitnehmen.« Sie eilt umher, bereitet alles vor. »Wie magst du deinen Kaffee?«

»Einen Schuss Milch und einen Löffel Zucker, danke.«

Auf der anderen Seite der Arbeitsplatte aus Granit stehen ein paar Barhocker. Ich setze mich auf den nächsten und schalte mein Telefon an. Der Akku ist nahezu leer, aber ich kann ein paar Mails lesen. Mrs Carter hat meine heutigen Termine abgesagt, und Peters wird wie vereinbart um halb elf in meinem Büro sein.

Verdammt, ich wünschte, ich könnte bei Kathryn bleiben. Ich bin in Versuchung, Eddie eine SMS mit der Bitte zu schicken, mich nicht abzuholen, doch ich kann meine Pflichten nicht vernachlässigen. Eins aber ist gut: Heute ist Freitag, wir haben das Wochenende vor uns. Diese Erkenntnis hebt meine Stimmung.

»So, Kathryn, hast du irgendwelche Pläne für das Wochenende?« Meine Frage klingt verzagter, als ich wollte. Ich fühle mich wie in der Highschool. Bevor ich merkte, dass ich nie eine Frau um etwas bitten musste, weil sie alle von selbst ihren Weg zu mir fanden.

Kathryn reicht mir die Kaffeetasse. »Danke, das duftet köstlich«, sage ich und nehme einen ersten Schluck. Er schmeckt genauso gut, wie er riecht.

»Gerne. Hast du für das Wochenende etwas im Sinn?« Kathryn spielt die Schüchterne, aber ich merke, dass sie Informationen aus mir herausholen möchte.

»Ja, allerdings.« Ich zwinkere ihr zu, und sie lächelt wissend. »Ich bin mir allerdings nicht sicher, ob ich irgendetwas in der Öffentlichkeit machen kann. Kann sein, dass ich mich auf private Aktivitäten beschränken muss.«

Ich nehme meinen Kaffee, stehe auf, stecke mein Telefon in die Hosentasche und gehe auf Kathryn zu. Ich lege meinen freien Arm um sie, ziehe sie eng an mich und beuge mich hinunter, sodass meine Lippen an ihrem Ohr liegen.

»Hier ist mein Plan für das Wochenende.« Ich halte sie im Arm. Jetzt habe ich ihre ganze Aufmerksamkeit. »Ich möchte, dass du mir alles über Tantra beibringst. Eine praktische Demonstration in deinem Haremszelt. Was meinst du?«

Sie lehnt ihren Kopf zurück, lächelt. Meine Idee gefällt ihr.

»Glaubst du, du packst das? Du brauchst möglicherweise sehr, sehr viele Unterrichts- und Übungsstunden, bis du alles korrekt beherrschst.« Kathryn spielt mit dem Kragen meines Jacketts, schiebt ihre Finger darunter wie in jener Nacht, als wir uns an der Bar begegneten.

»Viele Übungsstunden?«, frage ich scherzhaft und schmunzle wissend.

»Ja, viele Stunden, in denen ich dich berühre und du mich. Und die Kleider bleiben auch vor der Tür.« Sie presst sich gegen meine Erektion. Bereits der Gedanke an Stunden, die ich mit der nackten Kathryn verbringen werde, macht mich hart und bereit. Ein konstanter Nebeneffekt, wenn ich mich in der Nähe dieser Frau befinde.

»Ich glaube, du kannst meine Antwort spüren«, sage ich mit einem kleinen Glucksen. Sie fasst mit kühnem Griff zwischen uns und legt die Hand auf meinen Schwanz. Ihre Finger umschließen ihn durch die Hose hindurch, hier in ihrer verdammten Küche, mit einem Kaffee in der anderen Hand. Und wahrscheinlich wartet Eddie unten bereits auf mich und meinen Steifen.

»Mir scheint, du bist ein williger Schüler. Ich verspreche dir, eine gründliche Lehrerin zu sein.« Das verschmitzte Blinzeln in ihren Augen entgeht mir nicht.

»Gott, du machst mich wahnsinnig«, sage ich mit einem Seufzen, das beinahe ein Stöhnen ist. Ja, meine Sehnsucht nach ihr ist zum Verrücktwerden. »Ich wünschte, ich könnte hierbleiben und sofort mit den Stunden beginnen, aber Eddie wartet bestimmt schon.«

»Okay, ich stelle schon mal den Lehrplan zusammen. Ich will dir so viel beibringen!« Ihre Augen scheinen in die Ferne zu blicken, und ich kann mir nur denken, wovon sie gerade träumt. Sie führt mich zur Eingangstür. Ich bin traurig, dass unsere gemeinsame Zeit beinahe vorbei ist, wenigstens für den Augenblick.

»Vielleicht kann ich dich heute Abend treffen. Ich rufe dich später an.« Ich halte inne, als ich mich erinnere, dass ich nicht einmal ihre Telefonnummer habe. Was bin ich für ein Idiot! »Aber dafür brauche ich deine Nummer.«

Ich öffne mein Telefon, das sich zum Glück noch nicht abgeschaltet hat, rufe die Kontaktliste auf und füge Kathryn als neuen Kontakt hinzu. Statt ihres Namens schreibe ich »Die Wundervolle«. Ich reiche ihr das Telefon, als das Zahlenfeld erscheint. »Bitte gib deine Nummer ein.« Sie nimmt es und lächelt mich langsam an.

»›Die Wundervolle‹, aha?« Mit der Fingerspitze tippt sie ihre Nummer ein.

»Ja, überaus wundervoll, um genau zu sein.« Ich nehme das Telefon wieder an mich und speichere die Information. Genau in diesem Augenblick erreicht mich eine SMS von Eddie. Er macht sich bestimmt Sorgen, weil ich nie zu spät komme. Ich antworte mit zwei Worten: »Drei Minuten.«

»Eine SMS von meinem Fahrer. Er wartet, ich muss los.« Ich glaube, auch Kathryn ist betrübt, dass ich gehe. Ihr Lächeln schwindet. »Aber ich rufe dich später an, versprochen.«

»Das versprichst du bestimmt all deinen Eroberungen.«

Für meinen Geschmack liegt ein Hauch zu viel Sarkasmus in ihrer Stimme. Wie kann ich sie überzeugen, dass sie für mich keine beliebige Eroberung ist?

»Um ehrlich zu sein, ich verspreche ihnen nie irgendwas.« Ich schaue ihr direkt in die Augen. Sie muss verstehen, wie ernst mir die Sache mit ihr ist. »Ich bleibe auch nie in ihren Wohnungen oder trinke morgens mit ihnen Kaffee. Du bist bei allem eine Ausnahme, Kathryn.«

Ihr Lächeln ist zurückgekehrt, und ich atme erleichtert auf. Ich mag es nicht, wenn sie über meine Gefühle Mutmaßungen anstellt.

»Geschmeidig wie immer, Kingsley«, sagt sie, hoffentlich nur scherzhaft, als sie mir die Tür öffnet.

Ich gehe zur Tür und drehe mich auf der Schwelle herum. Kathryn lehnt an der Wand, ein Bein angewinkelt. Ihr Haar fällt über ihre Schultern und berührt beinahe die Spitzen ihrer vollen Brüste. Sie lächelt mich verführerisch an.

Ich stelle meinen Kaffeebecher auf den Boden und hole das Telefon aus der Tasche. Ich muss sie fotografieren, diesen Anblick will ich heute bei mir haben.

»Bleib so«, sage ich aufgeregt. »Und lächle weiter. Ich liebe es.« Wunderbarerweise ist das Telefon immer noch an, und ich kann ein paar Aufnahmen machen. Kathryn lacht mich aus, als ich fertig bin. Es ist mir egal, ich kann jetzt ein Stück von ihr mitnehmen.

Nachdem ich ihr einen letzten Kuss gegeben habe, stehe ich im Aufzug und bin auf dem Weg in die Eingangshalle. Ich wollte ihr eine letzte gute Erinnerung zurücklassen, was mir hoffentlich gelungen ist.

Unten blicke ich mich um, um den verdammten Leibwächter zu finden. Peters hat mir keine Beschreibung gegeben, und ich will auch nicht suchend herumlaufen. Als Frust in mir hochschwappt, entdecke ich einen großen Mann, der wirkt, als könnte er beim Bankdrücken ein Pferd hochheben. Er kommt auf mich zu. Bestimmt ist dieser Kerl mein Leibwächter. Als er zwei Schritte entfernt ist, streckt er die Hand aus. Offenbar habe ich richtig geraten.

»Guten Morgen, Mr Kingsley. Ich bin Jordan Hayes.« Sein Griff um meine Hand ist fest, beinahe schmerzhaft.

»Ja, Mr Hayes. Ich würde ja gerne sagen, wie nett es ist, Sie zu treffen, aber unter diesen Umständen …« Ich zucke mit den Schultern. »Ich weiß es zu schätzen, dass Sie so kurzfristig zur Verfügung stehen.«

Wir gehen zum Ausgang, Hayes an meiner Seite, Schritt für Schritt. Schon jetzt kann ich seine Anwesenheit nicht leiden, aber ich muss sie ertragen, bis Simon gefasst ist. Ich glaube nicht, dass Peters bezüglich der Schutzmaßnahmen mit sich verhandeln lassen wird. Hoffentlich finden sie Simon bald, denn dieser verdammte Affe oder vielmehr Goliath geht mir schon jetzt auf den Wecker.

Draußen streckt Hayes den Arm aus und stoppt mich. Er schaut sich gründlich um, sein Gesicht ist ernst. Der Kerl ist zum Fürchten. Ich vermute, bei einem Leibwächter ist das eine gute Sache. Er sieht aus, als verputze er kleine Kinder zum Frühstück.

»Warten Sie.« Er befiehlt, und ich gehorche. Ich bin groß, beinahe eins neunzig, aber ich werde mich hüten, ihn zu verärgern. »Wenn wir draußen sind, folgen Sie mir. Das machen Sie am besten ab jetzt immer.«

Er hat keine Ahnung, wie schwer es mir fällt, mich anderen oder gar Befehlen unterzuordnen, von Kathryn mal abgesehen. Dieser Frau und ihrem süßen Hintern würde ich überallhin folgen.

»Okay«, sagte ich mit zusammengebissenen Zähnen.

Endlich sitzen wir im Firmenwagen, unterwegs zu meinem Bürogebäude in der Stadtmitte. Ich ziehe mein Telefon hervor. Jetzt ist es wirklich leer, das Display ist schwarz.

»Eddie, haben Sie ein zusätzliches Ladegerät?«

Er reicht mir eines nach hinten, und ich stöpsle rasch das Telefon ein. Ich will unbedingt das Foto meiner schönen Frau betrachten, während wir uns durch den Verkehr von Manhattan winden. Es dauert quälend lange, aber endlich erwacht das Telefon wieder zum Leben, und Kathryns Bild wird sichtbar, ihre lässige Gestalt mit dem verlockenden Lächeln. Der Anblick bringt mich beinahe dazu, Eddie zu sagen, er möge den Wagen wenden und zu ihrer Wohnung zurückfahren. Aber auf mich wartet ein milliardenschweres Unternehmen, ganz abgesehen von den vielen Familien auf der ganzen Welt, deren Schicksal an den Erfolg der Firma gebunden ist. Wenigstens kann ich Kathryns Bild mit mir herumtragen.

Wir treffen an meinem Bürogebäude ein. Eddie fährt zur gesicherten Tiefgarageneinfahrt. Sie ist bewacht und nur zugänglich, nachdem der

Wächter sie freigegeben hat. Ich bin mir sicher, dass diese strenge Sicherheitsvorschrift meinem Leibwächter gefällt. Für Simon ist das Gebäude unzugänglich.

Hayes sagt Eddie, wo er uns herauslassen soll. Ich runzle die Stirn beim Gedanken, dass Hayes von jetzt an mein untrennbarer Begleiter ist. Wenigstens kann ich dafür sorgen, dass er vor meiner Bürotür bleibt, damit ich ein wenig Privatsphäre habe. Ich mag es nicht, wenn jemand hinter mir steht und ich seinen Atem im Nacken spüre.

Als das Auto die Rampe in den Keller hinunterrollt, lehne ich den Kopf zurück. Ich kann nicht aufhören, an Kathryn zu denken, und fürchte, dass mir der Tag allzu lang werden wird. Meine Gedanken wandern immer wieder zu ihr zurück.

Hayes und ich sind um halb elf in meinem Büro. Peters ist schon da, er hat sich auf Mrs Carters Schreibtisch niedergelassen. Sie unterhalten sich zwanglos, und Peters, der sich über den Schreibtisch lehnt, scheint vertraut mit ihr zu sein. Ich huste, als wir uns nähern, und sie springen auf.

Meine Güte, Peters flirtet mit ihr! Steht er etwa auf Mrs Carter? Sie sind beide geschieden und leben allein. Ich frage mich, wie lange sie sich schon zueinander hingezogen fühlen. Vielleicht habe ich es nur nie bemerkt.

»Guten Morgen, Mrs Carter«, sage ich freundlich und blicke Peters gleichzeitig finster an. Schließlich ist er es gewesen, der diesen riesigen Schatten eingestellt hat, der mir jetzt überall hinterhertrottet. Und jetzt macht er sich an meine Assistentin ran!

»Peters, kommen Sie mit.« Ich hebe meinen Arm und winke ihm, mir in mein Büro zu folgen. »Und Sie, Goliath, können hier draußen warten.«

Ich schwöre, Hayes muss lächeln, als er diesen Spitznamen hört. »Macht Ihnen doch nichts aus, dass ich Sie so nenne?«

»Ach, Sir, ich habe schon Schlimmeres gehört.« Er lacht. Wer hätte gedacht, dass diese furchteinflößende Gestalt Humor hat? Vielleicht werde ich es tatsächlich überstehen, dass er mich bewacht.

»Das ist gut, denn ich habe es nicht als Beleidigung gemeint.« Zielstrebig gehe ich in mein Büro und werfe mein Jackett auf die Couch. Ich muss sofort diesen Anzug von gestern ausziehen.

»Setzen Sie sich, Peters. Ich ziehe mich nur schnell um«, sage ich und betrete das private Schlafzimmer neben meinem Büro. Bislang habe ich diesen Raum nur benutzt, um ein paar Stunden Schlaf nachzuholen, wenn ich über Nacht im Büro bleiben und arbeiten musste. Mein Büro ist nicht für außerberufliche Aktivitäten mit Frauen bestimmt.

Abgesehen von Kathryn. Ja, mit ihr würde ich die Regel »Keinen Sex bei der Arbeit« augenblicklich brechen. Während ich mich umkleide, stelle ich mir vor, wie sie in einem schicken Mantel in mein Büro kommt, die Tür hinter sich schließt und den Mantel auf den Boden fallen lässt, während sie auf meinen Schreibtisch zugeht. Natürlich trägt sie nichts darunter. Ich ziehe den Reißverschluss meiner Hose hoch und lache, weil meine Erektion schon wieder wächst. Ich hoffe, dass ich Kathryn heute Abend sehe; anderenfalls habe ich einiges an Handarbeit vor mir.

Zurück an meinem Schreibtisch, trage ich wieder die undurchdringliche Maske des Geschäftsmanns, während Peters mir eine Litanei mit Sicherheitsvorkehrungen vorliest, die er für mein Leben getroffen hat. Keine gesellschaftlichen Aktivitäten: zu viel Öffentlichkeit, zu leichter Zugang. Kein Essen in Restaurants: zu viele Leute, auf die Goliath achten müsste.

Bis Simons vermuteter Aufenthaltsort bestätigt ist, bin ich ein Gefangener, und meine Zelle besteht aus zwei Orten: meinem Büro und meinem Penthaus. Ich stimme Peters' Bedingungen zu und verabschiede ihn freundlich. Zweifellos wird er auf dem Weg nach draußen noch einen Stopp an Mrs Carters Schreibtisch einlegen.

Ich habe Unmengen E-Mails mit diversen Anliegen bekommen. Die Mittagspause lasse ich ausfallen und arbeite durch, lösche einen Brandherd nach dem anderen. Mrs Carter muss mir im Feinkostgeschäft auf der anderen Straßenseite ein Schinkensandwich holen. Goliath sagt, Lieferungen seien nicht erlaubt. Mrs Carter ist so freundlich, auch ihm etwas mitzubringen. Wahrscheinlich ist es besser, wilde Tiere zu füttern.

Ich mache mir gerade Gedanken über ein Problem in einer unserer Softwarefabriken in China und erschrecke, als Mrs Carter mich über die Sprechanlage kontaktiert.

»Tut mir leid, dass ich Sie unterbreche, Mr Kingsley, aber Mr Peters ist am Telefon. Er sagt, es sei wichtig.«

»Danke«, sage ich knapp, weil ich ganz mit einem Problem beschäftigt bin und ungern gestört werde. Ich seufze tief und drücke den Knopf am Telefon, um zu antworten.

»Was gibt's, Peters?«

»Der Kriminalbeamte muss seinen Termin mit Ihnen auf den Abend verschieben. So gegen halb sechs. Ist das möglich?«, sagt er, als hätte ich eine Wahl. Was mich angeht, so habe ich Uniformträgern stets Achtung entgegengebracht, und ich habe nicht vor, sie jetzt zu verärgern.

»Ja. Lassen Sie es meine Anwälte wissen.«

»Mach ich. Ich bin in Ihrer Wohnung und kümmere mich um die Sicherheitsvorkehrungen. Ich glaube, das Management des Hauses hasst mich.« Er lacht, und ich finde nichts Lustiges daran. Am liebsten würde ich einfach auflegen.

»Tun Sie, was Sie tun müssen.« Ich beende das Gespräch und kehre zu meiner Arbeit zurück, nachdem ich Mrs Carter in einer E-Mail über die Veränderungen informiert habe. Ich bitte sie außerdem, die Information an Hayes weiterzugeben.

Die Nachmittagsstunden verfliegen über der Arbeit. Um fünf Uhr mache ich eine kurze Pause und rufe Kathryn an, bevor der Kriminalbeamte kommt. Ich will – nein, ich korrigiere mich: Ich muss ihre Stimme hören. Es ist erstaunlich, wie komplett mich diese Frau in nur drei Tagen verzauberte. Doch mit so vielen beschissenen Problemen konfrontiert, fühlen sich diese paar Tage eher wie ein Monat an.

»Hallo?« Als sie das Gespräch beginnt, höre ich ein Zögern in ihrer Stimme.

»Hey, Schöne. Hier ist Adam.«

»Oh, ich weiß, dass du es bist. Wie war dein Tag? Hast du irgendwelche Riesen erschlagen?«

»Habe ich nicht, aber ich habe einen als Leibwächter. Der Kerl ist wahrscheinlich zwei Meter zwanzig groß und wiegt hundertfünfzig Kilo. Zum Fürchten.«

Sie lacht und gluckst. Ich lächle über den süßen Klang. Er ist eines der Dinge, die ich am meisten an ihr mag.

»Nun, ich bin froh, dass du beschützt wirst. Ich will nicht, dass dir etwas passiert.«

Es gefällt mir, dass sie sich um mich sorgt und ganz offensichtlich will, dass es mich noch eine Weile gibt.

»Tatsächlich?«

»Ja, ich habe Pläne mit dir«, antwortet sie in verführerischem Ton, und ich frage mich, was sie wohl im Sinn hat.

»Das klingt gut.« Meine Erinnerungen wandern zurück zum Morgen. Ich schließe die Augen und sehe wieder, wie sie mich reitet, Ekstase auf ihrem wunderschönen Gesicht.

»Hoffentlich kann ich dich heute Abend treffen. Ich muss nach der Arbeit meinen Leibwächter in meiner Wohnung unterbringen.«

»Ich habe am frühen Abend eine Verabredung auf einen Drink. Ab sieben sollte ich frei sein.«

»Ist diese Verabredung jemand, den ich kenne?«, frage ich ein wenig umständlich. Hoffentlich ist es kein männlicher Bekannter. Ich hasse es, eifersüchtig zu sein, aber allein beim Gedanken, Kathryn mit einem anderen Mann zu teilen, brenne ich vor Eifersucht.

»Das würdest du gerne wissen, was?« Ich kann sie fast durch das Telefon lächeln sehen. »Es ist ein alter Freund aus meiner Kindheit. Er ist aus San Francisco hergeflogen.«

Mein Blut beginnt zu kochen. Ich stehe auf und beginne, hinter dem Schreibtisch auf und ab zu gehen. Ich will nicht, dass sie irgendeinen Mann trifft, alter Freund oder nicht. Aber was kann ich sagen? Ich habe keinen Anspruch auf sie, doch verdammt, ich will einen haben!

»Ist dieser Freund eine alte Flamme?« Ich kann nicht anders. Ich will mehr über diesen Mann wissen. Ob er ihr etwas bedeutet oder bedeutet hat.

Sie kichert ins Telefon. »Er ist so was wie mein bester schwuler Freund.«

Oh, das ist eine große Erleichterung! Ich muss über mich selbst lachen. Dieses ganze »Fester Freund«-Ding ist komplett neu für mich. Und bis jetzt bin ich ein totaler Versager.

»Ist es schlimm, dass ich froh darüber bin, dass er nicht anderweitig an dir interessiert ist?«

»Nein, es ist eher süß. Und ich glaube, ich möchte auch nicht, dass du heute Abend mit einer anderen Frau ausgehst.« Kathryn wirkt ein wenig kurz angebunden. So verrückt es auch erscheint, es freut mich, dass auch sie eifersüchtig wäre.

Die Sprechanlage summt auf meinem Schreibtisch, und ich weiß, was das bedeutet. Ich muss mich auf die Befragung durch den Kriminalbeamten vorbereiten.

»Einen Moment, Schöne«, sage ich, bedecke den Hörer mit der Hand und presse den Knopf der Sprechanlage.

»Ja, Mrs Carter?«

»Sir, Mr MacDonald ist hier.«

»Okay, schicken Sie ihn rein.«

Ich kehre zu Kathryn zurück. »Ich muss aufhören, aber halte mir den Abend frei. Bitte!«

»Du mir auch.«

Ich beende das Gespräch mit einem breiten Grinsen auf dem Gesicht. MacDonald betritt mein Büro und schaut mich überrascht an, vielleicht wäre »schockiert« ein besseres Wort, denn heute bin ich nicht so teilnahmslos wie sonst.

»Wer hat Ihnen denn Sonne in den Arsch geblasen, Adam? Ihr Lächeln ist so breit wie Texas. Was ist los?« MacDonald ist offensichtlich verblüfft, mich in einer so zugänglichen Stimmung zu erleben. Ich sollte von meinem durch Kathryn ausgelösten Höhenflug runterkommen, aber ich mag es nicht einmal versuchen. Denn diesen Höhenflug will ich nie mehr beenden.

Kapitel 18

Detective Harold Baker und sein Kollege Jason Simpson von der New Yorker Polizei sitzen mir und meinen Anwälten am hölzernen Konferenztisch in meinem Büro gegenüber. Es ist still im Raum, abgesehen von dem Rascheln, wenn Baker die Ordner in seiner Hand durchblättert. Er verstreut die Papiere um sich herum. Als er den großformatigen Ausdruck einer Fotografie hinlegt, kann ich sofort erkennen, wer darauf zu sehen ist, auch wenn das Bild auf dem Kopf steht: Simon. Mit dunklem Haar und verkrampftem Lächeln. Es ist das gleiche Foto, das gestern in den Nachrichten gezeigt wurde.

War es wirklich erst gestern Abend? In meinem Leben ist so viel passiert, dass die Tage sich eher wie Wochen anfühlen.

Baker richtet sich auf. Gleich wird er etwas sagen. Offenbar ist er der Hauptermittler und Simpson sein Assistent bei meiner Befragung. Ich wende mich zu MacDonald und Marcus Rhodes, meinem frisch eingestellten persönlichen Anwalt, und hebe eine Augenbraue. Ich sehe, dass auch sie das unorganisierte Verhalten der beiden Ermittler amüsiert.

»Entschuldigen Sie, meine Herren.« Baker schaut von seinen Papieren auf. Ich merke, dass er ein wenig aufgeregt ist, habe aber keine Ahnung, warum.

»Wir mussten bei diesem Fall einige lose Enden verknüpfen. Bei allen geht es um die Frage eines Tatmotivs.«

Tatmotiv? Das Wort weckt mein Interesse, und ich lehne mich vor. Hoffentlich erzählt Baker mehr.

»Mr Kingsley, ich weiß, Sie sind ein viel beschäftigter Mann.« Er schaut sich in meinem großen Büro um. Ich weiß, es wirkt opulent, ist wahrscheinlich doppelt so groß wie eine normale Wohnung in Manhattan, aber ich sehe keinen Anlass, mich dafür zu entschuldigen. Ich habe in den letzten zehn Jahren unglaublich hart gearbeitet, und die Größe und Ausstattung meines Büros sind ein Zeichen meines Erfolgs. »Darum werde ich Sie nicht lange in Anspruch nehmen. Außerdem ist es schon spät. Es ist Freitag, und ein junger Mann wie Sie hat bestimmt Pläne für den Abend. Vielleicht wartet ja eine Freundin auf Sie?«

Ein Mann wie Sie? Eine Freundin? Was zum Teufel meint er? Der Tonfall dieser Befragung geht mir jetzt schon auf die Nerven, und das grinsende Gesicht des Detective ebenfalls. Ich finde nichts Belustigendes an den Umständen, an Simons Drohung, die mein Leben in Gefahr bringt und Toms beinahe beendet hätte. Der Ermittler sollte sich professioneller verhalten. Womit habe ich eine solche Behandlung verdient? Sollte er nicht auf meiner Seite stehen?

»Detective, ich bin in der Tat ein viel beschäftigter Mann, und Bemerkungen über mein Privatleben helfen wohl kaum, meinen früheren Partner zu finden. Es geht hier nicht darum, wie ich mein Leben gestalte.« Baker grinst jetzt noch mehr, falls das überhaupt möglich ist. Ich habe keine Ahnung, weswegen dieser Mann mir derartig viel Geringschätzung entgegenbringt. »Aber bitte, fahren Sie fort, Sie haben meine ungeteilte Aufmerksamkeit.«

Mit selbstgefälliger Miene faltet Baker die Hände auf dem Tisch und schaut mich an. Ich wünschte, er würde einfach mit der Befragung weitermachen und sich die dramatischen Gesten sparen.

»Wie ich bereits sagte, haben wir, Detective Simpson und ich, uns heute mit einem möglichen Tatmotiv befasst. Wir haben Mr Edwards' Wohnung gründlich durchsucht. Ein ziemlich stattliches Quartier übrigens, allerdings hat er nicht viele Spuren hinterlassen. Er hat seine Computer mitgenommen. Aber in seinem Büro haben wir dies gefunden. Genauer gesagt: Dies ist ein Foto des Beweisstücks, das wir dort sichergestellt haben.«

Beweisstück? Baker zieht ein Blatt Papier aus dem Stapel vor sich. Er betrachtet es sorgfältig und reicht es mir über den Tisch. Ich strecke die Hand aus und nehme es entgegen.

Als ich es herumdrehe, erkenne ich ein Bild von mir selbst. Es ist das offizielle Foto aus dem Medienverteiler. Ich stehe da in kontrollierter Haltung, die Arme vor der Brust gekreuzt. Das Bild ist in meinem Büro aufgenommen worden, hinter meinem Schreibtisch. Es soll mich als einen mächtigen, befehlsgewohnten Menschen darstellen. Aber das, was über mein Gesicht gemalt ist, löscht diesen Eindruck vollkommen aus. Es ist eine Zielscheibe. Ich sehe aus wie das Ziel einer Schießanlage. Dieses Bild ist mehr als beunruhigend. Es zeigt eindeutig, wie sehr Simon mich hasst.

»Wir wissen, dass er vor zwei Tagen aus Ihrer Firma entlassen wurde, oder vielmehr gegangen ist, um andere Interessen zu verfolgen. So formuliert man das doch in der Geschäftswelt.« Baker hält inne und lacht über seine eigene Bemerkung. Der andere Detective gluckst ebenfalls. Sie sind wie Komödianten, die sich die Bälle zuwerfen.

»Bitte machen Sie weiter, meine Herren«, sage ich. Die beiden machen mich allmählich wütend. Ich spüre, wie mein Ärger wächst.

»Natürlich nahmen wir zunächst an, dass er Rache für seine Entlassung nehmen wollte. Aber heute haben wir seine Exverlobte befragt, und diese Erkenntnisse haben die Entwicklung der Ermittlungen sozusagen in andere Bahnen gelenkt.«

»Was für eine Entwicklung?« Warum fühle ich mich, als ob Baker mich systematisch unter Druck zu setzen versucht? Ich bin in diesem Fall das Opfer – oder zumindest in Gefahr, es zu werden. Die Richtung, die er einschlägt, lässt mich darüber spekulieren, was er wohl von der Exverlobten erfahren hat. Die anderen auf meiner Tischseite bleiben derzeit noch still.

»Hier ist eine Fotografie von Marta Llewellyn, Mr Edwards' Exverlobter.« Wieder wird ein Bild weitergereicht. Ich nehme es und sehe eine atemberaubend schöne Frau. Glattes blondes Haar hängt bis zu ihren Brüsten herab. Sie trägt ein gefährlich knapp geschnittenes Kleid, das ein Paar großer, wahrscheinlich chirurgisch vergrößerter Brüste freigibt. Ihre braunen Augen blicken berechnend. Nachdem ich mit so vielen Frauen zu tun hatte, ist für mich ein solches Aussehen ein Warnsignal. Das gibt meistens Ärger.

»Ich bin Ms Llewellyn niemals begegnet«, sage ich, nachdem ich das Bild betrachtet und zur Seite gelegt habe. »Was hat sie damit zu tun, dass Simon verrückt geworden ist?«

»Sind Sie sicher, dass Sie sie nie getroffen haben?«, fragt Baker. Er wirkt triumphierend, als würde er versuchen, mich auszutricksen. Es lässt sich nicht verbergen: Dieser Mann hat mich auf dem Kieker. Ich werfe einen Blick in Richtung meiner Anwälte, die beide verwirrt aussehen.

»Nein, ich habe sie nie getroffen«, sage ich mit Nachdruck.

»Sie haben ein Haus in den Hamptons, stimmt das?« Baker weiß die Antwort auf diese Frage bereits, diese Information ist öffentlich bekannt. Jeder Detective, der einigermaßen etwas auf dem Kasten hat, sollte es wissen.

»Das wissen Sie doch«, sage ich scharf. Ich spüre, wie mein Anwalt Rhodes mir die Hand auf den Arm legt und mir sanft, aber unmissverständlich zu verstehen gibt, ich möge mich zusammenreißen. Ich drehe mich zu Rhodes herum. Mein Blick sagt ihm, dass ich mich unter Kontrolle habe.

»Nun, Ms Llewellyn erinnert sich an Sie. Etwa vor einem Jahr, genauer gesagt im letzten Juni, gab es auf einem großen Anwesen in den Hamptons eine Benefizveranstaltung für das Parrish Art Museum, und Sie waren beide dort. Ich habe dies vom Benefizkomitee des Museums bestätigt bekommen.«

»Ich kann mich nicht erinnern, ihr je begegnet zu sein. Vielleicht war ich dort. Ich unterstütze das Parrish mit großen Summen. Außerdem habe ich ein Haus in den Hamptons. In der Saison bin ich häufig da. Normalerweise besuche ich an jedem Wochenende zwei Veranstaltungen wie diese.«

»Sie hatte dieses Foto von Ihnen beiden.« Baker reicht mir rasch ein anderes Bild. Ich starre es an und kann mich immer noch nicht an die Frau erinnern. Rhodes nimmt mir die Fotografie aus der Hand.

»Detective Baker, ich glaube, Sie haben deutlich zum Ausdruck gebracht, dass mein Klient und diese Frau bei derselben Veranstaltung gewesen sind. Könnten Sie bitte zur Sache kommen?« Rhodes spricht in überlegenem Ton und voller Selbstvertrauen.

»Lange Rede, kurzer Sinn?« Baker schaut uns von seiner Tischseite her an, seine Schultern sind nach hinten gedrückt, sein Rücken aufrecht wie ein Stock. »Ihr Klient, Mr Kingsley, hat angeblich diese Frau über Nacht mit nach Hause genommen, oder vielmehr für eine Stunde, nämlich nach der Veranstaltung. Woraufhin er sie, wie Ms Llewellyn erklärte, ›in seinem Büro beinahe um den Verstand gevögelt hat‹.«

Was zum Teufel? Ich erinnere mich, letzten Sommer in meinem Büro in den Hamptons eine Reihe von Frauen gevögelt zu haben. Nur ist mir kein einziges Gesicht, kein einziger Körper im Gedächtnis geblieben. Folglich könnte das, was der Detective behauptet, stimmen.

»Ms Llewellyn sagt, sie glaubt, Mr Kingsley und sie hätten in dieser Nacht eine ganz besondere Verbindung gehabt. Allerdings sei diese niemals ausgelotet worden, denn kurz nach dem Vollzug des Akts sei sie gegangen, weil Mr Kingsley eine Telefonkonferenz hatte.«

Baker nimmt mich ganz klar auf den Arm. Er macht sich auf meine Kosten lustig darüber, mit welcher Ausrede ich die Frau aus meinem Haus vertrieben habe. »Offenbar hat sie diese Aufnahmen Ihres Badezimmers gemacht, kurz bevor Ihr Fahrer sie nach Hause brachte.«

Rhodes nimmt das Bild von Baker entgegen und legt es vor mich auf den Tisch. Ich sehe mein Gästebadezimmer, das neben meinem Büro liegt. Die Details sind verschwommen, aber ich kann es nicht leugnen. Ich nicke Rhodes zu und bestätige damit, dass der Detective die Wahrheit sagt.

Baker reibt sich mit den Fingern über das Kinn. Sein Benehmen mir gegenüber bleibt herablassend, aber wie kann ich mich unter diesen Umständen dagegen wehren?

»Ms Llewellyn war offenbar vollkommen versessen darauf, Mr Kingsley wiederzusehen. So sehr, dass sie Mr Edwards in eine Beziehung verstrickte, allein in der Hoffnung, auf diese Weise in die Nähe von Mr Kingsley zu gelangen. Sie scheint von Mr Kingsley förmlich besessen zu sein. Als eine Verabredung zum Abendessen mit ihrem damaligen Verlobten, Mr Edwards, und Mr Kingsley ins Wasser fiel, hatte sie die Nase voll und löste die Verlobung. Sie hat sich geschworen, einen anderen Weg zu finden, um Mr Kingsley zu treffen.«

Scheiße, Scheiße, Scheiße. Jetzt sehe ich die fehlenden Puzzleteile kristallklar vor mir; bin mit einer Wahrheit konfrontiert, die mir meinen Egoismus spiegelt. Alles, was ich in den letzten paar Tagen erlebte, ist die Konsequenz meines Verhaltens. Natürlich hat dieses Mädchen einen Knall, aber hätte ich sie nicht gefickt und fallen gelassen, würden mich diese Beamten jetzt nicht in die Zange nehmen. Ich bin dafür verantwortlich, ich selbst habe die Räder in Bewegung gesetzt.

»Wir fragten Ms Llewellyn, ob sie Edwards den wahren Grund für die Beendigung ihrer Beziehung offenbart hat. Sie hat ihm alles bis ins Detail gestanden. Folglich scheint es, als würde Mr Edwards Sie verantwortlich machen.« Baker nickt mit gerunzelter Stirn in meine Richtung. »Anscheinend ist er durchgedreht, als er erkannte, dass seine Freundin ihn nur benutzt hat, um in Ihre Nähe zu gelangen. Sie hat uns einige Mails gegeben, die er ihr schrieb. Es ist offensichtlich, dass er Sie schon seit Jahren hasst, er hat es mehrfach erwähnt.«

Ein weiteres Papier wandert über den Tisch. Ich will es nicht anschauen. Ich wünschte, diese Befragung wäre vorbei und der Detective und sein Adlatus würden verschwinden.

»Dies ist ein Ausdruck der letzten E-Mail, die Edwards an Ms Llewellyn schickte. Wir haben keinen Zweifel, dass er eine Art Nervenzusammenbruch erlitt und sich an Mr Kingsley rächen will.«

Den Rest der Befragung nehme ich nur noch verschwommen wahr. Schuldgefühle und Gewissensbisse über meine Entscheidungen überwältigen mich. Ungewohnte Empfindungen für jemanden, der so sehr an die sofortige Befriedigung der eigenen Bedürfnisse und Reuelosigkeit gewöhnt ist. Aber es ist wahr: Ich war leichtsinnig, und es ging mir um niemanden außer um mich selbst. Und jetzt will mich jemand, den ich schon mein halbes Leben lang kenne, umbringen, weil ich ihm das Kostbarste genommen habe, was er je besaß: seine Geliebte und zukünftige Frau.

Endlich ist der Raum leer. Die Kriminalbeamten und die Anwälte sind fort. Ich bin allein mit den Papieren des Detective, die vor mir auf dem Tisch liegen und mich an mein egoistisches Verhalten erinnern. Ich stemme die Ellbogen auf den Tisch und vergrabe das Gesicht in den Händen. Mir wird schlecht beim Gedanken, dass ich mich an das Gesicht dieser Frau und an unser intimes Zusammensein nicht erinnere. Ich weiß, dass sie nur eine von vielen war, die ich benutzt und vergessen habe. Abgesehen von dem, was ich mit meiner wundervollen Kathryn erlebt habe, gibt es nicht einen einzigen Fick, auf den ich stolz bin. Was war ich nur für ein Arschloch!

Kapitel 19

Der Glanz der Abendsonne strahlt in meine Bürofenster. Vom obersten Geschoss meines Bürogebäudes sehe ich den leuchtenden Sonnenuntergang über dem Hudson River. Normalerweise starre ich verzückt auf die über dem Horizont flammenden Farben, heute bin ich gedanklich weit weg von diesem Schauspiel und vom Konferenztisch, auf dem die belastenden Beweisstücke liegen. Stattdessen habe ich ein weiches Sofa und eine Flasche Scotch zur Gesellschaft. Ich verstecke mich vor der Welt. Das Sofa ist bequem, der Scotch ein vertrauter Freund, der meinen Schmerz betäubt.

Ich lege die Füße auf den Couchtisch und lehne den Kopf an die Rückenlehne des Sofas. Ich warte auf einen Rückruf von Kathryn. Ungefähr um halb sieben habe ich ihr eine SMS geschickt, in der Hoffnung, dass wir uns früher als vereinbart treffen können. Sie hat umgehend geantwortet und versprochen, mich in dreißig Minuten anzurufen. Jetzt ist es zehn nach sieben, und meine Handflächen sind schweißnass. Es juckt mich in den Fingern, sie anzurufen. Ich gieße mir einen weiteren Scotch ein. Warten ist ein Spiel, an das ich nicht gewöhnt bin.

Ich halte mein Telefon in der Hand, als es zu vibrieren beginnt. Ich setze mich aufrecht hin, ziehe die Füße vom Tisch, schaue auf das Display und sehe Kathryns Bild, das ich heute früh aufgenommen habe.

»Kathryn.« Ich sage leise ihren Namen, meine Stimme ist angestrengt von der Anspannung in mir.

»Kingsley, ist alles in Ordnung? Du klingst komisch.«

Ich höre ihre Anteilnahme und schließe die Augen. Sie sorgt sich tatsächlich um mich. In diesem Augenblick ist sie möglicherweise der einzige Mensch, der das tut.

»Die Polizei war hier, und …« Ich kann ihr nicht sagen, was ich heute über mich und Simons Motiv für seine Todesdrohung erfahren habe. »Ich muss dich sehen.«

»Du machst mir Angst.« Jetzt höre ich einen Hauch von Furcht in ihrer Stimme, aber ich will nicht, dass sie sich Sorgen um mich macht.

»Ich weiß jetzt, was hinter Simons Taten steckt.« Ohne ihr die hässlichen Details darzulegen, sage ich: »Aber das würde ich dir lieber persönlich erzählen.«

»Sicher. Du bist jetzt nicht mehr in Gefahr, oder?«

»Nein, die Polizei ist überzeugt, dass Simon nach Kanada geflohen ist. Bis er sich wieder auf amerikanischem Boden befindet, wird in dem Fall nichts weiter unternommen.«

Nachdem ich die herablassende Haltung der beiden Kriminalbeamten ertragen musste, bin ich überzeugt, dass ich mir in ihren Augen Simons Rachegelüste selbst zuzuschreiben habe. Und dass sie ganz bestimmt nicht ihre Zeit damit verschwenden, sich mit den kanadischen Behörden herumzuärgern.

»Nun, das ist eine gute Nachricht. Wenigstens ist er nicht in der Gegend. Aber es macht dir doch noch etwas anderes zu schaffen. Warum erzählst du's mir nicht?«

»Es ist das Motiv hinter Simons Verhalten. Ganz und gar nicht das, was ich erwartet habe. Wo bist du gerade?«

»In der Nähe des Hotel Pierre, in der Rose Club Bar im Plaza.« Sie ist nur einige Blocks von meinem Penthaus entfernt, und ich seufze erleichtert, während ich einen Plan entwerfe.

»Treffen wir uns im Pierre. Auf der 61. Straße ist einer der Hoteleingänge, der mit rosa Marmor. Geh durch die Drehtür hinein und in der Eingangshalle direkt zur rückwärtigen Wand. Da ist eine Sitzecke mit roten Samtstühlen. Setz dich und schau in Richtung Eingang. Du kannst mich nicht verfehlen. Ich bin sicher, Goliath, mein Leibwächter, wird dir auffallen. Komm zu mir, wenn du uns siehst. Wir fahren dann gemeinsam im Fahrstuhl nach oben.«

»Bist du sicher, dass das in Ordnung ist?«

»Ja, mein Sicherheitsbeauftragter hat den ganzen Tag im Pierre gearbeitet. Da drinnen ist es jetzt wahrscheinlich sicherer als im Weißen Haus.«

»Ich brauche nur ein paar Minuten, dann bin ich dort. Bist du noch in deinem Büro?«

»Ja, ich gehe jetzt los.« Ich stehe vom Sofa auf, nehme mein Sakko vom Stuhl und gehe zur Tür. Ich kann mich nicht entscheiden, ob ich die Papiere vom Konferenztisch mitnehmen soll oder nicht. Sie vorläufig hier zu lassen erscheint mir besser. Was ich Kathryn zu sagen habe, braucht kein Foto.

»Dann sehe ich dich in ein paar Minuten. Und, Kingsley, alles kommt wieder in Ordnung.«

»Danke, meine Liebe. Ich hoffe, du hast recht.«

Ihre Worte beruhigen mich und schenken mir Hoffnung. Sie hat keine Ahnung, wie sehr ich mich danach sehne, dass sie wahr sein mögen. Aber zunächst muss ich mich der Realität stellen. Simon ist immer noch frei, und bis er gefasst sein wird, werde ich aufpassen müssen. Mein unbeschwertes Leben mit seiner sorglosen Freiheit ist vorbei.

Ich würde Kathryn heute am liebsten zu einem eleganten Dinner einladen. Nichts würde mich glücklicher machen, als sie an meinem Arm zur Schau zu stellen. Aber fürs Erste werden wir uns in meiner Wohnung treffen müssen.

Als ich aus meinem Büro komme, sehe ich Eddie und Goliath an Mrs Carters verlassenem Schreibtisch miteinander Karten spielen. Eddie sitzt auf Mrs Carters Stuhl, seine Stirn ist gerunzelt. Er konzentriert sich auf die Karten in seiner Hand. Goliath hockt auf der Tischkante. Auch er scheint vom Spiel gefesselt zu sein, und keiner der beiden regt auch nur einen Muskel, als ich neben ihnen stehe und sie beobachte.

Ich ziehe die Tür hinter mir zu. Der Griff macht ein metallisches Geräusch, und sie schrecken von ihrem unterhaltsamen Spiel hoch und stehen auf, als sie sehen, dass ich es bin. Goliath kommt auf mich zu, während Eddie nervös die Karten zurück in die Schachtel stopft.

»Mr Kingsley.« Goliath überragt mich, sein Gesichtsausdruck verrät keine Emotion. »Sind Sie für heute fertig, Sir?«

»Ja. Ich würde gern gehen.« Die wahrsten Worte, die ich heute gesprochen habe. Ich kann es nicht erwarten, hier rauszukommen, besonders weil ich weiß, dass Kathryn auf mich wartet.

Goliath geht mit langen Schritten zum Aufzug. Eddie und ich folgen ihm pflichtbewusst, da Goliath dafür verantwortlich ist, mich sicher zu meinem nächsten Ziel zu bringen. Und so unangenehm es auch ist, für die nächste Zeit muss ich mich daran gewöhnen, dass jemand jeder meiner Bewegungen wie ein Schatten folgt. Eine Vorahnung sagt mir, dass Simon noch eine ganze Weile frei herumlaufen wird und niemand nach ihm fahndet.

Die Polizei hat angedeutet, dass der Fall auf Eis gelegt ist, bis Simon nach Amerika zurückkehrt. Ich muss also mit Peters einen Alternativplan besprechen. Vielleicht kann er jemanden einstellen, der Simon in Kanada sucht. Es ist erstaunlich, was man mit Geld alles bewirken kann, und ich bin bereit, ein Vermögen dafür auszugeben, meine Freiheit wiederzubekommen.

Auf dem Weg zum Penthaus rufe ich Tom an. Er hatte sich heute freigenommen, um bei Lois zu bleiben. Er wollte sicher sein, dass sie sich von Simons traumatischem Angriff in der vergangenen Nacht erholt.

»Adam.« Tom scheint gut gelaunt zu sein. Ich atme erleichtert auf und hoffe, dies bedeutet, Lois geht es gut. Mir wird übel, wenn ich daran denke, dass eine dumme Entscheidung von mir die beiden hätte umbringen können.

»Wollte mal hören, wie es Lois geht.« Ich halte inne und warte, dass er antwortet. Ich höre ein Geräusch, das klingt, als klackten die Absätze von Toms Schuhen auf einem gefliesten Boden.

»Entschuldigung, ich musste nur eben kurz von Lois weg. Ich habe heute den ganzen Tag vermieden, über den gestrigen Abend zu sprechen. Aber es geht ihr gut. Nachdem wir gestern die Bibliothek verlassen hatten, hat sie sich beruhigt. Ich glaube, es war nur der Schock, dass Simon tatsächlich eine Waffe auf uns abgefeuert hat. Und dann noch die Drohungen. Das war zu viel für sie.«

»Scheiße, das ist für jeden zu viel. Ich bin froh, dass sie in Ordnung ist. Besonders in ihrem Zustand und bei allem, was sie bereits hinter sich hat …« Ich spreche meinen Satz nicht zu Ende, aber Tom weiß, worauf ich anspiele.

»Ich habe sie zum Mittagessen in ihr Lieblingsrestaurant ausgeführt, und danach waren wir bei Barneys einkaufen. Die Schwangerschaft wird allmählich sichtbar, und sie brauchte neue Kleider. Insgesamt glaube ich, dass sie gut zurechtkommt. Also mach dir keine Sorgen.« Er räuspert sich. »Hast du noch etwas über Simon erfahren? Heute kam nichts in den Nachrichten, darum war ich mir nicht sicher.«

Verdammt, wie beantworte ich Toms Frage? Wie sage ich ihm, was ich heute erfahren habe? Normalerweise treffen wir uns jeden Samstagmorgen um neun für ein paar Partien Squash, aber natürlich wird das morgen nicht passieren. Ich glaube, ich sollte es ihm persönlich erzählen. Die Details werden ihm nicht gefallen, nur will ich ihm jetzt nicht seine gute Laune kaputtmachen.

»Er läuft immer noch frei rum.« Ich lasse die Information über Simons Motiv weg. »Ich kann morgen früh nicht zum Squash kommen. Zu sehr in der Öffentlichkeit. Wie wär's, wenn wir uns morgen stattdessen um neun im Büro treffen?«

»Na klar«, antwortet Tom. »Ich gehe besser wieder zu Lois. Sie will etwas zu essen bestellen und kann sich nicht zwischen Chinesisch oder Italienisch entscheiden. Und um der häuslichen Harmonie willen habe ich versprochen, mit ihr einen ihrer Frauenfilme anzuschauen.«

»Viel Spaß«, sage ich mit einem leisen Lachen, aber ich lache vor allem über mich selbst. Vor ein paar Tagen noch hätte ich mit einer spitzen Bemerkung reagiert. Hätte Tom gesagt, dass Lois ihn um den Finger gewickelt hat. Aber jetzt verstehe ich es. Kathryn hält mich mit demselben Zauber gefangen.

Als Eddie von der Madison Avenue nach links in die 61. Straße abbiegt, versucht Goliath, sich auf dem Vordersitz zu mir umzuwenden. Es ist beinahe komisch, wie sich sein riesiger Körper verdreht.

»Sir, lassen Sie uns planen, wie Sie das Auto verlassen und das Gebäude betreten werden.«

Wer hätte geahnt, dass es ein Luxus werden würde, eine Tür zu öffnen und alleine auszusteigen?

»Ich werde den Wagen zuerst verlassen, mich kurz auf dem Bürgersteig umsehen und die Leute überprüfen, die im Eingangsbereich herumstehen. Wenn ich mir sicher bin, dass die Luft rein ist, öffne ich Ihre Tür. Sie müssen dann rasch aussteigen, also bereiten Sie sich darauf vor. Vergessen Sie die Drehtür; wir nehmen den Eingang rechts davon.«

»Klingt einfach. Eine Freundin, Kathryn Delcour, wird uns im Eingangsbereich treffen. Ich habe gestern bei ihr übernachtet, nachdem Peters mir mitteilte, dass ich nicht nach Hause darf. Sie ist keine Gefahr.«

Eddie fängt meinen Blick im Rückspiegel auf. Er lächelt mich strahlend an, als ich Kathryns Namen erwähne. Er weiß: Das mit Kathryn liegt außerhalb meiner üblichen Gepflogenheiten. Dieselbe Frau, zwei Tage hintereinander, das bricht alle Rekorde.

»Kommt sie mit ins Penthaus?«, fragt Goliath. Er schaut wieder nach vorn und wirkt, als fühle er sich allmählich wohler auf seinem Sitz.

»Ja«, sage ich schnell und einfach. Ich lege keinen Wert darauf, Dinge, die Kathryn betreffen, mit ihm zu diskutieren.

Durch die Windschutzscheibe sehe ich den Eingang des Pierre. Wir sind beinahe da. Ich merke, wie in mir die Erwartung steigt. Kathryn ist nur Augenblicke von mir entfernt, und sobald sich die Aufzugtüren schließen, werde ich sie in die Arme nehmen. Eddie bringt das Auto vor dem Eingang zum Stehen. Goliath ist schon ausgestiegen, bevor die Reifen still stehen. Er ist jetzt ganz in seiner Rolle als Leibwächter, geht um den Wagen herum bis zum Bürgersteig am nächstgelegenen Eingang. Mit einer Armbewegung winkt er einen der Türsteher zur Seite. Er signalisiert, dass er alles unter Kontrolle hat und keine Unterstützung benötigt.

Dann wirft Goliath prüfende Blicke die Straße hinauf und hinunter und öffnet die Wagentür. Wie er mir aufgetragen hat, steige ich rasch aus. Eilig begeben wir uns zum Gebäudeeingang. Im Eingangsbereich suche ich nach meiner Belohnung und entdecke Kathryn. Allerdings laufen Leute durch die Halle, quer durch mein Blickfeld, und verbergen sie.

Endlich habe ich die Menschenschar vor dem Empfangstresen durchquert, und unsere Augen finden sich. Wieder spüre ich diese Erregung, wie stets in ihrer Nähe. Wie magnetisch angezogen bewege ich mich über den teppichbelegten Boden auf sie zu. Der arme Goliath hat es schwer, mit mir Schritt zu halten. Das kümmert mich jedoch kaum. Kathryn ist alles, was ich jetzt im Sinn habe.

Anmutig steht sie auf und kommt mir entgegen. Sie sieht hinreißend aus in ihrem schwarzen Wickelkleid, das jede ihrer Kurven betont. Der Abstand zwischen uns verringert sich, dann bin ich bei ihr.

»Hallo, meine Schöne.« Mein Herz rast. Ich strecke den Arm aus und nehme ihre zarte Hand in meine. Ich spüre, wie sich ihre Finger um die meinen schließen und meine Hand zärtlich drücken. Wer hätte geahnt, dass so eine einfache Berührung mich beruhigen könnte? Aber sie tut es.

»Hi, Kingsley.« Sie lächelt zu mir hoch, und das Strahlen ihres Gesichts blendet mich, macht mich atemlos. Ich fahre mit den Fingern durch ihr Haar, das über ihren Schultern liegt, streiche eine widerspenstige Strähne zurück.

»Entschuldigen Sie, Mr Kingsley, aber wir müssen uns auf den Weg zum Aufzug machen.« Oh ja, Goliath hatte ich beinahe vergessen.

»Natürlich«, sage ich mit zusammengepressten Zähnen und verärgert, dass unser perfektes Wiedersehen gestört wurde. »Wir kommen Ihnen nach.«

»Ich bleibe besser bei Ihnen«, murmelt Goliath.

»Kathryn, ich möchte dir Jordan Hayes vorstellen, meinen Leibwächter und Schatten.« Ich versuche, die Vorstellung ein wenig humorig zu gestalten, weil das vorhin, als ich ihn Goliath nannte, auch funktioniert hatte.

»Schön, Sie kennenzulernen, Mr Hayes.« Kathryn streckt Goliath ihre Hand entgegen. Er ergreift sie und schüttelt sie kurz. Man befindet sich nicht jeden Tag in der Gegenwart einer so wunderschönen Frau.

Nach diesem kurzen Austausch wird Goliath sofort wieder zum Leibwächter und sondiert die Umgebung. Kathryn und ich gehen Hand in Hand zum Fahrstuhl, während Goliath uns begleitet. Er steht unangenehm nah neben mir, die Hand beschützerisch hinter meinem Rücken. So viel zur Diskretion. Seine Aufgabe, mich zu schützen, ist wahrscheinlich für jeden überdeutlich erkennbar.

Wir stehen wartend am Aufzug. Ich streichle sanft mit dem Daumen über Kathryns Hand, und wir schauen einander in die Augen. Obwohl ich so einen beschissenen Tag hinter mir habe, ist da immer noch etwas tief Ursprüngliches zwischen uns, und ich kann es kaum erwarten, mich in ihrer Umarmung zu verlieren.

Wir betreten den Fahrstuhl, und Goliath verscheucht ein Paar, das mit uns nach oben fahren wollte. Er scheint besessen davon, die Lage zu kontrollieren. Ich ziehe den Schlüssel hervor, der das Tastenfeld blockiert, und stecke ihn ins Schlüsselloch. Jetzt kann ich die Taste für mein Stockwerk drücken. Die Bewohner und ein paar Angestellte sind die Einzigen, die zu dem Geschoss, in dem ich lebe, Zugang haben. So werden neugierige Hotelgäste davon abgehalten, dort herumzulaufen, wo sie nicht willkommen sind.

Wir stehen hinter Goliath. Er blickt in Richtung Tür und besteht darauf, als Erster auszusteigen. Während der Aufzug nach oben fährt, richte ich meine Aufmerksamkeit wieder auf Kathryn und greife erneut nach ihrer Hand. Aber Händchenhalten ist mir einfach nicht genug, darum ziehe ich ihre zarte Gestalt in meine Arme, drücke sie eng an mich. Ich vergrabe die Nase in ihrem Haar und atme tief ein. Ihr Duft, das Parfüm, das ich liebe, füllt meine Lunge. Ich spüre, wie die Anstrengungen des Tages für ein paar Sekunden von mir weichen.

»Warum scheint es Tage her zu sein, seit ich dich gesehen habe?«, murmle ich leise in ihr Ohr. Ich kann meine Erschöpfung nicht verbergen.

Sie beantwortet meine Frage nicht mit Worten, sondern drückt sich enger an mich und sagt damit alles, was ich wissen muss. Wir bleiben so stehen, umarmen einander, schaukeln hin und her, bis sich die Fahrstuhltüren auf meinem Stockwerk öffnen. Für einen Augenblick vergesse ich beinahe meine Sorgen.

Ich küsse Kathryn rasch auf die Stirn, wir lassen einander widerstrebend los. Gleich werden wir aussteigen. Mein Penthaus ist eine von zwei Wohnungen auf diesem Stockwerk, also gehen wir nach rechts und durch den langen Gang bis zu meiner Tür. Mein ständiger Schatten Goliath folgt uns.

»Bist du sicher, dass du okay bist, Kingsley? Du wirkst so anders. Irgendwie traurig.« Kathryn sieht mich mit sorgenvoll gerunzelter Stirn an.

»Es war ein scheußlicher Nachmittag. Ich erzähle dir alles, wenn wir in meiner Wohnung sind und es uns gemütlich gemacht haben.« Ich drücke ermutigend ihre Hand.

Als ich meine Tür aufschließe, bemerke ich eine darüber angebrachte Überwachungskamera. Peters muss sie heute installiert haben. Ein weiteres

Zeichen, dass er seine Arbeit tut. Wir gehen in den Flur, wo Peters uns begrüßt. Als er Kathryn neben mir sieht, grinst er breit.

»Hallo, Peters.« Ich lege meinen Arm um Kathryns Schultern und ziehe sie an mich. Meine Geste sagt laut und deutlich: Sie gehört mir. Peters lässt sich nicht zum Narren halten und lacht leise in sich hinein. Sicher wundert es ihn, dass ich so offen meine Gefühle für eine Frau zeige. Er kennt mich seit Jahren, und das hat es noch nie gegeben.

»Das ist Kathryn Delcour. Kathryn, das ist John Peters, mein Sicherheitsexperte.« Ich hätte am liebsten hinzugefügt »und eine fürchterliche Nervensäge«, halte mich aber zurück und bleibe höflich. Schließlich macht er seine Sache gut und versucht, für meine Sicherheit zu sorgen, selbst wenn er darauf besteht, dass mir ein Riese auf Schritt und Tritt folgt.

»Schön, Sie zu treffen, Mrs Delcour.«

»Ganz meinerseits«, antwortet Kathryn. Gelassen und unglaublich schön steht sie in meinem Wohnzimmer und überstrahlt all die kostbaren Kunstwerke, die uns umgeben.

Das gegenseitige Vorstellen ist vorbei. Peters wendet sich mir zu und setzt eine ernsthafte, geschäftsmäßige Miene auf. »Ich bringe Hayes im Gästezimmer neben der Küche unter. Er bleibt vorläufig hier. Ich habe Kameras und ein geschlossenes Überwachungssystem in Ihrer Wohnung, in der Eingangshalle des Hotels und auf dem Bürgersteig vor dem Eingang installiert. Außerdem habe ich dafür gesorgt, dass die Hotelangestellten, besonders diejenigen an den Eingängen, Kopien von Simons Foto haben.«

»Ich vertraue darauf, dass Sie alles tun, was Sie für notwendig halten, würde es jedoch zu schätzen wissen, wenn Sie daran denken, dass ich auch noch so etwas wie ein Privatleben haben möchte.« Ich versuche, nicht verbittert zu klingen, kann es jedoch kaum verbergen. Ich bin nicht glücklich darüber, wie ein Gefangener in meinem eigenen Haus zu sein. Die ganze Situation macht mich gereizt.

»Ich versuche, alle Veränderungen so schmerzlos wie möglich zu gestalten. Aber in der nächsten Zeit sollten Sie sich von öffentlichen Orten fernhalten. Ich kümmere mich darum, Hayes in alles hier einzuweisen. Machen Sie beide sich einen schönen Abend. Hayes und ich machen uns unsichtbar.« Peters verabschiedet sich von uns und winkt Goliath, ihm in die Küche zu folgen.

Ich bin dankbar. Endlich habe ich meine Ruhe und kann mit Kathryn allein sein. Wir halten uns immer noch an den Händen. Ich führe Kathryn zur Bar. Sie befindet sich neben dem Wohnzimmer auf dem Weg zu meinem Büro. Um diesen Raum mache ich einen Bogen. Er erinnert mich an die heutige Befragung.

»Wie wäre es mit einem Drink? Vielleicht ein Glas Wein?« Ich klinge immer noch angestrengt. Wir stehen vor meinem großen Alkoholvorrat. Ich nehme eine Flasche Glenlivet und gieße mir ein Glas ein.

»Ich hätte gerne einen Gin Tonic. Bombay Sapphire, falls du den hast.«

»Na klar. Einen Gin Tonic für die schöne Dame.«

Ich küsse sie rasch auf die Wange, als ich ihr den Drink reiche. Aber sie beobachtet mich aufmerksam und fragt sich bestimmt, was mit mir los ist. Jetzt muss ich mit ihr über Simon sprechen. Doch ich scheue davor zurück, ein ungewohntes Gefühl für mich. Der selbstsichere Adam, der glaubt, es mit aller Welt aufnehmen zu können, hat sich offenbar davongemacht.

»Lass uns in mein Schlafzimmer gehen, da können wir reden.« Sie hebt eine Augenbraue bei meinem Vorschlag. Aber diesmal denke ich beim Wort Schlafzimmer nicht an Sex. »Ich meine es ernst – mit dem Reden.«

»Und ich bin hier, um dir zuzuhören, Kingsley.« Sie gibt mir einen kleinen Kuss. »Ich merke, dass dir viel im Kopf herumgeht. Ich habe mir seit unserem Telefonat um dich Sorgen gemacht.« Ihre Augen sind voller Mitgefühl. Das ist genau, was ich jetzt brauche.

Kapitel 20

Mein Glas mit Scotch in der einen Hand, die andere auf Kathryns unterem Rücken, führe ich sie den Flur hinunter zu meinem Schlafzimmer. Meine italienischen Schuhe quietschen beim Gehen auf dem Teakholzboden. Es reflektiert meine Stimmung. Ich halte unterwegs nicht an, um ihr die Räume zu zeigen. Einer geht in den nächsten über. Schließlich betreten wir mein Schlafzimmer am Ende des Korridors. Ich lasse das Licht ausgeschaltet. Lieber rede ich über meine Geheimnisse wie ein Feigling im Dunkeln. Das Zimmer ist voller Schatten. Die Lichter der Stadt leuchten durch die Fenster. Sie geben genug Licht, sodass wir unseren Weg durch den Raum finden.

Das Schlafzimmer ist modern und sparsam dekoriert, aber recht groß, knapp über hundert Quadratmeter. Mein Lieblingsplatz im Raum – genauer gesagt im ganzen Penthaus – ist die Fensterwand mit ihrer unfassbar schönen Aussicht über den Central Park.

Ich nehme Kathryn bei der Hand und gehe mit ihr zu dieser Glaswand, mehr aus Gewohnheit als einem anderen Grund. Mich fasziniert immer wieder die Abwesenheit des Materialismus im Central Park. Etwas Besonderes in dieser Stadt, die auf materialistischem Handeln aufgebaut ist. Diese Aussicht hier bringt mich zur Ruhe. Sie ist so weit fort von der Unruhe meines Lebens.

»Dieser Ausblick wird mir nie langweilig. Er ist unglaublich«, sagt Kathryn. Sie blickt neben mir aus dem Fenster, legt ihre Handfläche auf das Glas.

»Und er ist nichts im Vergleich zu dir.« Ich ziehe sie an mich und passe auf, dass ich mein Getränk nicht verschütte, als sie ihre Arme um meine Hüften schlingt.

»Danke, Kingsley. Das ist süß und ziemlich kitschig.« Kathryn schaut mich mit strahlenden Augen an. »Ich habe nicht viel von dem eingebildeten reichen Playboy zu sehen bekommen, seit wir uns vor zwei Tagen begegnet sind.«

Sie fängt an, das Hemd über meiner Brust aufzuknöpfen. Nachdem sie einige Knöpfe gelöst hat, zieht sie den Stoff auseinander und küsst sanft meine nackte Haut. Das kitzlige Gefühl lässt mich aufstöhnen.

»Oh Kathryn, was ich alles mit dir machen möchte! Aber ich schwöre, ich habe dich nicht deswegen hierhergebracht.«

»Ich weiß. Wir haben noch Zeit zum Reden. Ich will dich berühren, und ich glaube, du brauchst es auch.«

Dagegen habe ich nichts einzuwenden. Letzte Nacht hat ihre Berührung eine Last von mir genommen. In diesen friedlichen Zustand möchte ich wieder gelangen. Ich bin mir sicher, dass nur Kathryn die Macht hat, dieses leere Gefühl in mir schwinden zu lassen. Sie wirkt Wunder an mir. Ich sollte mich losreißen, ihre Hände von mir lösen und ihr erzählen, was ich über Simon und mich erfahren habe, aber ich habe nicht die Willenskraft, sie zu stoppen. Ich bin egoistisch. Ihre heilsame Berührung ist mir wichtiger als das Bedürfnis, ihr meine Missetaten zu gestehen.

Völlig hingegeben schließe ich die Augen und lege den Kopf zurück, während sie mir die Krawatte auszieht.

»Gib mir deinen Drink.« Kathryn nimmt mein noch unberührtes Glas Scotch und stellt es auf den Beistelltisch. Sie dreht sich wieder zu mir, ihre Augen leuchten. Sogar im abendlichen Halbdunkel scheinen ihre blauen Augen verführerisch zu brennen. In ihnen lese ich den Hunger, den auch ich fühle. Die Chemie zwischen uns ist unverkennbar, fast sichtbar, glühend wie eine Flamme.

Kathryn legt die Hände auf meine Schultern und zieht mir die Jacke aus. Sie beginnt, meinen Gürtel zu lösen, greift die Gürtelschnalle und zieht mit einer heftigen Bewegung das Leder durch die Schlaufen meiner Hose. Der Gürtel fliegt zur Seite, zu meiner Jacke auf dem Boden. Kathryns Bewegungen sind besitzergreifend und machen mich heiß. Mein Schwanz steht prall und aufrecht, als sie mir das Hemd aus der Hose zieht.

Ich muss sie auch spüren, fahre mit den Fingern durch ihr Haar und lehne mich vor, um meine Lippen auf ihren Scheitel zu pressen. Ich küsse ihr seidiges Haar. Ihr würziger Duft umweht mich. Ich schließe die Augen. Wieder erfasst mich die gleiche Erregung wie immer, wenn ich ihr Parfüm einatme.

Mit federleichten Berührungen streicht Kathryn durch das offene Hemd hindurch über meine Brust. Sie schiebt das Hemd noch weiter auseinander und nimmt eine meiner Brustwarzen in ihren Mund. Es macht mich wild; ich schlinge meine Arme um sie und ziehe sie an mich. Unkontrollierbare Lust durchströmt meine Adern.

Ich lege meine Finger unter Kathryns Kinn und hebe ihren Kopf, sodass sie mich ansieht. Sie schaut auf meinen Mund, und ich antworte, indem ich ihn auf ihren lege. Wir teilen einen flammenden Kuss, unsere Zungen schlingen sich umeinander und tanzen.

»Kathryn«, flüstere ich, »ich will mit dir schlafen.«

Mit dir schlafen. Drei einfache Worte, aber ich habe sie niemals zu einer Frau gesagt. Bis ich Kathryn traf, habe ich noch nie den Körper einer Frau verehrt. Oder sie auf jede nur denkbare Weise befriedigen wollen.

»Bitte, Kingsley.« Ihre Stimme ist schwach vor Begierde. In diesem Moment weiß ich, dass ich ihr gehöre und alles tun werde, worum sie mich bittet. Jeder Teil von mir gehört ihr, vor allem mein einst so verschlossenes Herz, von dem ich vergessen hatte, dass ich es überhaupt besaß.

Ich nehme Kathryns Hand, führe sie zu meinem Bett und drehe sie sanft um, sodass sie mich anblickt. Dann greife ich nach den Bändern ihres Wickelkleids und knüpfe sie langsam auf. Ihr Atem geht schwer, ihre Brust hebt und senkt sich erwartungsvoll. Aber heute will ich mir Zeit nehmen. Ich habe vor, jeden Augenblick unserer Liebesbegegnung zu genießen.

So wie sie mir die Jacke ausgezogen hat, ziehe ich ihr nun das Kleid von den Schultern und lasse es auf den Boden fallen. Kathryn steht in einem weißen Spitzenhöschen vor mir. Sie trägt einen dazu passenden BH, in den silberne Fäden eingewebt sind. Das silbrige Gewebe reflektiert genug Licht, damit es in der Dunkelheit glänzt und ihr ein ätherisches Aussehen verleiht. Ein verführerischer Engel, vom Himmel gesandt, um mich zu retten. Meine ganz persönliche Eva.

Ich lege die Arme um sie, meine Finger finden die Haken ihres BHs und ziehen die Träger ihre Arme hinunter. Ihre Brüste sind so voll und rund, ihre Nippel bereit. Ich umschließe eine Brustwarze mit meinem Mund. Kathryn legt die Hände auf meinen Kopf und zieht mich näher heran. Als ich weiter an ihr sauge und mit ihr spiele, stöhnt sie sanft. Mein Gott, ich liebe es, wie heftig sie auf mich reagiert! Ich wechsle zu ihrer anderen Brust, der ich dieselbe Aufmerksamkeit widme, und wieder vernehme ich diese genussvollen Laute.

Ich küsse mich ihren Bauch hinunter und sinke vor ihr auf die Knie. Sie fühlt sich an wie Samt, so weich und zart an meinen Lippen. Ihre Muskeln spannen sich erwartungsvoll, als ich mich ihrem Geschlecht nähere. Ich schiebe zwei Finger unter den Bund ihres Höschens und ziehe ihr das Kleidungsstück die Beine hinunter. Meine Bewegungen sind gezielt und gleichzeitig qualvoll langsam.

Kathryn beginnt zu stammeln: »Bitte, bitte.« Ein flehender Gesang. Ich küsse ihre Hüfte, lecke ihre Haut, fahre mit der Zunge über ihren Bauch, finde meinen Weg hinunter zu ihrer Möse. Der Duft ihrer Erregung füllt meine Nase, mein Schwanz wird noch härter. Alles an dieser faszinierenden Frau macht mich an: ihr Duft, ihre Berührung und ihr herrlicher Körper.

Ihre Hände liegen immer noch auf meinem Kopf, sie führt mich weiter nach unten, bis ich meine Zunge zwischen ihre Schamlippen schiebe und ihre erregte Klitoris finde.

»Gott, Kingsley. Ja! Genau so!« Sie zieht beinahe schmerzhaft fest an meinem Haar.

Kathryns Beine beginnen zu zittern, als sie sich ihrem Höhepunkt nähert. Ich schlinge meine Hände um ihre Beine und versuche, sie zärtlich zu halten, aber sie trägt noch ihre hohen Schuhe, taumelt und ist kurz davor umzufallen. Ich will ihr helfen, besseren Halt zu finden, hebe vorsichtig eines ihrer Beine und lege es über meine Schulter. Niemals verliere ich den Kontakt mit ihrer Klitoris, was ihren ganzen Leib dazu bringt, noch mehr zu zittern.

Für eine Frau, die tantrische Zärtlichkeit zu schätzen weiß, hat sie absolut keine Probleme mit heftigem Oralsex. Und ich will ihre Wünsche befriedigen, also sauge und lecke ich, berühre ihr Geschlecht mit meinen Zähnen.

Ich erinnere mich daran, was sie heute früh zum Kommen gebracht hat, also führe ich meine Finger in sie ein, drehe sie ein wenig und reibe ihren G-Punkt. Nach nur wenigen Bewegungen kommt Kathryn zum Höhepunkt, ihre Muskeln werden eng und pressen gegen meine Finger.

Während sie sich den Wellen ihres Orgasmus hingibt, schaue ich zu ihr hinauf. Ihr wunderschönes Gesicht spiegelt die Wonne, die ich ihr soeben verschafft habe. Ihre Augen sind fest geschlossen, sie stöhnt vor Lust.

Keuchend und mit über den Kopf geworfenen Armen fällt Kathryn zurück auf mein Bett. Ihr Haar ist ein Durcheinander von Locken, die über ihr Gesicht hängen, aber ihre Lippen lächeln. Sie ist eindeutig befriedigt.

Nichts könnte mich glücklicher machen als das Wissen, dass ich für diesen Gesichtsausdruck verantwortlich bin. Ich lerne die Macht des Gebens beim Sex kennen. Verdammt, ein starkes Gefühl, wenn man weiß, es handelt sich um einen Menschen, den man …

Hätte ich mich gerade tatsächlich beinahe gehen lassen und dieses Wort ausgesprochen? Ich bin selbst überrascht über die Tiefe meiner Empfindungen für Kathryn. Noch kann ich das, was ich fühle, nicht richtig in Worte fassen. Sie gernzuhaben scheint ein zu schwacher Ausdruck zu sein. Aber sie zu lieben? Wie kann das überhaupt möglich sein? Ich kenne sie erst ein paar Tage.

Ich entscheide mich, es so zu formulieren: Kathryn ist der Mensch, der mir auf der ganzen großen Welt am meisten bedeutet. Über das Wort, das mit L beginnt, werde ich später nachdenken. Erst einmal will ich einfach nur, dass sie zu mir gehört.

Im Schlafzimmer ist es still, abgesehen von Kathryns schwerem Atmen, als sie Luft holt und sich auf meinem Bett ausstreckt. Ich habe mich von den Knien erhoben, stehe am Bettrand und beginne, mich auszuziehen. Dabei schaue ich die ganze Zeit diese herrliche Frau mit dem zufriedenen Lächeln an. Ich erwidere ihr Lächeln, denn auch ich fühle mich so. Zufrieden darüber, dass meine Frau befriedigt wurde, und beseelt von dem Nachglühen, das sie ausstrahlt.

»Ich glaube, das hat dir … sehr gefallen.«

»Du bist dir ja deiner Sache ziemlich sicher.« Sie grinst mich an und stützt sich auf ihre Ellbogen, sodass ihre Brüste mir entgegenragen. Ich will nur noch meine verflixten Hosen loswerden und zu ihr ins Bett. »Ich kann mich nicht daran erinnern, dass es je so schön gewesen ist. Vielleicht ist es einfach zu lange her …«

In mir steigt die Erinnerung an ihren verstorbenen Ehemann auf. Es ist nur ein flüchtiger Gedanke, und ich frage mich erneut, warum sie sich ausgerechnet mich ausgesucht hat. Es scheint mir fast undenkbar, dass diese sinnliche Frau sich seit seinem Tod keinem anderen Mann hingegeben hat.

»Ich hoffe, es war die Wartezeit wert.« Ich ziehe meine Hose und die Socken aus und werfe sie auf den Kleiderhaufen neben dem Bett.

»Du hast keine Ahnung, wie sehr. Ich habe den Eindruck, ich schlafe hier mit einem Experten für Oralsex.« Ihr Spott scheint mit großer Ernsthaftigkeit unterfüttert zu sein, was mich überrascht. Bei meinen selbstbezogenen sexuellen Abenteuern habe ich nur selten Frauen mit dem Mund befriedigt. Ich habe immer mehr genommen als gegeben.

»Nun, ich könnte über dich dasselbe sagen, meine Schöne. Keine ist dir vergleichbar oder kommt auch nur in deine Nähe.« Ich ziehe als letztes Kleidungsstück meine Boxershorts aus und stehe mit voll aufgerichtetem Glied vor ihr. »Kann ich zu dir kommen?«

Kathryn lässt die Augen über meine Erektion wandern und leckt sich vorfreudig die Lippen. Ich streichle einige Male an meinem Schwanz auf und ab. »Siehst du irgendwas, das du haben willst?«

»Ja, aber wir brauchen ein Kondom.«

Ich hole eins aus der ungeöffneten Schachtel im Nachtschrank, und als ich mich zu Kathryn umdrehe, hoffe ich, dass sie mich begierig erwartet. Stattdessen hat sie einen fragenden Ausdruck im Gesicht. Ich weiß nicht, was ich falsch gemacht habe. Sie hat um das Kondom gebeten, und ich bin darauf eingegangen, obwohl sie weiß, dass ich lieber keins benutzen würde. Ich werde ganz bestimmt heute Nacht nicht noch einmal auf diesem Thema herumreiten.

Also schaue auch ich sie fragend an.

»Du hast also noch nie eine Frau in deinem Schlafzimmer gehabt, aber eine Schachtel Kondome neben dem Bett?« Sie wirft herausfordernd den Kopf zurück und taxiert mich abschätzend. Ihr Tonfall ist spitz, und ihre Bemerkung trifft mich völlig unvorbereitet.

»Ich habe sie vor einem Jahr gekauft, als ich hier eingezogen bin. Sie sind wahrscheinlich älter als die in deiner Schublade.« Ich hole die Schachtel vom Nachtschrank und reiche sie ihr. »Hier, du kannst ja nachzählen, wenn du willst. Es sollten sechsunddreißig Stück sein, einschließlich des Exemplars in meiner Hand.«

Sie lugt in die Schachtel und sieht, dass sie tatsächlich voll ist. Ich hoffe, das wird sie überzeugen.

»Du bist die einzige Frau, die ich jemals in meine Wohnung mitgenommen habe, und ganz sicher die einzige, die je in meinem Bett war. Es gab keine andere, nur dich.« Meine Stimme ist tief und ernst. Ich versuche, ihr klarzumachen, wie wichtig sie mir ist.

»Du klingst ehrlich.« Sie taxiert mich. »Ich denke, ich glaube dir. Vielleicht bin ich nach diesem Orgasmus aber auch einfach nur leicht zu überzeugen.«

Ich hatte den Atem angehalten und atme jetzt aus. Sie lacht melodisch, wie ich es an ihr liebe, und gibt mir die Box zurück. Unser Vertrauensproblem ist gelöst. Ich bin mehr als erleichtert, als ich die Schachtel zurück in die Schublade stopfe.

Kathryn wirft die schwarze Bettdecke zurück und zieht sie vom Bett. Anmutig drapiert sie sich auf der Matratze, legt den Kopf auf eines meiner Kissen und dreht sich zu mir. Einladend klopft sie auf meine Bettseite. Ich klettere neben sie und lege mich auf die Seite, sodass wir uns ansehen können. Kathryn schaut mir tief in die Augen, als suchte sie dort meine Seele.

Der Raum ist still. Und in diesem ruhigen Moment ändert sich etwas zwischen uns. Obwohl wir beide nackt und bereit sind, ist Sex plötzlich das Letzte, das mir einfiele. Da weiß ich, dass es Zeit ist, ihr von Simon zu erzählen. Ich habe es lange genug aufgeschoben; es gibt keine Entschuldigungen oder Gründe zum Schweigen mehr, abgesehen von meiner Feigheit. Und Kathryn verdient es, die Wahrheit zu erfahren.

Ihr Haar ergießt sich in einem schwarzen Strom über die weiße Kissenhülle. Ich kann meine Finger nicht bei mir behalten und wickle eine rabenschwarze Strähne um meinen Zeigefinger. Das verbindet mich mit ihr und gibt mir die Kraft, eine Wahrheit zu erzählen, auf die ich nicht im Geringsten stolz bin.

»Heute kamen die Kriminalbeamten in mein Büro, um mich zu Simon zu befragen.« Kathryn sieht mich besorgt an. Sie hört, wie meine Stimme zittert.

Ich beginne am Anfang, mit dem Abend, als ich Marta Llewellyn in den Hamptons begegnet bin. Für mich war es nur eine der üblichen Eroberungen. So normal, dass ich mich nicht einmal an ihr Gesicht erinnern kann, von ihrem Namen ganz zu schweigen. Ich lasse bei meinem Bekenntnis nicht das kleinste Detail oder die geringste Tatsache aus. Kathryn hört mir schweigend zu, während ich jede verdammte Einzelheit vor ihr ausbreite. Aber zu meiner Erleichterung rückt sie näher an mich heran, während ich spreche. Ich hatte Angst, sie würde das Gegenteil tun, sich enttäuscht oder sogar angeekelt zurückziehen. Weil alles nur die Warnungen bestätigt, die sie bezüglich meiner Person bekommen hat. Und weil ich mir mit jedem meiner Worte mein eigenes Grab schaufle.

Ich komme zum Ende und atme tief ein. Kathryn umfasst mein Kinn. Sie will meine ungeteilte Aufmerksamkeit. Als ich ihr in die Augen schaue, erkenne ich dort völliges Verständnis, keine Verurteilung.

»Was du an diesem Abend gemacht hast, war schäbig und billig und eindeutig eine falsche Entscheidung. Diesen Teil deines Lebens werde ich nie verstehen. Aber die Frau, die bereit gewesen ist, mit dir zu spielen, hat das gewusst.« Kathryn streichelt mit ihren Fingerspitzen meinen Arm. »Sie hätte wissen müssen, dass von dir nicht mehr als beiläufiger Sex zu erwarten ist.«

»Mag sein, aber mein Verhalten hat den Ball ins Rollen gebracht. Simon hätte Tom oder Lois erschießen können. Diese Tatsache kann ich nicht einfach abschütteln.« Ich schließe die Augen und versuche, die hässlichen Gedanken aus meinem Kopf zu vertreiben.

»Schau mich an, Kingsley.«

Ich öffne die Augen und sehe, dass sie mich durchdringend anblickt.

»Den beiden ist nichts passiert. Ja, du hast dich entschieden, mit dieser Frau zu schlafen. Aber sie war böswillig. Sie hat einen Menschen betrogen, der ihr vertraut hat. Simon hat sich in sie verliebt, sie hat jedoch die ganze Zeit gewusst, dass er für sie nur ein Werkzeug ist, mit dessen Hilfe sie in deine Nähe zu gelangen hoffte. Für mich ist das die reine Bosheit. Sie hat einem Menschen das Herz herausgerissen und kaputtgemacht. Aber die eigentliche Schuld liegt bei Simon. Nicht bei dir. Er hat sich nicht einfach so verändert. Vielleicht hat das Ende seiner Beziehung irgendetwas angetriggert. Wenn ich sehe, was er gemacht hat, glaube ich, dass er schon länger den Kontakt mit der Realität verloren hatte, als es dir bewusst war. Und der Verrat seiner Verlobten hat ihm den Rest gegeben.«

»Ich habe mich schon gefragt, was ich bei Simon übersehen habe. Er war immer zurückgezogen, hat alles für sich behalten. Wir haben uns im ersten Studienjahr am MIT kennengelernt; wir vier, Tom, Simon, Patrick und ich. Wir haben auf demselben Stockwerk gewohnt, zusammen studiert und große Träume gehegt. Wir waren jung, idealistisch und ehrgeizig.« Ich lasse meine Hand auf Kathryns Hüfte ruhen und reibe mit dem Daumen über ihre Haut.

»Deine Träume scheinen wahr geworden zu sein.« Sie tätschelt beruhigend meinen Arm und sieht nachdenklich aus. »Hatte Simon im College oder hinterher viele Frauengeschichten? Ich frage mich, ob er mit Frauen und mit Liebeskummer Erfahrung hatte.«

»Nicht dass ich wüsste. Simon blieb immer gerne hinter der Bühne; er war ruhig und nicht der typische Student. Auch damals schon ging er an den Wochenenden nicht gerne aus. Wir anderen haben während der Woche wie wild studiert und es am Samstagabend so richtig krachen lassen. Ich kann mich wirklich nicht daran erinnern, dass er sich vor seiner Exverlobten jemals mit einer Frau getroffen hat.« Ich fahre mir durchs Haar und schließe die Augen. Kurz erinnere ich mich daran, wie die Jungs und ich die Straßen von Boston unsicher gemacht und dabei viele willige Kommilitoninnen getroffen haben. »Gelegentlich kam Simon mit. Er ist aber immer nach Hause gegangen, wenn wir uns, äh, mit ein paar Mädels zusammengetan hatten.«

»Typisches Studentenverhalten, aber für dich ist es lange nach der Uni so weitergegangen.« Sie schilt mich, sogar ihre Augen drücken Tadel aus. »Aber nicht typisch für Simon. Sein Sozialverhalten war nicht normal. Ich glaube wirklich, dass er schon längere Zeit Probleme gehabt hat.«

»Nun, Dr. Kathryn, was Simon angeht, gebe ich dir recht. Er war mehr als nur schüchtern. Manchmal hatte ich den Eindruck, er verachtet die ganze Menschheit.« Ich lege den Arm um ihre Hüfte und ziehe sie an mich. Das seidige Bettlaken hilft, dass sie mir leicht in die Arme gleitet. Ich vergrabe mein Gesicht in ihren Haaren, atme tief ein und küsse ihre nackte Schulter. »Danke, dass du für mich da bist. Ich weiß nicht, wo ich ohne dich jetzt wäre. Wahrscheinlich allein und dabei, eine Flasche Scotch bis auf den Grund zu leeren.«

»Ich bin für dich da, Kingsley«, murmelt sie leise. Ich streichle ihren Nacken. Ihre Finger fahren leicht über meinen Rücken. Ihre ermutigende Akzeptanz besänftigt mich wie heilender Balsam. Ich hebe den Kopf und streiche ihr einige Haarsträhnen aus dem Gesicht, dann wandere ich mit den Fingerspitzen an ihren Wangenknochen entlang.

»Danke, dass du mich nicht verurteilst und mir eine Chance gibt. Ich frage mich immer noch, warum du mich in dein Leben gelassen hast. Hat es etwas mit dem zu tun, was deine Mutter gesagt hat?« Ich lächle bei der Erinnerung daran, wie Mrs Swanson vor ein paar Tagen versuchte, uns zu verkuppeln.

»Du weißt, dass ich eine Vanderbilt bin, oder?« Ich antworte mit einem Kopfnicken. Dank Peters' Recherchen wusste ich das bereits in der Nacht, in der wir uns begegnet waren. »Das habe ich mir gedacht, du Stalker. Ich scheine etwas in meiner DNA zu haben, das die bösen Buben anzieht. Meine Mutter, meine Tanten und meine Cousinen sind auch solchen Männern zum Opfer gefallen, aber es ist ihnen allen gelungen, den Tiger in ihnen zu zähmen. In unserer Familie gibt es eine kilometerlange Liste böser Jungs. Ich glaube, es ist eine Art mutiertes Gen bei uns Vanderbilt-Frauen.«

»Meine Liebe, in deinem reizenden Körper gibt es kein einziges mutiertes Gen.« Ich fahre mit der Hand ihren Leib entlang, berühre die Spitzen ihrer Brustwarzen und ende an der Kurve ihrer Hüften. Alles an ihr ist vollkommen, ohne Makel oder Fehler. »Ich hingegen …«

»Was ist mir dir?« Sie hat keine Ahnung, was ihre Frage tatsächlich bedeutet. Sie ist wie eine Bombe, die jeden Augenblick detonieren kann. »Ich weiß nichts über deine Vergangenheit oder deine Kindheit. Du hingegen weißt alles über mich.«

Sanft versucht sie, mir meine Lebensgeschichte zu entlocken. Verdammt, ich fühle mich, als könnte ich sie ihr mitteilen. Es spricht Bände, dass sie die verrückte Sache mit Simon ausgehalten hat, nicht davongerannt ist.

Vielleicht ist es ihre psychologische Ausbildung, die mich dazu bewegt, mich ihr zu öffnen. Wahrscheinlicher ist es jedoch der Tatsache geschuldet, dass ich mich bei ihr sicher und aufgehoben fühle. Erstmals seit zehn Jahren bin ich bereit, einem Menschen zu vertrauen und die Tür zu meiner Vergangenheit zu öffnen.

Und Kathryn ist nicht einfach irgendwer; sie ist die Frau, die sich mir in jeder nur denkbaren Weise geschenkt hat. Sie hat mich durch diese intensive Tantra-Sitzung geführt, und ich habe gespürt, wie eine Last von mir gewichen ist.

Jetzt soll sie erfahren, wo diese Dämonen eigentlich hergekommen sind und wie mein Leben auf dieser Erde begonnen hat.

»Kingsley, ist alles mit dir in Ordnung?« Wir liegen einander zugewandt auf dem Bett; mein Rücken zeigt in Richtung des Glasfensters, durch das die Lichter der Stadt leuchten. Darum liegt mein Gesicht im Schatten. Kathryn kann nicht sehen, dass ich gedankenverloren darüber nachsinne, wie ich meine Erzählung beginnen soll. Am besten wohl ganz am Anfang, bei meiner Empfängnis.

Kapitel 21

»Wenn ich dir verrate, wer mein Vater ist, wirst du verstehen, warum ich derjenige mit den mutierten Genen bin.« Ich lache halbherzig. Was meinen Vater angeht, gibt es nichts Lustiges. Er ist ein grausamer, egoistischer Bastard. Bevor ich ins Detail gehe, lege ich die Hand auf Kathryns unteren Rücken und ziehe sie näher zu mir. Ich will sie spüren, Haut an Haut.

»Flora, meine Mutter, war eine wunderschöne Frau. Wie du.« Ich lege die Hand an Kathryns Gesicht und fahre mit den Fingerknöcheln über ihre Wange. Sie kommt meiner Berührung entgegen. »Sie hat an der Parsons School of Design studiert. Im Sommer nachdem sie das Studium abgeschlossen hatte, bot man ihr die Stelle der Assistentin einer Assistentin bei der *Vogue* an. Sehr weit unten in der Hackordnung, aber sie hatte einen Fuß in der Tür. Kurz nachdem sie angefangen hatte, organisierte die *Vogue* eine Veranstaltung für die Modeindustrie. Da hat sie den Mann kennengelernt, den ich in Ermangelung eines besseren Begriffes meinen ›Vater‹ nenne. Ich weiß nicht genau, wie sie sich begegnet sind, denn ich habe das alles erst nach dem Tod meiner Mutter herausgefunden.«

»Kingsley, das tut mir so leid. Wie alt warst du, als sie gestorben ist?« Kathryn streicht jetzt mit beinahe hypnotisierenden Bewegungen meinen Arm hinauf und hinunter. Selbst diese zärtliche Berührung gibt mir noch nicht die Sicherheit, über dieses Thema sprechen zu können. Immer wenn ich an den Tod meiner Mutter denke, beginnt mein Herz zu rasen. Seit Jahren drehten sich meine Albträume darum. Ich lege mich auf den Rücken und seufze. Ich muss mich erst einige Sekunden sammeln, bevor ich fortfahre.

»Sie starb, als ich zweiundzwanzig war, genau vor meinem Studienabschluss am MIT.« Ich atme tief ein und starre die Schatten an, die an der Decke tanzen. »An einem Mittwochabend hat sie mich angerufen und wollte mit mir reden. Es war untypisch für sie, mich mitten in der Woche zu kontaktieren, weil ich ja studierte. Normalerweise haben wir an den Sonntagabenden miteinander telefoniert. Alles an diesem Anruf war eigenartig. Ihre Stimme war angestrengt und schwach. Ich habe immer wieder gefragt, ob sie vielleicht krank ist. Sie sagte, dass sie sich nicht wohlfühle, einen schlimmen Virus habe und wahrscheinlich nicht an meiner Abschlusszeremonie in der kommenden Woche teilnehmen würde. Ich habe ihr nicht geglaubt.«

Kathryn rückt näher, und ich ziehe sie an mich. Sie legt ihre Hand über mein Herz und streicht mit den Fingern über meine Brust. Ich schließe die Augen, will mich konzentrieren und die Kraft ihrer Berührung in mich aufnehmen. Was jetzt kommt, wird am schwierigsten.

»In diesem Semester war ich nicht ein einziges Mal zu Hause gewesen. Ich hatte das Gefühl, dass etwas nicht stimmte. Meine Mutter würde sich meine Abschlussfeier niemals entgegen lassen, nie und nimmer. Sie gehörte zu den Müttern, die bei jedem Sportereignis, jeder Zeugniszeremonie und jedem Bandauftritt dabei waren. Also habe ich einen Shuttleflug von Boston nach Philadelphia genommen. Meine Abschlussprüfungen waren vorbei und meine Zeit am MIT praktisch zu Ende.«

Ich wende Kathryn den Kopf zu und sehe in ihren mitfühlenden Augen, dass sie mich ermuntert weiterzusprechen. Ich muss mich von ihr wegdrehen, denn ich kann ihre Güte nicht ertragen. Vor zehn Jahren war ich alles andere als gut und freundlich gewesen.

»Auf dem Flug nach Philadelphia hat mich eine Flugbegleiterin geradezu schamlos angemacht. Sie war hübsch, also habe ich zurückgeflirtet. Als sie die Kabine auf die Landung vorbereitete, steckte sie mir einen Zettel mit ihrem Namen und ihrem Hotel zu. Sie wohnte in einem Stadthotel in der Nähe des Flughafens und hat mich eingeladen, sie in einer Stunde an der Bar zu treffen. Das habe ich auch gemacht. Ich bin zum Hotel gegangen und ein paar Stunden dort geblieben. Hinterher habe ich ein Taxi zum Haus meiner Mutter genommen.«

Meine Brust beginnt zu schmerzen, und mein Atem wird eng, denn jetzt komme ich zu den schlimmen Dingen.

Verdammt, verdammt, verdammt. Ich kann nicht zurückgehen.

Ich setze mich im Bett auf, und mein Herz beginnt, heftig in meiner Brust zu schlagen. Ich schwinge die Beine über den Bettrand, stelle die Füße auf den Boden und fahre mir mit beiden Händen durchs Haar.

Es macht für mich keinen Unterschied, ob ich diese alten Erinnerungen in mir aufsteigen lasse, während ich wach bin, oder ob sie mich in einem Albtraum heimsuchen. Stets hat mich dieselbe Panikreaktion im Griff.

Kathryn schiebt sich auf dem Laken auf mich zu, mit gerunzelter Stirn. Der schmerzliche Ausdruck auf ihrem Gesicht gilt mir. Kein Mensch, abgesehen von meiner Mutter, hat jemals meinen Schmerz geteilt. Kathryn hier bei mir zu haben macht mich ein wenig ruhiger.

»Kingsley.« Mein Name ist ein Flüstern auf ihren Lippen, ihr mitleidsvoller Gesichtsausdruck spiegelt sich in ihrer Stimme.

»Du musst mir heute nicht mehr erzählen.« Kathryn setzt sich neben mich auf den Bettrand. Sie legt ihre zarte Hand auf mein Bein, und ich bedecke sie mit meiner eigenen. Selbst in dieser einfachen Berührung spüre ich die Verbindung zwischen uns.

»Ich muss es dir sagen.« Ich schlucke hart. Mein Hals fühlt sich ausgetrocknet und rau an, und ich wünschte, ich hätte meinen Scotch hier.

»Als ich am Haus meiner Mutter ankam, waren die Lichter ausgeschaltet. Das ganze Haus wirkte unheimlich. Es war noch nicht mal zehn Uhr nachts, also hätte sie noch wach sein müssen. Ich habe nach ihr gerufen, es gab keine Antwort. Völlige Stille. Ich dachte, sie könnte im Bett sein, also bin ich die Treppe hinaufgelaufen. Ich habe das Licht in ihrem Schlafzimmer angeknipst und …« Ich halte inne, um zu Atem zu kommen und meinen Puls zu beruhigen. Mein Körper ist so verkrampft, also wäre ich gerade fünf Meilen gerannt.

»Sie lag auf dem Bett, in einem ihrer Lieblingskleider, und irgendwie sah es fürchterlich falsch aus. Ihre Hände waren auf ihrer Brust gefaltet, und auf ihrem Nachttisch lagen Pillen. Es schien mir unvorstellbar, aber ich wusste, sie hatte welche geschluckt.«

Kathryn schlingt ihre beiden Hände um meine. Diese kleine Geste bedeutet mir so viel.

»In einer Sekunde war ich an der Seite meiner Mutter und fing an, sie zu schütteln. Doch sie reagierte nicht. Panisch habe ich das Telefon vom Nachttisch gerissen und den Notdienst angerufen. Ich kann dir nicht sagen, was ich gemacht habe, bis die Sanitäter eintrafen. Sie versuchten, sie wiederzubeleben, aber es war zu spät. Sie legten ihren Leichnam auf die Trage und bedeckten ihn mit einem weißen Tuch. Dann haben sie ihn fortgebracht. Der amtliche Leichenbeschauer sagte, sie sei erst vor einer Stunde gestorben. Ich hätte sie retten können, wenn ich … wenn ich nicht …« Ich kann den Satz nicht zu Ende sprechen, Tränen laufen mir übers Gesicht. Die ersten, die ich seit ihrer Beerdigung geweint habe.

»Kingsley, wie furchtbar! Ich kann es mir gar nicht vorstellen!« Kathryn lehnt ihren Kopf an meinen Arm. Ich schaue sie an, frage mich, ob die Dunkelheit meine Tränen verbirgt.

»Meine Mutter hatte Krebs. Ein Glioblastom im vierten Stadium, ein inoperabler Hirntumor wie derjenige, der Senator Kennedy umgebracht hat. Sie wollte mich nicht mit ihrer unheilbaren Krankheit und ihrem langsamen Tod belasten. Also hat sie sich das Leben genommen. Ich hatte vor, nach meinem Studium nach New York zu gehen, und sie befürchtete, ich könnte stattdessen nach Philadelphia zurückkehren und mich um sie kümmern. Aber ich kann mich einfach nicht damit abfinden, dass ich irgendeine Frau gevögelt habe, während sie starb. Allein.« Ich senke den Kopf, angeekelt von mir selbst. Und ich frage mich, ob Kathryn mich so verabscheut wie ich mich.

»Mach dir keine Vorwürfe, Kingsley. Du konntest es nicht wissen.« Ich spüre, wie sie meinen Arm mit leichten Küssen bedeckt.

»Warum habe ich dich jetzt erst gefunden? Warum konntest du nicht vor zehn Jahren in mein Leben kommen?« Ich lasse ihre Hand los und umarme sie fest, will sie nie mehr freigeben.

»Still, du süßer Mann. Ich bin jetzt hier.« Sie streicht mit den Fingern durch mein Haar und hält im Nacken inne, wo sie die Strähnen um ihre Finger wickelt. Ich beginne, leise zu summen, genieße ihre sanfte Berührung.

»Du hast keine Ahnung, wie sehr ich es gebraucht habe, dass jemand das zu mir sagt. Ich habe mit niemandem über ihren Tod gesprochen, außer mit ihrem Notar. Er hat mir einen Brief gegeben, den sie mir geschrieben hatte. Sie hatte ihn gebeten, ihn mir nach ihrem Tod zukommen zu lassen.«

»Und da hast du erfahren, wer dein Vater ist?«

Ich atme tief ein und fahre fort. Alles, was ich heute über den Tod meiner Mutter sagen kann, habe ich ausgesprochen.

»Ja. Mir war immer erzählt worden, mein Vater sei kurz vor meiner Geburt gestorben, doch das stimmte nicht.« Ich schließe die Augen. Kathryn streichelt zärtlich über meinen Nacken. Es hilft mir, mich zu beruhigen.

»Doch in gewisser Weise war es keine Lüge, denn seine einzige Kenntnisnahme meiner Ankunft auf der Welt war, dass er ihr einen Scheck über zehn Millionen Dollar hatte zukommen lassen. Allerdings unter der Bedingung, dass meine Mutter unterschrieb, keinerlei weitere finanzielle Forderungen an ihn zu stellen. Es war so eine Art Vaterschaftsanerkennung.«

»Deine Mutter tut mir so leid. Und du auch. Es ist schrecklich, dass du nach ihrem Tod so etwas erfahren musstest. Du musst so viele Fragen gehabt haben.«

»Das kannst du dir gar nicht denken. Endlos viele. Und ich weiß, ich werde die Antworten niemals bekommen, denn sie sind für immer mit ihr begraben.«

»Ist es deshalb für dich so schwer, dich mit ihrem Tod abzufinden?«

Ich nicke. Sie hat recht: Die Tatsache, dass ich weder meine Fragen zu meinem Vater noch zum Tod meiner Mutter beantwortet bekommen konnte, hat mich gelähmt. Ich war unfähig, diese schrecklichen Erinnerungen loszulassen. Ich seufze tief, als Kathryn noch näher rückt. Ihre Freundlichkeit tröstet mich.

»Abfinden? Das werde ich nie können.« Ich weiß, das ist die bittere Wahrheit. Einige Dinge gehen kaputt und können niemals repariert werden. Ich bin überzeugt, genau so ist es hier.

»Es ist möglich, einen Abschluss zu finden, ohne alle Antworten zu bekommen. Der Weg zu dieser Art von Heilung ist jedoch nicht einfach. Du müsstest eine Therapie machen. Über die Vergangenheit sprechen.«

»Ich bezweifle, dass ich das in absehbarer Zeit tun werde. Ich kann einfach nicht mit einem vollkommen fremden Menschen über all diese Dinge reden.« Allein beim Gedanken daran beginnt mein Herz zu rasen.

»Manchmal ist es einfacher, mit einem Fremden zu sprechen als mit jemandem, den du kennst. Denk einfach mal darüber nach. Ich mag es nicht, dich so leiden zu sehen.«

»Das werde ich tun.« Es ist ein vages Versprechen, eines, das ich bestimmt nicht halten werde. Wahrscheinlich ist es mies von mir, aber ich bin einfach noch nicht bereit für die Couch eines Psychiaters.

»Gut.« Kathryn nimmt meine beiden Hände und drückt sie ermutigend. »Du weißt, wer dein Vater ist. Er muss ein wohlhabender Mann sein, wenn er ihr so eine riesige Summe gegeben hat.«

»Ja … das Schweigegeld.« Ich lache über den Begriff, denn für mich hat er ganz bestimmt nichts mit Schweigen zu tun. »Er ist wohlhabend und berühmt. Ich habe ihn bei verschiedenen Anlässen gesehen, aber ich habe verdammt gut dafür gesorgt, dass wir uns niemals offiziell begegnet sind. Ich bin überzeugt, dass er weiß, wer ich bin, denn er bleibt stehen und schaut mich verächtlich an, wenn er mich sieht. Und ich glaube, mein Blick zurück ist nicht viel anders.«

»Also lebt er noch in der Stadt, und ihr begegnet euch? Oh Gott, das muss furchtbar sein, Kingsley.«

»Tja, vor Xavier Thorpe, der Leuchtfigur von New York City, kann man sich nur schwer verstecken.«

Kathryns ganzer Körper verkrampft sich, als ich den Namen meines Vaters erwähne. Ich merke, wie ihr Griff um meine Hand fester wird. »Was ist los? Kennst du ihn?«

»Ja, ich kenne ihn.« Ihre Stimme zittert, sie seufzt und senkt den Kopf. Ich merke, dass es ihr nicht leichtfällt, über ihn zu reden. Etwas Eigenartiges, was wir offenbar gemeinsam haben, doch ich weiß nicht, was es bedeutet. »Aber ich habe ihn nicht mehr gesehen, seit ich neunzehn war. Ich bin mit seinem Sohn befreundet.«

»Oliver? Thorpe hat ihn enterbt und nach San Francisco verbannt, als er sein Coming-out hatte, oder?«

Sie nickt und sieht traurig aus. Dann kommt mir ein Gedanke. Heute hatte sie ihren besten schwulen Freund aus San Francisco getroffen. »Hey, der Mann, mit dem du dich auf einen Drink …«

»Ja, das war Oliver Thorpe.« Sie beugt sich vor und umschlingt ihren Oberkörper mit den Armen. Das Thema macht ihr sichtlich zu schaffen. »Ollie und ich sind befreundet, seit … ach, ich kann mich gar nicht an die Zeit erinnern, als ich ihn nicht gekannt habe. So lange ist er schon ein Teil meines Lebens.«

»Seid ihr gemeinsam aufgewachsen? Es ist unglaublich! Wie groß ist wohl die Chance, dass du ausgerechnet meinen Halbbruder kennst? Wie ist Ollie so? Ist er ein netter Kerl?« Ich lehne mich zu ihr, will unbedingt mehr hören. Kurz nachdem ich wusste, wer mein Vater war, habe ich auch von meinem Halbbruder erfahren. Ich war immer neugierig auf ihn.

Kathryn sitzt jetzt wieder aufrecht, aber ihre Arme sind noch um ihre Hüften geschlungen. »Ollie ist großartig. Er war in der dunkelsten Zeit meines Lebens für mich da.« Ich frage mich, ob sie den Tod ihres Mannes meint. »Vielleicht kannst du ihn eines Tages treffen. Ich will dich nicht drängen. Aber ich denke, er würde gerne wissen, dass er einen Bruder hat. Er ist ein Einzelkind, und ich weiß, ihr beide habt eine Menge gemeinsam, was Mr X angeht.«

»Tatsächlich? Inwiefern?«

»Ihr wurdet beide von eurem Vater ins Exil geschickt. Der eine, weil er geboren wurde, der andere, weil er homosexuell ist.«

Ich kann nicht verstehen, wie jemand so grausam sein kann, seine eigenen Kinder abzulehnen.

»Ich habe seit Jahren Olivers Karriere im Silicon Valley beobachtet. Er hat es auch ohne die Hilfe von Mr X geschafft. Aber ich wollte mich niemals in sein Leben einmischen. Vielleicht kann ich ihn eines Tages treffen. Es gibt ein paar entfernte Verwandte, aber ich habe keinen von ihnen gesehen, seit … nun, seit ihrem Tod …«

»Es tut mir leid, Kingsley. Du musst dich all die Jahre sehr allein gefühlt haben, besonders an den Feiertagen.« Kathryn lächelt mich voller Wärme an. Sie versteht die Einsamkeit, die entsteht, wenn man keine enge

Familie hat. Die Weihnachtstage waren immer die Hölle für mich. Ich versuche jedes Jahr, irgendwohin in die Tropen zu fahren, um den Feiertagen zu entkommen. Palmenstrände und Frauen in megaknappen Bikinis helfen mir, die Jahreszeit zu vergessen.

»Was kann man da schon tun?« Ich zucke mit den Achseln, denn es gibt verdammt noch mal überhaupt nichts, womit ich die Dinge ändern könnte. »Ich kann immer noch nicht glauben, dass du Oliver, ich meine Ollie, kennst. Ich vermute, ihr habt euch in denselben gesellschaftlichen Kreisen bewegt.«

»Unsere Mütter waren befreundet, als wir aufwuchsen.« Kathryn sieht verstört aus, als wäre die Erinnerung an diese Freundschaft für sie schmerzlich.

»Hmm. Sie waren befreundet. Heißt das, sie sind es nicht mehr?«

Kathryn lehnt sich wieder in die Kissen. Jetzt weiß ich, dass ich den Nagel auf den Kopf getroffen habe.

»Nach dem Tod meines Vaters waren meine Mutter und die von Ollie nicht mehr befreundet. Der Bruch ist irreparabel.« Mit ihrem kurzen Kommentar verrät Kathryn mir nichts außer die blanken Fakten. Es fühlt sich an, als hätten wir die Rollen vertauscht und ich spräche mit mir selbst.

»Ich merke schon, du redest genauso gerne über die Thorpes wie ich.«

Kathryn lächelt mich schwach an, aber wenigstens ist es ein Lächeln. »Vielleicht haben wir für heute genug geredet. Ich bin geschafft.«

Tatsächlich ist mein Geist erschöpfter als mein Körper. Ich bin emotional vollkommen ausgebrannt. Kathryn rutscht neben mich, legt ihren Kopf auf mein Kissen. Sie wendet mir den Rücken zu, und ich schlinge den Arm um ihre Hüfte und ziehe sie ganz an mich heran.

»Ich bin auch müde. Ich kann mich nicht erinnern, wann ich das letzte Mal so früh ins Bett gegangen bin. Aber wir brauchen unseren Schlaf, denn morgen stehen etliche Tantra-Stunden auf dem Stundenplan.«

»Verflixt, wie soll ich denn schlafen, wenn ich an meine verführerische Tantra-Lehrerin denken muss?« Ich versenke meinen Kopf in ihrem Haar. Ihr Duft umfängt mich. Vom Geruch ihres Parfüms und dem Gedanken an Tantra wird mein Schwanz steinhart. Ich drücke ihn gegen ihren

Hintern. Die bloße Erwähnung ihrer erotischen Pläne löst bei mir eine unkontrollierbare Reaktion aus, wie bei einem Pawlow'schen Hund. Ein Automatismus, der greift, sobald Kathryn in meiner Nähe ist. Was für eine Frau!

Sie drückt ihre Hüften gegen meine Erektion. Ich reagiere, indem ich mich gegen ihren weichen Hintern presse und merke, wie gut mein steifer Schwanz zwischen ihre Arschbacken passt. Sie bewegt die Hüften. Nach ein paar Stößen hört sie auf, mich zu necken, dreht sich herum und greift mit geübten Fingern meinen harten Schwanz. Langsam streichelt sie auf und ab. Ich stöhne laut, als sie die Geschwindigkeit ihrer Handbewegungen erhöht. Verdammt, ihre Berührungen tun so gut.

»Schlaf mit mir, Kingsley.« Ihre Stimme ist leise, aber ich höre ihre Sehnsucht. Selbst in der schattigen Dunkelheit kann ich sie in ihren Augen sehen.

»Leg dich für mich auf den Rücken, meine Schöne.« Meine Stimme ist belegt und rau, und ich denke daran, wie es sich anfühlt, tief in sie einzudringen.

Kathryn gehorcht meiner Aufforderung sofort und rollt sich auf den Rücken. Eine Göttin mit rabenschwarzen Haaren wartet auf mich.

Ich greife nach der Folienpackung, die ich auf den Nachtschrank gelegt hatte, und lächle innerlich, denn nach all unseren Gesprächen hätte ich nicht mehr an Sex gedacht. Doch ich hätte es besser wissen müssen. Wie auch immer unsere Stimmung ist, die sexuelle Anziehungskraft zwischen uns ist zu stark, als dass wir sie ignorieren könnten.

Nachdem ich das Kondom über mein Glied gerollt habe, setze ich mich auf die Knie. Kathryn hat ihre Beine leicht gespreizt und beobachtet mich, als ich mich für sie vorbereite. Ich schlucke hart, als ich sehe, wie sie mit ihren Fingern an ihren Brustwarzen zieht.

»Verdammt, das sind meine«, knurre ich beinahe, falle nach vorne zwischen ihre Beine und nehme einen steifen Nippel in den Mund. Kathryn wimmert leise vor Begierde. Sie greift in mein Haar und krallt ihre Finger hinein. Ich bin wild vor Lust. Noch nie wollte ich so sehr mit einer Frau zusammen sein wie mit ihr.

Mit der Hand spreize ich ihre Beine noch weiter und streiche mit den Fingerspitzen ihre Oberschenkel hoch. Ich spüre, wie sie unter meiner Berührung erzittert, halte meinen Schwanz und beginne, ihn um ihre Möse zu reiben. Sogar durch das Kondom fühlt sich Kathryn glitschig und nass an. Meine Berührungen finden keinen Widerstand.

Ich stoße fest mit den Hüften zu, und sie schreit auf, als ich ganz in sie hineingleite. Kurz schließe ich die Augen, denn sie um mich herum zu spüren ist beinahe mehr, als ich ertragen kann. Diese Frau hat mich voll und ganz für sich eingenommen. Während sie unter mir die Hüften kreisen lässt, küsse ich sie leidenschaftlich. Sie erwidert meine Glut, und unsere Zungen imitieren unsere Hüften. Unser Liebesspiel wird zu einer brennenden, langsamen Kadenz der Leidenschaft. Ich ziehe und drehe mit den Fingern eine Brustwarze. Als ich sie ein wenig kneife, reagiert Kathryn, indem sie ihre Hüften fest gegen die meinen presst. Angeregt von ihrer Reaktion wandere ich mit meinen Lippen ihren Hals hinunter und zur anderen Brustwarze.

»Oh Gott, Kingsley.« Sie stöhnt und presst meinen Kopf fester gegen ihre Brust, während ich sie weiter attackiere.

Als ich mich meinem Höhepunkt nähere, spüre ich, wie Kathryns Beine zu zittern beginnen. Immer wenn ich sie zum Kommen gebracht habe, waren es ihre Beine, die zuerst reagiert haben.

»Schau mich an, Kathryn.« Ich habe meinen Mund von ihrer Brustwarze gelöst und schaue hinunter in ihre Augen. Dann schiebe ich meine Hand zwischen uns, finde ihre Klitoris. Ich reibe sie mit den Fingern und sehe die Lust in Kathryns Augen wachsen. So kann ich ablesen, wie nahe sie dem Höhepunkt ist. Sobald ich spüre, wie sie sich um meinen Schwanz herum zusammenzieht, stoße ich tief und schnell in sie hinein. Sie wölbt sich mir entgegen, und ihre Fingernägel zerkratzen leidenschaftlich meinen Rücken.

Wir kommen zusammen und blicken uns dabei in die Augen. Es ist so verdammt großartig, sie dabei zu beobachten, wie sie sich dem Genuss hingibt, den ich ihr bereite. Ich hatte keine Ahnung, dass Sex so sein könnte. In diesem Augenblick fühle ich mich, als wären Kathryn und ich tatsächlich eins.

Ich falle nach unten und stütze mich neben ihr auf meine Ellbogen, sodass der größte Teil meines Gewichts nicht auf ihr lastet.

Als ich wieder zu Atem gekommen bin, lege ich meine Lippen an ihr Ohr.

»Danke, meine Schöne«, murmle ich und wandere mit Küssen von ihrem Ohr zu ihrem Hals. Endlich wird Kathryns Atem langsam und gleichmäßig, und ich weiß, dass sie dabei ist einzuschlafen.

Ich halte sie in den Armen. Noch nie zuvor habe ich gewollt, dass eine Frau mir gehört. Nur mir. Aber ich habe bis jetzt auch noch keine Frau wie Kathryn getroffen. Meine Gefühle für sie sind mir fremd. Irgendwo in meinem Hinterkopf frage ich mich, ob ich mich vielleicht gerade in sie verliebe.

Kapitel 22

Ein fernes, summendes Geräusch weckt mich aus meinem Schlaf. Auf der Suche nach der Ursache steige aus dem Bett und finde unsere Kleider auf einem Haufen auf dem Boden liegen. Ich klaube mein Telefon aus der Hosentasche und schalte das Display ein, woraufhin etliche versäumte Gespräche und SMS angezeigt werden. Der Akku ist schon wieder fast leer. Ich schüttle den Kopf über die Erkenntnis, dass diese wunderschöne Frau mich komplett ablenkt und mich die einfachsten Teile meiner täglichen Routine vergessen lässt.

Allerdings hat die Ablenkung eine positive Wirkung auf mich. Schon wieder habe ich friedlich geschlafen. Vielleicht ist Kathryn das Heilmittel für meine zehn schlaflosen Jahre. Ich kann mich erinnern, letzte Nacht aufgeweckt worden zu sein: von einem Paar süßer, heißer Hände, die meinen ganzen Körper streichelten. Ich lächle in Erinnerung an unseren nächtlichen Liebesakt und daran, dass Kathryn es eindeutig bevorzugt, dabei oben zu sitzen. Mir ist das nur recht, denn diese Position macht es mir leichter, ihren perfekten Körper mit den Händen zu erkunden.

Ich schaue zu Kathryn hinüber, die friedlich schlafend in meinem Bett liegt. Ihr Haar ist ein Chaos aus schwarzen Locken, sie liegt auf dem Rücken, und die Bettdecke verhüllt sie bis zu den Hüften. Ihre vollen Brüste sind gut sichtbar. Sie sieht aus wie ein verlockendes, schlafendes Dornröschen, das darauf wartet, vom Kuss des Prinzen aufgeweckt zu werden. Ich würde gerne hierbleiben und sie wach küssen, aber wenn ich mich jetzt nicht fertig mache, komme ich zu spät zu meinem Treffen mit Tom.

Ich beschließe, sie so lange wie möglich schlafen zu lassen, dusche schnell und leider allein, ziehe eine lässige schwarze Hose und einen grauen Kaschmirpullover über. Es ist noch Vorfrühling, sodass ich mehr als nur ein Hemd brauche, um nicht zu frieren.

Als ich fertig bin, gehe ich in die Küche und mache Kaffee für Kathryn und mich. Ich weiß nicht, wie sie ihren Kaffee mag, also fülle ich Sahne und Zucker in kleine Gefäße und stelle sie zu unseren Kaffeetassen auf ein Tablett, um es in das Schlafzimmer zu tragen.

Bevor ich Kathryn den Kaffee bringe, klopfe ich an die Tür des Butlerzimmers neben der Küche. Ich muss mit Goliath sprechen, ihm sagen, dass ich in ein paar Minuten in mein Büro gehen will.

»Kommen Sie rein«, höre ich seine schroffe Stimme hinter der Tür. Ich trete ein und finde ich ihn am Tisch sitzen, bereit für den Tag, von Kopf bis Fuß in Schwarz gekleidet. Er analysiert gerade die Übertragungen von drei Überwachungskameras.

»Guten Morgen, Hayes. In zehn Minuten, vielleicht auch etwas früher, bin ich bereit zum Gehen. Eddie hat mir eine SMS geschickt und gesagt, dass er bald hier ist. Haben Sie auch eine Nachricht von ihm bekommen?«

»Ja, und auch von Peters. Es gibt nichts Neues. Ich habe die Überwachungskamera kontrolliert, die wir vor dem Haus installiert haben, damit ich weiß, dass das Umfeld gesichert ist, wenn wir gehen.«

Ich habe den Eindruck, dass diese ganzen Sicherheitsmaßnahmen völlig übertrieben sind, besonders weil die Ermittlungen ja darauf schließen lassen, dass Simon sich in Kanada aufhält. Aber fürs Erste werde ich mich damit abfinden.

»In Ordnung, wir treffen Sie im vorderen Flur. Sagen wir, in fünf bis acht Minuten.«

Er nickt und wendet sich wieder den Bildschirmen zu. Was für ein verdammt langweiliger Job! Ich bin dankbar, dass Goliath so gewissenhaft ist. An seiner Stelle würde ich wahnsinnig werden.

Ich gehe noch einmal in die Küche und hole das Frühstückstablett mit unserem Kaffee. Als ich ins Schlafzimmer komme, ist es wie ein Déjà-vu, denn das Bett ist leer und Kathryn nirgends zu sehen. Ich stelle das Tablett auf die glatten Laken und höre, dass im Badezimmer Wasser läuft.

Die Tür zum Bad ist nur angelehnt, und ich spähe hinein. Ich sehe Kathryn in einem der Spiegel über dem Waschbecken. Sie ist über das

Becken gebeugt und spritzt sich Wasser ins Gesicht. Ich trete in den Raum und reiche ihr ein Handtuch. Sie schaut auf, lächelt mich strahlend an. Was für ein morgendlicher Anblick!

»Danke«, sagt sie und nimmt mir das Handtuch ab.

»Gerne.« Sie presst es gegen ihr Gesicht und wendet sich danach zu mir um, nackt von Kopf bis Fuß. Was bin ich für ein glücklicher Mann, eine Frau zu haben, die so unbefangen mit ihrem Körper umgeht.

»Guten Morgen, du Schöne.«

Ich schaue sie prüfend an und sehe, dass ihre Brustwarzen hart werden. Es ist ein berauschendes Gefühl, dass allein mein forschender Blick sie erregen kann. Ich ziehe sie in meine Arme, meine Hände fahren ihren Rücken hinunter bis zu ihrem schönen Hintern. Sie schlingt fest die Arme um mich und legt ihren Kopf an meine Brust.

»Ich wünschte, wir hätten heute früh mehr Zeit.« Sie muss meine Erektion spüren und merken, was hinter meinen Worten steht. »Aber in ein paar Minuten treffe ich mich mit Tom im Büro.«

Kathryn schaut zu mir hoch. Ich streichle ihre weiche, frisch gewaschene Wange.

»Das ist in Ordnung. Ich habe ein paar Dinge zu erledigen. Bis wann brauchst du? Denk dran, wir haben eine Tantra-Sitzung«, sagt sie. Ich hebe meine Augenbrauen und grinse.

»Meinst du ernsthaft, ich würde das vergessen?« Ich presse meinen steifen Schwanz an sie. »Glaube mir, ich kann es kaum erwarten. Ich sollte mittags oder vielleicht noch früher fertig sein.«

Kathryn nimmt meinen unter dem Reißverschluss erigierten Schwanz in die Hand. Der Druck lässt mich aufstöhnen, und ich werfe den Kopf zurück.

»Du wirst mich noch umbringen, meine Schöne.« Meine Stimme ist gepresst, ich spüre, wie mich Begehren durchströmt. Ich muss mich ungeheuer beherrschen, um Kathryn nicht auf den Badezimmertresen zu heben und um den Verstand zu vögeln.

»Ich höre lieber auf, dich anzufassen. Ich weiß, Jungs hassen es, wenn man ihren Schwanz nur ein bisschen neckt«, sagt sie mit einem Augenaufschlag.

»Wie oft war ich schon tief in dir drin?« Ich schaue sie herausfordernd an. Sie erwidert meine Frage mit einem scheuen Lächeln. »Genau, das war keine Neckerei.«

Sie lacht und geht zurück ins Schlafzimmer. »Oh, Kingsley.«

Ich folge ihr und sehe zu, wie ihr süßer kleiner Hintern vor mir hin und her schwingt.

»Hey, besteht irgendeine Chance, dass du mich in den nächsten Tagen mal Adam nennst? Es sind nur vier kleine Buchstaben. Ich glaube allmählich, du bist einfach nur stur.« Kathryn hält inne, um ihre Kleider aufzuheben, und beginnt, sie anzuziehen. Bei einem Körper wie ihrem sollten Kleider verboten sein.

»Ich bin nicht stur, nur vorsichtig.« Sie zwinkert mir zu. »Wir kennen einander noch nicht mal eine Woche. Dich mit einer Frau sieben Tage hintereinander zu treffen wäre für dich ein absoluter Rekord, oder?«

Wie üblich hebe ich kapitulierend die Hände. Kathryn steht vor mir, völlig angezogen und bereit zu gehen. Aber ich glaube, sie hat ein wichtiges Kleidungsstück vergessen.

»Unten ohne?«, sage ich, als ich sehe, dass ihr Höschen noch auf dem Boden liegt.

Sie stopft es in ihre Handtasche und beantwortet so meine Frage. Dann lächelt sie mich schelmisch an. »Ich will, dass du weißt, dass ich nichts unter meinem Kleid trage, wenn ich hier gehe.«

»Ich glaube, jetzt ist es offiziell: Du versuchst, mich mithilfe von Sex langsam umzubringen.«

»Oh, ich werde es so machen, dass es wert ist, dafür zu sterben.« Kathryn blinzelt und fährt mir mit einem Finger die Brust hinunter. Kurz über meinem Gürtel hält sie inne.

»Du magst es, mich zu foltern, oder?« Meine Stimme bebt und ist heiser. Kathryn nickt mir leicht zu, während sie sich auf die Lippen beißt. Ja, das ist es wert, dafür zu sterben. Im Flur stoßen wir auf Goliath und fahren nach unten zu Eddie, der vor dem Haus auf uns wartet. Kathryn und ich halten uns im Aufzug an den Händen, aber wir geben Hayes keine so explizite öffentliche Demonstration unserer Zuneigung wie gestern.

Unser Weg durch das Foyer des Hotel Pierre verläuft ereignislos. Einige Hotelgäste checken am Empfang aus, doch für einen Samstagmorgen ist die Halle ruhig. Wir gehen auf die doppelten Glastüren zu und lassen die Drehtür links liegen.

Durch das Glas sehe ich, dass Eddie mit dem SUV hier ist. Die Tatsache, dass der Wagen nicht mehr von der Polizei beschlagnahmt ist, gibt mir das Gefühl, dass mein Leben wieder zur Normalität zurückkehren kann. Die Zeit wird es weisen, und ich will mir noch nicht allzu große Hoffnungen machen.

»Ich glaube, für die Tantra-Stunde kommst du am besten wieder zu mir. Ich weiß nicht, ob ich schon irgendwo anders hingehen kann.« Ich fühle mich wie ein Teenager, der Hausarrest aufgebrummt bekommen hat und sich nur bei der Arbeit oder daheim aufhalten darf. »Ist das in Ordnung?«

»Klar, mach dir keine Sorgen. Denk daran, Tantra braucht keine zusätzlichen Werkzeuge. Ich bringe nur die Körperöle mit, und wir können deine Matratze auf den Boden legen.«

Ich fasse Kathryns Hand fester, während ich mir vorstelle, dass wir einander am ganzen Körper mit exotisch duftendem Öl einreiben.

»Öle?«

Sie antwortet schweigend auf meine Frage, indem sie mich aufreizend angrinst, und in diesem Augenblick ist mir klar, dass sie es wirklich darauf anlegt, mir den Garaus zu machen.

Eddie wartet mit der Hand an der offenen Tür bei der Limousine. Jetzt muss ich mich von Kathryn verabschieden. Ich stehe neben dem Hinterreifen, ziehe sie eng an mich heran und küsse sie leidenschaftlich. Aus dem Augenwinkel sehe ich, wie Hayes ein paar Schritte zurücktritt, um uns ein wenig Raum zu geben.

Plötzlich jedoch ist die wundervolle Frau verschwunden, der innige Kuss vorbei. Meine Arme sind leer. Ich reiße die Augen auf, sehe blitzartige Bewegungen. Ein blonder, schwarz gekleideter Mann hat seinen Arm um Kathryn geschlungen und hält eine Pistole an ihre Schläfe.

»Verflucht noch mal! Lass sie los!«, schreie ich den Mann an. Die Muskeln in meinem Nacken spannen sich an. Ich will mich nach vorne werfen, um Kathryn diesem Kerl zu entreißen. Doch plötzlich halte ich inne. Ich erkenne, wer sie festhält.

Simon.

Der Scheißkerl hat seine Haare gebleicht und trägt eine Sonnenbrille. Ich kenne ihn, seit wir beide achtzehn Jahre alt waren, darum kann er mich mit dieser Verkleidung nicht täuschen.

»Simon, lass sie los«, schreie ich wieder, flehend. Kathryn blickt mich vollkommen verstört an. Es wird alles gut, sagen meine Lippen stumm. Ich hebe die Hände, als wollte ich nach ihr greifen. Hayes steht neben mir, aber noch ist seine Waffe verborgen.

»Verdammt, halt die Klappe, Adam! Oder ich erschieße sie. Obwohl dir das wahrscheinlich sowieso egal wäre. Für dich ist sie doch nur wieder irgendein Flittchen. Da bin ich mir sicher.«

»Nein, ist sie nicht. Sie bedeutet mir alles!«

»Aha, das ist ja was! Es ist Zeit, dass du mir zuhörst.« Simon presst die Waffe fester gegen Kathryns Schläfe. Mir ist schlecht, aber ich muss nachdenken. Einen kühlen Kopf bewahren. Eine Möglichkeit finden, ihn dazu zu bringen, sie freizulassen.

»Letzten Sommer war die Frau, die ich liebte, eine deiner Huren, Adam. Du hast sie gefickt und erinnerst dich nicht mal an sie, oder? Als ich dir ihren Namen sagte, war auf deinem verdammten Gesicht keinerlei Erkennen, überhaupt keins.«

Simon achtet jetzt weniger auf Kathryn, sondern richtet seinen Zorn auf mich. Ich bin sein eigentliches Ziel, sie ist bloß ein Bauernopfer für ihn. Meine Blicke wandern zwischen beiden hin und her. Ich will Kathryn wissen lassen, dass alles irgendwie in Ordnung kommen wird. Ich werde dafür sorgen.

»Nun, sie erinnert sich an dich, und wie, verdammt noch mal. Sie hat dich unbedingt haben wollen. So sehr, dass sie mich dazu benutzt hat, dich wiederzusehen. Dich. Den Mann, der jede Frau in dieser Stadt vögelt. Frauen fallen auf die Knie, wenn du nur mit dem Finger schnippst. Und endlich hatte ich eine Frau gefunden, von der ich glaubte, dass sie mich wollte. Aber. Sie. Wollte. Dich. Und darum wirst du jetzt deine Frau verlieren.« Simon ist fertig mit seiner Hasstirade. Seine Aufmerksamkeit ist wieder auf die Waffe an Kathryns Kopf gerichtet.

Ich höre Hayes aufschreien, aber ich kann nicht warten. Ich habe keine Zeit. Ich muss etwas tun, muss Kathryn retten. Ein Polizeiauto hält mit kreischenden Sirenen. Simon schaut nach rechts, und in diesem Bruchteil einer Sekunde renne ich mit voller Wucht in ihn hinein.

Ich packe seinen Arm, der die Waffe hält, und ziehe ihn weg, sodass sie nicht länger auf Kathryn zeigt. Wir ringen miteinander, Simons Griff lockert sich. Kathryn stürzt zu Boden, und ich brülle, sie soll sich davonmachen. Aus dem Augenwinkel sehe ich, wie sie Richtung Limousine stürzt. Ich kämpfe darum, die Pistole aus Simons Hand zu winden, da fühle ich seinen Finger am Abzug. Ein ohrenbetäubender Knall folgt und beinahe gleichzeitig ein furchtbarer Schmerz in meiner Seite.

Ich schreie, als ich zu Boden falle. Meine Hände zittern, stützen sich auf den schmutzigen Gehsteig. Ich versuche, mich aufrecht zu halten. Vor mir tobt Simon und wedelt mit der Waffe in der Luft herum. Über meine Schulter schaue ich nach Kathryn. Ich sehe ihre schreckgeweiteten Augen und ihre Lippen, die in einem lautlosen Schrei ein perfektes O formen.

Simon kommt mir näher. Ich kann nichts tun, außer zu versuchen, ihn von Kathryn fernzuhalten, also strecke ich meine Hände aus. Ein vergeblicher Versuch, ihn in Schach zu halten.

»Lassen Sie die Waffe fallen!«, brüllt Hayes Simon im Befehlston an, aber statt Folge zu leisten, zielt Simon mit der Pistole auf meinen Kopf. Ich schließe meine Augen und erwarte, dass der Schuss sich löst. Ich höre einen Schuss, aber seltsamerweise merke ich nicht, dass mich etwas trifft. Ich reiße die Augen auf und sehe Simon vor mir liegen, eine Schusswunde zwischen den Augen. Seine Sonnenbrille ist heruntergefallen, und seine leblosen Augen starren mich direkt an.

Hayes ist als Erster bei mir und kniet an meiner Seite. Er zieht meinen blutdurchtränkten Pullover hoch und untersucht meine Verletzung. Es schmerzt höllisch.

»Sie werden wieder in Ordnung kommen, Mr Kingsley. Ich hatte zwei Einsätze im Irak, das hier ist nicht schlimm. Etwas mehr als ein Streifschuss, aber Sie werden's überstehen.« Hayes stützt meinen Kopf, indem er seine Jacke darunterschiebt.

»Danke für das … was Sie getan haben«, sage ich mit vor Schmerz zusammengepressten Zähnen.

Ich liege auf dem Bürgersteig, und über mir erscheint Kathryn. Tränen strömen ihre zarten Wangen hinunter.

»Meine Schöne, bist du okay?« Meine Stimme ist kaum hörbar. Sie lächelt schwach durch ihre Tränen und streichelt sanft meine Wange.

»Du hast mir das Leben gerettet, Adam.«

Endlich sagt sie das eine Wort, nach dem ich mich gesehnt habe. Meinen Namen.

Adam.

Über die Autorin

Liv Morris lebt in Manhattan, zusammen mit ihrem ersten und hoffentlich auch letzten Ehemann. Nachdem die beiden aufgrund seines beruflichen Werdegangs insgesamt elf Mal den Wohnort gewechselt haben, ist sie als professionelle Umzugsexpertin qualifiziert. Liv hat gelernt, dort aufzublühen, wo sie hingepflanzt wird. Ihre Lebenserfahrung und ihre Umzugsroutinen schlagen sich in ihrer schriftstellerischen Tätigkeit nieder.

Liv hat einen Abschluss in Kommunikation von der Universität Maryland. Sie veröffentlichte bisher fünf Liebesnovellen und ihren Debütroman *Adam's Apple*.

Ursula Merbach **Pinaruh**